Mia March lebt mit ihrer Familie in einem kleinen Ort an der Küste von Maine. Ihr anrührender Debütroman «Der Sommer der Frauen» ist bei Simon & Schuster erschienen und verkaufte sich bislang in knapp 20 Länder.

«Eine herzerwärmende Lektüre, genau rechtzeitig zur Strandsaison.» (Kirkus Reviews)

«Großartig!» (USA Today)

MIA MARCH

DER
Sommer
DER
FRAUEN

Roman

Aus dem Englischen
von Sabine Längsfeld

Rowohlt Taschenbuch Verlag

Die Originalausgabe erschien 2012
unter dem Titel «The Meryl Streep Movie Club»
bei Gallery Books / Simon & Schuster, New York.

Deutsche Erstausgabe
Veröffentlicht im Rowohlt Taschenbuch Verlag,
Reinbek bei Hamburg, Juni 2013
Copyright © 2013 by Rowohlt Verlag GmbH,
Reinbek bei Hamburg
«The Meryl Streep Movie Club»
Copyright © 2012 by Mia March
Redaktion Johanna Schwering
Umschlaggestaltung any.way, Barbara Hanke / Cordula Schmidt
(Foto: plainpicture / Lubitz + Dorner)
Satz ITC Legacy Serif (PostScript), InDesign,
bei Pinkuin Satz und Datentechnik, Berlin
Printed in Germany
ISBN 978 3 499 24374 5

«Vielleicht wusste er, im Gegensatz zu mir,
dass die Erde rund ist, weshalb wir immer nur
ein Stück des Weges sehen können.»

*Meryl Streep als Karen Blixen
in dem Film «Jenseits von Afrika»*

Im Gedenken an Greg

Der Meryl Streep Movie Club

· · · · · · · · · · · ·

Die Brücken am Fluss

Der Teufel trägt Prada

Mamma Mia!

Sodbrennen

Rendezvous im Jenseits

Kramer gegen Kramer

Grüße aus Hollywood

Wenn Liebe so einfach wäre

Jenseits von Afrika

Ehrenhalber erwähnt:
Julie & Julia

PROLOG

Lolly Weller

∙ ∙ ∙ ∙ ∙ ∙ ∙ ∙ ∙ ∙ ∙ ∙

Fünfzehn Jahre zuvor
Neujahrstag, 02:30 Uhr
Das Three Captains' Inn, Boothbay Harbor, Maine

Im Fernsehen lief *Silkwood*. Es spielten Lollys Lieblingsschauspielerin Meryl Streep mit der gleichen Vokuhila-Frisur, wie Lolly sie als Teenager gehabt hatte, und Cher, in Lollys Augen eine unglaublich leidenschaftliche Frau. Lolly wurde ebenfalls als *leidenschaftlich* bezeichnet, vorzugsweise von ihrer Schwester, obwohl sie sich selbst überhaupt nicht leidenschaftlich fand. Es gab ein anderes Adjektiv, das Lolly besser beschrieb, und wäre sie katholisch gewesen, müsste sie täglich zur Beichte gehen – und zwar zweimal.

Nach dem ersten Anruf in dieser Nacht tat Lolly etwas, das sie für den Rest ihres Lebens nicht mehr loslassen, das sie sich nie wieder verzeihen würde. Um kurz nach zwei Uhr morgens hatte ihre Schwester Allie angerufen, fröhlich und beschwipst. Sie rief von der Silvesterparty im Boothbay Resort Hotel an und beschrieb, ausgelassen in den Hörer prustend, wie ihr Ehemann mitten in der schicken Lobby stand und tanzte wie John Travolta in *Pulp Fiction*. Sie hätten jeder vier oder fünf Gläser Champagner getrunken, und ob Lolly oder ihr Mann sie bitte abholen könnten? Das Boothbay Resort Hotel lag nur fünf Minuten entfernt.

Fünf Minuten hin. Fünf Minuten, um die beiden nach Hause zu bringen und sicher in ihre Wohnung zu bugsieren. Fünf Minuten zurück. Machte fünfzehn gestohlene, kostbare Minuten für Lolly. Also hatte sie Ted, ihren Ehemann, gebeten, zu fahren, der zwar etwas von «dämlichen Suffköppen» vor sich hin murrte, aber trotzdem den Parka überzog und losfuhr, um die Nashes abzuholen.

Lolly sah kurz nach den Mädchen. Weil ihre Silvesterpläne lediglich darin bestanden, die Pensionsgäste im Three Captains' Inn mit Papiertröten und einem Glas Champagner aufs Haus zu versorgen, hatten Lolly und Ted sich bereiterklärt, über Nacht auf ihre Nichten aufzupassen. Auf Zehenspitzen schlich Lolly vom zweiten Stock der Pension hinunter in den ersten und öffnete leise die Tür zu der Kammer, wo sie den Staubsauger und die Putzutensilien aufbewahrte. Wie immer, wenn die sechzehnjährige Isabel hier übernachtete, hatte diese sich Matratze, Kissen und Zudecke in die winzige Kammer gezerrt. Sie schlief tief und fest, das hübsche Gesicht so friedlich, dass man nicht glauben mochte, welches Gebrüll und was für unflätige Ausdrücke aus diesem unschuldigen Mund kommen konnten. Isabel war selbst erst vor einer Stunde zurückgekommen, um halb zwei, trotz des von ihrer Mutter auferlegten strikten Limits um halb eins und trotz des fürchterlichen Streits zwischen beiden am frühen Abend, ehe jede von ihnen ihrer Wege gegangen war, um Silvester zu feiern. Lolly zog Isabel die Daunendecke über die Schultern und entdeckte dabei einen frischen Knutschfleck am Hals. Wenn das ihr Vater sah!

Zurück unterm Dach sah Lolly nach den beiden jüngeren Mädchen, ihrer dreizehn Jahre alten Nichte June und ihrer zehnjährigen Tochter Kat. Der kleine Raum gegenüber dem Schlafzimmer von Lolly und Ted war kaum groß genug für ein Bett, von den beiden Zustellbetten ganz zu schweigen, die Ted für Isabel und June noch mit hineingequetscht hatte, doch das Three Captains' Inn war über Neujahr vollkommen ausgebucht. Junes Brust hob und senkte sich regelmäßig. Darauf lag aufgeschlagen ein Buch, *Jane Eyre*. Der Strahl einer kleinen, roten Taschenlampe beleuchtete Junes Kinn. Lolly knipste die Taschenlampe aus, legte sie mit dem Buch auf den Nachttisch und strich ihrer Nichte eine dicke, braune Locke aus dem Gesicht. June machte nie irgendwelche Schwierigkeiten.

In dem anderen Bett lag schlafend Kat, ihren alten, geflickten I-Aah unter dem Arm.

Lolly schlich auf Zehenspitzen zu ihr hin, dankbar, weil ihre Tochter zur Wand gedreht lag. Der Anblick von Kats niedlichem Gesicht, das dem ihres Vaters so glich, hätte ihr womöglich das Herz gebrochen; ein Gefühl, das Lolly in letzter Zeit schrecklich vertraut geworden war. Sie biss sich auf die Lippe, weil die Schuldgefühle ihr einen Magenschwinger versetzten, und schlich aus dem Zimmer.

Ihr blieben noch etwa zehn Minuten. Sie rannte hinüber ins Schlafzimmer, schloss die Tür und legte sich mit der Fernbedienung und dem Telefon auf dem Bauch ins Bett. Sie schaltete um. Sosehr sie *Silkwood* liebte, sie hatte den Film schon mindestens zehnmal gesehen, das letzte Mal erst vor ein paar Monaten. Eilig zappte sie durch die Kanäle, stieß auf *Harry und Sally*, drehte die Lautstärke auf, um ihre Stimme zu übertönen und wählte seine Nummer. Wie jedes Mal, wenn sie ihn anrief, klopfte ihr Herz wild in ihrer Brust – und rief ihr damit all das ins Gedächtnis, wovon sie immer geträumt hatte. Sie flüsterte, aber laut genug, um Billy Crystal zu übertönen, der Meg Ryan gerade erklärte, was mit ihr nicht stimmte.

Dreißig, vielleicht auch vierzig Minuten später – Lolly hatte die Zeit vergessen – unterbrach die Zentrale der Telefongesellschaft das Telefonat mit einem Notruf. Lolly schrak zusammen und willigte ein, den Anruf anzunehmen. Es war die Polizei von Boothbay Harbor.

Es tat ihnen leid.

Lolly würde nie vergessen, wie sie in jener Nacht den Hörer fallen ließ, fast wie in Zeitlupe, wie Körper und Atem völlig still wurden, während sie fassungslos Billy Crystals Gesicht anstarrte. Selbst heute noch, fünfzehn Jahre später, konnte sie es nicht ertragen, Filme mit Billy Crystal zu sehen. Sie ertrug weder seinen Anblick noch seine Stimme. Ihre liebe Freundin Pearl hatte einmal angemerkt, was für ein Glück es war, dass sie umgeschaltet hatte. Wäre *Silkwood* gelaufen, hätte Lolly den Anblick von Meryl Streep in ihrem ganzen Leben nie wieder ertragen.

1.
Isabel McNeal

Isabels Plan zur Rettung ihrer Ehe bestand aus drei Dingen: ein altes, italienisches Rezept für Ravioli mit Dreikäsesoße, die Erinnerung an all das Gute ihrer gemeinsamen Vergangenheit und der an sich selbst gerichtete Schwur, die Sache, die Edward und sie auseinandertrieb, nie wieder auch nur mit einem einzigen Wort zu erwähnen. Sie liebte ihren Mann, sie tat es seit ihrem sechzehnten Lebensjahr, und das musste genügen. Sie stand am Küchentresen, neben dem mit schwarzer Tinte hingekritzelten, fast unleserlichen Rezept ein klebriger, grauer Klumpen Nudelteig, den sie irgendwie zusammengemantscht hatte. Sollte das wirklich so aussehen?

Isabel angelte sich ein Kochbuch aus dem Regal über dem Tresen, Giada De Laurentiis' *Italienisches für jeden Tag*, und schlug die Nudelteige nach. Ihr Klumpen sah definitiv nicht aus wie bei Giada. Dann würde sie eben noch mal von vorne anfangen. Sie hatte noch fünf Tage, um das Rezept richtig hinzukriegen. Nächsten Dienstag feierten sie ihren zehnten Hochzeitstag, und Isabel war fest entschlossen, zu diesem Anlass den letzten Abend ihrer Hochzeitsreise in Rom auferstehen zu lassen: jenen Abend, an dem sie beide, gerade mal einundzwanzig und schwer verliebt, spätabends um die Ecke der Fontana di Trevi, wo sie Münzen ins Wasser geworfen und sich etwas gewünscht hatten, auf ein Kleinod von Lokal gestoßen waren, mit Tischen im Freien. Als sie sich in der herrlich lauen Augustnacht an einen der kleinen runden Tische setzten, über sich den leuchtenden Fingernagelmond, während aus der Ferne leise die Klänge einer italienischen Oper herüberwehten, verriet Edward ihr seinen Wunsch am Brunnen: Das Leben solle immer so bleiben, denn *sie* sei sein Leben. Isabel hatte sich genau dasselbe gewünscht. Bei Ravioli mit Dreikäsesoße, die sie beide als überirdisch köstlich deklarierten, gestand Edward ihr dann, dass er sie mehr liebte als alles andere auf der Welt und dass er sie immer lieben würde. Dann stand er auf, streckte ihr seine Hand entgegen und küsste sie so innig und romantisch, dass der Besitzer des Lokals sie hineinbat, um ihnen das Raviolirezept zu geben. In einer alten Küche stand seine noch ältere Mutter am Herd, die mit ihrer krummen Nase, dem strengen, schwarzen Kleid und dem dichten Haarknoten im Nacken durchaus etwas Hexenhaftes an sich hatte, und rührte in großen, gusseisernen Töpfen. Doch bei ihrem Anblick lächelte sie, küsste sie beide herzlich auf die Wangen und schrieb ihnen dann das Rezept auf, auf Italienisch natürlich. Ihr Sohn übersetzte es für sie und fügte hinzu: *Meine Mutter sagt, dieses Rezept hat magische Kräfte und wird für eine lange und glückliche Ehe sorgen.*

All die Jahre hatte Isabel das Rezept zusammengefaltet in ihrer Geldbörse aufbewahrt. Und ursprünglich hatte sie vorgehabt, diese ganz besonderen Ravioli künftig zu jedem Hochzeitstag zu kochen, doch dann waren sie und Edward jedes Mal ausgegangen oder auf Reisen gewesen. Außerdem hatte der Zauber ihres gemeinsamen Flitterwochennudeltellers all die Jahre verlässlich gewirkt, und Isabel hatte keine weitere Unterstützung für eine lange und glückliche Ehe gebraucht – schließlich war zwischen ihnen alles vollkommen. Das dachte sie jedenfalls bis vor kurzem.

Bis ihre Ehe sich in einen kalten Krieg verwandelt hatte, weil Isabel sich auf einmal etwas wünschte, das sie sich nicht wünschen durfte, das sie nicht wollen durfte, und zwar mit einer Heftigkeit, die ihr gleichzeitig Angst machte, sie beflügelte und ihr ein bis dahin unbekanntes Gefühl von Lebendigkeit verlieh. Und das sie zum Weinen brachte – unter der Dusche, im Supermarkt, hinter dem Steuer und spätabends im Bett –, weil es niemals sein würde.

Beherzt warf sie den Teigklumpen weg und wollte gerade frisches Mehl für den nächsten Versuch abmessen, als sie an der Haustür ein leises Geräusch hörte. Sie beugte sich zurück und spähte durch die offene Küchentür hinaus in die Diele. Unter der Tür war ein Briefumschlag durchgeschoben worden. Komisch. Isabel wischte sich die Hände an der Schürze ab und ging zur Tür. Ihre Absätze klapperten über den polierten Marmorboden.

Der Umschlag war, genau wie der darin liegende, auf schlichtes weißes Papier getippte Brief, weder adressiert noch unterschrieben.

Ihr Mann hat eine Affäre. Ich weiß nicht, ob Sie es wissen und auch nicht, ob Sie es wissen wollen. Aber eines weiß ich: Sie sind einmal sehr nett zu mir gewesen, und das will in dieser Stadt was heißen. Ich würde wollen, dass es mir jemand sagt – und ich schätze, dass das auch auf Sie zutrifft. Hemingway Street Nr. 56. Der schwarze Mercedes parkt immer gegen 18:00 Uhr hinter dem Haus. – Es tut mir leid.

Keuchend ließ Isabel den Brief fallen. Dann hob sie ihn wieder auf und las ihn ein zweites Mal. Edward? Eine Affäre? Sie schüttelte den Kopf. Ihre Knie waren weich wie Gummi. Verunsichert ließ sie sich auf die gepolsterte Bank im Eingangsbereich sinken. Das musste ein Irrtum sein.

Ja – ein Irrtum, eindeutig. *Es tut mir leid* hatte den Brief unter der falschen Haustür durchgeschoben. Wahrscheinlich war er für ihre Nachbarin Sasha Finton bestimmt. Das weiße, im Kolonialstil gebaute Haus nebenan sah mit der roten Tür, den schwarzen Fensterläden und dem von Beeten gesäumten Kiesweg fast genauso aus wie das der McNeals. Und Sashas Ehemann flirtete auf den Nachbarschaftsfesten und Kindergeburtstagen ganz offen herum.

In Isabel regte sich Mitleid. Sasha war immer so nett zu ihr. Erst heute Morgen hatte sie Isabel mit angespanntem Lächeln zugewinkt, obwohl sie offensichtlich ziemlich sauer auf ihren finster dreinschauenden Ehemann gewesen war, dem sie zu seinem Wagen folgte.

Er fuhr doch einen schwarzen Mercedes, oder? Genau wie Edward.

Sie holte hörbar Luft, stand auf und eilte ins Wohnzimmer hinüber, wo sie den schweren Vorhang am hinteren Fenster beiseiteschob. Wenn sie sich auf Zehenspitzen stellte, konnte sie über den weißen schmiedeeisernen Gartenzaun einen Blick auf die Zufahrt der Fintons erhaschen. Im Augenblick stand nur Sashas silberner BMW dort. Aber Isabel war sich sicher, dass der Mercedes ihres Mannes schwarz war. Sie warf einen Blick auf die Uhr: kurz nach sechs. Vielleicht parkte Dan Fintons Auto nicht in der Einfahrt, weil es hinter dem Haus in der Hemingway Street stand.

Sie nahm Brief und Umschlag mit in die Küche, legte beides auf den Tresen und beschwerte sie mit einer großen Tomate. Dabei wäre ihr viel lieber gewesen, der anonyme Brief würde sich in Luft auflösen oder davonfliegen. Doch dann wäre er auf der Türschwelle einer anderen Frau gelandet, einer anderen Frau, die wusste, dass zwischen ihr und ihrem Mann etwas ziemlich verkehrt lief – und zwar nicht erst seit Ausbruch ihres kalten Krieges, das ahnte Isabel im Grunde.

Aber eine Affäre? Edward? Nein.

Isabel drängte die Tränen zurück, maß drei Tassen Mehl ab und schüttete sie auf die hölzerne Arbeitsfläche. Sie drückte eine Kuhle in den Mehlhügel, schlug vier Eier auf und vermischte beides behutsam. Doch sobald sie mit dem Handballen zu kneten anfing, verklumpte der Teig, anstatt elastisch und klebrig zu werden.

Irgendetwas machte sie falsch.

Zugegeben, vielleicht war dieser Teil zur Rettung ihrer Ehe ein bisschen lächerlich, doch Isabel hoffte, wenn sie jenen Abend, jene letzte Nacht in Rom, als alles zwischen ihr und Edward so magisch gewesen war, noch einmal heraufbeschwor, könnte sie damit etwas in ihm zum Klingen bringen. Die Mischung aus fruchtiger Tomatenfüllung und würziger Dreikäsesoße würde einen vom Mondschein beleuchteten Tisch in Italien heraufbeschwören und Edward an das erinnern, was er einst für sie empfunden hatte, was zwischen ihnen gewesen war. Sie wollte eines ihrer anmutigen Kattunkleidchen anziehen, die sie damals während ihrer Flitterwochen getragen hatte, und hinten im Garten unter Mond und Sternen einen kleinen Bistrotisch decken. Zumindest emotional wollte sie diesen Abend mit Edward noch einmal erleben, wenn es ihr geographisch schon nicht möglich war. Sie wollte sie beide wieder zu ihren Anfängen zurückführen, zu den ersten neun Jahren ihrer Ehe, als alles gut war, als sie sich sicher und geborgen fühlte.

Erst im vergangenen Jahr hatten die Dinge sich plötzlich

verändert. Als sich das, was Isabel wollte und Edward nicht, wie ein Donnerkeil zwischen sie drängte.

Isabel nahm die Tomate und las den Brief noch einmal.

Der schwarze Mercedes parkt immer gegen 18:00 Uhr hinter dem Haus.

Ja, Edward fuhr einen schwarzen Mercedes. Aber Dan Finton und die Haverhills von gegenüber und der größte Rest der Nachbarschaft auch.

Isabel hörte, wie bei den Fintons ein Wagen in die Auffahrt einbog. Dan Finton stieg aus seinem dunkelgrauen Mercedes aus. *Dunkelgrau.* Nicht schwarz. Isabel lief es kalt den Rücken herunter. Langsam trat sie an die Fensterfront auf der anderen Seite des Wohnzimmers und spähte durch die Gardinen vorsichtig zur Auffahrt der Haverhills hinüber. *Bitte, bitte, mach, dass der Mercedes schwarz ist*, dachte sie, bis ihr klarwurde, dass sie damit Victoria Haverhill einen untreuen Ehemann an den Hals wünschte.

Auf der Auffahrt standen beide Autos der Haverhills – eines davon ein Mercedes. Farbe: Dunkelblau.

Stockstarr stand Isabel neben dem Klavier, hatte Angst zu atmen, Angst, sich zu bewegen.

Sie sind einmal sehr nett zu mir gewesen, und das will in dieser Stadt was heißen ...

Isabel war grundsätzlich nett. Sasha Finton hatte gute und schlechte Tage. Victoria Haverhill? Eher boshaft.

War der Brief *tatsächlich* für sie bestimmt? Sie ging in die Küche zurück. Der Klang ihrer Absätze hallte ihr in den Ohren. Sie und Edward versuchten es doch beide. Das hatten sie einander versprochen.

«Bitte entschuldigen Sie, Mrs. Isabel ...» Marian, ihre Haushälterin, verstaute gerade die Putzutensilien im Küchenschrank, den Blick auf den Teigklumpen gerichtet, die

Stimme voller Wärme. «Aber dieser Teig soll sicher anders aussehen.»

Ganz gleich, wie oft Isabel ihre Haushälterin schon gebeten hatte, sie einfach beim Vornamen zu nennen, Marian schüttelte jedes Mal den Kopf und sagte lächelnd: «Nein, *Misses*.»

«Ich bleibe noch kurz da und bringe das in Ordnung», sagte Marian. «Damit Sie und Mr. Edward was Schönes zum Abendessen haben.»

Seit Isabel und Edward vor fünf Jahren in dieses riesige Haus gezogen waren, kam Marian zweimal die Woche, um den Haushalt zu machen und manchmal auch zum Kochen. Ein Haus, das viel zu groß für zwei Personen war. Ab und zu bemerkte Marian mit einem verschmitzten Lächeln, wie gut sich eines der vier Zimmer im ersten Stock, das mit dem hübschen Erker und den gebogenen Fenstern, doch als Kinderzimmer eignen würde. «Wie im Märchen.»

Zu jeder möglichen und unmöglichen Tages- und Nachtzeit ging Isabel in das Märchenzimmer hinauf, das doch nichts weiter war als ein weiteres Gästezimmer für Gäste, die sie nie hatten. Dann stellte sie sich eine elegante weiße Wiege mit blassgelbem Himmel vor, ein sanft schaukelndes Mobile darüber, die kleinen Entchen, die eine Künstlerin in ihrem Auftrag an die gewölbte Zimmerdecke malen würde.

Und ein Baby natürlich, Allison McNeal, abgekürzt Allie, nach Isabels Mutter. Oder Marcus McNeal, nach Edwards Vater.

Doch es würde kein Baby geben. Stattdessen gab es einen Pakt, an den Edward sie jedes Mal erinnerte, wenn Isabel das Thema Kinder doch wieder anschnitt.

Zwischen ihnen existierte ein Pakt, an dem Isabel festhielt, obwohl es ihr das Herz brach. Schon deshalb musste der Brief ein Missverständnis sein. Es gab keine Affäre. In einem Pakt war kein Platz für eine Affäre.

Obwohl, wenn sie genauer darüber nachdachte, waren auch Ehegelöbnisse eine Art Pakt. Und wurden doch ständig gebrochen.

Es gelang ihr irgendwie, die Haushälterin anzulächeln. «Danke, Marian, aber ich übe. Für unseren Hochzeitstag nächste Woche. Der zehnte.»

«Sie und Mr. Edward sind so ein nettes Paar», sagte Marian. «Na, dann hoffe ich, dass er wenigstens an Ihrem Hochzeitstag vor acht Uhr abends zu Hause sein kann. Ihr Mann arbeitet immer so lange, so viel.»

Hemingway Street Nr. 56. Der schwarze Mercedes parkt immer gegen 18:00 Uhr hinter dem Haus. – Es tut mir leid.

Isabel fasste in ihre Handtasche und wühlte nach dem Autoschlüssel.

· · · · ·

Isabel war sechzehn und alles andere als süß gewesen, als sie im Boothbay-Zentrum für trauernde Kinder Edward McNeal begegnete. Er war ihr Jugendbetreuer gewesen und hatte fünf Jahre zuvor bei einem Flugzeugabsturz selbst beide Eltern verloren. Jeden Mittwoch nach der Schule arbeitete er ehrenamtlich in dem Zentrum. Als Isabels Tante Lolly sie, ihre Schwester und ihre Cousine zwei Tage nach dem Autounfall dorthin gebracht hatte, hatte Isabel zuerst eine Sitzung bei einer erwachsenen Betreuerin und dann eine bei Edward absolviert. Schon bei ihrer allerersten Begegnung hatte Edward Isabel mit dem tiefen Mitgefühl in seinen dunkelblauen Augen derart beeindruckt, dass sie eine Sekunde lang völlig vergessen hatte, wer und wo sie war und dass sie ab jetzt und bis in alle Ewigkeit in dieser Hölle gefangen saß, dass ihre Eltern tot waren, einfach so, gestorben, während sie in der Silvesternacht tief und fest und ahnungslos geschlafen hatte.

Isabel wollte nicht über ihre Eltern reden. Und über den schrecklichen Streit zwischen ihr und ihrer Mutter an jenem letzten Abend erst recht nicht. Sie wollte nicht über ihre Schwester June reden, die überhaupt nicht mehr aufhörte zu heulen. Oder darüber, wie es ihr damit ging, bei ihrer Tante Lolly einziehen zu müssen, in die alte, verstaubte Pension, zu ihrer jüngeren Cousine Kat, die ihren Vater verloren hatte, weil er losgefahren war, um die feierwütigen und betrunkenen Eltern von Isabel und June abzuholen. Sie wollte lieber von Edward hören, wie es für ihn gewesen war, als er vom Tod seiner Eltern erfuhr.

Also hatte er ihr vom Wesen des Schocks erzählt, der ihn so lange in seinem eisernen Griff gehalten hatte, dass er selbst erst mit großer Verzögerung auf den tatsächlichen Verlust reagiert hatte, und dass er, als der Schock nach einem halben Jahr endlich nachgelassen hatte, monatelang nur noch geweint hatte, egal, wo er war. In der Schule, nachts im Bett unter seiner Decke, in der Kirche, von der sein älterer Halbbruder, der ihn aufzog, dachte, sie könnte ihm helfen, was sie zu einem gewissen Maß auch tat, eine Weile zumindest. Und eines Tages, sagte Edward, merkst du auf einmal, während du mit irgendwas beschäftigt bist, dass du gar nicht daran gedacht hast, und ab da wird es besser. Was passiert ist, wird zu einem Teil von dir, anstatt dich völlig zu bestimmen.

Bei ihrer zweiten Begegnung war Isabel bereits in Edward verliebt. Genau wie ihre Schwester June, obwohl es bei der eher die Schwärmerei für einen älteren Jungen war. Eine Zeitlang hatten sich die beiden Schwestern, die noch nie besonders gut miteinander ausgekommen waren, auf diesen Konkurrenzkampf konzentriert anstatt auf ihre Trauer, und sie hatten ihre Wut aneinander ausgelassen. «Er steht doch nur auf dich, weil du so nuttig bist!», hatte June geschrien. «Nein, er steht auf mich, weil ich bin, wie ich bin», hatte Isabel zurückgeschrien. «Und das wirst du nie schaffen, du langweilige Arschkriecherin!» Sie hatten einander in jenen ersten Tagen nach dem Unfall fürchterliche Dinge an den Kopf geworfen, und als Isabel Edward von ihren grausamen Streitereien erzählte, hatte er gesagt: «Weißt du, Izzy, wenn neunundneunzig Prozent von dem, was June dir an den Kopf wirft, mit der Wahrheit nicht das Geringste zu tun hat, dann gilt das andersherum genauso. Denk mal darüber nach.» Und das tat sie auch, aber dann fingen Isabel und June trotzdem wieder an zu streiten, bis June irgendwann das schlimmste Geschoss von allen auffuhr und ihrer Schwester den einen Vorwurf vor die Füße knallte, von dem Isabel schwindlig wurde, bei dem sie blass wurde und derart anfing zu zittern, dass June loslaufen musste, um Tante Lolly zu holen.

Doch schon am nächsten Tag nahmen sie ihren Kampf wieder auf, June bestand darauf, dass sie mit dreizehn auf keinen Fall zu jung für einen sechzehnjährigen Freund sei, und setzte verzweifelt alles daran, Edwards Aufmerksamkeit zu gewinnen, stopfte sich den BH aus und trug Lipgloss mit Pfirsichgeschmack. Tante Lolly sorgte dafür, dass June zu einer weiblichen Jugendbetreuerin wechselte, einem vierzehnjährigen Mädchen namens Sarah, das June irgendwann ebenfalls verehrte. Aber die Kluft zwischen Isabel und ihrer Schwester wurde trotzdem zusehends breiter, und es gelang weder ihnen noch ihrer Tante Lolly jemals, sie wieder zu verschmälern. Jedes Mal, wenn Isabel sich klarmachte, dass sie, um endlich mit ihrer Schwester ins Reine zu kommen, lediglich aufhören musste, so stark auf sie zu *reagieren*, reagierte sie. Und zwar heftig.

Und rannte zu Edward. Sie beide wurden in jenem schrecklichen Winter unzertrennlich. Sie machten lange Spaziergänge durch den Hafen von Boothbay, von einem Pier zum anderen, gegen die Eiseskälte eng aneinandergedrängt, Edwards starke Arme um sie geschlungen, während sie zu den vertäuten Booten hinaussahen, ihr Rücken an seine dunkelblaue L.-L.-Bean-Daunenjacke gepresst, seine Handschuhe wärmend an ihre Wangen gelegt. Sie spazierten kilometerweit am Meer entlang, tranken unterwegs heiße Schokolade, und je weiter sich Isabel von der Pension entfernte, desto weniger unglücklich fühlte sie sich. Eines Abends gegen Ende des Frühlings lagen sie zusammen unter der Eiche im Garten der Pension, hielten Händchen und sahen hinauf zu den Sternen, die verheißungsvoll zu ihnen hinunterblinkten und in Isabel ein Gefühl der Hoffnung weckten.

«Lass uns einen Pakt schließen», hatte Edward an diesem Abend zu ihr gesagt, den Blick hinauf in den Sternenhimmel gerichtet. «Du und ich, wir bleiben für immer zusammen. Nur wir zwei.»

Sie hatte seine Hand gedrückt. «Nur wir beide. Für immer zusammen.»

«Und definitiv keine Kinder. Keine Kinder, die irgendwann trauern müssen und als einsame Waisen enden, so wie wir.»

Sie hatte sich zu ihm umgedreht und ihn voller Ehrfurcht angesehen, weil er so klug war. Erst sechzehn Jahre alt und schon so weise. «Keine Kinder.»

Händchenhaltend hatten sie damals im Gras gelegen und in den Sternenhimmel hinaufgesehen, bis Tante Lolly Isabel ins Haus rief.

Jahrelang hatte Isabel nicht mehr an diesen Pakt gedacht.

· · · · ·

Heute waren sie beide einunddreißig. Seit zehn Jahren verheiratet. Lebten in Westport, einer hübschen Stadt in Connecticut, in der es von jungen Familien und Kindern nur so wimmelte. Isabel schloss die Hand fester um den Autoschlüssel, den Blick starr auf den klumpigen Nudelteig gerichtet, und dachte daran, wie sie sich vor einem Jahr zum ersten Mal dabei ertappt hatte, in fremde Kinderwagen zu lugen und kleine Gesichter zu beobachten. Wie nie gekannte Regungen sie plötzlich innehalten ließen, sie aus dem Schlaf rissen und sie auf den Gedanken brachten, dass sie und Edward sich vielleicht in der Einschätzung geirrt hatten, wie das Schicksal funktionierte. Bis sie etwa achtundzwanzig, neunundzwanzig gewesen war, war sie mit ihrem Leben zufrieden gewesen. Es gab keinen Mutterinstinkt, der irgendwo an ihr genagt hätte. Doch als Edward dann zusehends mehr auf Distanz ging, sich in sich selbst zurückzog, abends immer öfter länger arbeitete, immer öfter damit anfing, ihr von einem Ereignis aus der Arbeit zu erzählen, nur um kurz darauf mit den Worten «Ach, ist ja auch egal, das verstehst du ja sowieso nicht» wieder abzubrechen, da begann Isabel in sich eine unbekannte Sehnsucht nach etwas, das sie nicht benennen konnte, zu verspüren. Bis zu jenem Tag vor inzwischen mehr als einem Jahr, als sie im Krankenhaus, in dem sie ehrenamtlich als Trauerbegleiterin arbeitete, ein Beratungsgespräch mit einer Familie führte. Es handelte sich um eine junge, frisch verwitwete Frau mit einem sieben Monate alten Baby und einer wunderbar fürsorglichen Verwandtschaft. Und plötzlich bat irgendwer Isabel darum, kurz das Kind zu halten.

Das Gefühl, dieses niedliche, weiche Federgewicht in den Armen zu halten, raubte ihr den Atem. In diesem Augenblick wusste Isabel, dass sie ein Baby wollte, ein Kind. Dass der Pakt, den sie als trauernder Teenager geschlossen hatte, für ihr weiteres Leben nicht mehr von Bedeutung war. Das kleine Mädchen in ihren Armen hatte seinen Vater verloren. Doch das hieß nicht, dass es nicht geliebt wurde, dass es nicht trotzdem ein wunderbares Leben haben würde.

Isabel vergewisserte sich ihrer Gefühle sehr genau. Schlief so viele Nächte darüber, bis sie sich absolut sicher war. Sie wollte ein Kind. Und wäre am liebsten noch in derselben Sekunde schwanger geworden.

Vor ein paar Monaten war sie mit der Frage eingeschlafen, wie ihr Kind wohl aussehen würde – würde es Edwards dunkelbraune Haare und seine römische Nase haben oder ihre grünbraunen Augen und das herzförmige Gesicht? Sie war mitten in der Nacht aufgewacht und hatte im Schutz der Dunkelheit geflüstert: «Edward? Bist du wach?»

Er hatte zur Antwort etwas Unverständliches gemurmelt, also hatte sie Mut gefasst, tief Luft geholt und ihm davon erzählt, wie oft sie in letzter Zeit darüber nachgedacht hätte, wie es wäre, ein Kind zu bekommen. Edward hatte so lange geschwiegen, dass Isabel schließlich dachte, er wäre wieder eingeschlafen, doch dann hatte er geantwortet: «Wir haben einen Pakt, Iz.» Am nächsten Morgen hatte er ihr dann ins Gedächtnis gerufen, weshalb sie diesen Pakt geschlossen hätten. Zuerst einfühlsam, schonend. Dann nicht mehr ganz so schonend.

«Aber was ist, wenn ich meine Meinung geändert habe?»

«Tja, dann befinden wir uns wohl in einer Pattsituation, würde ich sagen», hatte seine Antwort gelautet.

Sie hatte versucht, ihm klarzumachen, dass sie sich beide weiterentwickelt hatten, nicht mehr die verängstigten Teenager von damals waren, dass sie nicht mehr gezwungen waren, Regeln einzuhalten, die sie sich in einem Zustand von Leid und Angst selbst auferlegt hatten.

Er hatte sie mit zornigem Blick angestarrt und gesagt: «Ich will keine Kinder, Isabel. Ende der Diskussion. Wir haben einen *Pakt*!» Er hatte das Zimmer verlassen und die Tür hinter sich zugeknallt.

Nach ein paar Monaten voller Gespräche mit dem immer gleichen Inhalt fingen beide an, das Thema zu meiden – doch sie mieden nicht nur die Diskussion, sie fingen auch an, einander zu meiden. Isabel verbrachte noch mehr Zeit im Krankenhaus, damit, Menschen zu helfen, die gerade einen Verlust erlitten hatten. Wenn sie einmal nicht gebraucht wurde, was eher selten vorkam, stand sie am Fenster zur Säuglingsstation, betrachtete die winzigen Babys, schloss angesichts der quälenden Sehnsucht in ihrem Herz die Augen und überließ sich mit jeder Faser ihres Körpers dem Wunsch nach einem Kind. Ihre Wut auf Edwards unnachgiebige Haltung machte sie stumm, und Edward zog sich immer mehr zurück. Dieser Rückzug beschränkte sich nicht darauf, abends immer später nach Hause zu kommen und immer öfter auch samstags zu arbeiten. Er vermied es, mit ihr im selben Zimmer zu sein. Irgendwann kam er auch nicht mehr nach oben ins Bett. Morgens fand Isabel ihn schlafend auf der Wohnzimmercouch oder dem viel zu kurzen Zweiersofa in seinem Arbeitszimmer. Wenn er sich doch einmal, was immer seltener vorkam, zu ihr an den Frühstückstisch setzte, hatte sie das Gefühl, unglaublich einsam zu sein, obwohl Edward nur einen knappen Meter von ihr entfernt saß.

«Edward, wir müssen reden. Wir müssen diese Sache klären», sagte sie immer und immer wieder zu ihm, beim Frühstück, in E-Mails, in Telefonaten, mitten in der Nacht, wenn sie wieder mal allein aufwachte und nach unten ging, wo er entweder vor einem Spiel der Red Sox saß oder einfach nur vor sich hin starrte, den Kopf zwischen den Händen. Wenn sie ihn dann so sah, hielt sie inne. Verängstigt. Plötzlich völlig unsicher, wie sie an diesen Mann herankommen sollte, den sie doch schon ihr halbes Leben lang kannte.

Also hatte Isabel es vor ein paar Monaten aufgegeben, während der Arbeit im Krankenhaus mit dem Aufzug in den dritten Stock zur Säuglingsstation zu fahren und die Neugeborenen zu betrachten. Sie hatte aufgehört, sich vor dem Einschlafen mit Gedanken an winzige römische Nasen und grünbraune Augen zu beschäftigen, an kleine Gesichter, die eine Mischung aus ihrem und dem von Edward waren. Sie hatte einen Pakt geschlossen. Sie hatte geheiratet und ein Ehegelöbnis abgelegt, und zwar unter dem Einfluss eines Paktes. Und daran würde sie festhalten. Edward hatte sie gerettet, und jetzt würde Isabel sie beide retten. Ihre Ehe retten, die neun Jahre lang so unerschütterlich gewesen war. Neun Jahre lang war er durch die Haustür getreten, hatte sie in die Arme genommen und geküsst, als befänden sie sich noch immer in den Flitterwochen. Sie liebten sich und sahen sich im Bett alte Spielfilme an und teilten sich dabei ihr Lieblingsgericht vom Chinesen. Er hörte sich ihre Geschichten aus dem Krankenhaus an, all die traurigen Geschichten, und er hielt sie im Arm, bis sie wieder atmen konnte. Und wenn sie zu den Feiertagen pflichtschuldig ihre Besuche bei Isabels Familie in Maine absolvierten und ihr wieder einmal alles zu viel wurde – in der Pension zu sein, die ständigen Streitereien mit ihrer Schwester –, dann unternahmen Edward und sie Spaziergänge im Hafen, so wie früher, Hand in Hand, und schon war alles wieder gut.

Du und ich, für immer, nur wir zwei.

Edward McNeal war ihr ein und alles. Deshalb hatte sie in den vergangenen Monaten für ihre Ehe gekämpft. Hart gekämpft.

Zu Anfang hatte er noch reagiert. Ihr Lächeln war echt gewesen, nicht gezwungen. Ihr Blick voller Liebe, nicht voller Groll. Sie war hinter ihn getreten, hatte seine starken Schultern massiert, seinen maskulinen, mit einem Hauch Seife vermischten Geruch eingeatmet, den sie schon so lange liebte, und er hatte sich zu ihr umgedreht und sie geküsst, heftig und leidenschaftlich, und sie nach oben geführt. Dennoch spürte Isabel, dass etwas zwischen ihnen stand. Sie bemerkte es in seinem Gesichtsausdruck, in seiner Körpersprache. Etwas war zwischen ihnen geschehen, womöglich schon, bevor sie das Thema Kinder überhaupt auf den Tisch gebracht hatte, und irgendetwas war unwiederbringlich verlorengegangen, etwas, das weder ihr Lächeln noch Sex und womöglich nicht einmal der Lauf der Zeit wieder zurückbringen konnte.

Also hatte sie gewartet, hatte gute Miene zum bösen Spiel gemacht und sich bemüht. Sie hatte sich derart bemüht, dass sie, wenn sie sich liebten, oft in Tränen ausbrach, woraufhin Edward sich kopfschüttelnd von ihr herunterrollte und ging. Und danach stundenlang nicht wiederkam.

«Man kann andere belügen, aber nicht sich selbst», hatte ihre Tante Lolly immer gesagt.

Also hatte Isabel sich noch mehr Mühe gegeben. Erst letzten Monat hatte sie Edward versichert, sie hätte Frieden mit ihrem Pakt geschlossen. Ja, sie war inzwischen einunddreißig, ja, sie war seit zehn Jahren verheiratet, ja, sie hatte ihre Meinung, was den Wunsch nach einem Kind betraf, geändert. Und ja, sie war aus tiefstem Herzen davon überzeugt, dass sie eine gute und liebende Mutter sein würde. Aber sie würde ihrer Ehe weiterhin oberste Priorität einräumen. Sie würde sich seine vielen Vorschläge ernsthaft zu Herzen nehmen – sich zum Beispiel zwei Hunde anzuschaffen, große natürlich, Rhodesian Ridgebacks oder Windhunde. Auf Reisen zu gehen, noch einmal nach Italien zu fahren, nach Indien, in den amerikanischen Westen, den sie so gerne kennenlernen wollte, auf Safari nach Afrika. Und dann würde sie erkennen, was für Freiheiten sie beide besaßen, nur sie beide, für immer zu zweit.

Nur sie beide. Auch wenn ihre Ehe sich verändert hatte, auch wenn etwas verlorengegangen war – vielleicht unwiederbringlich –, liebte sie ihren Mann, und sie würden diesen Sturm gemeinsam überstehen. Manchmal, spätnachts, wenn sie nicht schlafen konnte, musste Isabel an das denken, was ihre Schwester letztes Jahr zu Weihnachten bei einer ihrer üblichen Streitereien halblaut genuschelt hatte, nachdem sich Isabel ihrem Mann bei irgendeiner Nichtigkeit gefügt hatte: «Meine Güte, Isabel, weißt du eigentlich überhaupt noch, wer du ohne Edward bist?» Isabel war, ehe sie ihre Eltern verloren hatte, ehe sie Edward begegnet war, tatsächlich ein völlig anderer Mensch gewesen. Und jetzt regte sich in ihr auf einmal der Wunsch nach Dingen, die sie sich früher nie gewünscht hatte. Bedeutende, einschneidende, lebensverändernde Dinge. Vielleicht überließ sie Edward auch nur den Sieg, weil sie zu viel Angst hatte. Also war die Sache erledigt. Es würde kein Baby geben. Kein Getrippel kleiner Kinderfüße. In den tiefsten Tiefen ihres Herzens akzeptierte Isabel – beinahe –, dass der Wunsch nach einem Kind allein ihr schon genügte. Weil dieser Wunsch ihr etwas über sie selbst verriet. Etwas Positives über sie selbst.

Der Autoschlüssel bohrte sich immer tiefer in ihre Handfläche. Isabel hatte tatsächlich geglaubt, sie hätten es langsam wieder im Griff, wären allmählich zurück auf der Spur, auch wenn Edward ihr gesagt hatte, dass er sie am nächsten Tag nicht nach Maine begleiten würde. Edward ließ sonst nie eine Gelegenheit aus, nach Maine zu fahren, um seinen Bruder und dessen Frau zu besuchen und Tante Lolly, die er sehr mochte. Edward hatte Lolly immer gemocht, von Anfang an. Doch als Isabel ihm vor ein paar Tagen von Lollys eigenartigem Anruf erzählte, in dem sie eine große Neuigkeit ankündigte, über die sie aber auf keinen Fall am Telefon sprechen wollte und stattdessen darauf bestand, dass sich Isabel, ihre Schwester June und ihre Cousine Kat am Freitagabend zum Essen in der Pension einfanden, hatte Edward gesagt, er könne nicht mitkommen. Termine. Ein Geschäftsessen. Noch mehr Termine. Am Wochenende.

«Ich kann nicht weg, Isabel», hatte er gesagt. «Fahr du nach Maine und besuch deine Familie. Es ist schon eine ganze Weile her, oder? Weißt du was? Bleib doch gleich übers Wochenende. Oder länger.»

Isabel hatte Lolly, June und Kat tatsächlich seit Weihnachten nicht mehr gesehen. Inzwischen war August. Zwei Treffen im Jahr, zu Thanksgiving und zu Weihnachten, mehr Miteinander schienen sie alle vier nicht zu ertragen.

Bleib doch gleich übers Wochenende ... oder länger ... Hatte er etwa vergessen, dass am Dienstag ihr zehnter Hochzeitstag war?

«Worum geht's bei Lollys großer Ankündigung gleich wieder?», hatte er heute Morgen gefragt, ohne sie anzusehen, die Finger auf der Tastatur seines iPhones.

Er hörte ihr überhaupt nicht mehr zu. Sie machte sich, seit ihre Tante angerufen hatte, ununterbrochen Gedanken. Es sah Lolly überhaupt nicht ähnlich, sie drei – beziehungsweise zwei, ihre Cousine Kat lebte bei Lolly in der Pension – so herbeizuzitieren. Isabel vermutete, dass ihre Tante plante, das Three Captains' Inn zu verkaufen, und da die drei Mädchen in dem Haus aufgewachsen waren – na ja, Isabel zumindest, seit sie sechzehn war –, hatte Lolly, ansonsten der nüchternste, unsentimentalste Mensch auf Erden, vielleicht ausnahmsweise das Bedürfnis, ihnen diese Neuigkeit persönlich zu verkünden. Lolly würde dies mit derselben Leidenschaft tun, wie sie erzählen würde, dass die Lilien in diesem Sommer besonders gut geduftet hatten. Danach würden sie alle wieder ihrer Wege gehen. Lolly würde zum Kinoabend mit ihren Gästen in den Aufenthaltsraum verschwinden, wie jeden Freitag, June würde stundenlang draußen auf der Terrasse mit ihrem Sohn Charlie Legotürme bauen, um nur ja nicht in der Stadt aus Versehen irgendeinem bekannten Gesicht über den Weg zu laufen. Und Kat – tja, Kat würde versuchen, Isabel aus dem Weg zu gehen.

Isabel hoffte tatsächlich, ihre Tante wollte die Pension verkaufen. Dieses Haus war für keine von ihnen ein Hort glücklicher Erinnerungen.

Hör mir zu. Sieh mich an. Nimm mich wieder wichtig, hatte sie Edward telepathisch zugerufen. Doch der war immer noch mit seiner ganzen Aufmerksamkeit bei seinem iPhone gewesen. «Das hat Lolly nicht gesagt», hatte sie geantwortet. «Aber ich wette, sie will uns verkünden, dass sie die Pension verkauft.»

Er hatte abwesend genickt, auf die Uhr gesehen, nach seiner Geldbörse gegriffen und war aufgestanden.

Das war alles? Kein Kommentar? Keine nostalgischen Gefühle für den Ort, wo sie so viele Nächte, zwischen uralten Eichen liegend, im Garten verbracht hatten, um die Sterne zu betrachten? Wo sie Pläne geschmiedet hatten, über so viel mehr als über die Kinder, die sie niemals haben würden?

Kein Kommentar. Kein gar nichts.

· · · · ·

Isabel starrte den anonymen Brief an, der aus ihrer Tasche ragte. Sie las ihn noch einmal durch. Schob ihn wieder in den Umschlag zurück.

Ihr Mann hat eine Affäre ...

Wollte sie es wirklich wissen? Es gab Ehefrauen, die mit Absicht wegsahen, aus komplizierten und weniger komplizierten Gründen. Außerdem konnte es sich tatsächlich um ein Missverständnis handeln. Ein Auto, das Edwards Wagen glich. Ein Mann, der durch eine Hintertür huschte und Edward zufällig ähnlich sah. Wenn sie jetzt aber tatsächlich herausfand, dass Edward sie betrog, was dann? Würde er sie um Verzeihung bitten? Würden sie versuchen, es durchzustehen? Würde er ihr schwören, es hätte nichts zu bedeuten, und dass er in Wirklichkeit nur sie liebte?

Nur dass er sie in letzter Zeit gar nicht mehr zu lieben schien. Seit geraumer letzter Zeit eigentlich. Vielleicht würde er auch gar nicht so tun, als ob.

Sie könnte den Brief zerknüllen und so tun, als hätte sie ihn nie bekommen. Als wäre er tatsächlich für eine andere bestimmt gewesen. Isabel schloss die Augen und ließ sich auf einen Stuhl sinken. Ihr zitterten die Knie. Egal was dabei herauskam, sie brauchte Gewissheit.

Außerdem war es gerade 18:25 Uhr.

Isabel warf dem Teigklumpen auf der hölzernen Arbeitsplatte einen letzten Blick zu, schob den Umschlag zurück in die Tasche und fuhr die kurze Strecke zur Hemingway Street hinüber. Hausnummer 56 war das letzte Haus in der Straße, mit stattlichen Säulen im neoklassischen Stil. Isabel fiel auf, dass sie schon einmal hier gewesen war, zu einer Versammlung vor ein paar Jahren, um irgendein lokalpolitisches Referendum zu besprechen, das zur Wahl stand.

Wer wohnt hier? Verzweifelt versuchte sie, sich zu erinnern, während sie ein paar Häuser entfernt parkte, das Grundstück betrat und um das Haus herum nach hinten schlich. Ihr Herz pochte wie wild. Ihr Atem ging in heftigen Stößen. Hinter dem Haus gab es einen Carport, der von der Straße aus nicht zu sehen war. *Bitte mach, dass da nicht* sein *schwarzer Mercedes steht.*

Aber da stand er. Zweifellos.

Isabel blieb die Luft weg.

Oh, Edward! Du ... Schwein!

Die messerscharfe Wut, die sich ihr in die Eingeweide bohrte, machte einen Augenblick später einer Traurigkeit Platz, die so abgrundtief war, wie sie es seit jenem Morgen nicht mehr erlebt hatte, als sie aufwachte und erfuhr, dass ihre Eltern tot waren. Isabel musste sich an die Hauswand lehnen. Sie war dankbar für die hohen Büsche, die sie verbargen. Die Edward und seinen Mercedes vor den Blicken der Nachbarn verbargen. Vor allen, bis auf einen, offensichtlich.

Über der gläsernen Schiebetür hing ein verwittertes Holzschild, auf dem in bunten Farben THE CHENOWITHS stand. Richtig. Die penetrante Carolyn Chenowith und ihr Ehemann, an dessen Namen Isabel sich nicht mehr erinnerte, ein Paar Mitte dreißig mit einer drei- oder vierjährigen Tochter. Sie hatten ein irisches Au-pair-Mädchen mit riesigen Brüsten, schmaler Taille und einem warmen, strahlenden Lächeln.

Was für ein Klischee! Edward bumste das sexy Au-pair-Mädchen. Isabel schloss die Augen, und ein Schwall Tränen drückte gegen ihre Lider. Sollte sie nach Hause fahren und so tun, als wüsste sie von nichts, bis sie sich darüber klargeworden war, was sie unternehmen wollte? Sollte sie auf der Stelle bei Carolyn Chenowith anrufen und ihr stecken, dass ihr Au-pair-Mädchen mit Isabels und ganz bestimmt auch mit ihrem eigenen Mann ins Bett stieg? Oder sollte sie hineinstürmen und Edward in flagranti stellen?

Wie ferngesteuert ging Isabel die hölzernen Stufen zu der Schiebetür hinauf und umfasste den Türknauf. Die Tür glitt zur Seite. Isabel blieb stehen und lauschte. Aus dem ersten Stock drangen gedämpfte Stimmen zu ihr herunter. Sie hielt den Atem an und ging die mit weißem Teppich ausgelegten Stufen hinauf. Sie hatte so wenig Kraft, dass sie sich aufs Geländer stützen musste. Ihr Herz pochte so laut, dass sie sich wunderte, dass niemand auf den Flur gestürmt kam.

Im selben Augenblick, als Isabel den oberen Treppenabsatz erreichte, trat Edward auf den Flur hinaus, nur sein offenes Hemd über dem nackten Körper.

Entsetzt starrte er Isabel an und wurde binnen Sekunden so bleich, dass sie meinte, er würde in Ohnmacht fallen. Rückwärts stolpernd griff er nach dem Türrahmen. «Was zum –?»

«Baby? Was ist denn?», erklang eine Frauenstimme.

Ohne eine Spur von irischem Akzent.

Völlig nackt kam Carolyn Chenowith aus demselben Zimmer heraus, erblickte Isabel auf dem Treppenabsatz und erblasste. Einen Moment lang blieb sie wie erstarrt stehen, dann verschwand sie und kam in ein Bettlaken gehüllt und mit hochrotem Gesicht wieder auf den Flur.

«Isabel, ich –», stotterte Carolyn, und ihr Gesichtsausdruck war ... voller Mitgefühl.

Edward hob die Hand und starrte Isabel mit Tränen in den Augen an. «Iz! Es ... O Gott, es tut mir so leid, Isabel!»

Isabel stand da, ohne zu atmen, unfähig, sich zu bewegen, unfähig, zu denken, zu begreifen.

«Du –» Isabel versuchte, das Unfassbare auszusprechen. *Du hast eine Affäre. Noch dazu mit Carolyn Chenowith? Einer Mutter?*

Sie starrte die beiden fassungslos an, dann drehte sie sich um, rannte die Treppe hinunter und floh zur Tür hinaus.

2.

June Nash

∙ ∙ ∙ ∙ ∙ ∙ ∙ ∙ ∙ ∙ ∙ ∙

June hatte immer gehofft, dass Pauline Altman, sollte sie ihr jemals wieder über den Weg laufen müssen, mindestens zwanzig Kilo zugelegt hätte und ihr Gesicht von Erwachsenenakne entstellt wäre, aber so viel Glück war June nicht vergönnt. Immer noch blond, immer noch schlank, immer noch bildhübsch, stand Pauline bei Books Brothers in der Abteilung für Reiseliteratur und blätterte in einem Reiseführer über Peru. June, die eigentlich gerade *Paris ganz günstig* hatte zurückstellen wollen, das jemand auf einem der Cafétische hatte liegen lassen, flüchtete sich in den *Rund-um-Maine*-Gang und flüsterte einer der Verkäuferinnen zu, sie würde mal kurz ins Büro verschwinden.

Sobald die Tür hinter ihr ins Schloss gefallen war, stieß June den Atemzug aus, den sie seit gefühlten sieben Jahren angehalten hatte.

Als sie Pauline zuletzt gesehen hatte, war June einundzwanzig gewesen, im achten Monat schwanger und hatte in der Books-Brothers-Filiale in ihrer Heimatstadt Boothbay Harbor an der Kasse gestanden. Pauline, von June als Jahrgangsbeste um ein Haar beim Rennen um das Privileg als Abschlussrednerin ausgestochen, war mit dem Studienführer zur Vorbereitung aufs Jurastudium und weit geöffnetem Mund an die Kasse gekommen. «O mein Gott, Juney! Du bist schwanger? Und *wie*! Dann war's das wohl erst mal mit der Columbia University, oder?»

Was du nicht sagst!, hatte June gedacht und wäre am liebsten hinter den gerade eingetroffenen Kisten mit Neuerscheinungen im Erdboden versunken. Sie würde zwar ihr Abschlussjahr verpassen, aber ganz sicher nichts vermissen, wenn sie daran dachte, wie einsam und verlassen sie sich im letzten Semester in New York gefühlt hatte. Sie war im November schwanger geworden, hatte es aber erst am Anfang des Sommersemesters gemerkt. Und als es dann klar war, hatte sie nichts anderes mehr im Kopf gehabt als ihre Schwangerschaft – und die Suche nach dem Vater ihres Kindes.

Pauline hatte mit einem einzigen Blick den nackten Ringfinger an Junes linker Hand erfasst und triumphierend gerufen: «Ich kann nicht fassen, dass ausgerechnet *du* schwanger bist! Ich dachte, du hättest längst irgendein irre tolles Volontariat bei einem schicken Hochglanzmagazin oder einem Verlag und wärst auf direktem Weg in die Chefredaktion von *The New Yorker*.» Hinter ihr stand bereits der nächste Kunde, und Pauline hatte ihr Buch in die Tasche gesteckt und gesagt: «Gott, es ist immer wieder erstaunlich, dass selbst die klügsten Köpfe die dämlichsten Fehler machen.» Und damit waren Pauline und ihr flacher Bauch und ihre abgeschnittene Jogginghose mit dem Schriftzug YALE quer über dem Hintern in ihren Flip-Flops zur Tür hinaus verschwunden.

June hatte um eine kurze Pause bitten müssen – von denen sie damals von ihrem unglaublich netten Chef so viele bekam, wie sie brauchte – und sich aufs Klo verzogen. Dort hatte sie sich auf den geschlossenen Deckel gesetzt, die Augen zugemacht und versucht, weiterzuatmen. Sie hatte keinen dämlichen Fehler begangen. Auch wenn es für alle anderen so aussah.

Und jetzt, sieben Jahre später, versteckte sie sich schon wieder im Hinterzimmer, obwohl die Books-Brothers-Filiale in Portland wenigstens ein erheblich größeres Büro besaß als der winzige Stammladen in Boothbay Harbor, den June aus verschiedenen Gründen nur noch selten besuchte. Der Hauptgrund war, dass es in der Kleinstadt, aus der sie stammte, nur so wimmelte von Pauline Altmans, die June alle als Jahrgangsbeste mit riesigen Ambitionen in Erinnerung hatten, die davon träumte, die Verlagswelt von New York umzukrempeln, sich dann aber von einem Two-Night-Stand hatte schwängern lassen und die letzten sieben Jahre als Alleinerziehende mit einem Job in einer kleinen Buchhandlung verbracht hatte.

Wenigstens war sie inzwischen Filialleiterin. Das Geld reichte gerade eben, um die Rechnungen zu bezahlen und jeden Monat ein bisschen was für Notfälle zur Seite zu legen. Für Charlies College-Fonds war zum Glück gesorgt.

Außerdem hatte sie Charlie. Der sie täglich daran erinnerte, was im Leben wirklich wichtig war. Auf Pauline und ihre Meinung konnte sie pfeifen. Und darauf, den vielen Was-wäre-Wenns hinterherzujammern. Dies war ihr Leben, und es war gut – nein, *toll*, sie hatte ein tolles Kind und tolle Freunde und einen Job, den sie liebte. June fasste ihre langen, kastanienbraunen Locken im Nacken zu einem Knoten zusammen und schob zur Befestigung einen Bleistift mittendurch. Dann setzte sie sich in ihrem winzigen Büro an den Schreibtisch und schrieb sich einen Klebezettel, um nicht zu vergessen, noch eine Kleinigkeit zu essen zu besorgen für Charlie und seinen neuen Freund, den er heute aus der Ferienbetreuung zum Spielen mit nach Hause brachte. Die Vorstellung, wie die Kinder auf dem Mond-und-Sterne-Teppich in Charlies Zimmer saßen, Lego-Roboter bauten und an ihren Käsestangen knabberten, entlockte ihr ein Lächeln.

«Ach, June, da steckst du!», sagte Jasper Books, als er aus seinem Büro kam, das direkt an ihres grenzte und noch kleiner war, weil er nur zweimal pro Woche in den Laden kam. Jasper war Mitte dreißig, groß und sehr elegant und der Eigentümer von Books Brothers (gemeinsam mit seinem Zwillingsbruder Henry, der den Stammladen in Boothbay führte). June hatte ihm viel zu verdanken. Ihnen beiden. Jasper hatte ihr sofort einen Job als Buchhändlerin in der Filiale in Portland angeboten, als sie damals so dringend aus Boothbay Harbor wegmusste. Weg von den Blicken, weg von all dem «O nein, du hattest doch dein ganzes Leben vor dir!» – als hätte sie eine Bank überfallen und wäre zu Gefängnis verurteilt worden. Und weg von ... von der Missbilligung ihrer Tante, falls Missbilligung das richtige Wort dafür war. June war Jasper unendlich dankbar für die kleine, billige Personalwohnung direkt über dem Laden. Der Buchladen lag in der quirligen Exchange Street im alten Hafen von Portland und fügte sich dort zwischen viele andere individuelle Geschäfte und wunderbare kleine Restaurants und Cafés. In dieser Wohnung konnte sie ihren Sohn aufziehen, dank der unmittelbaren Nähe zum Laden und dank ihrer wunderbaren Nachbarin, einer netten Dame im Großmutteralter, die auf Charlie aufpasste, wann immer es nötig war. Und natürlich dank Jasper, der sie erst zur stellvertretenden Geschäftsführerin und dann zur Filialleiterin befördert hatte. June liebte Books Brothers, sie liebte den Geruch der Bücher, sie liebte es, Kunden bei der Suche nach einem Geschenk oder einem Buch für sich selbst zu beraten und die Hinweiskarten mit ihren persönlichen Empfehlungen zu schreiben. Sie liebte den verschrammten Holzboden, die runden, geflochtenen

Flickenteppiche, die plüschigen Sofas, wo die Kunden sich niederlassen und auch gerne ein Buch lesen durften, ob sie es danach kauften oder nicht.

«Na, Jasper, sitzt du wieder über den Zahlen?» Jasper hatte in den letzten Monaten mehr als einmal erwähnt, dass ihm der Umsatzrückgang ziemliche Sorgen machte, und June hatte diverse Initiativen ergriffen, um das Geschäft anzukurbeln: Autoren-Lesungen von zwei Schriftstellern aus Maine und zwei Bestseller-Lesungen, drei Buchclubveranstaltungen, eine Kaffeemaschine und drei kleine Cafétische. Und Vorlesenachmittage in der Kinderbuchabteilung. Die Umsätze waren gestiegen. Zumindest ein wenig.

Jasper sah sie einen Moment lang an. Dann setzte er sich auf den Stuhl, der sich in die kleine Lücke zwischen ihrem Schreibtisch und der Wand quetschte. «June, es bringt mich fast um, das jetzt tatsächlich laut aussprechen zu müssen, aber Henry und ich sind, was die Portland-Filiale betrifft, zu einer Entscheidung gelangt. Wir müssen schließen.»

June sprang auf. «Was? Ihr wollt den Laden hier aufgeben?»

«In ein paar Monaten werden wir nicht mal mehr in der Lage sein, die Miete und die Fixkosten zu zahlen. Wir müssen der Wahrheit ins Auge sehen und dichtmachen. Vielleicht können wir dafür in Boothbay erweitern. Dem Stammladen geht es gut, weil uns das Haus gehört und wir eine von nur zwei Buchhandlungen am Ort sind. Der Stammladen ist natürlich Henrys Baby, und das schaukelt er von seinem Boot aus auch ganz wunderbar, aber ich bin mir trotzdem sicher, dass er dich als Geschäftsführerin nehmen würde. Du weißt, dass wir dich nie einfach so fallenlassen würden.»

O nein! Nein, nein, nein, nein, nein! Die Filiale von Books Brothers in Portland schließen, einen Fixpunkt auf der Exchange Street? Ihren über alles geliebten Buchladen?

Und außerdem: Geschäftsführerin in Boothbay? Schlimm genug, dass sie morgen Abend zum Familienessen musste. Die Vorstellung, ihrer reichen Schwester plus Edward, ihrem selbstgefälligen Schwager, zu begegnen, ihrer Cousine Kat, der nie etwas entging, und der schweigsamen, nüchternen Lolly, die weiter ihren Geschäften nachgehen würde, als wären ihre Nichten nicht anwesend, und den ganzen Abend mit ihren Pensionsgästen vor dem Fernseher sitzen würde, anstatt die Zeit mit ihnen zu verbringen, war sowieso schon unerträglich – aber nachdem sie gerade ihren Job verloren hatte? «Drei Jahre Elite-Uni, und du sortierst immer noch Bücher, June?», hatte der schmierige Edward bei ihrer letzten Begegnung zu Weihnachten nicht nur einmal zu ihr gesagt. «Du könntest doch sicher wenigstens Redakteurin bei einem Regionalmagazin wie *Portland* oder *Down East* werden.» Klar. Der Schritt vom Regalesortieren in eine Zeitschriftenredaktion war ein Katzensprung. Den Traum von der Redakteurin hatte June in dem Augenblick aufgegeben, als eine sichere Anstellung, ein regelmäßiges Einkommen und eine günstige Wohnung unentbehrlich geworden waren. Und außerdem sortierte sie keine Regale. Sie war Geschäftsführerin. «Ach, entschuldige bitte, *Geschäftsführerin*», sagte ihr schmieriger Schwager dann mit süffisantem Schnauben.

Sie konnte kaum noch glauben, dass sie irgendwann mal – damals, mit dreizehn – an nichts anderes hatte denken können als an Edwards Gesicht, die Länge seiner Wimpern, den Schwung seiner Nase, die dunkelbraunen Augen, die selbst heute noch manchmal eine Erinnerung an das wütende, todtraurige Mädchen hervorlockten, das sie damals war. Ein Mädchen, das voller Träume gewesen war – bis zu dem Unfall, der ihr Leben und Isabels und auch das ihrer Cousine Kat für immer verändert hatte. Als June dann zum Studium an die Columbia gegangen war, hatte sie ihre Träume endlich wiederentdeckt. Weit weg von Tante Lolly, weg von der angestaubten, altmodischen Pension, die für Touristen der Inbegriff von «authentischem Fischerdorfcharme» war, hatte June zu sich selbst gefunden. Bis sie eines Tages auf einer Bank im Central Park versetzt wurde und ihr Leben sich wieder völlig veränderte.

Wieder in der Stadt zu arbeiten, wo sie so oft als *arme Juney* bezeichnet worden war, dass sie es sogar schon aus dem Munde völlig Fremder erwartet hatte? Nein danke. «Aber Jasper, Boothbay Harbor liegt anderthalb Stunden von Portland entfernt. So eine Strecke kann ich unmöglich zweimal täglich pendeln. Außerdem kann ich nicht zurück. Ich werde hier schon irgendwas anderes finden. Vielleicht braucht die Bücherei –»

Jasper drückte ihr mitfühlend die Schulter. «Süße, ich weiß nicht, wie ich dir das sagen soll, aber ... wenn wir den Laden aufgeben, dann geben wir auch die beiden Wohnungen auf. Sie sind Bestandteil des Mietvertrages und liegen weit unter der ortsüblichen Miete.»

June sank in ihrem Stuhl zusammen. *O nein!*

Jasper drückte ihr noch mal die Schulter. «Du wirst schon was finden, Junikäferchen. Einen neuen Job, eine neue Wohnung. Du landest doch immer auf deinen Füßen.»

Wieso hatte sie dann das Gefühl, als würde ihr genau unter denen der Boden weggezogen werden?

· · · · ·

June stand am Tresen ihrer kleinen Küche. Hier hatte sie Charlie mit seinem allerersten Löffel Erdnussbutter gefüttert, hier am Tisch hatte sie wieder und wieder mit ihm Fische angeln gespielt und nachts oft stundenlang bei einer

Tasse Tee mit dem Fotoalbum voller Bilder ihrer Eltern gesessen, wenn sie wieder mal nicht schlafen konnte.

Sie ließ den Blick über die alten Küchenschränke und das abgenutzte, schwarz-weiße Linoleum schweifen. Ihre kleine Wohnung war wirklich nichts Besonderes, das wusste sie selbst, ganz im Gegensatz zu dem Designerkasten ihrer Schwester in Connecticut. Doch die Wohnung trug ihre Handschrift. June hatte die Wände hellgelb gestrichen, die Böden mit bunten Flickenteppichen geschmückt, hatte mit Hilfe von Überwürfen, Zierkissen und Vorhängen so einiges zuwege gebracht und die kleine Wohnung für sich und Charlie zu einem gemütlichen Zuhause gemacht.

Nicht weinen, befahl sie sich. Sie stand mit dem Rücken zum Küchentisch, an dem Charlie und sein neuer Freund Parker mit den Bastelmappen saßen, die sie aus der Ferienbetreuung mitgebracht hatten. Die beiden Jungen hätten gegensätzlicher nicht sein können – Charlie mit den feinen, dunklen Haaren und den grünen Augen (beides eindeutig nicht von ihr) und Parker mit dem wilden blonden Lockenschopf und den engelsblauen Augen.

June nahm ein paar Käsestangen von der Anrichte, schenkte Apfelsaft in zwei Batman-Becher und stellte den Snack auf den Tisch. Sie hatte vom Bäcker noch ein paar Cupcakes mitgebracht, weil sie zur Aufmunterung dringend etwas wie den Erdnussbutter-Whoopie brauchte, den sie für sich selbst mitgenommen hatte. Sie würde die Jungen ein bisschen später mit den Törtchen überraschen.

«Weißt du was?», flüsterte Charlie seinem Freund gerade zu und rückte mit seinem Stuhl ein bisschen näher. «Ich kann bei unserem Projekt gar nicht mitmachen, weil ich keinen Papa habe.»

June holte hörbar Luft. Was war das denn?

«Wieso hast du keinen Papa?», wollte Parker wissen.

Charlie zuckte mit seinen schmalen Schultern und nestelte an seinem Batman-Umhang, den Kat ihm zum siebten Geburtstag geschickt hatte. «Hab halt keinen.»

Parker ahmte seine Geste nach. «Ich dachte, jeder Mensch hat einen Papa.»

Charlie schüttelte den Kopf. «Ich nicht.»

Die beiden Kinder drehten sich um und sahen June fragend an.

Sie reagierte mit der altbekannten Angst, die sie jedes Mal wieder überfiel, wenn Charlie wissen wollte, wer sein Vater war. Es gab auf diese Frage einfach keine richtige Antwort. Manchmal, vor allem, wenn sie andere Mütter und Väter gemeinsam bei irgendwelchen Schulveranstaltungen sah oder wenn sie hörte, wie andere Kinder vor Charlie von ihren Vätern sprachen, überkam June diese abgrundtiefe Traurigkeit, die sie früher, als Charlie noch ein Baby war, oft um den Schlaf gebracht hatte – was wenigstens den nächtlichen Stillzeiten zugutegekommen war. Zu solchen Gelegenheiten verlor sie sich dann in Phantasievorstellungen, malte sich aus, John hätte sie damals an jenem milden Novembertag auf der Bank im Central Park *nicht* versetzt, sie hätten gemeinsam entdeckt, dass sie schwanger war, und als Paar entschieden, das Kind zu bekommen. Sie hätten geheiratet und wie durch Zauberhand eine wunderschöne Wohnung in New York gefunden, sie hätte ihr Studium an der Columbia beendet und wäre als Redakteurin zum *New Yorker* gegangen, und er ... hätte ein Jahr Pause von seinem Jahr Pause gemacht, denn das war, was er damals gerade machte, und zu dritt hätten sie glücklich und zufrieden gelebt bis an ihr Ende, als intakte Familie. In dieser Phantasievorstellung hatte Charlie einen Vater.

In Wirklichkeit hatte er keinen.

June holte noch mal tief Luft und ging zwischen den beiden Stühlen in die Hocke.

«Worum geht es denn bei eurem Projekt?», fragte sie, den Blick auf die geöffneten Mappen gerichtet.

«Es ist für die Abschlussfeier von der Ferienbetreuung. Alle Eltern werden eingeladen», erklärte Charlie. «Wir bauen einen Riesenbaum, so ungefähr zehn Leute hoch, und an den hängen wir unsere eigenen Stammbäume. Weißt du, was ein Stammbaum ist, Mom?» Er nahm einen grünen Karton aus seiner Mappe.

«Ja, Charlie», sagte sie. Auf das Blatt war der Umriss eines Baums mit vielen Ästen gezeichnet. Überall gab es Ovale für die Namen. Urgroßeltern. Großeltern. Eltern. Du. Geschwister. *Setze die Namen in die Felder und schreibe darunter je drei Adjektive (Eigenschaftswörter) zu deinen Verwandten.*

O Charlie! June brach es beinahe das Herz. Die eine Seite ließ sich mit Leichtigkeit füllen. Das war die Nash-Seite. Auch wenn unter den Namen von Charlies Großeltern und seinem Großonkel mütterlicherseits ein Kreuzchen für «verstorben» stehen würde. Doch von der anderen Seite des Baumes, derjenigen oberhalb des Vater-Schildchens, hatte June keinen blassen Schimmer. Natürlich wusste sie, wie Charlies Vater hieß – Gott sei Dank, zumindest das. Aber drei Adjektive? Groß, dunkelhaarig, grünäugig, mit mehr konnte sie nicht aufwarten. Denn alles andere, was ihn ihrer Meinung nach hätte beschreiben können – von zwei Begegnungen her, jedenfalls –, war im Nachhinein in Stücke gerissen worden. Übrig geblieben war von John Smith ein Gesicht, das sie niemals vergessen würde, ein Gesicht, das ihr in Charlie jeden Tag aufs Neue begegnete.

«Mom, können wir uns mal kurz nebenan unterhalten,

bitte?», fragte Charlie. Die Anstrengung, vor seinem Freund nicht in Tränen auszubrechen, stand ihm ins Gesicht geschrieben.

«Klar. Wir sind gleich wieder da, Parker», sagte June. «Bitte greif zu.»

Sie gingen in Charlies Zimmer, das seit neuestem im Harry-Potter-Look dekoriert war. Charlie nahm seinen Zauberstab vom Tisch und fragte mit Tränen in den Augen: «Mom, warum habe ich keinen Papa, so wie alle anderen Kinder?»

Sie setzte sich auf sein Bett, hob ihn auf ihren Schoß und nahm ihn in die Arme. Darüber hatten sie schon viele Male geredet, und jedes Mal, wenn er es brauchte, wiederholte sie es für ihn. «Du *hast* einen Papa, Charlie, aber er ist nicht Teil unseres Lebens. Er wusste nicht, dass ich mit dir schwanger bin, und er ist weggezogen, ehe ich es ihm erzählen konnte. Und obwohl ich nach ihm gesucht habe, konnte ich ihn nicht finden.» Sie nahm Charlie fest in die Arme, die Wange an seine feinen, weichen Haare geschmiegt. «Wenn er von dir wüsste, Charlie, wenn er wüsste, dass es dich gibt, dann wäre er bei uns. Er würde dich lieb haben. Das weiß ich ganz sicher.»

«Aber wie soll ich jetzt den Stammbaum ausfüllen?», wollte Charlie wissen.

Junes Herz zog sich zusammen. Sie hatte gewusst, dass dieser Tag kommen würde, der Tag, an dem das, was sie ihm sagen konnte, nicht mehr genügte. Sie musste etwas unternehmen, endlich etwas herausfinden. Charlie hatte ein Recht darauf zu erfahren, wer sein Vater war – und zwar mehr als ein Name und ein paar notdürftige Daten. «Hör mal, mein Schneckchen. Ich versuche, für deinen Baum noch ein bisschen mehr über deinen Papa herauszufinden, okay? Auch über seine Eltern und seine Großeltern.»

Sofort hellte sich Charlies Gesicht auf. «Okay.»

June hatte keine Ahnung, wie sie John nach so vielen Jahren plötzlich finden sollte, schließlich war ihre Suche schon damals völlig erfolglos geblieben. Aber sie musste es wenigstens versuchen. Vielleicht kannte Edward jemanden, einen Anwalt oder einen Privatdetektiv. June war sich sicher, dass sie ihm morgen Abend zu Tante Lollys großer Ankündigung im Three Captains' Inn begegnen würde.

Tante Lollys Ankündigung ... das hatte sie bei all dem Trubel heute fast vergessen. *Vielleicht verkauft sie die Pension*, dachte June mit ziemlich gemischten Gefühlen. Sie hatte im Three Captains' Inn die traurigste Zeit ihres Lebens verbracht, aber es hatte dort auch schöne Momente gegeben. Lolly hatte sie natürlich gebeten, Charlie mitzubringen, und Boothbay Harbor im August war für Kinder das reinste Paradies. Trotzdem – die Pension würde für June immer der Ort bleiben, an den sie gezwungen worden war, als sie ihre Eltern verlor – und, in gewisser Weise, auch noch ihre Schwester. Zog sie dann noch in Betracht, wie sie sich als verängstigte, schwangere Einundzwanzigjährige gefühlt hatte, angeglotzt von ehemaligen Klassenkameraden, fühlte sich Boothbay Harbor für June schwerlich nach einem «Zuhause» an.

Nein, June freute sich kein bisschen auf den kommenden Abend. Ihr Leben stand gerade kopf, sie musste einen Plan entwerfen, sie brauchte Zeit und Raum zum Nachdenken. Beides war im Three Captains' Inn nicht zu haben. Und auch nicht in Boothbay Harbor, mochte der Ort auch noch so schön und friedlich sein. Wenigstens konnte sie bei der Gelegenheit Henry im Buchladen besuchen gehen. Er würde sich freuen, Charlie wiederzusehen.

Sie war dankbar für die schnelle Umarmung, die ihr Sohn

ihr schenkte, ehe er zu seinem Freund in die Küche zurückrannte, das Stirnrunzeln mit kindlicher Leichtigkeit in ein strahlendes Lächeln umgekehrt.

3.
Kat Weller

Kat drückte sechs verschnörkelte Buchstaben aus der mit weißer Buttercreme gefüllten Spritztülle – L für Lolly, I für Isabel, E für Edward, J für June, C für Charlie und K für Kat – auf den Rand des Schokoladenkuchens, den sie für das Familienessen gebacken hatte. Mit dem zähen Karamell, den süßen Kokosraspeln und der knusprigen Pekannussfüllung war es der absolute Lieblingskuchen ihres Neffen Charlie. Sie hatte den niedlichen Siebenjährigen schon viel zu lange nicht mehr gesehen. Genauso, wie sie June und Isabel ewig nicht gesehen hatte.

Schon ehe Kat das Backen zu ihrem Beruf gemacht hatte, hatte sie zu jedem Familienfest in der Pension einen Kuchen mit allen Initialen gebacken. Es war ihre Art ... sich Mühe zu geben, wahrscheinlich. Kat warf einen Blick auf die Küchenuhr, nahm die mit Glasur verschmierte Schürze ab und warf sie in den Weidenkorb. Bis zur Ankunft ihrer Cousinen blieb nicht mal mehr eine Stunde.

Geht's dir gut?, hatte Oliver vor zwanzig Minuten per SMS gefragt. *Ich weiß, dass du dir wegen heute Abend Sorgen machst. Ruf an, wenn du magst. O.*

Er hatte recht. Sie machte sich Sorgen. Ihre Mutter hatte ihre Nichten nach Hause zitiert. Als Isabel vor Jahren einmal zu Weihnachten nicht nach Hause gekommen war, weil niemand sie explizit eingeladen hatte, hatte Lolly lediglich «Herrgott noch mal!» gemurmelt und gesagt, ab sofort würde die Familie jedes Jahr Thanksgiving und Weihnachten zusammen verbringen, komme, was da wolle, Einladungen würde es grundsätzlich keine geben, das verstehe sich ja wohl von selbst. Und so kamen künftig jedes Jahr Isabel und Edward zu Thanksgiving und zu Weihnachten in seinem schwarzen Mercedes aus Connecticut angereist, und June und Charlie in Junes uraltem dunkelgrünem Subaru Outback aus Portland, während Kats Anreise sich auf die Bewältigung eines Stockwerks zu Fuß beschränkte, weil sie noch immer in der Pension wohnte. Wie schon ihr ganzes Leben lang.

Doch noch nie zuvor hatte ihre Mutter Kats Cousinen aus einem anderen Grund nach Hause berufen. Sie hatte es Kat erst heute Morgen gesagt, ganz beiläufig, während sie die Eier für das Frühstück der Gäste aufschlug. «Ach, Kat, könntest du uns wohl für heute Abend einen Familienkuchen backen? Die Mädels kommen zum Abendessen. Ich habe sie hergebeten, weil ich euch allen etwas zu sagen habe.»

Das hatte gesessen! Etwas zu sagen? Lolly Weller war nicht der Typ, der lange um den heißen Brei herumredete. Wenn sie etwas zu sagen hatte, was selten genug geschah, dann tat sie es für gewöhnlich ohne Brimborium, wie sie es nannte, wenn um etwas zu viel Trara veranstaltet wurde.

Sie verkauft die Pension ... sie heiratet ... sie geht nach Tahiti ... Kat hatte sich erfolglos den Kopf darüber zerbrochen, was für eine Ankündigung es geben konnte, die es erforderlich machte, «die Mädels» nach Hause zu beordern, obwohl «die Mädels» Boothbay Harbor beide hassten und sich auch gegenseitig nicht besonders gut ausstehen konnten. Oder Kat. Während sie den Aufenthaltsraum hergerichtet und im Anschluss daran das Rotkehlchenzimmer für eine Neuanreise vorbereitet hatte, überlegte Kat, was ihre Mutter im Sinn haben mochte. Sie konnte sich nicht vorstellen, dass Lolly das Three Captains' Inn jemals verkaufen würde, aus welchem Grund auch immer. Mit einem aus dem Nichts aufgetauchten Verlobten Hals über Kopf nach Vegas abzuhauen schien auch nicht wahrscheinlich, weil es, seit Kats Vater vor fünfzehn Jahren gestorben war, an der Seite ihrer Mutter keinen Mann mehr gegeben hatte. Ganz zu schweigen von einem Umzug nach Tahiti oder sonst wohin. Lolly Weller hatte Boothbay Harbor, Maine, noch nie verlassen – noch nicht mal zu den Flitterwochen.

Kat hatte versucht, Pearl auszuquetschen, die ältere «Haushaltshilfe» ihrer Mutter, die ein paar Mal pro Woche kam, um in der Pension zu helfen, und die außerdem Lollys beste Freundin war. Kat äußerte, wie überrascht sie wäre, dass ihre Cousinen am Abend zum Essen kamen. Obwohl weder Thanksgiving noch Weihnachten war. Sondern nur ein ganz normaler Freitag im August.

Doch alles, was sie aus Pearl herausbekommen hatte, war: «Ist das nicht wunderbar? Vielleicht lasst ihr drei euch ja sogar zum Kinoabend blicken. Lolly sagt, heute sehen wir *Die Brücken am Fluss*. Mit Meryl Streep und Clint Eastwood.»

Kat hatte einen erleichterten Seufzer ausgestoßen. Wenn Lolly noch nicht mal ihren allwöchentlichen Kinoabend abgesagt hatte, konnte die Ankündigung wohl kaum so weltbewegend sein. Andererseits hatte Kat ihre Mutter nie glücklicher gesehen, als wenn sie sich gemeinsam mit Pearl und ihren Hausgästen einen Film ansah. Ihren Filmclub würde Lolly Weller niemals absagen.

Die Backofenuhr erinnerte Kat an die Zitronen-Eiercreme-Cupcakes, die sie für den Kinoabend gebacken hatte. Sie waren fertig – und dufteten göttlich. Sie zog die Backbleche aus dem Ofen, stellte sie auf das Abkühlgitter ans Fenster und warf einen Blick hinunter auf den Hafen. Das Three Captains' Inn lag nicht, wie die bekannteren Hotels der Stadt, im Zentrum von Boothbay Harbor, doch die wenigen Zimmer in dem hellblau gestrichenen viktorianischen Holzhaus auf der Harbor Hill Road waren trotzdem immer ausgebucht. Die Pension lag zwei lange, gewundene Straßen über dem Hafen auf einem Hügel und bot einen phantastischen Blick auf das geschäftige Sommertreiben im Hafen, auf die unzähligen Stege und Docks, die Walbeobachtungsboote und die majestätischen Segelschiffe, die vielen Läden und Restaurants, ohne dass man mitten im Trubel war. Mit der altmodischen Seemannsdekoration – Steuerräder, Bojen und Fischernetze – war das Three Captains' Inn anders als so manche modernere Hotels in der Gegend, und die Gäste schätzten die Pension als ein authentisches Stück New England in Besitz einer waschechten Mainerin, die so gut wie nie lächelte und auch nichts für Plaudereien übrighatte, deren Zimmer dafür aber urgemütlich waren und die ein sagenhaftes Frühstück servierte. Kats Eltern hatten das Three Captains' Inn von Lollys Familie übernommen, Nachfahren der drei Kapitänsbrüder, die das Haus im 19. Jahrhundert errichtet hatten. In der kleinen Frühstückspension waren also schon viele Generationen dieser Familie aufgewachsen.

Die Glocke über der Schwingtür zur Küche bimmelte. Kats Freundin – und Kundin – Lizzie Hamm kam herein. «Hm! Das sieht ja köstlich aus», sagte sie mit Blick auf den Familienkuchen. Ihr ging es nicht anders als allen anderen Leuten beim Anblick von Kats Kreationen mit den Verzierungen in Form seltsamer, winziger Vögel, Muscheln, Zweige oder Blüten. «Was wohl die große Ankündigung deiner Mutter ist? Du musst mich unbedingt sofort anrufen, ganz egal, wie spät es ist. Ach, hey!», sagte sie und musterte Kat genauer. «Du hast dir die Haare schneiden lassen! Kürzer, steht dir gut! Und die Stirnfransen sind super!»

Kat lächelte. «Danke. Mir war dringend nach einer Veränderung.» Sie hatte sich knapp acht Zentimeter ihrer hellblonden Haare abschneiden lassen, sodass diese kaum noch die Schultern berührten. Und sie trug zum ersten Mal in ihrem Leben einen Pony, der ihr ein völlig neues Gefühl verlieh. Ein Gefühl, nach dem sie schon seit einiger Zeit auf der Suche gewesen war. Erwachsen, jenseits der fünfundzwanzig, was schließlich auch nicht mehr ganz jung war.

Lizzie stellte ihre riesige Handtasche auf einem Küchenstuhl ab. «Ich kann es nicht erwarten, endlich meine Entwürfe zu sehen!»

Kat führte sie zu dem Tisch am Fenster, das auf den großen Garten hinter dem Haus hinausging, wo Lolly und Pearl an einem der Gartentische saßen und ein Kartenspiel spielten, das verdächtig nach Poker aussah. Als Chips benutzten sie kleine Stückchen von Kats selbstgebackenen Cookies. Der Anblick brachte Kat zum Lächeln – und ließ sie einen Moment lang vergessen, dass die Stimmung in der Pension schon in wenigen Stunden mal wieder so sein würde wie während ihrer ganzen Jugend. Klaustrophobisch. Eng. Voll unterdrückter Wut.

Wie hatten sie es in diesem Haus zu viert nur ausgehalten, miteinander eingesperrt, während in den Gemeinschaftsräumen das ständige Kommen und Gehen von Gästen herrschte?

Als die beiden Nash-Schwestern bei ihnen eingezogen waren, hatte Lolly das große Dachzimmer mit dem romantischen Balkon, das vor dem Unfall das Elternschlafzimmer gewesen war, zum gemeinsamen Zimmer der drei Mädchen umfunktioniert, und sie selbst war in das einzelne Gästezimmer jenseits der Diele im Erdgeschoss gezogen. Sich auf einmal mit der dreizehnjährigen June und der sechzehnjährigen Isabel ein Zimmer teilen zu müssen, war für die zehnjährige Kat eine ziemlich harte Umstellung gewesen.

Während June und Isabel das klassische Klischee der braven und der wilden Schwester bedienten, hatte Kat sich zwischen den beiden ganz normal entwickelt. Nicht zu brav und nicht zu wild. Sondern ziemliches Mittelmaß. In jeder Beziehung. Zwischen der rebellischen Isabel und der klugen June mit ihren starken Persönlichkeiten hatte die stille Kat sich zurückgehalten und das Geschehen eher vom Rande her beobachtet, ohne wirklich zu verstehen, was sich vor ihren Augen abspielte, was sie da sah und hörte. Oder fühlte. Abgesehen von jenem dumpfen, schweren, stets präsenten Schmerz in der Mitte ihrer Brust, der sie daran erinnerte, dass ohne die Eltern ihrer Cousinen ihr eigener Vater – ihr wunderbarer, zuverlässiger Vater, der niemals trank, der auf Familienfeiern nie wild durch die Gegend tanzte, der sich auch nie ein paar Scheine leihen musste bis zum nächsten Zahltag – noch am Leben wäre. Ab und zu, nicht oft, war es vorgekommen, dass Kat von ihren Cousinen so überfordert war, davon, wie die beiden, sogar die nette June, sämtliches Leben aus einem Zimmer herauszusaugen vermochten, dass sie ihre Cousinen anbrüllte, ihnen ins Gesicht schrie, wie sehr sie sie hasste, dass sie genug hatte von ihnen, dass ihre Eltern Schuld daran waren, dass Kat keinen Vater mehr hatte und dass sie zusammenleben mussten.

Woraufhin June ihr dann leise schluchzend ein «Wenigstens hast du noch eine Mutter» entgegenschleuderte und tränenüberströmt davonlief. Doch das weitaus größere Unbehagen hatte ihr in diesen Situationen ihre Cousine Isabel mit ihrem eindringlichen Blick verschafft. Isabel, vor der Kat schon immer etwas Angst gehabt hatte, die sie dann nur unerwartet still ansah, Schuld und Unglück im Blick.

Fünfzehn Jahre lang waren sie einander, so gut sie konnten, aus dem Weg gegangen, und jetzt kamen ihre Cousinen zu *der großen Ankündigung*, hinter der alles Mögliche stecken konnte.

· · · · ·

Kat reichte Lizzie die Entwürfe und Computerausdrucke für ihre Hochzeitstorte. Lizzie heiratete im kommenden Mai. Und sie hatte Kat, die, seit die beiden sich in der Mittelstufe kennenlernten, ihre Freundschaft backend begleitet hatte, mit der Herstellung ihrer Hochzeitstorte beauftragt. Und nein, Lizzie wollte nichts davon hören, die Torte als Hochzeitsgeschenk zu akzeptieren, wofür Kat ihr besonders dankbar war.

Noch ein paar solche Aufträge, und sie konnte ihren eigenen Laden eröffnen: *Kats Kuchen & Konfekt* war bis jetzt lediglich ein Schriftzug auf selbstgemachten Etiketten, die ihre apricotfarbenen Kuchenkartons zierten.

«Mhm, vielleicht genehmige ich mir zuerst noch schnell eines von denen, ehe ich mir die Entwürfe ansehe», sagte Lizzie und beäugte das Blech mit den Zitronen-Eiercreme-Cupcakes. «Mir doch egal, ob ich mein Brautkleid sprenge. Los, her damit!»

Kat lachte. Sie liebte ihre quirlige Freundin Lizzie. Und wünschte, sie wäre sich, was ihr eigenes Liebesleben betraf, genauso sicher, wie Lizzie es zu sein schien. Kat bestäubte eines der noch viel zu warmen Törtchen mit Puderzucker, und Lizzie verschlang es mit einem Bissen. Dann warf sie einen Blick auf die oberste Skizze, und ihr stockte der Atem.

«Oh, Kat, mehr brauche ich gar nicht zu sehen. Das ist perfekt!»

Kat hatte gewusst, dass Lizzie sich für diesen Entwurf entscheiden würde. Fünfstöckig, die einzelnen Etagen in Muschelform, die unterste mit zartem Blattwerk und Schleierkraut verziert. Die perfekte Torte für eine Hochzeit im Sommerhaus von Lizzies Familie auf Peaks Island.

«Ich nehme die Entwürfe mit und zeige sie der Hochzeitsmannschaft», sagte Lizzie und schob die Skizzen in ihre Umhängetasche. «So, und jetzt will ich wissen, was mit Oliver ist», sagte sie. Lizzie liebte Oliver, sie liebte die «Geschichte von Oliver und Kat», und sie wollte, dass die beiden heirateten. So wie alle anderen auch.

Nur Kat hatte keine Ahnung, was sie wollte. Ihre «Geschichte» hatte sich verselbständigt. Manchmal hatte sie das Gefühl, diese «Geschichte», an die sie nie ohne Gänsefüßchen denken konnte, war inzwischen größer als die Gefühle, die sie und Oliver füreinander empfanden.

Vor fünfundzwanzig Jahren mit nur zwei Monaten Abstand zur Welt gekommen, waren Kat und Oliver Tür an Tür aufgewachsen, ihre beiden Elternhäuser nur durch eine dichte Hecke getrennt, in der sie sich schon als Kinder oft versteckt hatten, um zusammen zu sein, selbst wenn es schneite. Sie waren von Kindesbeinen an unzertrennlich gewesen, sehr zur Freude ihrer Eltern. «Wir freuen uns jetzt schon darauf, auf eurer Hochzeit zu tanzen», hatte es immer geheißen, und Kat und Oliver hatten bei diesem Spruch regelmäßig augenrollend das Weite gesucht.

Kat erinnerte sich noch genau an den Moment, als Oliver *alles* für sie geworden war: der eiskalte Neujahrsmorgen, als sie zehn Jahre alt war und ihre Mutter ihr und ihren Cousinen von dem Autounfall erzählt hatte. Kat hatte den Kopf geschüttelt, angefangen zu schreien und war barfuß hinaus in den Schnee gerannt, quer durch die Hecke, die dichten Zweige hatten ihr das Gesicht zerkratzt, und sie hatte so lange bei Oliver an die Haustür gepocht, bis seine Mutter ihr aufmachte. Oliver hatte ihr ein Paar Stiefel von sich gegeben, eine Jacke und Handschuhe, und sie waren rausgelaufen und hatten sich im Gebüsch versteckt. Dort hatte er sie in der Eiseskälte gehalten und gewiegt und mit ihr geweint und immer wieder gesagt: «Es tut mir so leid, Kat.»

In den Tagen und Wochen und Monaten, die auf den Unfall folgten, hatte Kat sich, überwältigt und überfordert von ihren Cousinen und von der stummen Trauer ihrer Mutter, noch enger an Oliver geklammert. Sie hatte ihn. Ihr ging es gut. Alles war gut. Oliver stand für «gut».

Eines der letzten Dinge, die ihr Vater an jenem verhängnisvollen Silvesterabend vor fünfzehn Jahren zu ihr gesagt hatte, hatte Oliver betroffen. Als er sie an jenem Abend ins Bett brachte, wollte er wissen, ob sie fürs neue Jahr irgendwelche Vorsätze gefasst hätte, und sie hatte geantwortet, sie hätte nur einen, und zwar, sich auch mit einem Mädchen anzufreunden. Denn Oliver war Kats einziger Freund, und auch ihrer Mutter stand sie lange nicht so nahe wie ihrem Vater. Sie sehnte sich nach einer besten Freundin, wie so viele ihrer Klassenkameradinnen sie hatten. Ihr Vater hatte zustimmend genickt und gesagt, das sei ein guter Vorsatz, aber Oliver wäre Gold wert, und wenn man nur einen einzigen besten Freund hatte und der dafür Gold wert war, dann hatte man alles, was man brauchte.

Und Oliver *war* Gold wert. Damals mit fünf, als die meisten Jungen viel zu grob waren. Mit zehn, als die meisten Jungen zu Mädchen gemein waren. Und jetzt mit fünfundzwanzig, wo die meisten Typen nur möglichst viele Frauen ins Bett kriegen wollten, ehe sie mit dem Mädchen sesshaft wurden, das ihnen im Grunde seit dem Sandkasten vorherbestimmt war.

«Wir ... gehen miteinander aus», sagte Kat zu Lizzie. «Verbringen viel Zeit zusammen, aber, ach, ich weiß einfach nicht. Oliver ist einfach mein bester Freund. Und ich finde, so sollte es besser auch bleiben.» Dabei hegte Kat durchaus auch andere Gefühle für Oliver. Aber immer, wenn sie dachte, sie sollten vielleicht doch ein Paar werden, überkam sie dasselbe seltsame Gefühl wie immer schon. Es gelang Kat nicht, es zu benennen.

«Ich weiß, wie ambivalent deine Gefühle für Oliver sind», sagte Lizzie. «Aber er ist echt ein Schatz, Kat. Bitte lass ihn dir nicht durch die Lappen gehen, nur weil du Angst hast.»

«Ich habe keine Angst», widersprach Kat. «Ich kenne Oliver schon mein ganzes Leben lang. Ich habe doch keine Angst vor ihm!»

Oder doch? Sie erinnerte sich immer noch an diesen einen Augenblick, damals mit dreizehn, als zwischen ihnen alles anders wurde. Eben noch war er der vertraute, schlaksige Oliver gewesen, Oliver mit den sandbraunen Haaren, den dunkelblauen Augen und den Sommersprossen, und im nächsten Augenblick ertappte sie sich dabei, wie sie ihn anstarrte. Anders. Darüber nachdachte, wie es wäre, ihn zu küssen. Diese neuen Gefühle für ihn waren das einzige Geheimnis, das Kat jemals vor Oliver gehabt hatte, und sie war darüber gleichzeitig erfreut und entsetzt. Auf einer der ersten Partys damals, an einem Freitagabend, spielten sie Flaschendrehen. Als Oliver dran war, zeigte der Flaschenhals genau auf Kat. Sie erinnerte sich an die Hitze, die ihr durch den Körper geschossen war, sie musste knallrot angelaufen sein. Sie wünschte sich nichts auf der ganzen Welt so sehr, wie Oliver Tate zu küssen.

Doch gleichzeitig hatte sie dieses seltsame Gefühl gepackt, und sie hatte gerufen: «Ich kann dich doch nicht küssen, Oliver! Du bist mein bester Freund!»

Sie hatte gemerkt, wie er sie beobachtet hatte. Abgewartet, wie sie reagieren würde. Und weil sie Oliver nun mal so gut kannte wie sich selbst, hatte sie auch die Enttäuschung gesehen, die blitzschnell über sein Gesicht gehuscht war. Sie hatte ihm praktisch vor der ganzen Klasse ins Gesicht gesagt, dass sie *nur Freunde* waren. Dass sie ihn nicht küssen wollte. Und Veronica Miller mit der langen roten Mähne und den wunderschönen grünen Augen hatte «Dann mache ich's für sie» gekräht und Olivers Gesicht gepackt. Veronica, die so vieles hatte, um das Kat sie beneidete, Mut, zum Beispiel, und ein B-Körbchen, war nur die erste von vielen Freundinnen gewesen, die Oliver von da an während der gesamten Schulzeit und auf dem College hatte, und Kat musste sich nie wieder darum sorgen, ihn küssen zu müssen. Oliver Tate zu küssen war nie wieder Thema gewesen.

Bis vor sechs Monaten.

Als sie an einem kalten, verschneiten Februarvormittag über die Townsend Avenue zu Olivers Häuschen gelaufen waren und er mitten auf der Straße stehen geblieben war, ihr fest in die Augen geblickt und «Ich liebe dich so sehr» gesagt hatte. Kat hatte gelacht und geantwortet: «Ich finde, du bist auch eine ziemliche Zuckerschnecke», einer der Lieblingssprüche ihrer Mutter. Doch Oliver war ernst geblieben: «Nein, Kat. Ich meine, ich liebe dich. *Ich liebe dich, Kat.*» Er hatte es aus vollem Halse herausgerufen, und sämtliche Leute hatten sich zu ihnen umgedreht. Zwei Mädchen im Teenageralter hatten kichernd Beifall geklatscht. Er hatte ihr

Gesicht zwischen seine Handschuhe genommen und gesagt: «Ich liebe dich. Ich habe dich immer geliebt.»

Und Kats Reaktion? Besagtes seltsames Gefühl stieg von ihren Zehen auf und bahnte sich einen Weg durch jeden einzelnen Nerv in ihrem Körper, bis sie schließlich einen Schritt zurücktrat und stumm auf ihre Füße sah, unfähig, auch nur ein einziges Wort zu sagen.

«Ich weiß. Ich habe es nicht vergessen. Du kannst mich nicht küssen. Weil wir beste Freunde sind.» In seinen dunkelblauen Augen lag Zärtlichkeit und noch etwas anderes, etwas Neues, ein Ausdruck, den sie noch nie in seinem Gesicht gesehen hatte. «Aber ich meine es ernst, Kat. Ich habe dich schon immer geliebt. Kannst du wirklich hier stehen und mir erzählen, wir würden nicht zusammengehören?»

«Ich weiß es nicht», hatte sie geantwortet. Manchmal dachte sie, sie wüsste es. Dann wieder kam ihr der Gedanke, irgendwo da draußen gäbe es einen Mann, dem sie nur deshalb nie begegnet war, weil sie nie aus Boothbay Harbor rausgekommen war. Und in noch anderen Momenten dachte sie, wenn sie und Oliver Tate miteinander schliefen, würde sie wahrscheinlich explodieren.

Lizzie sagte oft, dass sie dieses Gefühl nicht verstand. Explodieren? Was? Wie? Kats Cousinen würden es vielleicht verstehen. Wenn es irgendwen gab, der das verstehen konnte, dann Isabel und June. Aber mit denen konnte sie leider nicht reden, hatte sie noch nie gekonnt.

Und mit ihrer Mutter schon gar nicht. Lolly Weller war höchstens eine Handvoll Male ein Lächeln über die Lippen gekommen, seit sie vor fünfzehn Jahren auf einen Schlag zur Witwe wurde, ihre Schwester verlor und ganz allein drei zankende, traumatisierte Mädchen großziehen musste. Lolly hatte zu Herzensangelegenheiten nichts zu sagen. Sie hatte bis zu dem Unfall eine erfüllte Ehe mit Kats Vater geführt. Sie war glücklich gewesen, na ja, glücklich*er*, jedenfalls. Aber dann war sie still geworden, hatte die Mädchen ihre Fragen unter sich ausmachen lassen. Nur, dass sie sich mit ihren Fragen nie aneinander gewandt hatten.

Und seltsamerweise war Kat geblieben. Hier, in Boothbay Harbor, im Three Captains' Inn, unfähig, auch nur ans Weggehen zu denken. Einerseits, weil ihre Mutter sie brauchte. Und dann, weil Kat Angst hatte, dass sie, wenn sie jemals wegging, vielleicht nie zurückkommen würde. Außerdem liebte Kat ihr Leben hier. Sie liebte es zwar nicht, im Three Captains' Inn zu putzen, aber sie liebte es, für die Gäste zu backen, und mit beidem zusammen verdiente sie sich ihr schönes Dachzimmer, für das sie während der Sommersaison locker 200 Dollar pro Nacht hätten nehmen können – nicht, dass ihre Mutter jemals Miete von ihr verlangt hätte. Und wenn sie noch ein paar Monate sparte, vielleicht noch ein halbes Jahr, hatte sie genug zusammen, um endlich ein Ladengeschäft zu mieten und die notwendige Ausstattung zu kaufen, und der Eröffnung von *Kats Kuchen & Konfekt* stünde nichts mehr im Wege. Und wenn es nur ein winziger Laden in einer Seitenstraße würde, es wäre trotzdem ihr eigener. Die Ersparnisse stammten aus dem Hochzeitstortengeschäft und dem Verdienst mit ihren Stammkunden in der Stadt – Feinkostläden und Cafés, über die sie ihre Muffins und Scones vertrieb. Außerdem war sie Stammbäckerin für sämtliche Geburtstagskuchen der Stadt. Erst letzten Sonntag hatte sie vormittags den Anruf einer hysterischen Mutter erhalten, die ihr 100 Dollar dafür bezahlte, dass sie bis vier Uhr nachmittags einen Mausi-Geburtstagskuchen für ihre Tochter buk. Einhundert Dollar für einen Kuchen! Kat hatte nicht nur den Kuchen gebacken, sondern bei der Gelegenheit auch fünf Folgeaufträge eingeheimst.

«Kat, wenn du ihn sausen lässt, heiratet er irgendwann eine andere», sagte Lizzie, und der Diamant ihres Verlobungsrings funkelte im spätnachmittäglichen Sonnenlicht. «Und wenn er erst mal eine Frau hat, dann ist es mit der Freundschaft, die du all die Jahre so sorgsam behütet hast, in null Komma nix aus und vorbei. Und dann passiert genau das, wovor du Angst hast. Du wirst ihn verlieren. Du kannst also genauso gut endlich selbst Nägel mit Köpfen machen.»

«Lizzie, ich ...» Kat warf die Hände in die Luft. Wenn sie doch nur wüsste, was sie zurückhielt. War es Angst? War ihr Interesse an Oliver in Wirklichkeit doch nicht so groß? Wieso wusste sie nicht, was sie wirklich fühlte? «Außerdem bin ich ja dran. Wir sind doch zusammen.»

Lizzie schnaubte. «Ihr seid seit einem halben Jahr zusammen, und er hat dich immer noch nicht nackt gesehen. Das ist nicht Zusammensein, Kat. Das ist *Freundschaft*.» Lizzie stand auf und warf sich die Umhängetasche über die Schulter. «Ich will doch nur, dass du so glücklich bist wie ich, mein Honigküchlein. Krieg ich noch eins für unterwegs?»

Kat lachte, bestäubte noch ein Törtchen und gab Lizzie einen Abschiedskuss. Ein Blick auf die Uhr verriet ihr, dass sie nur noch zwanzig Minuten Zeit hatte, bis Isabel und June kamen. Und bis zur großen Ankündigung ihrer Mutter.

Kat holte tief Luft und wappnete sich mit dem Duft ihrer Törtchen, weil der sie noch nie im Stich gelassen hatte. Auch wenn sie gar nicht wusste, wogegen sie sich eigentlich wappnete. Und das konnte Kat überhaupt nicht ausstehen.

4.

Isabel

· · · · · · · · · · · ·

Isabel saß im Aufenthaltsraum des Three Captains' Inn und starrte das düstere Porträt ihres Ururgroßvaters und seiner zwei Brüder an, den Kapitänen zur See, die im neunzehnten Jahrhundert die Pension erbaut hatten. Sie war vor zehn Minuten angekommen. Tante Lolly war in der Küche damit beschäftigt gewesen, dampfende Farfalle aus dem Sieb in eine Servierschüssel umzuschütten. Lolly hatte zur Begrüßung Isabels Unterarm berührt, was für die Verhältnisse ihrer Tante fast einer Umarmung gleichkam. Isabels Angebot, beim Tischdecken zu helfen, hatte sie abgelehnt und sie gebeten, sich wie zu Hause zu fühlen – es sich doch noch kurz im Aufenthaltsraum oder draußen auf der Veranda gemütlich zu machen. Und das war's. Kein *Wie geht es dir?* Kein *Wo ist Edward?* Kein *Ich freue mich, dass du da bist.*

Nur die übliche Distanziertheit. Lolly hatte Isabel kaum angesehen.

Was ausnahmsweise nicht schlecht war, weil Isabels Augen vom vielen Weinen knallrot waren. Nachdem sie am Vorabend rausgefunden hatte, dass der anonyme Brief nicht nur für sie bestimmt, sondern auch noch inhaltlich unfassbar zutreffend war, war sie nach Hause zurückgefahren, hatte wie betäubt zwei Koffer mit irgendwelchen Klamotten und Kosmetika vollgestopft, hatte sich ins Auto gesetzt und war vier Stunden lang gefahren, ehe sie anhalten musste, um endlich den herzzerreißenden Schluchzern Platz zu machen, die sich quer durch Rhode Island und Massachusetts und New Hampshire in ihr angestaut hatten. Da war sie irgendwo in Südmaine gewesen, in Ogunquit oder Kennebunkport. Sie hatte das nächstbeste Motel angesteuert, sich auf dem Bett zusammengekauert und so laut geweint, dass es ein Wunder war, dass sich niemand beschwert hatte.

Sie hatte die zwei Dutzend Anrufe von Edward gestern Abend und auch alle von heute ignoriert, hatte nur wie erstarrt dem Klingelton ihres iPhones gelauscht, seltsam getröstet von dem Gedanken, dass er sich wenigstens genug um sie sorgte, um ständig wieder anzurufen. Und um Verzeihung zu bitten.

Das hatte sie zumindest geglaubt, bis sie vor einer halben Stunde schließlich doch ans Telefon gegangen war – beinahe vierundzwanzig Stunden, nachdem sie Edward mit dieser Frau entdeckt hatte. Auf der Route 27 war das gewesen, kurz hinter Wiscasset, nur noch eine Viertelstunde vor Boothbay Harbor. Die vertraute Umgebung, die Blaubeerstände, die Chandler Farm mit den Hügeln, auf denen die Galloways grasten, deren breite, schwarz-weiß gestreifte Körper sich deutlich gegen das Grün der Wälder im Hintergrund abzeichneten, hatten Isabel das Gefühl gegeben, nicht mehr ganz so alleine zu sein, und sie war an einem weißen Weidezaun rechts rangefahren und ans Telefon gegangen.

Sie hatte ihm zugehört, hatte gehört, was er ihr zu sagen hatte, und dann war alles still geworden. Ihre Ohren hatten sich angefühlt wie mit Watte gefüllt, ihr Mund war staubtrocken geworden und sie hatte wieder angefangen zu weinen, obwohl sie gedacht hatte, es wären keine Tränen mehr übrig. Sie hatte versucht, sich auf die Bullen hinter dem Zaun zu konzentrieren, auf die beiden Gänse, die einer roten Katze direkt vor der Nase herumspazierten, die ihrerseits damit beschäftigt war, ein Blatt im Wind zu beobachten. Isabel hatte das Telefon in ihren Schoß fallen lassen, und Edwards Stimme war dumpf zu ihr hinaufgedrungen: «Isabel? Isabel, bist du noch dran?» Und dann hatte sie *Anruf beenden* gedrückt und war einfach sitzen geblieben, hatte die Gänse angestarrt, die Katze und die Bullen, völlig unter Schock, bis irgendwann jemand ans Autofenster geklopft und gefragt hatte, ob sie sich verfahren hätte und eine Wegbeschreibung bräuchte, mit ihrem Nummernschild aus Connecticut.

Daraufhin hatte sie aus dem geöffneten Wagenfenster heraus eine Schale Blaubeeren gekauft, um ein Stückchen der tröstlichen Farm mitzunehmen, und die Frau mit den grünen Gummistiefeln und einem mit dem Logo der Chandler Farm bedruckten Overall hatte Isabel noch einen Strauß Wildblumen geschenkt und gesagt: «Von mir. Um Ihren Tag ein bisschen aufzuhellen.»

«Und, woher stammen Sie?», fragte jetzt eine junge Frau, die es sich im Aufenthaltsraum gemütlich gemacht hatte. Ein Hausgast. Sonnengebräunt, groß, eine perlmuttweiße Sonnenbrille in die Haare geschoben, eine Ausgabe von *People* auf dem Schoß. Isabel war so in Gedanken versunken gewesen, dass sie gar nicht gemerkt hatte, wie die Frau hereingekommen war. Isabel beneidete sie um ihr offensichtliches Wohlbehagen, um ihren Kakaobutterduft, um die Fähigkeit, eine Klatschzeitschrift zu lesen.

«Ich bin gar nicht hier zu Gast», sagte Isabel, den Blick noch starrer auf das Porträt gerichtet. «Ich meine, ich bin nicht von hier, also, irgendwie doch, aber ich lebe nicht mehr hier. Ich bin zu Besuch.» *Ich weiß eigentlich selbst nicht so genau, was ich bin*, dachte Isabel.

«Ich dachte, Sie hätten gesagt, sie wären nicht hier zu Gast», hakte die Frau nach und zog verwirrt die sommersprossige Nase kraus. «Also, ich bin aus New York. New York City. Morgen reise ich schon ab. Ach, ich wünschte, ich könnte für immer hierbleiben.»

Isabel nickte. Sie fühlte sich zu Smalltalk völlig außerstande. Aber sie konnte nirgendwohin. Auf der Veranda stand ein weintrinkendes Pärchen. In der Küche war Lolly. Und Kat war überall gleichzeitig.

Wie aufs Stichwort tauchte ihre Cousine in diesem Augenblick mit einer Platte Käse, Cracker und Obst auf, stellte den Teller ab und lächelte Isabel zu. «Bedient euch», sagte sie.

Während die Frau sich mit Kat darüber unterhielt, wie viele Leuchttürme man von Boothbay Harbor aus sehen konnte – sie «konnte nur fünf entdecken, dabei sind es doch sieben, oder nicht? Ich *muss* sie alle gesehen haben, ehe ich abreise» –, starrte Isabel die Gouda- und Briewürfelchen, die Cracker mit und ohne Sesam und den mit Dekorblumen verzierten Tellerrand an. *Nicht weinen. Konzentriere dich auf das kleine Käsemesser. Konzentriere dich auf den Uropa, auf seinen schrecklichen Bart. Brich jetzt nicht zusammen, nicht in diesem ollen, chintzbezogenen Aufenthaltsraum.*

«Alles in Ordnung, Isabel?» Kat sah sie forschend an.

Isabel zwang sich zu einem Lächeln. «Alles gut. Schön, dich zu sehen, Kat.» Sie konzentrierte sich auf ihre Cousine, hochgewachsen, schlank und hübsch, und das ohne eine Spur Make-up im Gesicht. *Sie hat sich die Haare schneiden lassen*, dachte Isabel, obwohl sie Kat seit letztem Dezember nicht mehr gesehen hatte. Kat war der Typ Frau für enge Röhrenjeans und bestickte Hanfstofftanktops, genau das, was sie auch jetzt trug. Der neue Haarschnitt mit den Stirnfransen machte sie auf edle Weise erwachsener.

«Wo ist denn Edward?», fragte Kat und sah auf der Suche nach dem vertrauten schwarzen Mercedes zum Fenster hinaus. Doch der Wagen war natürlich nicht da. Auf der Straße parkte lediglich Isabels silberner Prius.

«Er konnte nicht mitkommen», sagte Isabel und wandte schnell den Blick ab, weil sie plötzlich wieder das Bild ihres halbnackten Ehemannes vor Augen hatte. *Wie konnte er nur? Wie konnte er?*, dachte sie wieder und wieder, als könnte es darauf eine Antwort geben.

Wir haben einen Pakt, Isabel ...

Und dann hatte er es tatsächlich gewagt, ihren Pakt auf diese Weise zu brechen.

Und zwar ausgerechnet mit einer Mutter. Das, was Isabel zu sein sich so sehr wünschte. Das Einzige, was sie beide überhaupt auseinandergetrieben hatte, Edward von ihr weggetrieben hatte. Das ergab doch alles überhaupt keinen Sinn.

Kat nickte, und dann bombardierte die Frau mit der Sonnenbrille ihre Cousine mit Fragen und führte Kat hinaus zu der antiken Kommode im Eingangsbereich, auf der sich Karten und Broschüren stapelten. Isabel registrierte den Blick, den Kat ihr über die Schulter zuwarf, als wollte sie noch etwas sagen, als wollte sie eigentlich bei ihr bleiben, und Isabel sah eilig zum Fenster hinaus. Sie und Kat hatten noch nie miteinander reden können. Es trennten sie sechs Jahre, und als sie sich damals plötzlich ein Zimmer teilen mussten, da graute Isabel vor Kats Stummheit, vor ihrer Art, plötzlich aus dem Nichts aufzutauchen, ihr graute vor diesem mageren, blassen, immer barfüßigen kleinen Mädchen, und sie ließ Kat nie an sich heran.

Kat kam mit einem Krug Eistee, in dem Zitronenscheiben schwammen, und zwei Gläsern auf einem Tablett zurück. Nachdem sie erst Isabel und dann sich selbst ein Glas eingeschenkt hatte, nahm sie auf dem kleinen Sofa Platz, das im rechten Winkel zu Isabels Sessel stand. «June ist schon ein bisschen früher angekommen als du, aber sie ist mit Charlie runter zu Books Brothers gefahren. Sie wollte Henry bitten, für ein paar Stunden auf ihn aufzupassen.» Kat beugte sich zu Isabel vor. «Offensichtlich hat meine Mutter June gesagt, es wäre besser, wenn Charlie bei ihrer Ankündigung nicht dabei ist.»

Die Ankündigung. Isabel hatte völlig vergessen, weshalb sie eigentlich hergekommen war. «Er soll nicht dabei sein? Warum denn nicht? Weißt du, was sie uns zu sagen hat?»

Kat nahm ihr Glas vom Tablett und stupste die Zitronenscheibe an. «Ich habe keinen blassen Schimmer. Sie wollte mir partout nichts verraten.»

«Glaubst du, sie will die Pension verkaufen?»

«Warum sollte sie?»

Isabel fielen eine ganze Reihe Gründe ein. Aber sie merkte, dass Kat offensichtlich verletzt von der reinen Vorstellung war, und damit konnte sie im Augenblick beim besten Willen nicht umgehen. «Ich gehe mich kurz frischmachen. Bin gleich wieder da.»

Sie musste hier raus! Sie brauchte unbedingt sofort einen Zufluchtsort, wo sie die Tür hinter sich zusperren konnte, um kurz Luft zu holen. Das Badezimmer im Erdgeschoss war besetzt, also ging Isabel die Treppe hinauf. Sie wollte schon in das winzige Gäste-WC im ersten Stock fliehen, als sie sah, dass die Tür zu einem kleinen Zimmerchen leicht offen stand. Alleinekammer hatten sie diesen Raum früher immer genannt. Isabel öffnete die Tür. Die Alleinekammer hatte sich nicht verändert. Ein altes Zweiersofa, ein verblichener, ausgefranster Flechtteppich, ein Beistelltisch mit einer alten Lampe und ein kleines Regal voller Bücher und Zeitschriften. Das Bild von sich selbst als Sechzehnjährige blitzte vor Isabels innerem Auge auf, wie sie sich damals an dem Silvesterabend nach dem Streit mit ihrer Mutter hierher geflüchtet und die nicht absperrbare Tür mit dem Staubsauger verbarrikadiert hatte.

Die Alleinekammer. Wo sie während der wenigen Jahre, die sie im Three Captains' Inn lebte, so viel Zeit verbracht hatte. Als die drei Mädchen auf einmal gezwungen waren, sich in der Pension ein einziges großes Zimmer zu teilen, hatte Lolly den Hauswirtschaftsraum im ersten Stock freigeräumt, ihn zur «Alleinekammer» ernannt und ein Schild an die Tür gehängt, das man umdrehen konnte: BESETZT oder FREI. Wenn eines der Mädchen etwas Raum für sich brauchte, einen Ort der Stille in diesem ewig wuselnden Haus, verzog es sich in die Alleinekammer.

Isabel betrachtete in dem Spiegel an der Wand ihr Gesicht. Sie war erstaunt, dass es möglich war, auszusehen wie immer, obwohl eben ihr ganzes Leben zusammengebrochen war – schulterlanges hellbraunes, sorgsam gesträhntes Haar, dezentes Make-up, das übliche, unaufdringlich elegante Outfit samt hohen Absätzen. Nur die braunen Augen sahen anders aus ... todtraurig traf es wohl am besten. Wenigstens waren sie nicht mehr so rot wie noch vorhin im Auto, als sie einen letzten Blick in den Rückspiegel geworfen und sich mit einem tiefen Atemzug dafür gewappnet hatte, aus dem Wagen zu steigen und die Stufen zum Three Captains' Inn hinaufzusteigen.

Isabel atmete tief durch und ging wieder nach unten. June war inzwischen aus der Stadt zurück und saß bei Kat im Aufenthaltsraum. Sie starrte in ein Glas Eistee und war offensichtlich völlig in Gedanken. Sie trug ihr gewohntes Outfit aus Jeans, weißer Hemdbluse und weinroten Clogs, eine offensichtlich von Charlie selbstgebastelte Brosche aus einem Puzzleteil war der einzige Schmuck. Sie zog sich einen Buntstift aus dem lockeren Knoten im Nacken und drehte die wilde dunkelbraune Mähne weiter oben wieder zusammen.

«Hallo, June», sagte Isabel. Sie war sich nicht sicher, ob ihre Schwester sie überhaupt bemerkt hatte.

June setzte ihr Glas ab und stand abrupt auf. «Isabel! Ich habe dich gar nicht gesehen. Entschuldige.» Sie umarmte Isabel flüchtig und setzte sich wieder hin. «Na, ist Edward oben noch in ein wichtiges Gespräch über die Red Sox vertieft?», fragte June und lächelte zaghaft.

Isabel griff nach ihrem Eistee. «Er konnte nicht mitkommen.»

Lolly, die sich schon seit einer halben Stunde nicht mehr hatte blicken lassen, erschien in der Tür zum Aufenthaltsraum. «Das Essen ist fertig.» *Gerettet*, dachte Isabel. Erst mal, jedenfalls.

«Du siehst so hübsch aus, Tante Lolly!», sagte June, und sie hatte recht. Lolly hatte das übliche Habit aus Tanktop, Glockenrock und Flip-Flops gegen ein mintgrünes Baumwollkleid und hellgraue Ballerinas getauscht. Statt des vertrauten geflochtenen Zopfes waren die graumelierten blonden Haare auf dem Hinterkopf zu einem ordentlichen Knoten hochgesteckt. Außerdem trug sie Lippenstift. Lolly trug nie Lippenstift.

«Wow! Gibt es was zu feiern?», fragte Kat, als sie Lolly durch den Eingangsbereich in die großzügige Landhausküche folgten, wo Lolly, die sämtliche Angebote, ihr zu helfen, ausgeschlagen hatte, inzwischen den Tisch gedeckt hatte. Dort warteten eine große Schüssel gemischter Salat, Pasta Primavera mit Pesto, eine Käseplatte, ein herrlicher Laib knuspriges Weißbrot, Weißwein und der Wildblumenstrauß, den Isabel mitgebracht hatte.

«Oh, ich habe den Parmesan vergessen», sagte Lolly und ging zum Kühlschrank, als hätte sie Kats Frage überhört. Dann hatte sie das Dressing vergessen. Und als Nächstes die Butter. Mindestens zehnmal stand Lolly wieder von ihrem Stuhl auf. *Was war* denn nun die geheimnisvolle Ankündigung? Es ging jedenfalls eindeutig um etwas, das sie selbst gehörig erschütterte, so fahrig, wie sie wirkte.

Als endlich alle mit der Serviette auf dem Schoß um den großen, rechteckigen Bauerntisch versammelt saßen und die Schüssel mit den Nudeln die Runde machte, hatten Kat, June und Isabel mindestens fünf Minuten lang fragende Blicke und ratlos zuckende Achseln ausgetauscht. Schließlich fragte Kat: «Also, Mom, was hast du uns zu sagen?»

«Lasst uns bis nach dem Essen damit warten», entgegnete Lolly und trank einen Schluck Wein.

Isabel sah zu ihrer Tante hinüber. Lolly wartete immer, bis alle anderen zu essen hatten, ehe sie sich selber nahm. Doch selbst als alle Teller gefüllt waren, nahm Lolly sich lediglich etwas Salat und ein kleines Stück Brot.

Das Abendessen war die Wiederholung der Situation im Aufenthaltsraum. Normalerweise konnte man sich darauf verlassen, dass Lolly Redepausen füllte, indem sie ein oder zwei dröge Geschichten aus dem Stadtrat oder von ehemaligen Hausgästen erzählte, doch heute blieb sie stumm. June schob die mit Pesto vermischten Farfalle auf ihrem Teller herum. Kat warf ihrer Mutter besorgte Blicke zu. Und Isabel versuchte, die Bilder von Edward aus ihrem Gedächtnis zu verbannen. Aber sie konnte an nichts anderes denken.

«Und? Wie geht es Edward?», frage June und trank einen Schluck Wein.

«Super», sagte Isabel und spießte eine Kirschtomate auf. Sie fragte sich, was passieren würde, wenn sie einfach aufstand und sagte, *Wisst ihr was? Super war gelogen. Er hat eine Affäre mit einer anderen Frau, und ich habe ihn in flagranti erwischt und keine Ahnung, wie mein Leben jetzt weitergehen soll. Keine Ahnung, wer ich ohne Edward bin, genauso, wie du immer gesagt hast, June.* An diesem Tisch gab es niemanden, der Edward wirklich mochte. Früher hatten sie ihn schon gemocht. Aber Isabel schien die Einzige zu sein, die bis gestern nicht gemerkt hatte, wie sehr Edward sich verändert hatte.

Nach Kats zaghaftem Vorstoß unternahm keine von ihnen einen weiteren Versuch, Lolly zu bedrängen, ihnen endlich zu sagen, was los war. Sie hatten früh gelernt, dass Lolly, die größte Geheimniskrämerin der Welt, erst dann mit der Sprache rausrückte, wenn sie selbst dazu bereit war. Als sämtliche Gabeln schließlich auf den Tellern ruhten – schon zehn Minuten später, weil keine von ihnen viel Appetit hatte –, stand Lolly nervös auf, schaute in die Runde und setzte sich gleich wieder hin.

«Mom?», fragte Kat. «Geht es dir gut?»

«Nein», sagte Lolly, den Blick auf den Teller gesenkt. Sie schloss für einen Moment die Augen. Dann ließ sie den Blick um den Tisch wandern und sah sie eine nach der anderen fest an. «Ich habe euch etwas zu sagen. Das fällt mir wirklich nicht leicht. Ich ... ich habe vor ein paar Tagen erfahren, dass ich Krebs habe. Bauchspeicheldrüsenkrebs.»

Kat sprang auf und warf dabei ihr Weinglas um. «*Was?*»

Lolly stellte das Glas wieder auf und griff nach Kats Hand.

«Ich weiß, dass das ein Schock für euch ist, und ich weiß, wie schwer es ist, sich das jetzt anzuhören.» Sie holte tief Luft. «Es sieht nicht gut aus.»

In Isabels Kehle brannte es sauer, und hinter ihren Augenlidern lauerten die Tränen spitz wie Nadelstiche. Das konnte nicht wahr sein.

«Ich werde natürlich dagegen ankämpfen, aber der Krebs ist schon ziemlich weit fortgeschritten. Mit Chemotherapie lassen sich zwar die Symptome beherrschen und das Wachstum verlangsamen, aber –» Sie sah erst ihre Tochter an und dann quer über den Tisch auch June und Isabel. «Der widerliche Dreckskerl hat es vor der Diagnose bis zum Stadium IV geschafft. Ein fünftes Stadium gibt es nicht.»

Isabel spürte, wie sich in ihrem Magen eine Leere ausbreitete. Sie wollte aufstehen und um den Tisch herum zu Lolly hinübergehen, zu Kat, die sich die Hände vors Gesicht geschlagen hatte. Doch in dem Augenblick stand Lolly auf, entschuldigte sich für einen Moment und verließ die Küche.

«O mein Gott!», flüsterte Isabel. Kat und June saßen wie erstarrt da. Sie waren beide aschfahl im Gesicht.

Lolly kam mit dem verzierten Schokoladenkuchen aus der Speisekammer zurück und stellte ihn mitten auf den Tisch. «Vorhin stand ich in der Küche und sah diesen Kuchen an. Er stand zum Auskühlen am Fenster, und da habe ich angefangen zu weinen – und ihr wisst, dass ich nicht nah am Wasser gebaut bin. In dem Augenblick war ich mir doppelt sicher, dass es das Richtige war, euch zu bitten, heute Abend herzukommen. Ich wollte nicht, dass ihr beide es am Telefon erfahrt», sagte sie zu June und Isabel. «Und Kat, dir wollte ich es nicht sagen, solange wir vier nicht zusammen sind. Wir waren seit Jahren nicht mehr richtig zusammen. Eigentlich waren wir nie richtig zusammen, oder?»

Zusammen. Isabel wischte sich mit der Serviette über die Augen. Sie sah ihre Tante an. Sie war gerade mal zweiundfünfzig. Sie sah genauso aus wie immer, so stark, völlig sie selbst. Die blauen Augen funkelten, die Wangen waren rosig. Sie sah völlig gesund aus.

Kat und June fingen an, Lolly mit Fragen zu bombardieren, doch sie hob die Hand, und die beiden verstummten.

«Ich möchte euch um etwas bitten, Isabel und June», sagte Lolly und schnitt den Kuchen an. «Vielleicht könnt ihr beide ein bisschen hierbleiben, übers Wochenende oder noch die nächste Woche lang. Am Montag beginnt die Chemotherapie, und ich werde etwas Hilfe benötigen. Die Pension ist über das lange Labor-Day-Wochenende und danach fast den ganzen Herbst hindurch ausgebucht.»

«Ich kann die ganze Woche bleiben und auch noch länger, wenn du willst», sagte Isabel. Damit hatte offensichtlich niemand gerechnet, denn alle starrten sie überrascht an.

«Ich auch, Tante Lolly», sagte June.

Lolly nickte. «Gut. Danke. O nein, da fällt mir wieder ein, die Diagnose hat mich offensichtlich so aus der Bahn geworfen, dass ich nicht richtig aufgepasst habe. Ich habe sämtliche Reservierungen für dieses Wochenende bestätigt, und für kommende Woche und natürlich für das Labor-Day-Wochenende, und jetzt habe ich für euch gar keine Unterbringungsmöglichkeit. Ich dachte, June und Charlie könnten vielleicht in Kats altes Zimmer unter dem Dach, und dir könnten wir ein Klappbett in die Alleinekammer stellen, falls dir das nicht zu eng ist, Isabel.»

«Oder Isabel und June schlafen oben bei mir, dann kann Charlie mein altes Zimmer für sich allein haben», sagte Kat und klappte schnell den Mund wieder zu, als könnte sie selbst nicht glauben, dass sie gerade angeboten hatte, ihr Allerheiligstes ausgerechnet mit ihren Cousinen zu teilen.

«Bist du dir sicher?», fragte June. «Charlie hat einen ziemlich leichten Schlaf, es wäre toll, wenn er sein eigenes Zimmer kriegen könnte.»

«Mir macht es nichts aus», sagte Kat. «Einverstanden, Isabel?»

Wieder starrten alle sie an. Offensichtlich erwarteten sie von ihr nichts anderes als *Nein, auf keinen Fall, ich bin definitiv nicht einverstanden*. Aber Isabel nickte, obwohl sie keine Ahnung hatte, ob es wirklich okay für sie sein würde. Doch die Vorstellung, nicht mit ihren Gedanken allein in einem Zimmer sein zu müssen, hatte etwas Tröstliches.

«Gut, dann wäre das geklärt», sagte Lolly. «Ach, und heute Abend um neun treffen Pearl und ich uns mit den Hausgästen zum Kinoabend. Bei uns ist gerade Meryl-Streep-Monat. Vielleicht kommt ihr drei ja auch mit dazu, das würde mich sehr freuen. Wir sehen uns einen meiner Lieblingsfilme an, *Die Brücken am Fluss*. Ein Film, der mich richtig ablenkt, ist jetzt genau das, was ich brauche.»

Rund um den Tisch wurde einmütig genickt. «Natürlich bleiben wir hier», murmelten sie, und: «Klar sind wir heute beim Kinoabend dabei. Ganz wie du willst.»

Aus dem Augenwinkel sah Isabel, wie Junes Hand sich zögerlich auf ihre zubewegte, doch sie merkte es zu spät, und June machte einen Rückzieher. Isabel schloss die Augen und dachte an das letzte Mal, als sie Junes Hand gehalten hatte. An dem Tag, als Lolly die drei Mädchen ähnlich wie heute zusammengerufen und ihnen von dem Autounfall berichtet hatte. Da hatte Isabel die Hand ihrer Schwester ergriffen, und sie hatten eine Ewigkeit so dagesessen, eine die Hand der anderen umklammernd, stumm, während ihnen die

Tränen über die Gesichter liefen. Und dann hatte Kat laut angefangen zu schreien und war zur Tür hinausgerannt. Seit jenem Tag war Lolly alles, was sie drei hatten.

Und jetzt war sie vielleicht auch bald nicht mehr da.

· · · · ·

Isabel stand mit einem Stapel Schüsseln hinter Kat, die am Herd den großen Popcorntopf schüttelte. Lolly hielt nichts von Popcorn aus der Tüte, das man in der Mikrowelle machte. Für den Kinoabend war nur das Beste gut genug: heißes Öl, Maiskörner vom Markt, geschicktes Rütteln und eine großzügige Prise Salz.

Verzweifelt klammerte Isabel sich an Kleinigkeiten, suchte in Lollys riesiger Speisekammer das richtige Popcornöl – nur Rapsöl – und half Kat mit den Cremehauben für die Cupcakes, während June Charlie ins Bett brachte. Nur die pure Konzentration auf all das, darauf, jedes einzelne Törtchen mit einer hübschen Haube von Kats köstlicher Zitronencreme zu versehen, die Suche nach den drei großen Popcornschüsseln oder die exakte Anordnung der Stühle im Aufenthaltsraum bewahrte Isabel davor, dass ihr die Knie wegknickten.

Ihr Mann. Hatte eine andere.

Ihre Tante. Hatte Krebs.

Sie selbst. Zurück in Boothbay Harbor.

Kat rüttelte den Topf derart kraftvoll, dass Isabel fürchtete, ihre Cousine könnte ihn jeden Moment gegen die Wand schleudern und laut aufheulen. Die Zuckungen von Kats schmalen Schultern verrieten Isabel, dass sie weinte. In dem Moment kam June in die Küche. Isabel warf ihr einen Blick zu. Ihre Schwester hatte ebenfalls Tränen in den Augen.

«Lass mich das machen», sagte Isabel und umfasste den

Griff des eisernen Popcorntopfes. Kat trat zurück. Tränen liefen ihr über die Wangen. Isabel rüttelte den Topf. Auch ihr stiegen die Tränen hoch. Tante Lolly war ihr immer so gesund erschienen, kräftig wie der sprichwörtliche Ochse. Sie hatte so gut wie nie auch nur einen Schnupfen gehabt. Und jetzt ...

«Ihr bleiben vielleicht noch Jahre», sagte June. Ihre Stimme war kaum mehr als ein Flüstern. «Sie ist stark.»

«Ja, sie ist stark», stimmte Isabel ihr zu und wandte sich um. «Ist sie immer gewesen, und jetzt ist sie es auch.»

«Was zum Teufel wisst ihr denn schon von meiner Mutter?», fragte Kat. «Wann seid ihr denn das letzte Mal hier gewesen? Eine von euch? Zu Weihnachten? Wir haben *August*!»

Isabel starrte ihre Schwester erschrocken an. Kat schlug die Hände vors Gesicht und fiel schluchzend vor dem Herd auf die Knie.

Isabel und June gingen neben ihr in die Hocke.

«Kat, für uns ist es doch auch schlimm», sagte Isabel und schob Kat sanft eine blonde Strähne hinters Ohr. «Deine Mutter ist alles, was wir haben.»

Kat sprang auf und stürmte zur Hintertür hinaus.

«O Gott!», sagte June. «Was machen wir denn jetzt? Ihr nachlaufen? Sie in Ruhe lassen?»

Isabel warf einen Blick zum Küchenfenster raus, um zu sehen, ob sie Kat draußen irgendwo entdecken konnte, auf einer Bank vielleicht oder auf dem großen Felsen am Ende des Gartens. Doch Kat war nirgends zu sehen. Isabel wäre selbst am liebsten weggelaufen. «Ich weiß es nicht. Das hätte ich nicht sagen sollen. Bei Kat sage ich immer das Falsche.»

«Lolly ist doch wirklich alles, was wir haben», sagte June. «Ich weiß, wie du das gemeint hast, Isabel. Und Kat weiß es auch. Sie ist nur gerade völlig durch den Wind. Wir stehen das durch. Und Tante Lolly wird es schaffen.»

Isabel stieß den Atemzug aus, von dem sie nicht mal gemerkt hatte, dass sie ihn angehalten hatte. Sie nickte, weil sie nicht in der Lage war zu sprechen.

Die Hintertür ging auf, und Kat kam mit rot geränderten Augen zurück. «Entschuldigt. Ich bin einfach ... total geschockt.»

«Wissen wir doch.» Isabel streckte die Hand aus, um Kats Arm zu streicheln. Wenigstens zuckte ihre Cousine nicht zurück.

Kat starrte stumm zu Boden. «Hat Charlie alles, was er braucht?», fragte sie dann. «Ich kann ihm einen Ventilator bringen, falls es in dem Minizimmer zu heiß wird.»

«Alles gut», sagte June und flocht ihre langen Haare zu einem seitlichen Zopf. «Er war bereits eingeschlafen, ehe ich die Tür hinter mir zugezogen habe. Henry ist mit ihm im Watt auf Muschelsuche gewesen und –»

«Mädels, es ist alles bereit», rief Pearl und streckte den grauweißen Kopf durch die Schwingtür. «Ich nehme die Törtchen», sagte sie, kam in die Küche, nahm das runde Tablett und blieb kurz stehen, um die drei anzusehen. Sie wusste Bescheid. «Ein Kinoabend ist eine wunderbare Ablenkung für ein paar Stunden. Ein Film kann wahre Wunder wirken. Jetzt kommt, meine Lieben.»

Isabel füllte das warme Popcorn in die drei Schüsseln und reichte Kat und June je eine, die dritte nahm sie selbst. «Lass uns nach dem Film weiterreden», sagte sie zu Kat. «In Ordnung?»

Kat sah Isabel zwar nicht an, doch sie nickte kaum merklich und ging voraus zum Aufenthaltsraum, wo Lolly gerade eine DVD in den Spieler schob. Sie sah aus, als wäre alles in bester Ordnung, als wäre dies ein ganz normaler Freitagabend.

«Sind alle bereit für Meryl und Clint?», fragte Lolly. «Was Besseres als die beiden zusammen kann es auf Erden eigentlich gar nicht geben.»

Die Frage, weshalb Lolly Weller an einem Abend wie diesem ausgerechnet einen Spielfilm sehen wollte, obwohl sie ihrer Tochter und ihren Nichten gerade erst eröffnet hatte, dass sie an Krebs erkrankt war und es gar nicht gut für sie aussah, stellte sich hier niemand. In ihrer Jugend hatten die drei Mädchen immer wieder die Geschichte zu hören bekommen, wie Lolly mit gerade mal achtzehn Jahren und untröstlich über den Tod einer Freundin, die bei einem Badeunfall ertrunken war, ins Kino gegangen war, um sich *Die durch die Hölle gehen* anzusehen. Sie hatte in der Zeitung einen Artikel über Meryl Streep – die mit Vornamen eigentlich Mary Louise hieß, genau wie Lolly – und ihren Verlobten gelesen, einen berühmten Schauspieler, der nach den Dreharbeiten an Knochenkrebs gestorben war. Und wie Lolly das erste Jahr nach dem Autounfall nur deshalb durchgestanden hatte, weil sie sich zwischendurch immer wieder in den größten Meryl-Streep-Schnulzen verlieren durfte. Und wie sie sich, als sie endlich wieder imstande war, eine Komödie zu ertragen, *Rendezvous im Jenseits* ausgeliehen und bei der Gelegenheit seit jener schrecklichen Neujahrsnacht zum ersten Mal wieder gelächelt, ja, sogar gelacht hatte.

Der Kinoabend war bereits seit Jahrzehnten feste Tradition in der Pension. Anfang der Neunziger hatte eine Dame, die zu Gast war, Lolly gefragt, ob sie einen Videorecorder hätte, weil sie sich gern einen Spielfilm nach Vorlage des Romans ausleihen würde, den sie gerade gelesen hatte: *Sophies Entscheidung*. Sie hatten den Film gemeinsam gesehen und einen so tollen Abend gehabt, dass Lolly sich von der Idee ihres Gastes inspirieren ließ: Sie hatte für den Aufenthaltsraum ein moderneres Gerät gekauft, den uralten Fernseher gegen einen fast doppelt so großen getauscht, den Bücherschrank mit ihren Lieblingsfilmen bestückt und gemeinsam mit Pearl den Freitagabend zum Kinoabend ausgerufen. Zuerst hatten sie abwechselnd den Film ausgesucht, doch irgendwann hatten sie sich für monatlich wechselnde Themen entschieden. Die vierziger Jahre. Robert De Niro. Rund ums Essen. Internationale Filme. Liebeskomödien. Sissy Spacek. Letzten Monat war John Travolta dran gewesen.

Der letzte Meryl-Streep-Monat hatte erst vor neun Monaten stattgefunden, und Isabel, die, wenn sie zu Besuch war, ab und zu am Kinoabend teilnahm, hatte sich zu Weihnachten von *Julie & Julia* bezaubern lassen. Es gab selten anschließende Diskussionen über die Filme, die sie sahen; Pearl schlief oft schon nach der ersten halben Stunde ein. Aber der freitägliche Kinoabend war nun mal eine Institution im Three Captains' Inn, und im Aufenthaltsraum war eine ganze Wand ausschließlich Lollys Lieblingsschauspielern gewidmet. Dort hingen glänzende Schwarzweißfotografien in altmodischen Bilderrahmen. Von Meryl Streep gab es gleich drei Aufnahmen aus verschiedenen Dekaden. Außerdem hingen dort Clint Eastwood, Al Pacino und Sissy Spacek, eine weitere Lieblingsschauspielerin von Lolly. Tommy Lee Jones, Cher, Brad Pitt, Susan Sarandon, Kate Winslet und Keanu Reeves, den Lolly sexy fand. Schließlich Rachel McAdams und Emma Stone, junge Schauspielerinnen, die laut Lolly «das gewisse Etwas» hatten.

Isabel verstand gut, weshalb ihre Tante schon wieder einen Meryl-Streep-Monat ausgerufen hatte. Lolly behauptete immer, Meryl-Streep-Filme hätten in gewissen Situationen dieselbe Wirkung wie selbstgemachte Hühnerbrühe oder eine beste Freundin.

Ach, könnten sie doch auch Krebs heilen, dachte Isabel, als sie sich zu ihrer Schwester auf das kuschelige Zweiersofa setzte, jede Menge weicher Kissen im Rücken, und die Popcornschüssel vor sich auf die Fußbank stellte. Lolly und Pearl hatten es sich auf dem weißen Sofa bequem gemacht, Eistee, Wein, Törtchen und Popcorn in Reichweite auf dem alten Überseekoffer, der wahrscheinlich irgendwann mal aus den Tiefen des Atlantiks gefischt worden war und jetzt als Couchtisch diente. Kat saß auf einem riesigen geblümten Sitzsack zu Lollys Füßen und verknotete die langen roten Gummischnüre, die sie, daran erinnerte Isabel sich noch genau, schon als Kind vor dem Fernseher immer am liebsten genascht hatte. Zu ihnen hatte sich auch Carrie gesellt, etwa Mitte Dreißig und Hausgast in der Pension, deren Mann oben auf ihrem Zimmer ein Baseball-Spiel anschaute. Sie hatte es sich in dem hohen Ohrensessel bequem gemacht, einen Teller mit einem Törtchen und etwas Popcorn auf dem Schoß.

Lolly löschte die Deckenbeleuchtung und drückte den PLAY-Knopf der Fernbedienung des DVD-Spielers, den sie schon vor Jahren angeschafft hatte, genau wie den großen Flachbildfernseher.

Isabel verspürte den Impuls, einfach in ihr Zimmer zu fliehen, doch dann fiel ihr ein, dass ja alle Zimmer belegt waren und sie bei Kat schlief. Genauso wie June. Hier konnte sie wenigstens gute zwei Stunden in Ruhe sitzen, ohne dass ihr jemand wegen Edwards Abwesenheit nervige Fragen stellte.

Und wenigstens würde sich jetzt keiner mehr fragen, was mit ihr los war. Schließlich hatte ihre Tante Krebs. Isabel warf June einen Blick zu; ihre Schwester war genauso den Tränen nahe wie sie selbst.

Isabel konnte kein Interesse für die Figuren aufbringen, die nach und nach den Bildschirm bevölkerten. Doch als ihr klarwurde, dass es um die erwachsenen Kinder einer Frau ging, die gerade gestorben war, kamen ihr die Tränen. Bruder und Schwester, beide Anfang vierzig, sehen in einem Bauernhaus in Iowa die Dinge ihrer Mutter durch. Durch einen Brief, den ihre Mutter ihnen hinterlassen hat, erfahren sie, dass es in deren Leben neben ihrem Vater noch einen anderen Mann gegeben hat.

Dann wird der Zuschauer in die Vergangenheit zurückversetzt. Meryl Streep als Hausfrau in Iowa, mit ihrem wunderschönen Gesicht, langen braunen Haaren und, wie man später erfährt, italienischer Herkunft, die sich von ihrem Ehemann und zwei Kindern im Teenageralter verabschiedet, weil diese auf eine viertägige Reise zu einem Landwirtschaftsmarkt aufbrechen. Dann tritt Clint Eastwood als Fotograf auf der Suche nach einer bestimmten, überdachten Brücke auf. Meryl Streep ist gerne bereit, ihm persönlich den Weg zu zeigen, weil er so schwer zu beschreiben ist.

Durch winzige Gesten und schlichte Fragen wird bald klar, dass Meryls Figur sich Hals über Kopf in den Mann verliebt, der in ihr die Erinnerung an jene Frau wachruft, die sie hätte sein können, und an das Leben, das sie hätte führen können. Als Clint sie bittet, Mann und Kinder zu verlassen und mit ihm zu gehen, um diese einmalige Liebe nicht zu verlieren, ist ihre erste Reaktion ein Ja.

Und dann ein Nein. Sie kann weder ihren Ehemann und ihre Kinder aufgeben noch ihre Liebe zu Clint.

Die Zerreißprobe kommt an dem Tag, als Clint die Stadt wieder verlässt. An einer roten Ampel sitzt Meryl neben ihrem Mann in ihrem alten Pick-up, vor ihnen Clints Laster. Meryl umklammert den Türgriff. Wenn sie mit ihm gehen will, ist das ihre Chance. Sie muss es jetzt tun, sofort, die letzte Möglichkeit ergreifen; die Autos tauschen und damit ihr ganzes Leben, sie muss nur die Autotür öffnen und aussteigen.

Isabel hielt den Atem an, während sie Meryl Streep dabei zusah, wie sie in Agonie die Hand um den Türgriff spannt. *Sie geht nicht*, dachte Isabel. *Sie tut es nicht*. Als in der Szene dann klarwird, dass sie es tatsächlich nicht tun würde, stieß Isabel den Atem aus.

Sobald der Abspann lief, stand Pearl auf und machte sich daran, die leeren Teller einzusammeln. «Ist das nicht ein großartiger Film? Ich habe ihn sicher schon dreimal gesehen, und mir kommt es immer wieder vor wie beim ersten Mal, obwohl ich weiß, wie er endet.»

«Meryl Streep ist eine unglaubliche Schauspielerin», sagte Carrie. «Ich glaube, so hübsch wie in *Die Brücken am Fluss* hat sie nie wieder ausgesehen.»

«Sie ist wirklich toll», sagte Kat, und Isabel und June nickten.

Lolly stand auf, drückte den Ausgabeknopf und legte die DVD in die Hülle zurück. «Das ist einer meiner absoluten Lieblingsfilme. Ich habe ihn auch schon dreimal gesehen, Pearl, und jedes Mal sehe und höre ich wieder etwas Neues.»

Lolly sah von Kat zu Isabel und dann zu June. «Ich bin froh, dass ihr da seid. Es war ein langer Tag, ich glaube, ich gehe ins Bett. Wir sehen uns morgen Früh in aller Frische – um halb sieben gibt's Frühstück.»

Während Lolly und Pearl sich auf den Weg machten, sagte June: «Was? Keine Diskussion mehr? Ich bin wie erstarrt, so sehr hat mich Francescas Entscheidung erschüttert.»

«Ihre Entscheidung hat dich erschüttert? Du meinst, bei ihrer Familie zu bleiben?», fragte Isabel, und Lolly setzte sich wieder hin.

Sie winkten Pearl zum Abschied nach, deren Mann vor der Tür im Auto darauf wartete, sie abzuholen.

June griff nach einem Cupcake und biss hinein. «Sie hat sich selbst betrogen.»

Isabel starrte ihre Schwester an. «Sich selbst betrogen? Ach, und wenn sie gegangen wäre, hätte sie ihren Mann und ihre Kinder dann etwa nicht betrogen? Und auch kein Versprechen gebrochen? Schlimm genug, dass sie sich überhaupt von einem fremden Mann hat verführen lassen.»

«Also, das kann ich total gut nachvollziehen», sagte Kat, erhob sich von dem Sitzsack, dehnte sich, streckte die Beine und setzte sich aufs Sofa. «Clint hat ihr ein Stückchen von ihr selbst zurückgegeben. Und mir hat gefallen, dass sie ihn erst gebeten hat, zum Essen zu bleiben, *nachdem* er den entscheidenden Schlüsselsatz gesagt hat: ‹Ich weiß, wie Sie sich fühlen› Das ist es doch, was wir alle uns wünschen. Jemanden, der einen versteht.»

«Ja, das wollen wir alle, aber manchmal kann es eben nicht sein», sagte Lolly, den Blick zum Fenster hinaus gerichtet, und Isabel fragte sich, was sie damit meinte.

Sie lehnte den Kopf an die Kissen. Edward war offensichtlich nicht der Ansicht, dass sie ihn verstand. Vielleicht war sie nicht mehr in der Lage, ihn zu verstehen, weil sie sich verändert hatte. Genauso wenig, wie er sie verstand.

Aber genau das hieß doch, an einer Ehe zu arbeiten. Eine Ehe war harte Arbeit. Man gab sich nicht einfach ohne jedes Verantwortungsgefühl einer romantischen Idee hin. Meryls Figur hatte sich in der Sekunde in den reisenden Fotografen verliebt, als er sagte, er wüsste, woher sie komme, dass er auch schon einmal dort gewesen sei. Weil Bari und ihre italienische Herkunft alles ausmachten, was sie war.

Isabel spürte, dass ihr schon wieder die Tränen kamen. Eine tiefe Herzensverbindung zwischen Edward und Carolyn Chenowith? Wie denn? Isabel war diejenige mit derselben Vergangenheit wie er. Isabel hatte ihre Eltern verloren, genau wie er. Isabel hatte sich monatelang in den Schlaf geweint, genau wie er. Isabel war fünfzehn Jahre lang an seiner Seite gewesen.

Womit hatte Carolyn das übertrumpfen können? Womit?

«Wenn es das ist, was jemand insgeheim gesucht hat», sagte Kat. «Was jemand zu einem bestimmten Zeitpunkt für sich braucht. Habt ihr bemerkt, dass Meryl nicht mal genau wusste, wie lange sie verheiratet war, als Clint sie danach fragte? Sie hat versucht, es an den Fingern abzuzählen, aber sie ist nicht draufgekommen. Weil sie seit Ewigkeiten verheiratet war und dabei sich selbst verloren hat. Und plötzlich war da Clint und erinnerte sie daran, dass sie einmal jemand gewesen war. Jemand anderes. Und diese andere Frau hat er in ihr gesehen.»

Isabel zitterte. Welche Gefühle hatte Carolyn in Edward geweckt? Hatte sie ihm den Mann in ihm gezeigt, zu dem er geworden war? Den, der nicht mehr wusste, wer er mal war? Vielleicht wollte er das Gegenteil.

Sie schüttelte den Kopf. «Aber wisst ihr, wer diese Frau, die sie mal war, noch gesehen hat? Ihr *Ehemann*. Sie lernte ihren Mann in Italien kennen, während er als Soldat dort stationiert war. Ihr Mann verliebte sich in sie. Also wusste er doch auch, wer sie war.»

«Aber –»

Isabel ließ June nicht zu Wort kommen. «Sie ist vier Tage lang mit einem anderen Kerl ins Bett gestiegen, während

Mann und Kinder aus dem Haus waren. Sie hat ihn betrogen. Ihr Gelübde gebrochen. Und dann sagt sie ihrer Affäre Lebwohl, weil sie weiß, dass daraus sowieso nichts werden kann, und ihr Leben geht weiter, als hätte sie nie etwas Schlimmes getan – und als wäre sie nicht beinahe gegangen.»

June starrte sie an. «Puh! Haben wir wirklich denselben Film gesehen? Meryl hatte sich selbst aufgegeben, als sie den Bauern aus Iowa heiratete. Sie hatte etwas völlig anderes erwartet, als sie ihn heiratete und mit ihm nach Amerika ging. Keine Farm in Iowa. Wisst ihr noch, als sie sagte: ‹Es ist nicht das, was ich mir als Mädchen erträumt habe›? In den vier Tagen mit Clint hat sie sich selbst wiedergefunden. Aber dann hat sie ihr eigenes Glück aufgegeben, um das Richtige zu tun. Und das war meiner Meinung nach falsch.»

«Ich weiß, was du meinst», sagte Kat und zupfte an ihrem Cupcake-Papierchen herum. «Nicht dass ich mir gewünscht hätte, sie wäre mit Clint weggegangen und hätte ihre Familie im Stich gelassen. Aber dass sie sich selbst untreu wird, war mir auch nicht recht.»

Isabel starrte Kat an. «Sich selbst untreu? Und was ist mit ihrem *Ehemann*?»

«Finde ich auch», sagte Carrie. «Sie hat gewusst, worauf sie sich einlässt, als sie ihn heiratete. Ich wusste auch, worauf ich mich einlasse. Wer hatte denn heute keine Lust auf einen Stadtbummel? Und wer hockt jetzt da oben und glotzt auf seinem iPad ein Red-Sox-Spiel? Sie hat sich dieses Leben selbst ausgesucht, genau wie ich.»

«Aber das konnte sie doch vorher gar nicht wissen», sagte June. «Alles, woran sie denken konnte, war Amerika, hat sie gesagt. Sie wollte das Abenteuer. Und stattdessen landet sie auf einer einsamen Farm in Iowa.»

«Ich glaube, man weiß schon, auf was man sich einlässt», sagte Lolly und sah zum Fenster hinaus. «Wie umwerfend und verwegen konnte ihr Mann schon gewesen sein, als sie sich kennenlernten? Wie aufregend und abenteuerlich konnte seine Persönlichkeit gewesen sein? Ich glaube, für sie hat er einfach das Abenteuer repräsentiert. Allein die Tatsache, dass er fremd war, hat schon genügt.»

Kat sah ihre Mutter nachdenklich an. «Und, wie Meryl selbst sagte: ‹Wir sind das, wofür wir uns entschieden haben.›» Kat atmete aus. «Macht man einen Fehler ...»

«Ich bin mir nicht sicher, ob sie einen Fehler gemacht hat», sagte Carrie. «Sie hat doch ihre Kinder. Und die Farm ist wunderschön. Aber sie war emotional einsam. Und das ist ein hoher Preis.»

Alle nickten. Isabel sah zum Fenster hinaus auf die Lichter des Hafens. Sie war selbst seit Monaten emotional einsam. Und wenn sie ganz ehrlich zu sich war, eigentlich schon viel länger.

«Meine Lieblingsstelle», sagte June, «ist die, wo Clint und Meryl zusammen vor dem Kamin auf dem Boden liegen, nachdem sie miteinander geschlafen haben, und sie ihn weinend bittet, sie irgendwohin mitzunehmen, wo er schon gewesen ist, an einen Ort am anderen Ende der Welt.»

Kat nickte. «Und dann beschreibt er ihr ihre Heimatstadt. Irgendeine kleine Stadt in Italien, in die es ihn nur durch Zufall verschlagen hat, weil er sie beim Durchfahren so hübsch fand.»

«Ich glaube, das war der Moment, als Meryl sich endgültig in ihn verliebt hat», sagte June. «Er hat ihr die Frau zurückgegeben, die sie im Inneren immer geblieben ist, die Frau, die nie jemand zu sehen bekommt, weder ihr Mann noch ihre Kinder.»

«Und sie hat ihm das Gefühl gegeben, doch jemanden zu brauchen – nämlich sie», sagte Lolly.

Isabel starrte ihre Tante an. Carolyn Chenowith besaß etwas, das mehr wert war als Isabels sechzehn gemeinsame Jahre mit ihrem Mann und alles, was diese Jahre bedeuteten. Hatte sie ihn dazu gebracht, sie zu brauchen? Und woraus genau bestand dieses Bedürfnis?

Vielleicht war es einfach nur die Lust auf etwas Neues. Abenteuer. Heißer Sex.

«Aber es hätte nicht gehalten», sagte Isabel, obwohl sie sich dessen eigentlich nicht ganz sicher war. «Oder vielleicht doch. Aber zu neunundneunzig Prozent hätte es nicht funktioniert, und zwar aus genau den Gründen, die Meryl genannt hat. Sie hätte Clint für alles, was sie verloren hätte, verantwortlich gemacht. Als er sagte, ‹die Gewissheit, jemanden so zu lieben, hast du im Leben nur einmal›, war Meryl klar, dass er damit ihre Überzeugung in Bezug auf alles gemeint haben konnte – sich selbst, das Glück ihrer Familie – die ganze Welt um sie herum.»

Isabel fragte sich, wie lange Edwards Affäre mit Carolyn halten würde, jetzt, wo er abends um sechs nicht mehr heimlich durch die Gegend schleichen musste. Ein paar Wochen? Edward hatte ihr heute am Telefon gesagt, dass Carolyns Mann sie schon vor Monaten wegen einer anderen Frau verlassen hatte. Isabel hatte immer geglaubt, Affären würden vom Verbotenen leben, vom Drama, nicht von echten Gefühlen. Doch bei der Affäre zwischen Meryl und Clint ging es ausschließlich um Gefühle.

«Einer der Gründe, weshalb sie schließlich bleibt, macht mir zu schaffen», sagte Carrie. «Sie macht sich Sorgen darum, was für ein Signal es für ihre sechzehnjährige Tochter wäre, wenn sie ginge, weil die gerade dabei ist, in Sachen Liebe und Beziehungen erste Erfahrungen zu sammeln. Aber welche Signalwirkung hat die stille Verzweiflung im Leben ihrer Mutter? Die Tochter landet schließlich selbst in einer schlechten Ehe, die zwanzig Jahre dauert. Vielleicht war es also doch nicht ganz so heldenhaft, zu bleiben.»

«Mir gefällt, was sie in dem Brief an ihre Kinder schreibt», sagte Lolly. «Tut, was in euren Kräften steht, um in diesem Leben glücklich zu sein. Was das heißt, muss jeder für sich entscheiden. Ich glaube, Meryls Figur war beides, glücklich *und* unglücklich, weil sie geblieben ist, und sie wäre mit Sicherheit glücklich *und* unglücklich geworden, wenn sie gegangen wäre. Sie saß so oder so in der Falle. Sie hat die schreckliche Entscheidung aus den richtigen Gründen getroffen.»

Fühlte sich Edward auch so? In der Falle? Verliebt in eine andere Frau, aber gefesselt an die Ehefrau durch das Versprechen, das sie einander gegeben hatten?

«Ich finde, sie hätte gehen sollen», sagte Kat mit leiser, trauriger Stimme. «Das Leben ist zu kurz, das sagen doch alle immer, oder nicht? Und ist das im Augenblick nicht ganz besonders deutlich spürbar?»

«Zu kurz, um den Menschen weh zu tun, die man angeblich liebt!», schoss Isabel zurück. Kat sah sie überrascht an, und Isabel wollte sich eigentlich entschuldigen, aber dann wandte Kat sich ab, und Isabel wusste nicht, was sie sagen sollte.

«Darauf gibt es keine richtige Antwort», sagte June.

Wir sind das, wofür wir uns entschieden haben. Der Satz ging Isabel nicht mehr aus dem Kopf.

Es stimmte, das wusste sie. Sie hatte die Wahl getroffen, sich zu verändern. Sie hatte die Wahl getroffen, den Wunsch nach einem Kind in ihrem Herzen zu nähren. Sie hatte die

Wahl getroffen, sich damit ihrem Ehemann anzuvertrauen, anstatt es unter Verschluss zu halten. Sie hatte die Wahl getroffen, den Pakt zu brechen.

«Ich finde, Meryl hat das Richtige getan», sagte Lolly, stand auf und sammelte Cupcake-Papierchen und verstreute Popcornkrümel ein. «Wieso sollte ihr eigenes Glück wichtiger sein als das ihres Mannes oder das ihrer Kinder? Wieso sollte ihr Glück wichtiger sein als das, was eine derartige Entscheidung ihren Kindern antun würde, als der Einfluss, den sie auf ihr Leben haben würde?»

«Ich weiß nicht», entgegnete June und stand auf, um die Gläser einzusammeln. «Unglück hat auch Einfluss auf das Leben anderer. Die Tochter ist doch der Beweis dafür, oder? Ich will damit nicht sagen, dass sie einfach so mit Clint durchbrennen und ihr Leben im Stich lassen kann. Aber sich selbst zu betrügen, sich selbst so das Herz zu brechen ...»

Sie hätte von Anfang an keine Affäre haben dürfen, wollte Isabel am liebsten laut rufen. Hätte Meryl sich gar nicht erst auf Clint eingelassen ... Aber Isabel verstand auch, weshalb sie es getan hatte. Sie brach in Tränen aus und saß bebend da.

«Isabel?», sagte Lolly fragend.

«Ich habe Edward mit einer anderen Frau erwischt.»

«Edward?» June verschlug es den Atem.

«Das tut mir leid, Isabel!», sagte Kat und legte ihrer Cousine die Hand auf den Arm.

«O nein!», sagte Lolly. «Das glaube ich nicht!»

Isabel erzählte ihnen, was geschehen war. Von dem Brief. Von dem albernen, dämlichen Teigklumpen und ihrem bevorstehenden Hochzeitstag. Davon, wie sie diese weißen Teppichstufen hinaufgegangen war. Von Edwards Gesicht. «Und als ich heute dann endlich ans Telefon ging, da hat er mir gesagt, dass es nicht nur Sex ist, nicht nur eine Affäre, dass er sich in diese Frau verliebt hat, und zwar schon Monate, ehe er sich –» Isabel verstummte.

«Oh, Izzy! Das tut mir so leid», sagte June. «Ich komme mir ganz mies vor, weil ich die Affäre in dem Film eben so verteidigt habe.»

Isabel sah ihre Schwester an. «Kann man das wirklich verteidigen? Nur, weil er sich verliebt hat, soll es okay sein? Hat er mich und unser Gelübde nicht betrogen? Nur weil er sich wirklich verliebt hat, ist alles in Ordnung?»

Isabel, du musst wissen, dass ich sie liebe. Es ist nicht nur Sex, es ist keine alberne Affäre. Das würde ich dir niemals antun.

Wie rücksichtsvoll. Er hatte ihr das nur angetan, weil es echt war.

So sicher ist man sich nur ein einziges Mal im Leben ...

Offensichtlich ein Trugschluss. Einst war Edward sich bei ihr sicher gewesen. Und jetzt war er sich bei der aufdringlichen Carolyn Chenowith sicher. Momentan jedenfalls.

Isabel schlang die Arme um die Beine und zog die Knie an die Brust. Sie war nicht mehr dieselbe Isabel, die sich mit sechzehn in Edward verliebt hatte. Sie war nicht mehr das kleine, verängstigte Mädchen, das sich selbst so schrecklich fand und ihn so weise. Sie war sich nicht mehr sicher, wer sie überhaupt war. Sie würde nicht in ihr Haus in Connecticut zurückkehren – außer vielleicht, um ihre Sachen abzuholen und den großen Haushalt aufzuteilen. Als hätte sie jetzt noch Interesse an ihrer weichen Daunenbettdecke, die sie doch nur an Edward erinnerte. Oder an den Bildern, die sie während ihrer Flitterwochen und den vielen gemeinsamen Reisen zusammen ausgesucht hatten. Was sollte sie jetzt tun? Sie würde einfach hierbleiben, in der Pension, bei ihrer Tante, und helfen, was es zu helfen gab, sagte sie sich, weil sie einen Plan brauchte, an den sie sich festklammern konnte.

Lolly ergriff ihre Hand. «Ich bin froh, dass du hier bist, bei uns.»

Isabel ließ den Tränen freien Lauf. Lolly verstärkte den Druck ihrer Hand, und einen Moment lang spürte Isabel die Hand ihrer Mutter auf ihrer eigenen, und das war der größte Trost überhaupt.

5.
June

• • • • • • • • • • • •

Das Kinoabendgeschirr war gespült, der Aufenthaltsraum vom letzten Popcornflöckchen befreit und eine kurze Google-Recherche zum Stichwort *Bauchspeicheldrüsenkrebs* hatte June, Isabel und Kat so geschockt, dass sie beschlossen hatten, das Thema für diesen Abend auf sich beruhen zu lassen. June setzte sich auf den Balkon vor Kats Zimmer, sah zum Hafen hinunter, zu den Lichtern der Boote und dem rot-weißen Leuchtturm, der in der Ferne gerade noch zu erkennen war. Pearl hatte recht gehabt: Ein Film konnte einen tatsächlich für ein paar Stunden wunderbar ablenken. *Die Brücken am Fluss* hatte June so sehr berührt, dass sie sich noch stundenlang darüber hätte unterhalten können. Dabei dachte sie in diesem Augenblick gar nicht an Meryl Streep und Clint Eastwood, die in der Küche einer einsamen Farm mitten in Iowa zu italienischer Opernmusik tanzten. Sie dachte an Edward, den falschen Fiesling.

Schon mit dreizehn hatte June nur ein paar Monate gebraucht, um zu merken, dass ihr vermeintlicher Traumtyp, wegen dem sie im *Seventeen*-Magazin unzählige Kreuzchentests gemacht hatte, und den schließlich ihre hübschere, bodenständigere, sexy Schwester bekommen hatte, in Wirklichkeit ein unerträglicher Albtraumtyp war. *Edward sagt* wurde bald zum Satzanfang von allem, was die sechzehnjährige

Isabel von sich gab. *Edward sagt, fluchen ist total unreif. Edward sagt, jeder trauert auf seine Weise, und das muss man respektieren.*

Letzteres war in Junes Augen das einzig Richtige, was Edward McNeal je von sich gegeben hatte. Er hatte ein Talent, über Trauer zu sprechen wie kein anderer. Edward konnte so viel Trost spenden, einen derart mit Verständnis umhüllen, dass man beinahe vergaß, weshalb man überhaupt ins Zentrum für trauernde Kinder gekommen war. Wenigstens ein paar Minuten lang. Natürlich war June immer klar gewesen, weshalb Isabel sich Hals über Kopf in ihn verliebt hatte. Das war June schließlich genauso gegangen, ein paar Wochen lang jedenfalls, bis es losging mit *Edward sagt* und Isabel anfing, sich so radikal zu verändern.

«Sie entwickelt sich zum Positiven», sagte Lolly, als June ihrer Staub wischenden, Möbel polierenden Tante durch die ganze Pension hinterherdackelte, völlig verwirrt von dem, was mit ihrer lauten, egozentrischen, Schule schwänzenden, Zigaretten klauenden, Shit rauchenden, nuttigen großen Schwester geschah.

«Aber plötzlich ist sie die Superbrave ... so wie ich», hatte June gesagt. «Sie sagt sogar *bitte* und *danke!*»

«Und was soll daran schlimm sein?», fragte Lolly, und der Geruch von Zitronenpolitur kitzelte June in der Nase.

«Sie ist ein totaler Roboter geworden», lautete Junes Fazit. Nicht, dass sie ihre gemeine Schwester wiederhaben wollte, aber sie war sich nicht sicher, ob ihr die neue Version gefiel. Diese völlig kontrollierte Schwester – kontrolliert von *Edward sagt*.

Erst Jahre später wurde June klar, dass Isabel nicht von Edward kontrolliert wurde, sondern von ihrer Trauer. Und Edward konnte einfach gut mit Trauer.

«Es ist doch besser, sie geht zur Schule, ernährt sich gesund und sagt *bitte* und *danke* als das, was sie früher gemacht hat», hatte Lolly geantwortet. «Sei nicht so streng mit ihr! Lass sie sein, was sie gerade sein muss. Sie tut niemandem weh damit. Vergiss das nicht. Irgendwann wird sie zu sich finden, so wie alle Menschen.»

Dieser Satz hatte lange in June nachgeklungen. *So wie alle Menschen.* Stimmte das? Fanden tatsächlich alle Menschen irgendwann zu sich? Hatte ihre Tante zu sich gefunden, nachdem ihr Mann, ihre Schwester und ihr Schwager gestorben waren und sie so furchtbar still geworden war, nur noch sprach, wenn sie angesprochen wurde? Wenigstens redete Lolly, sobald man sie ansprach. Aber wenn man sich nicht direkt an sie wandte, sie nichts fragte, würde Lolly einen nie zu einem Gespräch ermutigen. Sie wollte nicht wissen, ob man Hausaufgaben aufhatte, ob einen jemand zum Schulball eingeladen hatte oder warum man so traurig war. Einmal hatte June sie angeschrien: «Dir ist es ganz egal, ob ich hier sitze und jeden Moment anfange zu heulen!», und Lolly hatte geantwortet: «Nein, June, das ist mir nicht egal. Aber meine Art ist es, dir den Raum zu geben, es auch zu tun.»

June war sich damals nicht sicher, ob Raum das war, was sie wollte. Nicht, dass es für sie viel Raum gegeben hätte, in ein einziges Zimmer gequetscht mit ihrer alles vereinnahmenden Schwester und ihrer stummen Cousine, die sie immerzu anstarrte. Wenn June irgendwo Blicke auf sich spürte, wusste sie, dass Kat in der Nähe war.

Sobald sie zu dritt in einem Zimmer gewesen waren, ob in ihrem eigenen oder irgendeinem anderen, hatte stets mindestens eine von ihnen den Raum wieder verlassen. Das war auch kein Wunder.

June sah zum Himmel hinauf. Es waren nur wenige Sterne zu sehen, und sie konzentrierte sich auf einen davon, in der

Hoffnung, dass er sich nicht als Flugzeug entpuppte. Sie hatte das Bedürfnis, sich an einen Fixstern zu klammern. Isabels Neuigkeiten hatten sie erschüttert. Mochte Edward auch ein Arschloch sein, er war da gewesen – und zwar immer. Irgendwann vor ein paar Jahren, als Edward zu Thanksgiving etwas Verletzendes zu June gesagt hatte – es hatte irgendwas mit dem Käse zu tun, den sie für Charlie gegrillt hatte, er hatte wissen wollen, weshalb es unbedingt der ungesunde amerikanische Chemiekäse sein musste anstatt gesunder Käse wie zum Beispiel Schweizer Käse oder Cheddar, und ob es ihr eigentlich ganz egal wäre, womit sie Charlies Hirn und seinen Körper fütterte, die beide im Wachstum waren –, da hatte sie Isabel zugeflüstert: «Hab ich ein Schwein, dass ich nicht bei Edward gelandet bin!»

Isabel war zusammengezuckt, und June hatte ihr bissiger Kommentar augenblicklich leidgetan. Doch dann hatte ihre Schwester sofort zurückgeschossen. «Ach was! Als hättest du bei ihm je eine Chance gehabt! Und wie lange hat deine große Liebe gedauert? Zwei Tage? Also sprich nicht über Dinge, von denen du keine Ahnung hast.»

Als die letzten Reste des Festessens vertilgt waren, würdigten sich Isabel und June keines Blickes mehr. Sie waren einander bis zur nächsten Zusammenkunft an Weihnachten höflich aus dem Weg gegangen und hatten zwischendurch lediglich die obligatorischen Geburtstagskarten ausgetauscht. Andererseits kamen Isabel und Edward wirklich jedes Jahr zu Charlies Geburtstagsfeier – jedes Jahr fünf Stunden Fahrt, egal ob die Party beim Kinderturnen stattfand, auf dem Spielplatz oder in ihrer winzigen Wohnung über dem Buchladen. Isabel war immer da gewesen, und zwar jedes Mal mit einem riesigen Geschenk, irgendetwas ganz Tolles, das June sich nie hätte leisten können, ein rotes Bobbycar oder der Indiana-Jones-Lego-Baukasten, und Charlie hatte sich jedes Mal so darüber gefreut, dass er wie wild im Kreis rannte und June all ihren Ärger sofort vergaß. Bis Isabel oder Edward dann fünf oder höchstens zehn Minuten später alles wieder kaputt machten, mit einem doofen Kommentar über das staatliche Schulsystem in Portland oder darüber, wie jämmerlich June gerade so über die Runden kam – und schon hatte sich der magische Moment – puff! – wieder in Luft aufgelöst.

June hatte sich immer eine Beziehung zu ihrer Schwester gewünscht, die eher war wie die Beziehung zwischen ihr und ihrer Cousine. Höflich. Distanziert. Ohne Seitenhiebe. Die Gespräche zwischen Kat und ihr glichen eher jenen von Arbeitskolleginnen auf einer Betriebsfeier. Keine Tiefen, aber dafür auch keine Verletzungen.

«June? Kannst du mir mal mit dem Bett helfen? Ich glaube, es klemmt.»

June trat zurück ins Zimmer. Kat kämpfte mit dem Ausziehbett an der gegenüberliegenden Wand und versuchte gerade, das untere Teil herauszuziehen. Sie zog und zerrte, dann trat sie gegen den Kasten und ließ sich auf das schmale obere Teil plumpsen.

June setzte sich neben sie. «Deine Mutter kann den Krebs besiegen. Sie *wird* ihn besiegen.»

Kat lehnte den Kopf gegen die Wand und stieß einen tiefen Seufzer aus. «Lass uns bitte das Bett ausziehen, okay?»

June warf ihrer Cousine einen verstohlenen Blick zu. Sie wünschte, sie wüsste, was sie sagen sollte. Doch Lollys Diagnose machte ihr genauso Angst wie Kat, und diese Angst miteinander zu teilen war wohl das Beste, was sie tun konnten.

Sie brauchten ein paar Minuten, doch schließlich bekamen sie den verklemmten Bettkasten frei, und das Oberteil sprang auf. June schob das Bett vor den Balkon. So konnte sie, wenn sie sich auf den Bauch legte, die Sterne und den Hafen sehen. Ein paar Minuten später waren sämtliche Betten hergerichtet und die leichten Sommerdecken ausgebreitet. Der August ging dem Ende entgegen, und es wurde kaum noch heiß genug, um den Lärm zu rechtfertigen, den der antike Bronzeventilator von sich gab, doch Kat stellte das Ungetüm trotzdem für alle Fälle in die Ecke. June betrachtete das Bett, das für die nächste Zeit das ihre werden sollte. Die verschossenen Volants, die den Bettkasten zierten, und die alte Seesterndecke sahen so einladend aus, dass June sich vorstellen konnte, augenblicklich einzuschlafen.

Die Badezimmertür öffnete sich, eine dampfende Wolke entwich, und Isabel betrat in grauer Yogahose und rosarotem Tanktop das Zimmer. Die langen braunen Haare mit den hübschen goldenen Strähnen lagen ihr feucht um die Schultern.

«Alles in Ordnung, Isabel?», fragte June. *Blöde Frage*, dachte sie. Natürlich war gar nichts in Ordnung.

Isabel starrte auf ihre rosarot schimmernden Zehennägel hinunter. «Nein.»

June warf Kat einen Blick zu. Mit so viel Aufrichtigkeit hatte sie nicht gerechnet, trotz des Bekenntnisses vorhin im Aufenthaltsraum.

«Isabel, es tut mir so leid!» Kat saß im Schneidersitz auf ihrem Bett, zog die Knie hoch und schlang die Arme darum. Es war ihr anzusehen, dass sie eigentlich noch etwas sagen wollte, aber nicht wusste, was.

June setzte sich auf ihr eigenes Bett. «Was glaubst du, wie es jetzt weitergeht? Er trennt sich von ihr, und ihr zwei kriegt das wieder hin?»

Isabel ging zum Balkon und starrte in die Nacht. Junes Blick fiel auf die beiden Ringe an der Hand ihrer Schwester, den zweikarätigen runden Diamanten, der schon seit langem den winzigen Splitter auf dem Verlobungsring ersetzt hatte, und den diamantenbesetzten, goldenen Ehering.

«Meinst du, das geht?», fragte Kat. «Ich meine, wie soll man denn über so was je hinwegkommen?»

«Genau deshalb ist die Figur von Meryl Streep in *Die Brücken am Fluss* ja bei ihrer Familie geblieben», sagte Isabel, den Blick immer noch hinaus in die Nacht gerichtet. «Sie wusste, dass ihr Mann und ihre Kinder niemals darüber hinwegkommen würden. Aber Edward ist es wahrscheinlich einfach egal, ob ich das kann oder werde oder eben nicht.» Sie brach in Tränen aus.

June und Kat wechselten wieder einen Blick und eilten zum Balkon. Sie nahmen Isabel in die Mitte, Kat berührte sacht ihre Hand, und June legte einen Arm um ihre Schwester.

«Es klingt verrückt, aber das, was du von dem Augenblick erzählt hast, als du die Sache mit Edwards Affäre herausgefunden hast, erinnert mich daran, wie ich mich gefühlt habe, als Lolly uns von dem Unfall erzählt hat», sagte June. «Wenn etwas passiert, das man sich nie vorstellen konnte, das man sich nicht vorstellen *kann*. Man steht eine Zeitlang so unter Schock, dass man gar nicht in der Lage ist, es zu verarbeiten.»

Es sei denn, der Schock war für ihre Schwester in Wirklichkeit gar nicht so groß gewesen. Sie hatte ja keine Ahnung, wie es um Isabels Ehe stand, wie ihre Beziehung zu Edward wirklich war.

«So ging es mir auf der Fahrt hierher», erzählte Isabel. «Ich stand völlig unter Schock. Nur deshalb war ich überhaupt in der Lage, Auto zu fahren. Aber als mich die Wahrheit dann traf, die Erkenntnis, dass das alles wirklich passiert ist, der anonyme Brief, Edward, wie er aus dem Schlafzimmer dieser Frau kam, sein Blick – und auch, wie es in letzter Zeit zwischen uns gelaufen ist, na ja, wahrscheinlich schon länger, vermute ich ... Da traf es mich mit voller Wucht. Ich bin völlig zusammengebrochen. Ich bin in irgendein Motel gegangen und habe die ganze Nacht und fast den ganzen nächsten Tag lang durchgeheult, bis es Zeit wurde, weiterzufahren.»

«Und als wäre das nicht schon genug, kommt obendrauf noch – bumm! – die Hiobsbotschaft meiner Mutter», sagte Kat.

Isabel wischte sich die Tränen aus dem Gesicht. «Ich weiß überhaupt nicht mehr, wo mir der Kopf steht. Sobald ich an Edward denke, denke ich plötzlich an Lolly. Und dann bin ich wieder bei Edward und sofort danach wieder bei Lolly.» Sie holte tief Atem und stieß ihn wieder aus. «Er will gar nicht, dass wir es wieder hinkriegen. Er sagt, er liebt diese Frau. Wahrscheinlich hätte er mir noch gesagt, dass er die Scheidung will, wenn ich nicht so schnell aufgelegt hätte.»

Kat setzte sich zurück auf ihr Bett. «Ich kann es nicht fassen. Das ist wirklich ein Schock. Ich meine, du und Edward, ihr seid zusammen gewesen, seit ich zehn Jahre alt war.»

«Stimmt, eine Woche, nachdem wir in die Pension gezogen sind, seid ihr zusammengekommen», sagte June.

«Und jetzt das mit Tante Lolly ... ich weiß, eigentlich standen wir uns nie sehr nahe. Aber, weißt du, Kat, deine Mutter ist –» Isabel holte tief Luft. «Sie bedeutet mir einfach sehr viel.»

«Mir auch», sagte June. «Außerdem sieht sie Mom so ähnlich. Findest du nicht, Iz?»

Isabel antwortete nicht. Vielleicht war es falsch, im Augenblick ihre Mutter zu erwähnen. June hatte schon immer vermutet, dass einer der Gründe, warum ihre Schwester die Pension mied – und damit gleichzeitig auch Lolly, Kat und June –, das war, was Isabel ihrer Mutter an jenem letzten Abend an den Kopf geworfen hatte. June wusste, dass Isabel sich das nie verziehen hatte. Dieser Streit hatte hier in der Pension stattgefunden, auf dem Flur im ersten Stock. June war das, was dort jahrelang in der Luft gehangen hatte, nur allzu vertraut. Schmerz. Trauer. Verlust.

Kat lehnte sich müde zurück und starrte zur Decke. «Ich kann es einfach nicht fassen. Das alles.»

Ein paar Augenblicke lang sagte keine ein Wort. Aus dem Garten drangen gedämpfte Geräusche zu ihnen herein, die Grillen und Zikaden, die Stimmen vereinzelter Menschen auf dem Rückweg vom Hafen.

«Gut. Morgen machen wir uns einen Plan, wie wir am besten Lollys Aufgaben verteilen können», sagte Isabel, drehte sich um und steuerte auf das Bett unter der Dachgaube zu. «Die Chemotherapie wird sie womöglich so schwächen, dass sie selbst kaum noch was tun kann.»

June nickte. «Unglaublich, wie gesprächig Lolly nach dem Film plötzlich war. Ich glaube, ich habe sie noch nie so lebhaft erlebt.»

«Mich hat es auch überrascht», sagte Kat. «Ich meine, sie ist ja manchmal ziemlich festgefahren, aber sich einen Film anzusehen und danach darüber zu sprechen, über die verschiedenen Blickwinkel – und was dann dabei herausgekommen ist!», fügte Kat hinzu und sah Isabel mitfühlend an. «Sie hat sich richtig geöffnet. Ich hoffe, das bleibt so.»

«Bestimmt», sagte Isabel. «Meryl Streep ist ihre Lieblingsschauspielerin, und sie kennt ihre Filme in- und auswendig.

Ich bin mir sicher, dass sie ihr alle etwas bedeuten – für verschiedene Phasen ihres Lebens stehen. Sie hat den Film nicht umsonst ausgesucht. Jedenfalls hatte ich vorhin das Gefühl, so, wie sie zwischendurch immer wieder zum Fenster hinausgesehen hat.»

«Sie ist kompliziert, oder?», sagte Kat.

June lächelte. «Kompliziert und zäh.» June sah Isabel an. «Glaubst du, du kannst Lollys Aufgaben in der Pension übernehmen? Das wird eine ziemliche Veränderung für dich.»

Isabel starrte sie an. «Was? Wie meinst du das? Weil ich nicht arbeite?»

June wurde knallrot. Genau das hatte sie damit gemeint, aber sie hatte es nicht sagen wollen, hatte nicht gemein sein wollen. Diesmal nicht. «Ich meine damit nur, dass keine von uns Erfahrung darin hat, die Pension zu führen, sich um die Gäste zu kümmern, nicht mal Kat. Erinnert ihr euch noch an diese unerträgliche Familie letztes Jahr zu Weihnachten? Die haben ständig gebimmelt! *Gibt es noch Tee? Haben Sie keine weicheren Handtücher? Lässt sich denn nichts gegen diesen Meeresgeruch unternehmen? So fischig! Wie das hier hochzieht!*

Kat lachte. «Die habe ich nur überlebt, weil sie ganz verrückt nach meinem Backwerk waren. Die eine, die sogar noch zum Wandern hohe Absätze trug, meinte, ich sollte unbedingt meinen eigenen Laden aufmachen, sie würde auf alle Fälle im großen Stil bei mir bestellen. Ich konnte die Tanten zwar nicht ausstehen, aber sie haben mir ziemlichen Auftrieb gegeben. Trotzdem, ich hätte ihnen am liebsten ihr Glöckchen weggenommen und es ins Klo geworfen!»

June versuchte, sich Isabel auf allen vieren, mit Ata und Scheuerbürste bewaffnet, vor einer Kloschüssel vorzustellen. Ihre Schwester hatte eine Haushaltshilfe, die nicht nur zwei

Mal pro Woche ihr Dreihundert-Quadratmeter-Haus putzte, sondern auch noch ihre Mahlzeiten kochte und, mit Aufwärmanleitung versehen, für sie einfror.

«Ich bin mir sicher, dass ich in der Lage bin, zu tun, was nötig ist», sagte Isabel, und June wusste, dass ihre Schwester sich getroffen fühlte. Isabel hatte wirklich nicht viel Erfahrung darin, Menschen zu umsorgen, weil Edward gerne andere Leute dafür bezahlte, das zu tun. Andererseits wusste June, dass Isabel regelmäßig ehrenamtlich als Trauerbegleiterin arbeitete, und wenn sie die richtigen Worte und die richtige Haltung für eine Frau fand, die nach dreißig Jahren Ehe gerade ihren Mann verloren hatte, dann konnte sie sicher auch mit ein paar ignoranten Urlaubsgästen umgehen.

«Wenn June und Charlie nach Portland zurückmüssen, kannst du sicher das kleine Zimmer haben», sagte Kat zu Isabel. «Oder wir können auch tauschen. Ich glaube, mein altes Kinderzimmer könnte mir ganz gut gefallen. Also, mein ganz altes Kinderzimmer, meine ich, bevor alles anders wurde.»

«Eigentlich kann ich es euch auch gleich sagen.» June holte sich ebenfalls eine Jogginghose und ein T-Shirt aus dem Koffer. «Ich bleibe auch mindestens ein paar Wochen. Ich habe gerade erfahren, dass Books Brothers die Filiale in Portland schließt. Und damit ist auch meine Wohnung futsch. Ich bin arbeitslos und heimatlos.» Arbeitslos, heimatlos und alleinerziehend. Erbärmlich!

«Du bist nicht heimatlos, June», sagte Kat. «Das hier ist dein Zuhause.»

June trat wieder an den Balkon und sah hinunter zum Hafen. Ihr Blick folgte einem mitternächtlichen Ausflugsboot auf seinem Weg über das dunkle Wasser. Das Three Captains' Inn war nicht ihr Zuhause. June hatte fünf Jahre lang in der Pension gelebt, hier, in diesem Zimmer, und es hatte sich nie wie ein Zuhause angefühlt. Doch sie hatte nicht vor, Kat das zu erzählen. «Ich bin wirklich unschlagbar, oder? Das ist jetzt schon das zweite Mal, dass ich mit eingeklemmtem Schwanz hierher zurückkomme. Ich werde Henrys Jobangebot bei Books Brothers in Boothbay annehmen müssen. Jetzt stehe ich haargenau wieder da, wo ich vor sieben Jahren war.»

«Örtlich betrachtet, vielleicht», sagte Kat. «Aber dieselbe bist du doch ganz sicher nicht mehr. Du hast in Portland gelebt. Meisterst ein Leben als alleinerziehende Mutter. Und für Charlie bist du tatsächlich unschlagbar.»

June betrachtete seufzend den Sternenhimmel. Sie würde nie vergessen, wie sie genau an dieser Stelle gestanden hatte, einundzwanzig Jahre alt und schwanger, der Kindsvater unauffindbar, ihre geliebten Eltern tot, ihre große Schwester hunderte Kilometer weit weg. Aber an Isabel hätte sie sich sowieso nicht gewandt.

«June, hast du je darüber nachgedacht, das Kind nicht zu bekommen, als du erfahren hast, dass du schwanger bist?», wollte Isabel plötzlich wissen.

June fuhr zu ihrer Schwester herum. «Was soll das denn schon wieder heißen? Dass ich Charlie nicht hätte kriegen sollen, dass ich hätte abtreiben sollen? Willst du mir jetzt sagen, wie verantwortungslos es von mir war, ein Kind in die Welt zu setzen, was sich jetzt mal wieder beweist, weil ich keinen Job und kein Dach mehr über dem Kopf habe?»

Isabel war rot angelaufen. «Nein, Gott, June! So habe ich das überhaupt nicht gemeint. Ich habe nur gefragt, weil ...» Isabel biss sich auf die Lippe.

«Weil?», schnauzte June und starrte ihre Schwester böse an.

«Vergiss es. Wir sollten alle langsam schlafen gehen.»

«*Weil?*», wiederholte June mit Nachdruck.

Isabel senkte den Blick und drehte ihren Ehering am Finger. «Weil ich immer geglaubt habe, ich würde niemals einem Kind eine Mutter sein können, eine gute Mutter, meine ich, und ich habe mich nur gefragt, ob du dir damals, als du schwanger warst, solche Sorgen auch gemacht hast.»

«Oh», sagte June, und der ganze Zorn und die wohlbekannte alte Scham waren augenblicklich verraucht. «Natürlich. Ich war erst einundzwanzig und noch auf dem College. Eben noch war die größte Sorge, die ich kannte, wie ich eine erfolgreiche Semesterarbeit über *Middlemarch* abliefern sollte, und auf einmal würde ich bald die Verantwortung für ein Kind haben. Ganz allein. Aber weißt du was? Ich habe nie daran gezweifelt, dass ich eine gute Mutter sein würde. Dabei geht es um Liebe und darum, sich gut um das Baby zu kümmern und zu tun, was eben zu tun ist. Ich habe nie daran gezweifelt, das zu können. Ich hatte nur einfach große Angst.»

Und sie hatte – zumindest eine kleine Weile – überlebt, indem sie sich in eine Traumwelt flüchtete und darauf wartete, dass John Smith sie finden und erretten würde. Als sie vor sieben Jahren nach Boothbay Harbor zurückgekommen war, schwanger und immer mit einer Packung Cracker in der Tasche, hatte sie stundenlang hier draußen auf diesem Balkon gesessen und sich vorgestellt, wie John den Kiesweg heraufkam, auf ein Knie niedersank und sie bat, ihn zu heiraten, während sie, in leuchtendes Mondlicht gebadet, vor ihm stand. Doch er war nie gekommen. Wohin auch immer er, der unabhängige Reisende auf der Suche, gegangen war, er hatte sie nicht dabeihaben wollen, hatte sie nicht gebeten, ihn auf seine Reise zu begleiten, im Gegensatz zu

Clint Eastwoods Figur. Weil *Die Brücken am Fluss* ein Film war, ein Liebesfilm, und mit dem echten Leben nichts zu tun hatte.

Bis auf den Part mit den vier Tagen, die der Frau genügt hatten, sich zu verlieben. Dieser Teil war für June nur allzu realistisch gewesen. Sie hatte, um sich in John Smith zu verlieben, nur zwei Tage gebraucht.

«Ich versuche gerade, mir vorzustellen, wie es wäre, jetzt ein Kind zu bekommen, und ich bin fünfundzwanzig, June, vier Jahre älter als du damals», sagte Kat. «Ich wäre auf keinen Fall bereit für so viel Verantwortung. Ich ziehe meinen Hut vor dir.»

«Ich auch», sagte Isabel.

June sah die beiden an. Diese Anteilnahme war neu und berührte sie. Sie kramte in ihrem Kosmetikbeutel nach der Bodylotion, und Lilienduft erfüllte das Zimmer, als sie sich die trockenen Ellbogen und Knie eincremte.

«Das war sicher ganz schön schwer für dich», sagte Isabel und legte sich in ihr Bett. «Ich weiß, ich weiß, jetzt sagst du gleich wieder, wie herablassend das klingt. Aber was ich damit sagen will, mir ist auf einmal klar, wie allein du dich gefühlt haben musst. Weil ... weil ich jetzt weiß, wie sich das anfühlt. Nicht, dass ich meine Situation mit der einer jungen alleinerziehenden Mutter vergleichen möchte – aber du weißt, was ich meine, oder? June, es – es tut mir leid, dass ich überhaupt nicht für dich da gewesen bin.»

June sah zu ihrer Schwester hinüber. Isabel lag auf dem Rücken, den Blick zur Decke gerichtet. Es stimmte. Sie warf ihr tatsächlich immer Überheblichkeit vor. «Ich bin froh, dass du jetzt da bist», sagte sie.

Isabel lächelte schief und knipste ihre Nachttischlampe aus. «Also dann. Gute Nacht.»

«Gute Nacht», antwortete Kat und machte die Deckenbeleuchtung aus.

«Ich gehe nur noch mal kurz nach Charlie sehen», sagte June und stieg wieder aus dem Bett. Erst, als sie auf dem dämmrig beleuchteten Flur stand, merkte sie, dass sie schon wieder die Luft angehalten hatte.

Am nächsten Morgen saßen sie alle gemeinsam in der Küche um den großen Esstisch versammelt. Die Morgensonne flutete den Raum. Es war erst halb sieben. Lolly hatte June und Isabel daran erinnert, dass das Frühstück der Gäste von sieben bis halb neun im Speisezimmer vorgesehen war und die Familie deshalb vorher frühstücken musste. Außerdem hatte sie die beiden ermahnt, in Charlies Gegenwart das K-Wort zu vermeiden, bis Lolly und June entschieden hatten, wann und wie sie es ihm beibringen würden.

June kaute auf einer Scheibe Frühstücksspeck und bestrich Charlies frischgebackenen Maismuffin mit Butter. Das Herz war ihr schwer. Ihr Sohn hatte so gut wie keine Familie. Und jetzt würde er auch noch seine Großtante verlieren.

«Wisst ihr was?» Charlie sah mit strahlenden Augen in die Runde. «Meine Mom sucht meinen Dad und meine Großeltern für mich, damit ich meinen Stammbaum ausfüllen kann! Den mache ich für unser Projekt in der Ferienbetreuung. Mittwoch soll er fertig sein.»

Alle Augen richteten sich auf June.

«Mom, kannst du bis Mittwoch überhaupt schon irgendwas rausfinden? Das sind ja nur noch vier Tage!»

Junes Magen verkrampfte sich. «Na ja, Süßer, bis Mittwoch habe ich vielleicht doch noch nichts über die Vaterseite von deinem Baum herausgefunden, aber wir können jetzt alle zusammen helfen, um meine Seite vollzumachen, und dann schreiben wir deiner Betreuerin einen Brief und erklären ihr, dass wir an der anderen Seite dran sind.» Und dass Charlie danach sowieso nicht mehr da sein würde. Sie hatte vor, am Wochenende mit Charlie über den Umzug zu sprechen.

«Aber dann kriege ich bestimmt eine sechs für meinen Baum!», rief Charlie, und die Hand mit dem Muffin verharrte auf halbem Wege zum Mund in der Luft.

June kamen fast die Tränen.

«Also erstens gibt es in der Ferienbetreuung keine Noten», sagte Isabel. «Ferienbetreuung ist definitiv nicht Schule. Und zweitens ist jede Familie anders, Charlie», fügte sie hinzu und sah ihren Neffen zärtlich an. «Oder? Bei einem Stammbaum gibt es keine falschen Antworten. In manchen Familien gibt es ganz viele Verwandte, und in anderen nur ein paar. Und du hast ganz schön Glück, weil du uns alle hier in einem Raum versammelt hast.»

Danke, Isabel. June fing den Blick ihrer Schwester ein und strahlte sie quer über den Tisch stumm an.

«Genau», sagte Kat. «Du hast uns. Und wir haben dich alle lieb.»

Mit einem Grinsen zählte Charlie die Menschen um den Tisch. «Also: Ich habe Großtante Lolly und Tante Isabel und Kat – und meine Mom. Das sind schon vier verschiedene Verwandte für den Baum.»

Draußen bellte ein Hund, und Charlie sprang auf. «Das ist sicher Elvis. Der will mit mir Fangen spielen. Darf ich, Mom?»

Elvis war der Labrador aus dem Nachbarsgarten. Als June vor fünfzehn Jahren in die Pension gezogen war, war er noch ein winziger Welpe gewesen. Jetzt war er ein betagter Hundeherr, gutmütiger denn je, der es noch immer liebte, den Stöckchen nachzujagen.

«Aber schau bitte erst, ob es auch wirklich Elvis ist und nicht der Streuner, der gestern Abend auf einmal im Garten stand», sagte Isabel. «Als ich kurz ein bisschen frische Luft schnappen wollte, kam plötzlich ein weißer Köter mit schwarzen Ohren an und legte mir ganz zutraulich den Kopf auf die Füße. Er sah zwar harmlos aus, aber man weiß ja nie.»

Charlie rannte zur Tür und schob den Vorhang beiseite. «Nein. Das ist Elvis.»

«Na dann lauf, Süßer», sagte June. «Aber bleib im Garten, okay? Und vergiss nicht, es ist noch ziemlich früh. Also nicht so laut, ja?»

Sobald die Tür hinter ihm zugefallen war, sagte Lolly wie aus der Pistole geschossen: «Er ist schon so groß!», und June war klar, dass Lolly keine Fragen über ihre Diagnose hören wollte. Oder über ihr Befinden. Lolly sah heute wieder etwas mehr wie sie selbst aus. Sie trug ein schwarzes, ärmelloses Top, einen weißen Baumwollrock, der ihr bis auf die Knöchel ging, und ihre roten Flip-Flops mit dem Krabbenmuster. Das seidige, schulterlange Haar war zu dem vertrauten Zopf geflochten.

«Außerdem wird er von Tag zu Tag hübscher», sagte Kat, die die stumme Botschaft ihrer Mutter offensichtlich auch verstanden hatte. «Was für ein wunderbarer, süßer Kerl er ist. Eine echte Zuckerschnecke.»

«Er sieht aus wie sein Vater.» June starrte auf ihren Teller hinunter. Seit Charlie vor fünf Minuten angefangen hatte, von seinem Vater zu sprechen, schob sie lustlos das Rührei auf dem Teller herum. Der Stammbaum! «Wie soll ich nach sieben Jahren einen Mann finden, der den Allerweltsnamen

John Smith trägt, und den ich schon damals nicht finden konnte?»

«Du kannst es nur versuchen.» Lolly trank einen Schluck Orangensaft. «Grenze deine Suche ein, so gut es eben geht. Und wenn du ihn nicht findest, dann wird Charlie das akzeptieren müssen.»

In June sträubte sich alles. Typisch Lolly. Akzeptieren, akzeptieren, akzeptieren. «Das ist doch ungerecht. Er muss akzeptieren, dass er vielleicht nie erfährt, wer sein Vater ist, dass er ihn nie kennenlernen wird, nur weil ich auf einen Typen reingefallen bin, der auf eine einfache Nummer aus war.»

«Nach dem, was du mir damals über John Smith erzählt hast», sagte Isabel und stocherte genau wie ihre Schwester in ihrem Rührei herum, «trifft ihn das aber nicht so ganz genau.»

June hätte das ja auch nie gedacht. Sie war so fasziniert davon gewesen, dass ein Mann mit dem häufigsten Namen der Vereinigten Staaten der originellste Typ sein konnte, dem sie je begegnet war. Sie hatten sich nur zweimal gesehen, und diese beiden Begegnungen waren unglaublich gewesen. Es war die Sorte Begegnung, wo man das Gefühl hat, auf der ganzen Welt gäbe es nur einen selbst und den anderen, wo man über alles redet, zusammen lacht, sich in die Augen sieht und plötzlich die absolut irrsinnige Gewissheit in sich spürt, das gefunden zu haben, wovon in all den Liebesliedern immer die Rede ist.

Sie hatten sich in einer Bar an der Upper West Side von Manhattan kennengelernt, in der Nähe der Columbia University. Sie war mit zwei Freundinnen unterwegs gewesen, und er hatte an der Bar gesessen und zufällig mitbekommen, dass sie von Maine erzählte, wo er ebenfalls herkam – aus Bangor, einer Stadt zwei Stunden nördlich von Portland.

Sie waren ins Gespräch gekommen und hatten kein Ende mehr gefunden. Er hatte sich gerade ein Jahr Auszeit vom College genommen, um mit dem Rucksack kreuz und quer durchs Land zu reisen. Er sah sehr gut aus, beinahe göttlich, unglaublich blass, mit dunkelgrünen Augen und fast schwarzen Haaren. Sie hatte noch nie einen Mann gesehen, der so schön war wie John. Er wollte am nächsten Tag eigentlich weiter nach Pennsylvania und die Freiheitsglocke anschauen, aber er sagte, das würde er so lange verschieben, wie sie mit ihm ausging. Bei ihrem zweiten Date am darauffolgenden Abend hatte June, die noch Jungfrau war, erst sich selbst und dann ihm die Kleider vom Leib gerissen.

Und dann, ganz klischeehaft, hatte sie ihn nie wiedergesehen. Sie hatten sich für ein romantisches Picknick an der *Angel of the Waters*-Statue am Bethesda-Brunnen im Central Park verabredet – sie wollte die Getränke mitbringen und er die Sandwiches. Und während sie dort in ihrem roten Kurzmantel und dem roten Schal auf der steinernen Bank gesessen hatte, zwei Flaschen Wasser und zwei Chocolate-Chip-Cookies aus ihrer Lieblingsbäckerei im Gepäck, da hatte sie gedacht, sie hätte endlich begriffen, wovon alle Welt sprach – wovon ihre Schwester Isabel ständig redete, sobald Edward zur Sprache kam, der damals noch nicht so schmierig war. So etwas hatte June noch nie für einen Mann empfunden, nach wie vielen Verabredungen auch immer. John war der Erste gewesen – und zwar in jeder Hinsicht.

Als er um ein Uhr immer noch nicht aufgetaucht war, hatte sie ihm sämtliche Ausreden zugestanden. Er hatte nicht die letzten drei Jahre in New York verbracht, so wie sie; vielleicht hatte er die falsche U-Bahn genommen oder sich im Park verlaufen. Aber während sie immer länger im kühlen Novemberwind saß, sich auf die Lippe biss und ihre Hände aneinander rieb, die trotz der Handschuhe immer kälter wurden, bis sie schließlich durchgefroren war, wurde ihr klar, dass er nicht kam. Er besaß zwar ein Prepaid-Handy aus dem Supermarkt, konnte aber nur anrufen und selbst keine Anrufe empfangen. Sie hatte also keine Nummer von ihm, und er hatte sie nicht angerufen. Nach zwei Stunden Warten war sie schließlich von der Bank aufgestanden. Als sie auf die Freitreppe zuging, dachte sie kurz, sie sähe ihn oben auf der Terrasse stehen, doch es war ein anderer, und ihr tat das Herz so weh, dass sie in Tränen ausbrach.

Jahrgangsbeste, ha! June war eine naive Einundzwanzigjährige gewesen, die an seinen Lippen gehangen und ihm jedes Wort geglaubt hatte und daran, dass es tatsächlich möglich war, sich so filmreif zu verlieben. Was für eine dumme Kuh sie gewesen war! Als sie dann merkte, dass sie schwanger war, versuchte sie, ihn ausfindig zu machen. Ging ein paar Wochen lang jeden Abend in die Bar, in der sie sich kennengelernt hatten. Umrundete den *Angel of the Waters* so oft, dass sie die Statue blind hätte malen können. Aber sie fand ihn nicht. Er war ein gutaussehender Typ, der durchs Land tingelte und wahrscheinlich eine Strichliste führte über die Mädels, die er in jedem Bundesstaat in die Kiste kriegte.

June Nash. Die brave der Nash-Schwestern, mit einundzwanzig geschwängert, noch vor dem letzten Semester. Sie schmiss ihr Studium, weil ihr morgens ständig so schlecht war, dass sie nicht aufstehen konnte, und es ihr emotional so dreckig ging, dass sie sich nicht darum gekümmert hatte, sich offiziell vom Unterricht abzumelden, wie ihre Tante Lolly es ihr geraten hatte. Als logische Folge hatte sie am Ende des Semesters ihre Scheine nicht beisammen, und sie kehrte auch nie wieder zurück, um ihren Abschluss nachzuholen. Wieder zu Hause, zurück bei Lolly – «Tja; was passiert ist, ist passiert» – fuhr sie in seine Heimatstadt Bangor und suchte dort nach einem John Smith, was natürlich völlig lächerlich war. Bangor war eine Großstadt und kein Dorf. Sie wurde, wenn auch freundlich, auf eine wilde Schnitzeljagd kreuz und quer durch die Stadt geschickt und begegnete dabei sieben verschiedenen John Smith, vom siebzigjährigen Friseur bis zum jungen Rechtsanwalt. Keiner war der richtige, keiner war mit ihm verwandt. Sie war sogar ins Sekretariat der Bangor High School gegangen und hatte darum gebeten, die Jahrbücher sehen zu dürfen. In seinem Abschlussjahrgang (falls er tatsächlich, wie er behauptet hatte, einundzwanzig war) gab es zwei John Smith, beide blond und beide eindeutig nicht er. Sie hatte auf dem Gang vor dem Sekretariat gesessen und die Jahrbücher von ein paar Jahren vor und ein paar Jahren nach seinem möglichen Abschlussjahrgang durchgesehen, bis ihr vor Verzweiflung die Tränen kamen und fremde Teenager sie neugierig anstarrten.

Sie hatte Henry Books erzählt, weshalb sie nach Hause zurückgekommen war und warum sie einen Job suchte, und er hatte ihr sofort Arbeit in der Buchhandlung gegeben, obwohl er überhaupt keine Verkäuferin brauchte. Henry war ein etwas spleeniger Eigenbrötler mit anstrengender Freundin, und für June war es in den ersten Monaten nach Charlies Geburt, als hätte ihn der Himmel geschickt. Henry gab ihr so oft frei, wie sie brauchte, erlaubte ihr, Charlie mit zur Arbeit zu nehmen, und schaukelte ihn auf seinem Schoß, wenn er unruhig wurde, was die weibliche Kundschaft entzückte und in jenem Sommer und Frühherbst spürbar das Geschäft belebte. Und als das Zusammenleben mit Lolly im Three Captains' Inn beziehungsweise das Leben in Boothbay Harbor generell für June unerträglich wurde, wechselte sie mit ihrem Baby, mit dem kläglichen Rest des Geldes für ihre

Ausbildung und Lollys «Du schaffst das schon, und wenn du willst, kannst du immer zurück nach Hause kommen. Das weißt du» in die Filiale nach Portland.

Ja, das hatte June gewusst. Und genau das machte Lolly Weller zu einer so widersprüchlichen Person. Sie wirkte gleichzeitig gefühlskalt und voller Herz. Dass Menschen kompliziert waren, gehörte zu den ersten Lektionen, die June vom Leben gelernt hatte.

June schlang die Hände um ihre Kaffeetasse. «Er hat mich bei unserem dritten Date sitzenlassen. Nachdem er bekommen hatte, was er wollte.»

Weil es daran nichts zu leugnen gab, aßen sie alle stumm weiter. Vielmehr, sie stocherten auf ihren Tellern herum.

«Könnte natürlich passieren, dass du in ein Wespennest stichst», sagte Lolly. «Ich mache dir wirklich keine Vorwürfe, aber du hast den Jungen damals offensichtlich nicht gekannt. Du weißt also nicht, was für ein Mensch er tatsächlich ist.»

Eine Mischung aus Wut und Scham traf June in den Magen wie ein Fausthieb. Scham, weil sie so offen als dumm hingestellt wurde. Und weil sie wirklich so dumm gewesen war. Wut auf ihre Tante, weil die nichts verstanden hatte. Noch nie. June hatte John Smith während jener beiden Tage wirklich gekannt. Als sie damals vor sieben Jahren versucht hatte, Lolly zu erklären, wie sehr sie sich verliebt hatte, so sehr, dass sie sich heute mühelos in die Figur von Meryl Streep in *Die Brücken am Fluss* hineinversetzen konnte, hatte Lolly geantwortet, dass es nicht möglich war, jemanden nach zwei Tagen wirklich zu lieben – ganz zu schweigen davon, ihn wirklich zu kennen. «Tja», hatte ihre Tante hinzugefügt. «Das hast du ja inzwischen selbst herausgefunden.»

Zu behaupten, ihre Tante Lolly sei ihr in jenen Tagen

im frühen Stadium der Schwangerschaft kein allzu großer Trost gewesen, wäre die Untertreibung des Jahrhunderts. Aber Lolly war wenigstens da gewesen. Und sie hatte sich um June gekümmert, bis diese, als Charlie knapp ein Jahr alt war, nach Portland zog. Dafür war June ihrer Tante dankbar, und für noch viel mehr. Aber Lolly war definitiv nicht der mütterliche Typ, von ihr bekam man keine Umarmungen und auch kein Mitgefühl. Lolly war, wer sie war, und June hatte das schon vor langer Zeit akzeptiert. Natürlich war das auch ein Grund dafür, dass June nicht eben oft «nach Hause» kam. Aber die Vorstellung, Lolly zu verlieren ...

Daran durfte sie nicht mal denken.

«Ich helfe dir, ihn zu finden», sagte Isabel und berührte flüchtig ihre Hand.

June sah Isabel an. Ihre Schwester überraschte sie schon wieder.

«Ich auch», sagte Kat.

June erwartete, dass auch Lolly irgendetwas sagen würde, dass sie ihr Glück wünschte, *irgendwas eben*, aber sie tat es nicht.

·····

Versteckt hinter ihrer großen, schwarzen Sonnenbrille, um von alten Klassenkameraden unentdeckt zu bleiben, schlängelte sich June durch die Touristenmassen auf der Townsend Avenue. Von dort aus bog sie in die Harbor Lane ab, die kleine Kopfsteinpflastergasse mit ihren Lieblingsgeschäften. Das niedliche kleine Moon Tea Emporium mit seinen fünf runden Tischen und der fröhlichen gelben Inneneinrichtung, der winzige Laden der Hellseherin und Handleserin, die zwar immer sehr einfühlsam, aber eher selten auch hellsichtig war, das Souvenirgeschäft, das schon seit Generationen am selben Fleck stand, die Eingangsstufen mit originellen Keramikwaren wie Gießkannen in Leuchtturmform dekoriert, und natürlich, an der Stirnseite am Ende der Gasse, Books Brothers.

June drückte die Eingangstür mit dem roten Knauf in Form eines Kanus auf und fing, wie immer, wenn sie den Laden betrat, unwillkürlich an zu lächeln. Es war, als würde man ein verzaubertes, mit Bücherregalen gesäumtes und mit Bambusmatten ausgelegtes Wohnzimmer betreten. Bequeme, abgewetzte Lesesessel und gemütliche Überwürfe luden dazu ein, sich mit einem Buch zum Schmökern hinzusetzen, und unzählige Artefakte an den Wänden und auf jedem freien Platz in den Regalen erzählten Geschichten von allen möglichen Abenteuern auf See. Über einem der Regale hing ein altes, rotes Kanu. Über einem anderen eine Fotoserie eines Fotografen aus Boothbay Harbor. Die Buchhandlung galt an Wandertagen als beliebtes Ausflugsziel, und viele Lehrer führten ganze Schulklassen zu Henry, um mit ihm über seine kuriosen Fundstücke zu sprechen.

June lächelte der Verkäuferin zu, einer jungen Studentin, wie sie selbst es gewesen war, als sie damals bei Books Brothers angefangen hatte. «Ist Henry in seinem Büro?»

Die junge Frau schüttelte den Kopf. «Draußen auf dem Hausboot.»

June ging nach hinten, vorbei an Bestsellern, Biographien und Memoiren, an Büchern über Maine und Umgebung und an der Kinderecke, die Henry aus dem Aufbau eines alten Hummerfängers gebaut hatte. In dem Bullauge tauchte ein kleines Kindergesicht auf, und June lächelte. Sie öffnete eine Tür am Ende des Verkaufsbereichs, auf der ZUTRITT NUR FÜR ANGESTELLTE stand, und dann die nächste Tür, die direkt hinaus auf den Pier führte, an dem Henrys Hausboot vertäut lag. Henry kniete steuerbord an Deck, eine Schleifmaschine in der Hand, vor sich auf den Planken eine kleine Dose irgendwas.

«Hey», sagte June und schob sich die Sonnenbrille auf den Kopf. «Macht sie wieder Ärger?»

Er stand auf, lächelte sie an und kniff die blassbraunen Augen zusammen, genau wie Clint Eastwood. «Dieses Boot macht nie Ärger.»

Von außen betrachtet sah Henrys Hausboot aus wie ein ganz normales, wenn auch etwas zu groß geratenes Motorboot. Ging man jedoch die Treppe hinunter, entpuppte es sich als gemütliche Wohnung mit zwei Schlafzimmern, Wohnzimmer, Einbauküche und Bad. Auch hier zierten neben seiner Kunstsammlung unzählige von Henrys Artefakten Wände und Stellflächen. Und ein Foto von Vanessa Gull, die mal seine Freundin war und dann wieder nicht, das ging seit Jahren hin und her. Die schöne Vanessa war die unfreundlichste Person auf Erden, was wahrscheinlich der Grund war, weswegen Henry sie mochte, vermutete June. Vanessa glaubte nicht ans Nettsein. Und Henry mochte kein falsches Getue. Das Hin und Her mit den beiden als Paar lief schon, seit June damals bei Books Brothers angefangen hatte. Eine Ewigkeit. Vor ein paar Jahren war June mit Charlie in den Ferien zu Besuch in der Stadt gewesen und mit ihm zum Boot gegangen, um Henry Hallo zu sagen, und Vanessa, die damals auch da gewesen war, hatte zu June gesagt: «Irgendwas stört mich an dir», hatte auf dem Absatz kehrtgemacht und war mit ihrem Seidenkleid und ihren Harness-Boots abgezischt. Vanessa war genau wie Henry zehn Jahre älter als June und gab ihr immer das Gefühl, ein linkisches kleines Kind zu sein. Sie war froh, dass Vanessa jetzt nicht da war.

«Ich bin gekommen, um offiziell dein Angebot anzunehmen», sagte sie. Sie hatte Henry gestern vor der Abfahrt aus Portland angerufen, und er hatte ihre Leidensgeschichte mit den Worten: «Ich weiß schon Bescheid. Wenn du willst, kannst du nächstes Wochenende hier anfangen. Gleiche Position, gleiches Gehalt», abgeschnitten.

Sie hatte ihm geantwortet, sie wüsste noch nicht genau, was sie machen würde. Ob sie tatsächlich wieder in Boothbay Harbor leben könnte.

«Seit du weggezogen bist, ist viel Wasser ins Meer geflossen, June», hatte er geantwortet. «Du kannst das wirklich alles hinter dir lassen. Der Job ist deiner, wenn du ihn willst, aber bitte sag mir dieses Wochenende Bescheid – nächstes Wochenende ist Labor Day, und ich brauche wen für den Ansturm. Zwing mich bitte nicht, Vanessa einzuspannen.»

Sie hatte gelacht. Vanessa war ein einziges Mal für sie im Laden eingesprungen und hatte dabei drei Kunden vergrault, die sich hinterher bitterlich bei Henry und June beklagt hatten. Seitdem war Vanessa der Zutritt zum Laden verboten.

«Schön», sagte er jetzt. «Wie wär's, wenn du am Freitag vor dem Labor-Day-Wochenende anfängst? Dann hast du noch ein bisschen Zeit für deine Tante. Du wirst den Laden an den meisten Tagen allein schmeißen, Bean kommt an den Wochenenden und an den Feiertagen für die Kasse. Du und Charlie, ihr wohnt doch in der Pension, oder?» Sie hatte Henry von Lollys Krankheit erzählt, als sie Charlie tags zuvor nach dem Abendessen wieder bei ihm abgeholt hatte. Er hatte sie in die Arme geschlossen, sie ganz eng an sich gezogen und dafür gesorgt, dass für fünfzehn wunderbare Sekunden die ganze Welt verschwunden war.

«Im Moment schon», sagte sie. «Wir werden sehen.»

«Du weißt, dass ihr hier jederzeit willkommen seid, falls es euch da oben zu eng wird.»

Gott, sie liebte Henry Books! Dieser Mann war ein Geschenk, war für sie wie der verständnisvolle, große Bruder, den sie nie hatte. Sie dachte viel an ihn; an seine treibholzbraunen Augen, um die sich, wenn er lächelte, kleine Falten zeigten wie bei Clint Eastwood. An sein dichtes, dunkles, glattes Haar, das ihm von einem Wirbel über der Stirn immer auf die linke Augenbraue fiel. An seine große, muskulöse Statur. Daran, dass er ein echter Mainer Kerl war, durch und durch, ein Mann der See, und gleichzeitig mit beiden Beinen fest auf der Erde stand.

Als sie damals für ihn arbeitete, hatte Henry sie wie die verstörte einundzwanzigjährige Schwangere behandelt, die sie ja auch gewesen war, wie ein Kind, das sich in eine unmögliche Situation manövriert hat, und nicht wie eine erwachsene Frau. Also hatte June sich sämtliche romantischen Ideen in Bezug auf Henry Books aus dem Kopf geschlagen. Außerdem war sie damals zuerst hochschwanger und dann mit einem winzigen Baby beschäftigt gewesen, und Henry war entweder draußen auf dem Wasser oder in den Fängen von Vanessa. Die Frau erinnerte June an Angelina Jolie während ihrer Ehe mit Billy Bob Thornton. Wilde, dunkle Mähne, jede Menge Kajal, unbarmherzige Sinnlichkeit. Da konnte June Nash, von oben bis unten voll mit Babyspucke und mit Lederclogs an den Füßen, nicht mithalten.

«Vielen Dank noch mal, dass du dich gestern Abend um Charlie gekümmert hast», sagte June. «Er ist ganz verrückt nach diesem Boot. Und das Muschelsuchen mit dir fand er großartig.»

«Er ist ein toller Junge», sagte Henry, und June wusste, dass er es so meinte. Sie spürte ein kleines bisschen Stolz in sich aufwallen, ein zaghaftes Gefühl von *Ich habe etwas richtig gemacht.*

«Und jetzt geh dich um deine Tante und um deine Familie kümmern», sagte er. «Wir sehen uns Freitag, und dann besprechen wir alles, was sich hier verändert hat oder was wir hier anders machen als in Portland. Und bitte richte Lolly aus, sie braucht mich nur anzurufen, wenn ich irgendwie helfen kann.»

«Aye, aye, Captain», sagte June, schob sich die Sonnenbrille wieder auf die Nase und ging über den Pier zurück. Sechs freie Tage für Charlie und um in der Pension zu helfen, perfekt.

«Ach, June?», rief Henry ihr nach. Sie drehte sich um. «Und falls *du* irgendwas brauchst, du weißt ja, wo du mich finden kannst.»

Sie nickte lächelnd. Sie hatte zwar nicht viel, aber sie hatte Charlie und sie hatte Henry Books. Und so wie die Dinge sich gestern Abend und heute Morgen entwickelt hatten, hatte sie vielleicht sogar ihre Familie zurück.

6.
Kat

Am späten Sonntagnachmittag überließ Kat sich dem Fahrtwind, der ihr schmeichelnd durchs Haar fuhr – das immer noch leicht nach Schokolade und Glasur duftete von dem Geburtstagskuchen, den sie vorhin gebacken hatte –, während Oliver sie mit seinem Cabriolet an einen «geheimen Ort» brachte. Sie waren auf dem Weg zur anderen Seite der Halbinsel. Er hatte eine Überraschung für sie. Mehr war aus ihm nicht herauszukriegen. Der Wind fühlte sich gut an, wehte alles andere fort, vor allen Dingen die Gedanken. Sie beobachtete die Ausflugsboote auf dem graublauen Meer, die Touristen, die aufgeregt die Arme ausstreckten, wenn sich endlich ein Wal zeigte. Kat fühlte sich innerlich wie betäubt, und sie war froh, einfach nur im Wagen sitzen zu dürfen und sich ganz aufs Meer und auf das Geräusch der wechselnden Gänge konzentrieren zu können.

Sie entdeckte blaue Kuchenglasur unter ihrem Daumennagel – sie hatte nicht mal mehr Zeit gehabt zu duschen oder sich auch nur die Hände zu waschen. Während sie den Piratenschiffkuchen zum fünften Geburtstag von Kapitän Alex gebacken hatte, hatte ihre Mutter Isabel in die Kunst eingeführt, eine Frühstückspension zu managen. «Wenn ein Gast nach dir ruft, lässt du alles andere stehen und liegen und siehst nach ihm, ganz gleich, ob du gerade beim Mittagessen sitzt oder telefonierst. Wenn dir im Vorbeigehen irgendetwas ins Auge fällt, Unordnung oder Schmutz, sei es Sand auf dem Boden oder eine benutzte Tasse, dann kümmerst du dich sofort darum.»

Zwischen den Anweisungen mussten immer wieder Gäste begrüßt, Fragen zur Umgebung beantwortet, der Weg zum botanischen Garten beschrieben und außerdem die Frage diskutiert werden, ob man, wenn man nur noch einen einzigen Ferientag hatte, lieber nach Portland oder besser rauf nach Rockland und Camden fahren sollte. Die Stimme ihrer Mutter klang selbstsicher und fest wie immer, und eine kurze Weile ging Kat so darin auf, die perfekte Kommandobrücke für ihr Piratenschiff zu bauen, dass sie Wörter wie *Krebs* oder *Chemotherapie* völlig vergaß. Bis eins davon durchs offene Fenster aus dem Garten direkt zu ihr in die Küche schallte. Zwei Paare, Hausgäste, saßen bei einer Weißweinschorle zusammen – von fünf bis sechs gab es immer Lollys Gratiscocktailstunde – und unterhielten sich. «Meine Schwester hatte Eierstockkrebs», sagte eine der Frauen beiläufig. «Sie hat dagegen gekämpft, solange sie konnte, aber vor zwei Jahren ist sie gestorben.» Und dann eine zweite Stimme: «Meine Mutter auch. Brustkrebs.» Dann: «Ach, das tut mir leid!» Und dann Tränen und eine Männerstimme: «Komm her, Schatz!»

Kat hatte ganz still dagestanden, die Augen geschlossen, mit bebenden Lippen und zitternden Händen. «Bitte, nimm mir nicht meine Mutter!», hatte sie geflüstert und die Hände zum Gebet gefaltet. Und dann war ihre Mutter in die Küche gekommen, um die Käseplatte aufzufüllen, hatte den strahlend blauen Himmel kommentiert, und als die Tür hinter Lolly wieder zugeschwungen war, war Kat in Tränen ausgebrochen. Sie war vom Fenster weg hinüber in die uneinsehbare Ecke gegangen, hatte sich zu Boden gleiten lassen und in ihre Unterarme geweint. Sie durfte ihre Mutter nicht verlieren.

Sie war genau dort sitzen geblieben, bis eine plötzliche Erinnerung sie zum Lachen brachte: Sie und ihre Eltern lagen ganz hinten im Garten auf der Wiese im Gras, Kat in der Mitte, und zeigten sich Wolkenbilder. Kat hatte ein Rentier. Ihre Mutter ein Auto. Ihr Vater hatte einen Truthahn und brachte Lolly damit so zum Lachen, dass sie sich den Bauch halten musste.

Dann war die Erinnerung wieder verblasst, und Kat war aufgestanden, ernüchtert und traurig und gleichzeitig dankbar, weil Oliver jeden Moment vor der Tür stehen würde, um sie «dahin zu bringen, wo sie jetzt sein musste». Sie musste raus aus der Pension, weg von hier. Er war gekommen, pünktlich wie immer, umwerfend gutaussehend, auch wie immer, groß und muskulös in ausgewaschenen Jeans und einem dunkelgrünen T-Shirt, die dichten, gewellten Haare windzerzaust.

Der Wagen bog in eine Seitenstraße ab, die Kat nicht kannte. Sie fasste in die Handtasche, zog ihr kleines Notizbuch und einen Stift heraus und schrieb *Wo fahren wir hin?*. Sie hielt ihm das Heft vor die Nase.

Er warf ihr einen Blick zu und lächelte. «Schreib für mich *Das siehst du gleich.*»

Als Kat klein war, saßen sie und Oliver oft auf den breiten Fensterbrettern ihrer Kinderzimmer, die einander direkt gegenüberlagen, durch den großen Garten getrennt, und führten Unterhaltungen, indem sie große Malblöcke hochhielten, auf die sie etwas geschrieben hatten. Ihr ganz persönliches Kurznachrichtensystem in Prämobilfunkzeiten. Manchmal hatte es Kat schon genügt, ihn dort sitzen zu sehen. Wenn sie draußen spielten und einer von beiden ins Haus gerufen wurde, konnte Kat seine Abwesenheit körperlich spüren.

Olivers Eltern hatten das Haus schon lange verkauft und lebten inzwischen in Camden. Doch manchmal, letzten Freitagabend zum Beispiel, wünschte Kat sich trotzdem, sie könnte sich einfach aufs Fensterbrett setzen und ihren großen Block hochhalten. *Ich habe solche Angst*, hätte sie darauf geschrieben, getröstet von Olivers *Ich bin immer für dich da*.

Vergangenen Freitag nach dem Film und dem anschließenden Gespräch mit ihren Cousinen war Kat aus dem Bett geschlüpft und hatte sich aus dem Haus gestohlen, um zu Oliver zu fahren. Er hatte nur einen einzigen Blick auf ihr Gesicht geworfen und gewusst, dass es um mehr ging als um den Besuch ihrer Cousinen. Sie hatte ihm von ihrer Mutter erzählt. Hatte Worte ausgesprochen, die ihr bis dahin im Hals stecken geblieben waren, Worte wie *Stadium IV. Metastasen. Chemotherapie*. Er hatte sie fest in den Arm genommen und sie einfach weinen lassen, wie schon so oft in ihrem Leben. Sie hatten ein bisschen geredet, obwohl es nichts zu sagen gab. *Ich weiß es nicht* war die einzige Antwort auf all ihre Fragen und auf seine. Sie hatten auf seinem großen Ledersofa gelegen, sie in seinen Armen, und als sie ein paar Stunden später wieder aufwachte, hatte sie ihm einen Zettel geschrieben, war zurück nach Hause gefahren, hatte sich hinauf in ihr Zimmer geschlichen, erschrocken und verstört, als sie Isabel und June im Tiefschlaf in den Klappbetten liegen sah. Sie waren wegen Lolly hier, und der ungewohnte Anblick ihrer Cousinen in ihrem Zimmer verstärkte nur die beängstigende Situation. Sobald sie sich in ihr Bett gelegt und sich die Decke bis unters Kinn gezogen hatte, war die Angst wieder da und sie wünschte, sie wäre bei Oliver geblieben, seine starken Arme fest um sie geschlungen. Samstagabend nach dem Essen war sie wieder zu ihm gefahren, und sie hatten im Grunde den Freitagabend wiederholt. Genau das brauchte sie jetzt. Wenig reden. Gute Suppe. Starke Arme. Jemanden, der ihre Mutter – und sie – schon immer kannte.

Sie war gar nicht in der Stimmung für Überraschungen oder Geheimnisse. Sie hätte Oliver gerne gebeten, umzudrehen, sie einfach zu sich nach Hause zu bringen, ihr eine Badewanne einzulassen und sie die Schaumblasen oder die Decke anstarren zu lassen, aber sie brachte die Worte nicht über die Lippen und ließ sich nur müde in den Sitz sinken. Sie hatte Angst. Sie hatte eine solche Angst, wie sie sie seit dem Tod ihres Vaters nicht mehr verspürt hatte. Die Krankheit ihrer Mutter war bei weitem genug für Kat. Noch eine «Überraschung» ertrug sie nicht.

«Wir sind da», sagte Oliver und blieb an einem Kiesweg stehen. Rundherum gab es nichts als Bäume. «Schau zu meiner Seite raus.»

Jetzt erst merkte Kat, wie lange sie in Gedanken gewesen war. Zu ihrer Linken lag eine Wiese, übersät mit Wildblumen. Sie entdeckte weiße und rosarote Bartnelken, ihre Lieblingsblumen. Fingerhut und Klatschmohn und quietschend gelbe Butterblumen. Sie lächelte. Der Anblick der Blumenwiese war besser als eine heiße Badewanne.

«Komm.» Er nahm ihre Hand und führte sie zu einer verwitterten Holzbank, die mitten auf der Wiese stand.

Kat atmete den Duft der Blumen ein, den Duft von Sonne und Wärme und Natur. Sie verspürte den Drang, sich wie ein Kreisel um sich selbst zu drehen, den Kopf im Nacken, und Blumen und Sonnenschein und die Natur ihre Wunder wirken zu lassen. Hier gab es nur Himmel und Erde. Unbegrenzte Möglichkeiten. Doch statt ihrem Impuls nachzugeben, legte sie sich einfach ins Gras und streckte die Arme weit über den Kopf. Sie pflückte eine Butterblume, eine der ersten Blumen, die Oliver ihr als Kind geschenkt hatte, und hielt sie sich ans Gesicht. «Hier ist es wunderschön, Oliver», sagte sie, als er sich neben sie legte. «Genau, was ich gebraucht habe. Wie in einer weichen Wolke inmitten eines strahlend blauen –»

Nur dass die weiche Wolke in einem strahlend blauen Himmel sie wieder an ihre Eltern erinnerte. An den Tag, als sie zusammen in die Wolken schauten und Rentiere und Autos entdeckten, und an das hemmungslose Gelächter ihrer Mutter bei dem Gedanken an eine Wolke in Truthahnform. Ein Geräusch, das Kat lange nicht mehr gehört hatte. Zumindest nicht so ausgelassen.

«Ich wusste, dass es dir gefällt», sagte Oliver und strich ihr zärtlich über die Wange.

Sie spürte, wie ihr die Tränen kamen, und dann konnte sie nicht mehr aufhören zu weinen. Ihre Mutter starb. Ihre Mutter war, solange Kat zurückdenken konnte, immer reserviert und introvertiert gewesen. Und seit Kats Vater gestorben war, hatte Lolly sich noch mehr in sich selbst zurückgezogen, hatte zwischen sich und dem Rest der Welt eine noch dickere Mauer hochgezogen.

Kat würde nie vergessen, was sie ihrer Mutter an dem Tag, als Lolly ihr sagte, dass ihr Vater tot war, entgegengeschleudert hatte: «Ich wünschte, ich wäre auch tot! Dann wäre ich jetzt bei ihm im Himmel!» Jedes Mal, wenn Kat im Laufe der Jahre daran zurückdachte, schämte sie sich so sehr, dass ihr ganz schlecht wurde. So etwas zu sagen! Zu seiner eigenen Mutter! Zu einer Frau, die ihren Ehemann, ihre Schwester, ihren Schwager verloren hatte. Mit dreizehn war Kat ganz mitgenommen von dem, was sie damals gesagt hatte, und

Oliver hatte ihr geraten, sie sollte einfach mit ihrer Mutter darüber sprechen, ihr sagen, sie hätte es nicht so gemeint. Aber als Kat schließlich all ihren Mut zusammengerafft und es getan hatte, hatte ihre Mutter sie wie immer schroff abgewimmelt.

«Kat, es gibt keinen Grund, weiter darüber nachzudenken.» Lolly hatte sich wieder ihrer Buchhaltung gewidmet und Kat mit ihrer Scham und der schweren Last allein gelassen, die sie nicht aus ihrer Brust befreien konnte.

Aber jetzt kamen Kat Bilder von Lollys sanften Momenten in den Sinn. Wie ihre Mutter sie damals in der ersten Nacht ohne Vater stundenlang im Arm gehalten hatte, während Kat schrie und tobte und schluchzte. Wie sie nahtlos die Aufgabe von Kats Vater übernommen hatte, ihr abends die Gutenachtgeschichte vorzulesen, auch wenn sie so müde war von der Arbeit in der Pension und der Verantwortung für ihre traumatisierten Nichten, dass sie selbst fast jeden Moment eingeschlafen wäre. Wie sie einmal fast hundert Kilometer weit bis zu einem Vogelheiler gefahren war, als Kat im Garten eine verletzte Drossel gefunden hatte. Und sie war immer da gewesen, all die Jahre, ruhig, standfest, unerschütterlich, die Rechnungsbücher prüfend, sich um die Gäste kümmernd, Frühstückseier bratend.

Und nicht zuletzt, wie sie jetzt versuchte, etwas zu verändern, indem sie ihre Nichten zurück in die Pension holte. Und wie sie den Krebs bekämpfte. Kat hätte sich nicht gewundert, wenn Lolly gesagt hätte: «Ich werde mich ganz sicher nicht dieser furchtbaren Chemotherapie oder einer Bestrahlung aussetzen. Meine Zeit ist gekommen. Trete ich eben ab.» Das hätte ihrer Mutter ähnlicher gesehen. Ihr Entschluss zu kämpfen war untypisch für sie und gleichzeitig auch wieder nicht. So oder so war Lolly Kats Anker. Mochten sie einander auch nicht so nahestehen wie andere Mütter und Töchter, die miteinander Einkaufsbummel machten oder sich beim Karottenschälen ihre Geheimnisse anvertrauten, so waren sie doch in gewisser Weise Geschäftspartner. Sie wirkten beide in der Pension. Und jetzt ...

Oliver setzte sich auf, zog Kat an sich und hielt sie fest. Er sagte nicht, alles wird gut. Er sagte auch nicht, hör auf zu weinen. Er sagte gar nichts. Kat hielt sich an ihm fest, umklammerte sein T-Shirt. Als die Tränen schließlich versiegten und sie wieder atmen konnte, sah sie sich um, sah die Wildblumen, die alte Bank mitten in der Wiese.

«Die muss irgendein Romantiker dahin gestellt haben, nur damit man sich mitten in diese herrliche, ungebändigte Pracht setzen kann», sagte sie und deutete auf die Bank. Sie holte tief Luft, stand auf und streckte Oliver die Hand entgegen. Er zog sich hoch, und sie führte ihn zu der Holzbank.

Oliver nickte. «Ja, stimmt. Das war ich.»

Kat musterte das Holz und fand, wonach sie suchte: Zwischen den vielen eingeritzten Initialen und Namen stand auf der zweiten Latte OT und KW auf der dritten. Natürlich nicht mit einem Herzchen darum, aber deutlich markiert. Diese Bank war draußen an der Froschwiese ihre Bank gewesen. Dort, weit weg von zu Hause, hatten sie sich getroffen, um zu reden und den Fröschen und Kröten beim Hüpfen zuzusehen. «Das kann doch nicht sein! Wie hast du die denn hierherbekommen?»

«Ich habe die Ausschreibung zur Gestaltung des neuen Parks gewonnen. Und weil sie ‹das alte Ding› sowieso rauswerfen wollten, habe ich gefragt, ob ich sie haben kann, aus sentimentalen Gründen und so. Ich kam vor ein paar Wochen zufällig hier vorbei, und als ich dann das mit deiner Mutter erfuhr, dachte ich, es wäre vielleicht ein schöner Ort für dich, um zwischendurch ab und zu Luft zu holen, weg von allem und trotzdem verwurzelt, falls du weißt, was ich meine.»

Ja, sie wusste, was er meinte. Ganz genau sogar. Sie liebte seine Sentimentalität. Sie fand es wunderbar, dass ein Landschaftsarchitekt, der öffentliche und private Gärten und Höfe und Spazierwege entwarf, eine Wiese voller Wildblumen zu schätzen wusste.

«Ach, Oliver!» Sie streckte die Hand nach ihm aus. «Du bist mehr als wunderbar.»

«Heißt das, du heiratest mich?», fragte er und zog eine kleine Schachtel aus der Tasche.

Das komische Gefühl fing bei ihren Zehen an, aber es wanderte nicht weiter nach oben, wie sonst immer. Hier stand Oliver in einer Wiese voller Wildblumen, vor ihrer geretteten Bank, mitten in einem Feld voller Möglichkeiten und fragte sie, ob sie ihn heiraten wollte. Alles, was Kat wollte, war, dass die Welt sich wieder richtig anfühlte, wieder sicher war.

Er öffnete die Schachtel und nahm einen antiken goldenen Ring mit einem glitzernden Diamanten heraus. Und dann steckte er ihr den Ring an den Finger.

«Ich liebe dich über alles. Und ich weiß, wie viel Angst du im Augenblick hast, was für Sorgen du dir um deine Mutter machst. Ich möchte dir eine Familie sein, Katherine Weller.»

Typisch Oliver: genau die richtigen Worte an genau dem richtigen Ort.

Kat zögerte, aber nur eine Sekunde lang. «Ja.»

Und dann, im Schutze alter Eichen und immergrüner Hecken, ließ Kat sich von Oliver auf ein Lager aus Wildblumen betten, ließ zu, dass er ihr das Sommerkleid auszog, und dann ließ sie sich zum allerersten Mal von ihm lieben.

· · · · ·

Sie fühlte sich kein bisschen anders als vorher. Nach all den Jahren, all den Jahren voller Phantasien über Sex mit Oliver Tate, voller Bilder im Kopf, aber auch voller ... Angst davor, hatten Oliver und sie es endlich getan. Sie hatten sich geliebt, die Sonne in ihrem Gesicht, der Wind in ihrem Haar, Olivers Blick voller Liebe und Zärtlichkeit und voll von *darauf habe ich mein Leben lang gewartet*.

Trotzdem, sie fühlte sich nicht anders als vorher. Oder verändert. Jedenfalls war sie nicht in eine Million Einzelteile explodiert, so wie sie immer gedacht hatte.

Sie stand vor der Eingangstür der Pension, drehte sich um und winkte Oliver zum Abschied nach. Das komische Gefühl war in ihre Zehen zurückgekehrt. Weil sie wusste, dass sie es nicht fertigbringen würde, heute Abend irgendwem von ihren Neuigkeiten zu erzählen, zog sie den schönen Ring vom Finger, betrachtete ihn noch einmal und schob ihn in die Hosentasche. Sie holte ihr Handy heraus und schrieb Oliver eine SMS. *Das behalten wir für uns, bis ich weiß, wann ich es Lolly sage, okay?*

Eine Sekunde später kam seine Antwort. *Genau.*

Sie holte tief Luft und wappnete sich, weil ihr klar war, dass ihre Mutter sofort merken würde, dass irgendetwas anders war. Sie und Oliver hatten sich geliebt. Sie und Oliver waren verlobt. Schon wieder hatte sich ihr Leben in einem einzigen Augenblick völlig verändert.

Ihre Mutter hatte Krebs.

Kat war verlobt. Sie würde heiraten. Heiraten!

Sie atmete ein, hielt die Luft an und öffnete die Haustür. Popcornduft lag in der Luft.

«Heute ist zwar nicht Freitag, aber da ich morgen mit der Chemotherapie beginne, brauche ich dringend etwas Aufheiterndes, das mich auf andere Gedanken bringt. Deshalb habe ich den heutigen Abend spontan zum Kinoabend erklärt. Wir sehen uns *Der Teufel trägt Prada* an. Nur wir beide und deine Cousinen, Pearl und dazu noch Tyler und Suzanne, unsere neuen Gäste.» Obwohl ihre Mutter sie direkt ansah, konnte Kat in ihren Augen kein *Endlich hast du Ja zu Oliver gesagt! Es steht dir ins Gesicht geschrieben* entdecken. Kat hatte sich schon als Kind immer darüber gewundert, wie Menschen die allergrößten Geheimnisse mit sich herumtragen konnten, ohne dass man ihnen irgendetwas ansah.

Kat war jedenfalls nicht in der Stimmung für einen Film, ob heiter oder nicht. Sie war nervös wegen der Chemotherapie. Sie wollte sich am liebsten in die Alleinekammer verziehen, den Ring aus der Tasche holen, ihn ansehen und nachdenken. Hatte sie zu Olivers Antrag wirklich Ja gesagt? Ja. Wegen der Geste? Der Bank? Den Wildblumen? Seiner zuvorkommenden Art? Hatte er sie in einem schwachen Moment erwischt? In einem Augenblick der Angst?

Sie hatte immer noch Angst.

Nur dass sie jetzt auch noch *Ich habe Oliver gesagt, dass ich ihn heiraten werde* mit auf die Liste ihrer Angst-Macher setzen konnte.

«Geht es dir gut?», fragte Kat und sah ihre Mutter an. Seit Lollys Eröffnung stellte Kat ihrer Mutter diese Frage praktisch alle halbe Stunde. Und jedes Mal bekam sie dieselbe Antwort.

«Alles gut», sagte Lolly, und Kat wusste genau, dass ihre Mutter tausend Dinge im Kopf hatte – die Pension, Isabels Einarbeitung, den Kinoabend. Die Chemotherapie. «Lass es uns bitte nicht noch größer machen, als es sowieso schon ist, okay?»

Kat starrte ihre Mutter an, doch dann wurden ihre Gesichtszüge weich. Es war die Diagnose ihrer Mutter. Die

Krankheit ihrer Mutter. Ihre Mutter hatte das Recht, so damit umzugehen, wie sie es wollte. «Okay.» Kat nahm Lollys Hand und drückte sie, ob es Lolly nun gefiel oder nicht.

Sie sagte, sie wäre in einer Minute wieder da, rannte nach oben und steckte den Ring in das Geheimfach am Boden ihres alten Schmuckkästchens mit der winzigen Ballerina auf dem Deckel, die zu «Moon River» tanzte. Das Kästchen hatte sie von ihrem Vater zum neunten Geburtstag bekommen, zusammen mit ihrem allerersten Schmuckstück, einer goldenen Halskette mit einem Herzanhänger, in den ein *K* graviert war. Sie warf einen letzten Blick auf den Ring und schob die winzige Schublade zu.

Dann ging sie hinunter in den Aufenthaltsraum und nahm ihren Platz auf dem Sitzsack ein. Auf der weißen Couch daneben saßen Pearl und ihre Mutter. Isabel und June teilten sich wieder das Zweiersofa. Die beiden hochlehnigen Sessel waren von Suzanne und Tyler belegt, einem Pärchen Mitte zwanzig. Sie hielten Händchen, seit sie angekommen waren. Bei ihrer Anreise am Vortag hatte Suzanne erzählt, dass sie gekommen waren, um ihr Einmonatiges zu feiern.

Kat hatte für den spontanen Kinoabend natürlich keine Cupcakes mehr backen können, aber es gab jede Menge Popcorn und eine Riesenschüssel M&Ms. Kat schnappte sich eine Handvoll, war aber so beeindruckt von der Eröffnungssequenz des Films, dass ihr die kleinen Schokokugeln aus Versehen aus der Hand kullerten. Anne Hathaway, wie sie sich im Zickzack ihren Weg durch die geschäftigen, übervollen Straßen von New York bahnt. Kat fragte sich, wie es wäre, in so einer Stadt zu leben: die ganze Energie, die vielen Lichter, der Verkehr, die Menschen. Boothbay Harbor war im Sommer auch überlaufen, sehr sogar, und es war auf seine eigene Weise aufregend und spannend, aber es blieb doch eine Kleinstadt.

Anne Hathaways Freund wurde von dem heißen Schauspieler aus der Fernsehserie *Entourage* gespielt. Die beiden als Paar gefielen Kat; sie wirkten, als gehörten sie zusammen – so wie alle Welt es ständig von ihr und Oliver behauptete. Außerdem bewunderte Kat die Figur, die Anne Hathaway spielte: ein Mädchen, das gerade seinen Collegeabschluss gemacht hat und mit all seinen Idealen und Träumen nach New York gekommen ist, um eine knallharte Journalistin zu werden, die sich mit den wirklich wichtigen Themen beschäftigt. Dabei mangelt es ihr nicht an Entschlossenheit, sondern nur an Jobangeboten. Als ihr Miranda Priestly, die mächtigste Chefredakteurin auf dem Sektor der Hochglanzmodemagazine, gespielt von Meryl Streep, eine Position als zweite Assistentin anbietet, nimmt Anne das Angebot an, obwohl sie selbst weiß, wie wenig sie für diesen Job geeignet ist.

Kat liebte sie dafür. Mit ihrer wilden, ungezähmten Mähne, ohne Make-up, ohne Stil, ist Anne bei DEM Modemagazin völlig fehl am Platz. Sie interessiert sich weder für Mode noch dafür, wie sie aussieht, dafür interessiert sie sich umso mehr für die Referenzen, die der Job ihr verschaffen wird. Am Ende muss Anne, im Laufe der Geschichte vollendet stilsicher und ihrer drachenhaften Chefin erstaunlich unentbehrlich geworden, sich entscheiden: für ihre Werte – oder für ihren Job.

Kat stellte sich vor, sie wäre Chefkonditorin oder auch Konditorgehilfin bei einer angesagten Großstadtbäckerei, hätte die Trägerhemdchen und die klobigen Clogs gegen gepflegtes Schwarz getauscht und würde in einem Apartment im fünfundzwanzigsten Stock wohnen, mit Blick aufs Empire State Building, auf den Fluss und auf abertausende Lichter.

Anne Hathaways Verwandlung von nachlässigem Nicht-

Stil hin zu Glamour, Selbstbewusstsein und Stilsicherheit berührte etwas in Kat. Vielleicht brauchte sie auch einen Trip nach New York, und wenn es nur dazu diente, zu beweisen, dass sie dort weder leben noch atmen konnte. Um die Phantasie aus dem Kopf zu bekommen.

Klar! Plötzlich kannst du dir vorstellen, Boothbay Harbor den Rücken zu kehren. Zwei Stunden, nachdem du dich mit deinem besten Freund verlobt hast, obwohl du dir nicht sicher bist, ob du wirklich hättest Ja sagen sollen.

Als der Abspann lief, wünschte Kat, es gäbe eine Fortsetzung, die ihr die Chance gab, Anne Hathaway weiter auf ihrem New Yorker Lebensweg zu begleiten, um herauszufinden, ob ihr Traumjob tatsächlich einer war, und wie die Sache mit ihrem Freund ausging. Kat glaubte fest daran, dass die beiden es schafften.

«Meryl war fast nicht wiederzuerkennen», sagte Lolly. «Ist es nicht unglaublich, wie sie einen dazu bringt, selbst für diesen Drachen noch Sympathie zu entwickeln?»

Kat trank einen Schluck Wein. «Mir gefällt, dass sie Miranda Priestly ein menschliches Gesicht gegeben hat. Selbst in den unausstehlichsten, herablassendsten Momenten hat man die Figur verstanden. Besonders gut hat mir die Szene ziemlich am Anfang gefallen, wo sie Anne Hathaway klarmacht, dass sogar ihr langweiliger, stinknormaler blauer Pullover ein Ergebnis dessen ist, was in ihren Redaktionsräumen vor sich geht.»

«Mir war schon klar, dass die Modebranche ein knallhartes Geschäft ist», sagte Isabel, «aber meine Güte! Dieser Druck, von allen Seiten, das kam mir unerträglich vor.»

Die Runde nickte zustimmend.

«Apropos Druck», sagte Suzanne, «ich fand es fürchterlich, dass Anne Hathaways Freund ihr das neue Ich, in das sie sich allmählich verwandelt, nicht zugestehen will. Wieso kann man andere Menschen nicht einfach in Ruhe wachsen und sich verändern lassen?»

«Ich würde dich nie in irgendwas einschränken, Suzie», sagte Tyler und vergrub das Gesicht in ihren Haaren.

«Ich glaube, das hat was mit Angst zu tun», sagte Isabel. «Der eine findet seinen Weg, macht sein neues Ding und hebt plötzlich die Welt aus den Angeln, und der andere bleibt zurück.» Sie senkte den Blick, und Kat fragte sich, ob sie an Edward dachte.

June griff in die Popcornschüssel. «Also für mich sah es so aus, als wäre bei so einem Job gar kein Privatleben mehr drin. Entweder der Job oder ein Privatleben. Wie alt waren die beiden denn, sie und ihr Freund? Zweiundzwanzig? Dreiundzwanzig? Das ist doch das richtige Alter, um herauszufinden, was man eigentlich will im Leben. Und nicht, um sich in die Enge treiben zu lassen.»

«Trotzdem musste sie sich entscheiden», sagte Suzanne. «Ihre Chefin oder seine Geburtstagsparty. Und sie hat sich jedes Mal für den Job entschieden. Ich würde den Job nie meinem Freund vorziehen.»

Musst du wahrscheinlich auch nie, hätte Kat am liebsten gesagt. «Wisst ihr, was ich glaube? Ich glaube, sie hat sich für ihre Chefin, für den Job entschieden, weil Meryl Streeps Figur ihr erlaubt hat, jemand Neues zu werden, jemand, von dem sie nicht mal ahnte, dass er in ihr steckt. In diesem Job kommt eine völlig neue Facette ihrer selbst ans Licht. Und zwar eine, für die ihr Freund sich überhaupt nicht interessiert – und die er nicht mag. Ihm war sie schludrig lieber. Was an sich ja auch ganz nett ist. Aber nicht für Anne Hathaways Figur. Auf mich wirkte ihr Freund jedenfalls ein bisschen quengelig.»

«Ich fand ihn überhaupt nicht quengelig», widersprach Tyler. «Ich glaube, er wollte sie einfach im Zaum halten, damit sie nicht abhebt. Und er hat es sich eben nicht gefallen lassen, dass sie ihn plötzlich wie ein Stück Scheiße behandelt.» Er sah sich um. «Entschuldigung!»

Lolly stand auf und machte sich daran, Teller und Schüsseln einzusammeln, und die anderen taten es ihr gleich, ehe Lolly zu viel räumen konnte. «Mir gefällt jedenfalls, dass Anne Hathaway sich nicht hat kompromittieren lassen. Schließlich kehrt sie dem ganzen Theater den Rücken und zu dem zurück, was sie schon immer machen wollte – zu der Person, die sie sein wollte.»

«Aber sie hat ihren Job bei *Runway* geliebt», sagte June. «Und sie war richtig gut darin.»

«Gut darin, jemandes privates Dienstmädchen und soziales Gewissen zu sein?», fragte Suzanne. «Das finde ich nicht erstrebenswert.»

«Ich bin mir aber auch nicht sicher, ob es gut war, zu ihrem Freund zurückzukehren», sagte June. «Ich bin froh, dass sie schließlich doch den Job bekommen hat, den sie von Anfang an wollte. Ich habe es so verstanden, dass ihr klargeworden ist, dass die Opfer, die sie für ihren Job bringen musste, zu groß waren, dass sie dabei war, ihre Ideale aufzugeben. Aber sie hat sich trotzdem weiterentwickelt, und dabei ist sie auch über ihren Freund hinausgewachsen. Ergibt das irgendeinen Sinn?»

Allerdings, dachte Kat, und vor ihrem inneren Auge blitzte der Ring in ihrem Schmuckkästchen auf. Nur dass Oliver im Gegensatz zu Anne Hathaways Freund im Film weder engstirnig noch kleingeistig war. Wenn sie reisen wollte, würde Oliver wahrscheinlich mit Begeisterung Pläne für einen Trip nach Thailand, Österreich oder Spanien schmieden. Wenn sie Lust auf einen Konditorkurs im tiefsten Süden der USA oder ein Cannoli-Seminar in Rom hätte, würde er sie ermutigen.

Weshalb kriegst du dann kalte Füße, Kat? Wo lag eigentlich das Problem? Hatte sie so große Angst vor Oliver beziehungsweise davor, die große Liebe ihres Lebens zu verlieren, dass sie sich selbst auf Abstand hielt? Oder liebte sie ihn tief in ihrem Herzen vielleicht doch nicht so sehr, wie sie glaubte?

Wie konnte es sein, dass ein Mensch nicht wusste, was er fühlte? Ihre Freundin Lizzie war der Meinung, sie würde zu viele Frauenzeitschriften lesen und sich von dem ganzen Geschwafel verwirren lassen. Sie fand, Kat sollte sich immer mal wieder genau an das Gefühl erinnern, das sie damals mit dreizehn in dem Moment hatte, ehe die Flasche auf sie zeigte – heimlich in Oliver verliebt, davon träumend, ihn zu küssen. Bis der Flaschenhals tatsächlich auf sie zeigte. Enthüllung!

«Mir gefällt, dass Anne Hathaway am Ende schließlich eine eigenständige Persönlichkeit entwickelt hat», sagte Isabel. «Sie muss sich nicht mehr verbiegen, nur, um in Miranda Priestlys Welt zu passen. Sie hat sich zu einer reifen Version dessen entwickelt, was sie immer sein wollte. Eine hartgesottene Journalistin.»

June nickte. «Wisst ihr, welcher Gedanke mir während des Films am häufigsten durch den Kopf gegangen ist? Ich liebe New York, aber ich hätte es an so einem Ort keine zehn Minuten ausgehalten – in der Redaktion vom *Runway Magazine* meine ich. Ich frage mich, ob es in allen großen Redaktionen so abläuft. Wer weiß? Vielleicht bin ich gerade noch mal mit einem blauen Auge davongekommen!»

Kat konnte sich selbst sehr wohl in diesem gepflegten schwarzen Outfit sehen, wie sie auf die Straße rennt, um ein

Taxi anzuhalten, das sie in ihr schickes angesagtes Café in SoHo bringt, wo sie auf hohen Absätzen einen Chocolate Martini schlürft, weil sie all ihre Clogs und Gummistiefel zu Hause in Maine gelassen hat. Noch tags zuvor hatte Kat keinerlei Phantasien darüber gehabt, nach New York zu ziehen und in einer angesagten Bäckerei zu arbeiten. Doch sie würde Boothbay Harbor nicht verlassen. Ihre Mutter brauchte sie mehr denn je. Und wenn sie erst mal verheiratet war, dann würden sie auch hierbleiben, weil Oliver hierbleiben wollte, und zwar für den Rest seines Lebens, um die vier Kinder großzuziehen, von denen er immer schon gesprochen hatte. Oliver wollte nicht in New York leben. Oder in Rom. Oder Paris.

Er würde sie ermutigen, zu reisen – bis zu einem gewissen Grad.

Aber wenn sie ihn heiratete, dann würde sie hierbleiben – für immer.

7.
Isabel

Er stand im Garten. Der gutaussehende Gast, der gestern angekommen war und kurz vor dem Kinoabend noch schnell die Anreiseformalitäten erledigt hatte. Griffin Dean. Er hatte ziemlich abgehetzt gewirkt und wollte die Anmeldung möglichst schnell hinter sich bringen, auf dem Arm ein kleines schlafendes Mädchen, vielleicht zwei oder drei Jahre alt, und im Schlepptau eine Jugendliche mit Ohrstöpseln und mürrischer Miene. Sie war außer sich, als sie erfuhr, dass sie kein eigenes Zimmer bekommen würde, doch dann hatte Lolly ihr das mit dem Alkoven erklärt, der durch eine Wand vom Rest des Zimmers abgeteilt war und zwei Einzelbetten und ein eigenes Fenster hatte, und sie hatte sich beruhigt und sich – «na gut» – einverstanden erklärt. Auf dem Weg nach oben hatte Isabel ununterbrochen geplappert, über die Frühstückszeiten, dass sie sich nur zu melden brauchten, wenn irgendetwas fehlte, ganz egal, was, und dass er, falls er Lust hätte, gerne mit hinunter in den Aufenthaltsraum kommen könnte, heute sei Kinoabend, *Der Teufel trägt Prada*. Er hatte sie einigermaßen verwirrt angesehen, als würde er sich fragen, wie um alles in der Welt sie auf die Idee käme, dass er auf so etwas stand, sich bedankt und höflich darauf gewartet, bis sie kehrtmachte und ging, ehe er die Tür hinter sich schloss.

Isabel sah auf die Uhr. Heute war Montag. Noch nicht mal sechs Uhr morgens. Dies war ihr erster offizieller Tag als Gastgeberin vom Dienst, und sie war extra besonders früh aufgestanden. Und trotzdem war es einem Gast gelungen, noch früher dran zu sein als sie. Sie fragte sich, ob das in Ordnung war.

Noch etwas für die Liste mit den dringenden Fragen an Lolly.

Außerdem hatte sie letzte Nacht kaum geschlafen. Das lag nicht nur daran, dass heute die Chemotherapie starten und sie Lolly am Nachmittag gemeinsam mit Kat ins Krankenhaus begleiten würde, während June und Charlie in der Pension die Stellung hielten. Sie hatte von Edward geträumt, einen seltsamen Traum. Sie beide lagen hinten im Garten, unter den alten Eichen, aber als Erwachsene, und Edward sagte zu ihr, es sei gut, dass es den Pakt zwischen ihnen gäbe, weil sie eine schreckliche Mutter sein würde. Sie war kalt schwitzend aufgewacht, das Herz hatte schmerzhaft in ihrer Brust gezogen, und sie hatte leise «June?» geflüstert, um zu sehen, ob ihre Schwester wach war, doch June hatte nicht geantwortet, und Kat war die letzten Tage so schweigsam gewesen, dass sie mit Sicherheit keine Lust hatte, sich morgens um kurz nach halb drei wecken zu lassen, um mit ihrer Cousine über Albträume zu reden.

Um fünf Uhr war Isabel schließlich aufgestanden und hatte sich auf den Balkon gesetzt. Sie hatte versucht, ruhig zu atmen und sich bewusst zu machen, dass es nur ein Traum gewesen war, obwohl Edward sich während ihrer Ehe mehr als einmal ganz ähnlich geäußert hatte. Er hatte es im Zorn gesagt, während heftiger Auseinandersetzungen, bei denen es keinen Sieger gab, und sie war sich zu fünfundsiebzig Prozent sicher, dass er es nicht so meinte. Sie vermutete, dass die fünfundzwanzig Prozent Unsicherheit der Grund dafür waren, dass sie ihren Kinderwunsch vor Edward nicht vehementer verteidigt hatte.

Während sie hinunter zum Hafen sah, hinaus auf das in der Morgendämmerung blauschimmernde Wasser und die Boote in allen Größen, während sie den Fischern dabei zusah, wie sie mit Netzen und Reusen hantierten, Jogger und Radfahrer und einen Weberknecht beobachtete, der über das Geländer spazierte, schoben sich langsam ihre neuen Pflichten als Leiterin der Pension in den Vordergrund und verdrängten den Traum. Im Geiste ging sie noch einmal alles durch, was Lolly ihr in den letzten beiden Tagen gezeigt hatte, von der Registrierung der Gäste über die Handhabung der Kreditkartenmaschine, die Buchführung, die Kontrolle der Inserate bei den diversen Unterkunfts-Verbänden, bis dahin, dafür zu sorgen, dass auf den Zimmern zu jeder Zeit ausreichend Handtücher und Toilettenartikel zur Verfügung standen.

Es gehörte sehr viel mehr dazu, eine kleine Frühstückspension zu führen, als Isabel jemals gedacht hätte. Das war ihr spätestens klargeworden, als die Deans gestern Abend ankamen, obwohl im Grunde nicht viel mehr dazugehörte, als sie zu begrüßen und ihnen das große Zimmer zu zeigen. Sie hatte die ganze Zeit auf Mrs. Dean gewartet, hatte erwartet, dass sie jeden Moment mit ein oder zwei Koffern auftauchen würde, doch als sie dann hinterher noch einmal in Lollys Unterlagen nachsah, stellte sie fest, dass die Reservierung auf einen Erwachsenen und zwei Kinder lautete. Sie blieben eine ganze Woche lang, bis einschließlich Montag des verlängerten Wochenendes.

Er stand am Ende des Gartens, neben dem Holzapfelbaum, die Hände in die Taschen einer olivgrünen Cargohose geschoben, den Blick auf die freie Aussicht zum Hafen am Fuße des Hügels gerichtet.

Sie wollte gerade zu einem fröhlichen «Guten Morgen» ansetzen, als wie aus dem Nichts der streunende Hund auftauchte, sich zu ihren nackten Füßen legte und das kleine, weiße, weiche Kinn auf ihre Zehen bettete. Er war an diesem Wochenende schon zweimal zu ihr gekommen. Gestern hatte sie zufällig zum Fenster hinausgeschaut und dabei beobachtet, wie der Hund mitten im Garten stehen blieb, als würde er sie suchen. June und Pearl, die am Picknicktisch saßen und Karten spielten, hatte er gar nicht beachtet. Und als Isabel dann nachmittags mit einem Glas Eistee in der Hand in den Garten gegangen und erschöpft in einen Liegestuhl gesunken war, hatte sie einen Moment später das schon beinahe vertraute flauschige Hundekinn auf ihrem Arm gespürt.

«Na gut», sagte sie jetzt, so wie sie es gestern auch schon getan hatte, und tätschelte den niedlichen Hundekopf. Was den Hund dazu animierte, an ihr hochzuspringen. Er war zwar nicht besonders groß, aber auch kein Schoßhündchen. Und Isabel trug ein gewohnt elegantes Outfit: gerafftes Seidentanktop in Blasslavendel, weiße Hose und dazu die strassbesetzten flachen Sandalen. Weiße Hose, Seide und ein springender Hund vertrugen sich definitiv nicht. «He, he, he!»

«Wie heißt er?»

Isabel drehte sich zu der Stimme um. Sie gehörte Griffin Dean. «Keine Ahnung, ehrlich gesagt. Er ist am Wochenende auf einmal hier aufgetaucht. Und aus irgendeinem seltsamen Grund hat er es offensichtlich ganz speziell auf mich abgesehen.»

Griffin Dean lächelte. «Hunde haben ein Gespür für Menschen. Sie müssen eine von den Guten sein.»

«Ich glaube, es liegt eher daran, dass ich am Freitag die Hotdog-Reste meines Neffen an ihn verfüttert habe.» Isabel kraulte den Hund unterm Kinn. Der Hund legte ihr eine Pfote auf den Arm. «Ich habe das Gefühl, er hat mich adoptiert. Meine Tante – Sie haben sie gestern Abend kennengelernt, ihr gehört die Pension – hat nichts dagegen, dass er hierbleibt, falls keiner ihn vermisst. Wir haben in der Stadt ein paar Zettel aufgehängt und ihn bei der Polizei und im Tierheim gemeldet und» – und sie plapperte schon wieder! Ungewohnt verunsichert sah sie zu Griffin Dean hoch und senkte den Blick dann schnell wieder auf das Hundefell.

Isabel hatte noch nie einen Hund besessen, gar kein Haustier, wenn man von dem Goldfisch absah, den ihre Mutter ihr erlaubt hatte, nachdem sie ihn auf einem Jahrmarkt gewonnen hatte. Sie hatte auch so schon genug um die Ohren, aber sie spürte das Bedürfnis nach etwas Eigenem, etwas Lebendigem, um das sie sich kümmern konnte. *Irgendwie bin ich ja auch ein heimatloser Streuner*, dachte sie und kraulte zärtlich das Hundekinn.

Griffin Dean lächelte sie wieder an, und einen Moment lang konnte Isabel den Blick nicht von seinem Gesicht abwenden. In seinen Augen lag etwas der Welt eigenartig Überdrüssiges und gleichzeitig etwas unglaublich Freundliches. Außerdem sah er gut aus. Sehr gut sogar. Irgendwo in den Dreißigern, vermutete Isabel. Er hatte dunkle, gewellte Haare, dunkle Augen und trug zu der olivgrünen Hose ein blaues Henley-T-Shirt. Und einen Ehering.

«Ich hoffe, das Zimmer gefällt Ihnen», sagte sie, weil ihr gerade wieder einfiel, dass sie ja als Gastgeberin vor ihm stand. «Wenn Sie oder Ihre Töchter irgendetwas brauchen, lassen Sie es mich bitte wissen.»

«Danke. Meine Große hat in der kleinen Kammer geschlafen, die gegenüber von unserem Zimmer liegt. Ich hoffe, das ist okay. Als ich mitbekam, dass sie sich rausgeschlichen und da drüben eingenistet hatte, war sie schon völlig weggetreten auf dem kleinen Sofa.»

Isabel lächelte. «Kein Problem. In das Kämmerchen haben wir uns als Teenager auch immer verzogen, wenn wir mal allein sein wollten, meine Schwester, meine Cousine und ich. Ich kann es also gut verstehen.»

«Sind Sie alle zusammen hier aufgewachsen?»

Sie nickte und wollte schon wieder losplappern – lag es daran, dass er so attraktiv war? –, als der Hund sich über Lollys Tulpen hermachte. Isabel eilte zu ihm. «Nein, Hund! Aus, pfui, aus!» Doch der Hund hörte nicht auf sie. Er riss mit dem Maul eine Tulpe aus und stellte sich schwanzwedelnd vor Isabel auf.

«Er mag Sie wirklich!», sagte Griffin lachend. «Ich könnte dabei helfen, ihn ein bisschen zu trainieren, wenn Sie möchten. Ich bin Tierarzt.» Er angelte eine Karte aus der Hosentasche.

GRIFFIN DEAN * TIERARZT
BOOTHBAY HARBOR * MAINE

«Das wäre toll», sagte sie. «Danke. Boothbay Harbor? Da sind Sie aber nicht weit verreist.» Seine Praxis lag direkt am Hafen, gleich bei Books Brothers um die Ecke.

«Wir mussten unbedingt mal zu Hause raus, auch wenn es nur ein paar Kilometer sind. Die Pension gehört zu den wenigen Orten, die –» Anstatt den Satz zu beenden, ging er vor dem Hund in die Hocke und kraulte ihn. Bei der Gelegenheit merkte Isabel, dass er den schmalen, goldenen Ring an der *rechten* Hand trug – nicht an der linken. «Ich glaube, ich muss mal nach den Mädchen sehen. Alexa würde bis mittags schlafen, wenn ich sie ließe, aber Emmy malt inzwischen sicher die Tapeten an ... War ein Witz!»

Er kraulte dem Hund noch einmal kräftig das Fell. «Ich werde nachher ein bisschen mit ihm arbeiten.»

Griffin Dean lächelte ihr zu und ging ins Haus. Isabel wäre ihm gerne nachgegangen, um ihn zu bitten, seinen Satz zu beenden. ... *gehört zu den wenigen Orten, die* ... Aber das war natürlich unmöglich.

• • • • •

Im Coastal General Hospital roch es wie in allen Krankenhäusern. Nach Desinfektionsmittel. Nach einer Mischung aus Hoffnung und Verzweiflung. Lolly hatte ein Einzelzimmer auf der Onkologie. Der zuständige Assistenzarzt erwartete sie bereits. Die Ärzte hatten schon bei der Diagnose ein ausführliches Aufklärungsgespräch mit ihr geführt, Lolly wusste also, was sie erwartete – im Gegensatz zu Isabel und Kat. Ehe sie ins Krankenhaus aufbrachen, hatten die beiden Cousinen lange am Küchentisch gesessen und darüber geredet, wie wenig sie über Krebs wussten. Und über Chemotherapie. Wie sie wirkte. Und warum. Kat war den Tränen nahe gewesen, und Isabel hatte plötzlich gespürt, wie sie wie von selbst die Kraft ihrer Erfahrungen als Trauerbegleiterin mobilisierte. Sie konnte Kat beruhigen, und gemeinsam war es ihnen gelungen, für Lolly stark zu sein (mit anderen Worten, keine von beiden war zusammengebrochen), während Lolly still im Wagen saß und zum Fenster hinaussah.

Kat bat den Assistenzarzt, ihnen alles ganz genau zu erklären, mit ihnen zu sprechen wie mit Zwölfjährigen, und sie waren beide dankbar für seinen verständnisvollen Tonfall und die mitfühlende Haltung, die er an den Tag legte – vor allem, als eine Schwester kam und Lolly für die Infusion vorbereitete. Die Behandlung würde etwa vier Stunden dauern. Im Abstand von jeweils drei Wochen würde das Prozedere noch zweimal wiederholt, und dann würde der Therapieplan, falls nötig, angeglichen werden.

Sobald Lolly bequem auf dem roten Liegesessel lag und die Infusion ihre Arbeit tat, verließ die Schwester, nachdem sie Lolly gebeten hatte, sie jederzeit zu rufen, sollte sie etwas brauchen, den Raum, und auch der junge Arzt entschuldigte sich. Kat ging ihm nach. Isabel war klar, dass Kat jede Menge Fragen an ihn hatte – Fragen, die sie ihm im Beisein ihrer Mutter nicht stellen wollte.

«Isabel, würdest du mir bitte eine Kanne Kamillentee besorgen gehen?», bat Lolly. Auf dem Beistelltisch lagen bequem erreichbar diverse Zeitschriften, die Kat mitgebracht hatte – von *People* bis *Coastal Inn* – und die beiden Romane, die June bei Books Brothers besorgt hatte. Daneben standen ein Krug Wasser und ein Glas. «Ich komme zurecht.»

«Natürlich!» Isabel war dankbar für die Möglichkeit, kurz Luft zu holen. Und genau das tat sie auch, tief Atem holen, in dem Moment, als die Tür hinter ihr ins Schloss fiel. Ein Stückchen den Gang hinunter stand Kat ins Gespräch vertieft mit dem geduldigen jungen Onkologen, an dessen klangvollen italienischen Namen Isabel sich plötzlich nicht mehr erinnern konnte. Sie hörte ihn sanft und verständig mit Kat sprechen, und seine Worte hallten in Isabels Schädel wider. *Den Verlauf verlangsamen. Inoperabel. Metastasiert. Gemictabin. Standardzytostatikum in der Chemotherapie. Symptome lindern ...*

Er erklärte, dass die Medikamente nicht in der Lage waren, gute Zellen von Krebszellen zu unterscheiden und deshalb alle schnellwachsenden Zellen angriffen, was der Grund dafür war, dass Chemopatienten oft unter Haarausfall litten, weil die Haarwurzelzellen nun mal zu den am schnellsten wachsenden Körperzellen gehörten. Isabel musste an Lollys seidiges, graublondes Haar denken, an ihre langen Wimpern und die geschwungenen Augenbrauen, und sie kniff einen Moment lang die Augen zu, als könnte sie die Bilder in ihrem Kopf dadurch verschwinden lassen. Dann unterbrach sie Kat und den Arzt, weil sie die Worte nicht mehr ertragen konnte, und fragte, ob sie noch etwas aus der Cafeteria mitbringen sollte. Beide lehnten dankend ab und nahmen das Gespräch wieder auf. Zellen. Weiße Blutkörperchen. Thrombozyten. Krebs. Krebs. Krebs.

Als die Aufzugtüren sich im vierten Stock öffneten und jemand den Lift verließ, fiel Isabels Blick auf den Wegweiser an der Wand: LABOR – KREISSSAAL – SÄUGLINGSSTATION. Ehe sie sich's versah, war sie ebenfalls ausgestiegen und folgte der Beschilderung, bis sie sich vor der Glasscheibe zur Säuglingsstation wiederfand. Es war Monate her, seit sie sich in dem Krankenhaus in Connecticut zuletzt gestattet hatte, die Neugeborenen zu besuchen.

Sie starrte auf ihren Ehering. Letzte Nacht waren, als sie um drei Uhr morgens immer noch wachgelegen hatte, all ihre Schutzwälle zusammengebrochen, und sie hatte Edward zu Hause auf dem Festnetz angerufen, ohne einen blassen Schimmer, was sie sagen sollte. Vielleicht, um ihm von Lolly zu erzählen. Sie hatte sich so sehr nach seiner Stimme gesehnt, trotz allem. Er war sofort am Telefon gewesen und hatte dann «warte kurz» gesagt, offensichtlich, um den Apparat zu wechseln. Bestimmt hatte Carolyn Chenowith neben ihm im Bett gelegen. Isabel hatte schon auflegen wollen, als er wieder dran war. «Ich bin da.» Einen Augenblick lang war sie unfähig gewesen zu sprechen.

«Du machst das also wirklich», war schließlich alles, was sie herausbrachte.

«Es tut mir leid, Izzy.» Er hatte geweint.

Und war dann ebenfalls verstummt. Die Sekunden waren tickend verstrichen, und schließlich hatte Isabel BEENDEN gedrückt, das Telefon in ihre Handtasche gleiten lassen und sich nach draußen auf den Balkon gesetzt. Ihr schmerzendes Herz hätte ihr beinahe den Brustkasten gesprengt, und sie hatte mit tiefen, ächzenden Zügen nach Atem gerungen.

Dann drängte sich die Erinnerung an einen Augenblick in ihr Bewusstsein, in dem ein Stück ihrer Liebe zu ihm erloschen war. Sie hatte hart daran gearbeitet, es zu verdrängen, doch jetzt war ihr diese schreckliche Erinnerung ein willkommener Trost.

Vor ein paar Monaten waren sie und Edward mal wieder bei einer dieser fürchterlichen Kanzleiveranstaltungen gewesen, ein Abendessen im Kreise der Partner und ihrer Frauen. Laute Anekdoten, teurer Scotch und protzige Zigarren, Isabel wäre am liebsten davongerannt. Einer der Seniorpartner hatte zu Edward gesagt: «Na, und wann fangen Sie und Ihre Holde endlich mit der Familienplanung an? Falls Sie auch drei Kinder wollen, sollten Sie langsam mal loslegen.» Und Edward hatte sich vorgebeugt und mit gespielter Ernsthaftigkeit geraunt: «Wir hätten ja am liebsten vier, aber leider kann Isabel keine bekommen.»

Diese Lüge hatte ihr sprichwörtlich die Beine unter dem Körper weggezogen. Sie hatte mit zitternden Knien den Raum verlassen müssen, was das allgemeine Mitgefühl für die bedauernswerte Isabel offensichtlich nur weiter befeuert hatte. Die Ärmste, lief hinaus und beweinte die vier Kinder, die sie ihrem Edward nicht schenken konnte!

Es war das erste Mal gewesen, dass sie für ihn so etwas wie Hass empfunden hatte. Doch er hatte seine Überzeugungskünste als Anwalt benutzt, um sich herauszureden und ihr ein weiteres Mal einen fünfzehn Jahre alten Pakt um die Ohren zu schlagen, den sie als hilfloses, tief in Trauer und Selbsthass verstricktes Kind geschlossen hatte.

Lass ihn los, sagte sie sich. *Lass es alles endlich los.*

Sie starrte ihre schönen Ringe an, drehte sie am Finger und zog sie hastig ab, den Diamantring und dann auch den schmalen Ehering. Ehe sie es sich anders überlegte und sie doch dort ließ, wo sie nicht mehr hingehörten. Was sollte sie damit machen? Sie in die Handtasche stecken? Oder an die rechte Hand, wie Griffin Dean? Sie betrachtete ihre linke Hand. Wie ungewohnt nackt sie ohne den vertrauten Schmuck wirkte. Sie steckte sich die Ringe versuchsweise an die Rechte, doch da gehörten sie auch nicht hin. Morgen war ihr zehnter Hochzeitstag. Sie zwang sich, den Blick zu heben, und sah durch das Glas in die Säuglingsstation, auf die friedlich schlafenden Babys unter den vertrauten, weißblauen Deckchen.

In ihr regte sich eine leise Stimme, die ihr einflüsterte, sie solle morgen wiederkommen und nachfragen, ob die Möglichkeit bestünde, ehrenamtlich auf der Säuglingsstation zu arbeiten. Isabel holte tief Luft. Sie könnte die Kinder im Arm halten, die Trost brauchten. Die winzigen Finger der Frühchen im Brutkasten streicheln. Beim Füttern helfen. Während all der Jahre, die sie als Ehrenamtliche im Krankenhaus den Trauernden beigestanden hatte, hatte sie sich nie den Gedanken erlaubt, auch bei den Säuglingen zu helfen, als würde der Pakt, den sie geschlossen hatte, ihr den Kontakt zu Neugeborenen verbieten.

Als sie mit einer Kanne Tee und einem Blaubeermuffin, der dem Vergleich mit Kats Backkünsten natürlich nicht würde standhalten können, auf die Station zurückkam, sprach Kat noch immer mit dem Arzt. Isabel streckte den Kopf zu Lollys Tür hinein, und Lolly winkte sie zu sich.

Sie trank einen Schluck Tee. «Perfekt. Danke, Isabel.» Isabel setzte sich auf den Stuhl neben der Liege, und Lolly sagte: «Ehe ich es vergesse, Isabel, ich möchte dich bitten, mir nachher einen Gefallen zu tun.»

«Natürlich! Was auch immer.» Isabel fühlte sich schon ein bisschen wohler mit der Vorstellung, die Pension zu führen, und hatte sich ein Notizbuch zugelegt, in dem sie die tausend Kleinigkeiten notierte, um die sie sich kümmern musste.

«Wusstest du, dass deine Mutter Tagebuch geführt hat?»

Isabel erstarrte. «Nein.»

«Ich bin damals, als ich ihr Zimmer ausräumte, auf die Bücher gestoßen. Es sind nur zwei Stück, aus dem letzten Jahr ihres Lebens. Sie hatte im Gemeindezentrum einen Schreibkurs belegt. Damals, nach dem Unfall, habe ich die Bücher immer und immer wieder gelesen, um ihre Nähe zu spüren, ihre Stimme zu hören. Sie schrieb auf, was sie zum Abendessen plante, dass June sich einen Sonnenbrand geholt hatte, wie hübsch und erwachsen du in deinem Ballkleid ausgesehen hast – ganz alltägliche Dinge, und wenn ich das las, hatte ich das Gefühl, sie wäre bei mir.»

Isabel starrte Lolly an, überrascht, sie von ihrer Schwester sprechen zu hören, von Isabels Mutter. Mit so viel Wärme. Lolly hatte eigentlich nie viel dafür übriggehabt, in Erinnerungen zu schwelgen.

Vielleicht lag es daran, dass Lolly nicht wusste, wie viel Zeit ihr noch blieb, dachte Isabel, und ihr zog sich der Magen zusammen. Sie stand auf und trat ans Fenster, um Lolly nicht ansehen zu müssen. Der Gedanke, dass ihre Tante zu weinen anfing, war unerträglich. Sie wollte auch nichts von irgendwelchen Tagebüchern ihrer Mutter wissen. Und ausgerechnet aus dem letzten Jahr. Ihrem schlimmsten Jahr.

«Würdest du die Bücher bitte für mich suchen?», bat Lolly. «Ich weiß, im Keller herrscht Chaos, aber sie sind bestimmt in einem ihrer Koffer – du weißt doch, wie sehr sie diese altmodischen Koffer liebte. Sie hat sie auf allen möglichen Flohmärkten zusammengekauft.»

Das brachte Isabel zum Lächeln, und sie drehte sich zu ihrer Tante um. «Die mit den Aufklebern mochte sie am liebsten.» Ihre Mutter kam ständig mit einem neuen Koffer nach Hause, und dann verdrehte ihr Vater die Augen und sagte: «Ach, Allie, wo soll der jetzt wieder hin?» Woraufhin sie lächelnd erwiderte: «Schau doch nur, dieser Koffer ist in Indonesien gewesen! Auf Bali! Und in Australien!» Isabel erinnerte sich noch daran, wie ihre Mutter die Augen schloss und sagte: «Gott, ich würde so gern mal ein Känguru sehen! Du nicht, Isabel?» Und Isabel, obwohl in der übelsten Antiphase, die obligatorischen Kopfhörer auf den Ohren, ganz gegen ihre Art ausnahmsweise leise gestellt, hatte geantwortet: «Ja, stimmt. Ein Känguru würde ich auch gern mal sehen.» Ihre Mutter hatte sich mit Triumph in der Stimme an ihren Vater gewandt: «Siehst du? Sogar Isabel gefällt die Vorstellung von hüpfenden Kängurus.» Das hatte gesessen, dieses «sogar Isabel», aber sie hatte es wahrscheinlich nicht anders verdient. Ständig war sie wegen irgendetwas sauer oder beleidigt, wegen ihrem Zapfenstreich, den sie nie einhielt, oder wegen den Hausregeln, die ihr auch völlig egal waren.

Sie waren nie in Australien gewesen, hatten nie ein Känguru gesehen, aber zu ihrem sechzehnten Geburtstag hatte ihre Mutter ihr ein silbernes Armkettchen mit einem winzigen silbernen Känguru geschenkt, und Isabel hatte es jahrelang getragen, ohne es auch nur einmal abzulegen, sogar zu ihrer Hochzeit. «Es passt wunderbar zu deinem Kleid», hatte Edward ihr vor dem Altar fast ehrfürchtig ins Ohr geflüstert. «Es ist, als wäre sie hier.»

Isabel schloss die Augen und versuchte, die Erinnerungen auszublenden, und zwar beide. Und noch eine dritte, die Erinnerung an einen Tag vor zwei Jahren, als sie irgendwo bei Starbucks saß, gerade einen Schluck Cappuccino trinken wollte und merkte, dass das Armband weg war. Weg! Panisch hatte sie versucht, sämtliche ihrer Schritte zurückzuverfolgen, hatte den Barista sogar überredet, ihr Zugang zum Abfall zu gewähren, um ihn gründlich zu durchwühlen, doch sie fand das Armkettchen nicht wieder. Nicht auf dem Parkplatz, nicht in ihrem Auto und auch sonst nirgends, wo sie an diesem Tag gewesen war. Sie hatte Zettel aufgehängt, eine Belohnung versprochen, aber es hatte sich nie jemand gemeldet.

«Ich würde diese Tagebücher gerne noch mal lesen», sagte Lolly. Sie trank ein Schlückchen Tee und knabberte an ihrem Muffin. «Weißt du? Um meine Schwester bei mir zu haben, ihre Stimme zu hören.»

«Ich suche sie heute Abend», versprach Isabel. Doch selbst lesen würde sie die Tagebücher auf keinen Fall. Zwischen Notizen über Hummerrezepte und Flohmarktfunde hatte ihre Mutter sich mit Sicherheit auch darüber ausgelassen, wie fürchterlich Isabel sich gegenüber ihren Eltern benommen hatte. «Du machst uns kaputt», hatte ihre Mutter ein paar Monate vor ihrem Tod zu Isabel gesagt. Isabel sah keinen Grund, sich das anzutun.

Lolly sah Isabel forschend an. «Ich weiß, dass es zwischen dir und deiner Mutter Spannungen gab. Aber vielleicht liest du diese Tagebücher auch einmal. Es ist wichtig, die Wahrheit über gewisse Dinge zu kennen, anstatt nur die eigene

Vorstellung davon. Ich weiß nicht, wie viel Zeit mir noch bleibt, Isabel. Wochen? Monate? Keine Ahnung. Auf einmal kommt mir das alles so bescheuert vor, diese Spannungen, diese Entfremdung, eine Familie, in der nicht miteinander gesprochen wird, wo man einander wie Fremde behandelt. Ich weiß, dass das auch meine Schuld war. Aber es ist falsch.»

Isabel stand vor dem Fenster und starrte hinaus zu dem großen Baum, der sich gegen den strahlend blauen Himmel abhob. «Ich will mich nicht daran erinnern, wie ich damals war.»

«Die Tagebücher deiner Mutter werden dir nicht vorhalten, wer du damals warst. Sie werden dir sagen, wer deine Mutter war, was sie dachte. Wirklich dachte. Nicht was sie deiner Meinung nach dachte. Und auch nicht, wer du deiner Meinung nach in ihren Augen gewesen bist. Es gibt viel, was du nicht über deine Mutter weißt, Isabel.»

Isabel stieß hörbar Luft aus. Sie wollte die Tagebücher ihrer Mutter nicht lesen, und sie wusste, dass sie es nicht tun würde. Im Augenblick ging es in ihrem Leben drunter und drüber, und vielleicht genügte schon der Anblick der gleichmäßig geschwungenen Handschrift ihrer Mutter, um Isabel endgültig über den Rand zu stoßen. Doch andererseits lag hier ihre Tante, eine Nadel im Arm, durch die Gift in ihren Körper lief, mit Tränen in den Augen. Also ergriff Isabel ihre Hand, hielt sie fest und versprach ihr noch einmal, nach den Tagebüchern zu suchen.

Es hatte Stunden gedauert, bis Isabel sich überwinden konnte, die Kellertür am Ende des kurzen Flurs zwischen Küche und Hintertreppe aufzumachen und die knarrenden Holzstufen hinunterzusteigen. Der Keller war vollgestellt mit alten Möbelstücken, die Lolly irgendwann mal restaurieren und verkaufen wollte, und mit der Einrichtung aus der Doppelhaushälfte, in der Isabel und June vor dem Unfall mit ihren Eltern gelebt hatten. Isabel hatte nur ihren alten, antiken Schminktisch mit dem hübschen ovalen Spiegel behalten. Sie hatte ihn abgeschliffen und frisch lackiert, und er hatte nichts mehr mit dem ramponierten Möbelstück von früher zu tun. An einer Wand voller Regale, in denen vom Farbverdünner bis zur Blumenerde alles Mögliche zu finden war, lehnten Kopf- und Fußteil des alten Bettgestells ihrer Eltern. Und unter den kleinen, schmalen Fenstern an der Wand gegenüber lagerten die alten Koffer ihrer Mutter.

Es waren sieben Stück. Sie standen in zwei Reihen übereinandergestapelt auf einem verblichenen Flickenteppich. Isabel packte den obersten Koffer, setzte sich im Schneidersitz auf den Teppich und schlug den dünnen Holzdeckel auf. Kleidung. Blusen und Pullover, ordentlich gefaltet. Vor Jahren hatte Lolly ihre Nichten gebeten, die Sachen durchzusehen und sich herauszunehmen, was sie behalten wollten, um den Rest in die Kleidersammlung zu geben, doch sie hatte es offensichtlich nie fertiggebracht, sich von irgendetwas zu trennen. Isabel ließ die Hände zwischen die Stapel gleiten und suchte tastend nach den Tagebüchern. Lolly hatte von zwei mit rotem Stoff bezogenen Notizbüchern gesprochen, beide mit dem Umriss eines Engels verziert. Wenn die Bücher in dem Koffer waren, wären sie zu fühlen, doch Isabel ertastete nur Stoff. Sie hatte ein schlechtes Gewissen, weil sie ein bisschen erleichtert war.

Erfolglos durchsuchte sie die nächsten beiden Koffer. Lolly hatte gesagt, zum letzten Mal hätte sie die Tagebücher direkt nach dem Tod von Isabels Mutter in den Händen gehabt – vor fünfzehn Jahren. Vielleicht hatte sie die Tagebücher doch woanders verstaut. Oder sie lagen ganz unten, in dem allerletzten Koffer, den Isabel durchsehen würde. Wahrscheinlich, bei all dem Pech, das Isabel momentan hatte.

Im dritten Koffer stieß Isabel auf einen der Lieblingspullover ihrer Mutter, einen hellrosa Kaschmirpullover mit V-Ausschnitt. Ein paar Wochen vor dem Unfall hatte ihre Mutter genau diesen Pullover getragen, als sie Isabel anschrie, weil sie die letzten zwei Schulstunden geschwänzt hatte und mit zwei Jungs, mit denen sie gleichzeitig ging, beim Nacktbaden (von der Mutter einer Freundin ihrer kleinen Schwester) erwischt worden war. Isabel hatte zurückgeschrien. «Was ist denn schon dabei! Das kann dir doch egal sein!», und sie war zutiefst erschrocken, als ihre Mutter sie an der Schulter gepackt hatte, und zwar sehr fest. Doch dann hatte ihre Mutter sie an sich gezogen, fest in die Arme genommen, und es war ihr anscheinend egal gewesen, dass Isabel schlaff die Arme hängen ließ.

«Isabel. Mir ist nichts von dem egal, was du tust. Weil ich dich nämlich sehr lieb habe.»

Einen Moment lang ließ Isabel zu, dass ihre Mutter sie festhielt, und hoffte, dass sie nicht noch mehr sagte und Isabel dazu trieb, wieder wegzulaufen. Doch ihre Mutter war noch nicht fertig. «Ich wünschte, ich wüsste, wie ich zu dir durchdringen kann. Dich dazu bringen kann, dir selbst auch wichtig zu sein.» Isabel hatte sich gewunden und versucht, sich freizumachen, aber ihre Mutter hatte sie nicht losgelassen. «Ich liebe dich, Isabel. Ob du das willst oder nicht», hatte sie gesagt und sie dann plötzlich freigegeben.

Will ich doch, hatte Isabel gedacht, war in ihr Zimmer gelaufen, hatte die Tür zugeknallt und sich damit noch mehr Ärger eingehandelt, weil sie June gestört hatte, die sich aufs Lernen konzentrieren musste.

Isabel zog den Pullover aus dem Koffer und hielt ihn sich

an die Nase. Er duftete ganz schwach nach Coco de Chanel, dem Parfüm, das ihre Mutter immer benutzt hatte. Sie erinnerte sich noch gut an die Zeit damals mit vierzehn, als sie begonnen hatte, sich zu verändern. Sie war ungeheuer fasziniert gewesen von einem wilden Mädchentrio, denen völlig egal war, was andere über sie dachten. Damals hatte sie natürlich nicht kapiert, dass diese Mädchen auch sich selbst völlig egal waren, wie ihre Mutter es von ihnen und von Isabel immer behauptet hatte, dass es ihnen vollkommen an Selbstachtung mangelte. Während die Mädchen für ihre pubertären Mätzchen beliebt waren, war Isabel so gut wie unsichtbar. Eines Nachmittags hatte sie vor der Schule eher zufällig eine Mutprobe bestanden, als eines der Mädchen ihr zwei Zigaretten zusteckte und sagte, ihre Mutter würde sie kontrollieren, und ob Isabel sie bis morgen verstecken könnte. Und damit war Isabel drin, einfach so. Am nächsten Tag hatte sie ein geliehenes T-Shirt, eng und sexy. Dann die dazu passende geliehene coole Jeans. Geliehene, kniehohe schwarze Lederstiefel. In der Woche darauf trug sie schwarzen Eyeliner und große Kreolen in den Ohren. «Das ist nur eine Phase, lass sie in Ruhe», hatte ihre Mutter damals zu ihrem Vater gesagt, der aus seiner Meinung zu Isabels neuem Look keinen Hehl machte. Doch die Phase dauerte bis eine Woche nach dem Unfall. Bis zu dem Moment, als Edward ihr sagte, sie hätte so schöne Augen, wenn er sie doch nur sehen könnte. Sie hatte sich das Make-up aus dem Gesicht gewaschen, und er hatte gesagt: «Viel besser! Du bist so hübsch!» Im Laufe weniger Tage zog sie auf einmal die Sachen an, die ganz hinten in ihren Kleiderschrank verbannt waren, Sachen, die ihre Mutter in der Hoffnung für sie gekauft hatte, dass sie sich irgendwann doch noch kleiden würde wie ein ganz normaler Teenager.

Ihre vermeintlichen Freundinnen hatte der Unfall, wie so viele andere, derart entsetzt, dass sie nicht wussten, wie sie reagieren sollten, und von einem Tag auf den anderen von der Bildfläche verschwunden waren. Sie waren nicht mal zur Beerdigung gekommen.

«Es tut mir leid, dass ich so schrecklich war!», flüsterte Isabel in den Pullover hinein. Und anstatt sich, wie sonst, wenn sie an damals dachte, auch schrecklich zu *fühlen*, fühlte sie sich ... okay. Fast, als wäre eine in den immer noch nach ihr duftenden Lieblingspullover ihrer Mutter geflüsterte Entschuldigung dasselbe, wie *Es tut mir leid* zu ihrer Mutter zu sagen. Und zu sich selbst.

Isabel stand auf, den Pullover in der Hand. Sie war nicht in der Lage, einen weiteren Koffer durchzusehen, zumindest nicht heute. Sie würde Lolly sagen, dass sie nach den Tagebüchern gesucht hatte, ihr zum Beweis den Pullover zeigen und versprechen, die restlichen Koffer morgen durchzuschauen.

Sie schenkte den Dingen ihrer Eltern einen letzten Blick, ging zurück nach oben und zog die Kellertür hinter sich zu. Sie war auf dem Weg in den ersten Stock, als laute Stimmen an der Haustür ertönten.

«Hör auf, mich zu behandeln, als wäre ich ein Kleinkind!», rief eine Mädchenstimme. Die Tochter von Griffin Dean. «*Ich bin vierzehn!* Und es ist nur ein Spaziergang!»

Griffin schloss die Tür hinter sich. «Alexa, du gehst nicht mit einem fremden Jungen weg. Basta! Und ganz besonders nicht um» – er warf einen Blick auf die Uhr – «zwanzig nach acht Uhr abends!»

«Wieso hast du mich eigentlich gezwungen, mitzukommen, wenn ich hier überhaupt nichts machen darf?», schrie Alexa unter Tränen. Sie drehte sich um, stürzte an Isabel vorbei die Treppe hinauf und hätte sie dabei fast umgerannt. Eine Tür fiel knallend ins Schloss.

Isabel hatte wirklich nicht vorgehabt, mitten im Dean'schen Gewittersturm zu landen, aber nun war es eben so.

Sie hatte erwartet, dass Griffin verlegen lächeln und *Teenager!* sagen würde, doch er schloss die Augen und blieb einfach so stehen, ganz still, und Isabel dachte schon, er würde auch anfangen zu weinen.

«Ich war mal genauso», sagte sie, ging die Treppe wieder hinunter und blieb auf dem Absatz stehen. «Ich glaube sogar, ich habe zu meinem Vater ganz genau das Gleiche gesagt, und seine Antwort war auch ungefähr dieselbe.»

Er sah sie an. «Und sind Sie auch schreiend und weinend nach oben gerannt und haben mit den Türen geknallt?»

Sie nickte. «O ja! Ständig.»

«Aber dann war irgendwann alles okay, oder? Ich meine, irgendwann ist doch alles wieder okay, oder?», fragte er mit einem winzigen Lächeln.

«Ich glaube schon. Aber ich wünschte trotzdem, ich könnte die Zeit zurückdrehen und die Dinge verändern.»

Im ersten Stock ging eine Tür auf, und eine dünne Stimme fragte: «Daddy?»

«Sie hat Emmy aufgeweckt.» Er seufzte und ging nach oben. «Eigentlich wacht sie nicht mehr auf, wenn sie abends erst mal eingeschlafen ist», sagte er über die Schulter. «Es sei denn, Alexa knallt mit einer Tür. Was in letzter Zeit ziemlich oft geschieht.»

«Daddy!» Emmy stand auf dem Treppenabsatz. Sie hielt ein gelbes Plüschhäschen an sich gedrückt. «Ich habe Durst. Krieg ich einen warmen Kakao?»

Griffin drehte sich zu Isabel um. «Hat die Küche noch geöffnet?»

«Natürlich!» Sie wartete, bis er nach oben gelaufen war, Emmy auf den Arm genommen hatte und sie die Treppe hinuntertrug, dann ging sie voraus in die Küche.

«Darf ich hier sitzen?», fragte Emmy und zeigte auf Kats Rattansessel mit dem dicken, rosaroten Sitzkissen.

«Aber klar», sagte Isabel und beobachtete, wie Emmy in den Sessel kletterte. Was für ein niedliches Mädchen! Sie hatte glänzende, dunkelbraune Haare mit ein paar kupferfarbenen Strähnen darin, und ihre Augen hatten beinahe dieselbe Farbe.

Während Isabel den Kakao kochte und Griffin etwas zu trinken anbot, was er ablehnte, hob er Emmy hoch, setzte sich mit ihr auf dem Schoß in den Sessel und flüsterte ihr die Geschichte von Goldlöckchen und den drei Bären ins Ohr. Als er fertig war, küsste er sie auf den Scheitel.

Isabel reichte dem Mädchen eine nicht zu heiße Schokolade in einem kleinen rosaroten Plastikbecher mit weißen Punkten.

Emmy starrte Isabel unverwandt an, trank einen Schluck und dann noch einen. «Du bist hübsch», sagte sie.

Isabel wurde rot. «Danke sehr. Ich finde, du bist auch sehr hübsch.»

«Ich mag, wenn meine Mama mir abends die Haare bürstet. Jetzt macht Lexa das.»

War Griffin Witwer? Oder geschieden?

«Soll ich dir die Haare bürsten, Emmy?», fragte Isabel.

Das Mädchen starrte sie an, schüttelte den Kopf und vergrub das Gesicht an der Brust seines Vaters.

Griffin gab Isabel die rosarote Tasse zurück. «Na komm, Süße. Ab zurück ins Bett. Gute Nacht», sagte er noch zu Isabel und verschwand.

Sie wartete darauf, dass er noch mal herunterkam und

sie ihm ein Glas Wein anbieten konnte, doch als sie jede nur mögliche Holzfläche abgewischt, mit dem Teppichroller sämtliche Vorleger in den Fluren und im Aufenthaltsraum gesäubert hatte, merkte sie, dass inzwischen mehr als eine Stunde vergangen war und er nicht wieder runterkommen würde. Noch nie hatte sie sich so danach gesehnt, mit jemandem draußen in der lauen Augustnacht zu sitzen und zu schweigen.

8.
June

Während der ersten vier Stunden als Geschäftsführerin von Books Brothers in Boothbay Harbor hatte June eigenhändig vier Romane verkauft, zwei Biographien und einen Reiseführer über den Norden Neuenglands, sie hatte fünf Bücher bestellt, mehr als dreihundert Dollar für diverse Verkäufe kassiert und den Müttern einer Mutter-Kind-Gruppe, die nach ihrem Kaffeestündchen aus dem Café gegenüber hereingeschlendert kamen, Kinderbücher im Wert von zweihundert Dollar verkauft.

Ein erfolgreicher Vormittag, selbst für den Freitag des Labor-Day-Wochenendes. Und auch für sie persönlich. Boothbay Harbor hin oder her, Buchhandlungen – und natürlich ganz speziell Books Brothers – waren Junes Terrain. Hier fühlte sie sich am wohlsten, hier durfte sie am ehesten sie selbst sein. Sie saß hinter der Kasse auf ihrem Regiestuhl und arbeitete an einer Liste mit Ideen zur Geschäftsbelebung. Sie hatte mit Henry bereits über einen wöchentlichen Buchclub und einen Vorlesenachmittag für Kinder gesprochen, und sie dachte über einen Kaffeeklatsch nach – sich ungezwungen über Bücher und das Leben unterhalten, eine lockere Veranstaltung am frühen Abend, wo man bei einer guten Tasse Kaffee ins Gespräch kommen konnte, wo die Leute sich entspannten – und natürlich auch das ein oder andere Buch mitnahmen.

Die Türglocke bimmelte, und June wollte gerade den Blick von ihrem Notizblock heben, als eine Frauenstimme sagte: «Juney Nash? Bist du das?»

O nein. Das verhieß nichts Gutes.

Sie legte den Kugelschreiber auf den Books-Brothers-Block, hob den Kopf und sah direkt in die kalten blauen Augen von Pauline Altman. Schon das zweite Mal in einem Sommer! Und auch noch mit ihren beiden alten Freundinnen. Marley Sowieso und Carrie Fish. Das Trio hatte immer für eine Vierfachbedrohung gestanden: klug, hübsch, beliebt – und gar nicht nett.

«Ich habe mich schon immer gefragt, was wohl aus dir geworden ist, seit wir uns das letzte Mal gesehen haben», sagte Pauline und rückte die weißen Bikiniträger zurecht, die unter dem Sommerkleid herauslugten. «Da warst du unglaublich schwanger!»

An Carries Hand glitzerte ein riesiger Diamantring. «Ach ja, Pauline, stimmt, du hast erzählt, dass June schwanger ist und das Studium geschmissen hat. Hast du etwa die ganze Zeit hier gearbeitet?»

«Ich habe die letzten Jahre in Portland gelebt.» June hätte sich treten mögen, weil sie das Gefühl hatte, sich rechtfertigen zu müssen. Wieso eigentlich? «Aber meine Tante ist krank, und ich bin zurückgekommen, um ihr zu helfen.»

Sie nickten alle gespielt mitfühlend, bis auf Marley Sowieso jedenfalls, die zu sehr in die neue *Vogue*-Ausgabe vertieft war, die an der Kasse auslag.

«Dann kommst du ja im Oktober sicher auch zum Ehemaligentreffen», sagte Pauline. «Beim Fünfjährigen hatten sich alle gefragt, warum du nicht dabei bist, und da habe ich ihnen ganz dezent deine ... *Situation* geschildert», fügte Pauline flüsternd hinzu, als hätte June eine ansteckende Krankheit.

Das jährliche Ehemaligentreffen der Schule. Ha! Da würde June ganz bestimmt nicht hingehen. Es reichte schon, dass die Hälfte ihrer Klassenkameraden zum Labor-Day-Wochenende die Stadt überschwemmte. «Das hängt ganz davon ab, wie es meiner Tante dann geht.»

«Natürlich», sagte Carrie und bewunderte ihren Ring. «Ach, hast du eigentlich schon gehört, dass Pauline inzwischen stellvertretende Chefredakteurin beim *New York City Magazine* ist? Sie hat die Beförderung mit einem unglaublichen Fest gefeiert! O Gott, du solltest mal ihre Wohnung sehen! Mit Terrasse und Blick aufs Empire State Building und eine Million Lichter.»

«Das ist ja toll, Pauline», sagte June und ihr versetzte es unwillkürlich einen Stich. Denn es war tatsächlich toll. Es war genau das Leben, von dem June geträumt hatte.

Während die Frauen durch den Laden schlenderten, Regale und Ausstelltische musterten, ließ Pauline ganz beiläufig eine Bemerkung über ihren Freund fallen, der irgendein Seniorproducer bei ABC war, über ihre Ferienwohnung auf den Hamptons und über das neue Boot, das ihre Eltern, die in einem der schönsten Uferhäuser von Boothbay Harbor lebten, sich diesen Sommer zugelegt hatten. «Zu schade, dass ich nur übers verlängerte Wochenende bleiben kann. Es ist so herrlich hier!» Pauline und Carrie stellten sich mit den Armen voller Bücher an die Kasse. «Du hast wirklich Glück, Juney, weil du das ganze Jahr über hier leben darfst. In der Stadt ist es im Sommer viel zu heiß!»

«Ich kann mich erinnern», sagte June und rechnete ihre Käufe zusammen. Pauline kaufte einen literarischen Bestseller, die Memoiren von irgendwem, einen Reiseführer über den Machu Picchu und die Gesamtausgabe von *Harry Potter* im Hardcover – für ihre «begabte achtjährige Nichte».

Carrie kaufte zwei Promi-Kochbücher. Marley Sowieso kaufte nichts. Dafür hatten Pauline und Carrie gemeinsam ein kleines Vermögen dagelassen. Wenigstens etwas.

Pauline steckte die goldene Kreditkarte zurück in die Geldbörse und nahm die Tüte vom Tresen. «Neulich habe ich meine Schwester besucht, als ihr Mann auf Geschäftsreise war. Meine Güte, Juney, ich ziehe wirklich den Hut vor alleinerziehenden Müttern. Wir mussten alles selber machen, pausenlos! Ich habe wirklich keine Ahnung, wie du das schaffst. Es muss echt hart sein.»

June konnte die Herablassung förmlich aus Paulines glänzendem Mund tröpfeln sehen.

«Was für alleinerziehende Mütter am schlimmsten ist», sagte Carrie, «... ist, dass sie überhaupt keinen Rückhalt haben. Sie müssen alles alleine machen, und es gibt nicht mal einen Ehemann, den man auf seiner Geschäftsreise anrufen kann, um ihm die Ohren vollzujammern. Das muss unglaublich hart und einsam sein.»

Gott, wie June diese Weiber hasste!

«June? Hast du mal eine Minute? Ich bräuchte kurz deine Hilfe hier im Büro», erschallte von hinten die Stimme von Henry Books. *Gerettet! Danke, Henry.*

Die Frauen drehten sich zu Henry um, der auf sein Büro zusteuerte. «Wow, heißer Typ!», flüsterte Carrie. «Ist der zu haben?»

Marley Sowieso, die mit ihren riesigen blauen Augen, dem herzförmigen Gesicht und der zierlichen Figur in Junes Augen schon immer wie ein Engel ausgesehen hatte, blickte auf. «O ja, was für ein Fang!», sagte sie anerkennend. Wenigstens war das Erste, was sie zum Gespräch beitrug, nett. Und zutreffend.

«Gott, Marley, genau das ist der Grund, weshalb du immer noch ein so hoffnungsloser Single bist!», sagte Pauline. «Der ist doch kein Fang! Ich meine, er betreibt einen *Buchladen*. Ich bitte dich!»

«Was soll das denn heißen?», fragte June und starrte Pauline an.

Pauline verdrehte die Augen. «Ach, komm, du weißt genau, was ich meine!»

«Ja, voll und ganz.» *Und du tust mir leid. Danke, dass du mir die Augen geöffnet hast. Du bist nur eine oberflächliche, eingebildete Kuh. Und es ist mir völlig egal, was oberflächliche, eingebildete Kühe denken.*

June hoffte, dass Henry nicht mitbekommen hatte, was Pauline gesagt hatte, auch wenn sie bezweifelte, dass er sich nur im Geringsten darum scheren würde. Henry war der selbstsicherste Mensch, dem June je begegnet war. Er war, wer er war, und wem das nicht passte, ja nun, der hatte eben Pech gehabt.

June wollte die drei Hexen gerade sich selbst überlassen und zu Henry nach hinten gehen, da knallte Marley plötzlich die *Vogue* zurück ins Regal, baute sich vor Pauline auf und streckte ihr den Zeigefinger ins Gesicht. «Weißt du was, Pauline? Ich habe die Nase so was von voll von dir und deiner überheblichen Attitüde! Du denkst tatsächlich, du wärst was Besseres. Bist du aber nicht. Und mir reicht's!»

Wow! Go, Marley, go!

Paulines Augen weiteten sich, doch sie hatte sich schnell wieder im Griff. «Na, dann sieh zu, wie du in deine miese Bruchbude zurückkommst.» Sie wandte sich zum Gehen, und Carrie tippelte mit offenem Mund hinter ihr her. «Ich hab dir doch gesagt, dass die in letzter Zeit total spinnt! Schlimm! Ach, und Marley Mathers? Du bist *draußen*!» Pauline riss die Ladentür auf, und Carrie fegte im Hinausgehen ein paar Postkarten aus dem Ständer an der Tür.

Kein Unterschied zu pubertierenden Highschool-Mädels ...

«Kindische Weiber!», sagte Marley, ging zur Tür und sammelte die Postkarten auf. June kam, um ihr zu helfen. Als sie neben Marley in die Hocke ging, merkte sie, dass sie weinte.

«Die sind es nicht wert», sagte June.

«Ach, es ist nicht ihretwegen», flüsterte Marley und wischte sich die Augen. In ihrem Blick lag eine Kombination aus Angst, Ärger und - eigenartigerweise - Glück. Sie drückte June die Postkarten in die Hand, sprang auf und eilte zur Sachbuchabteilung. Einen Augenblick später stand sie bereits wieder an der Kasse, mit verschränkten Armen ein Buch an sich gedrückt, als wollte sie nicht, dass jemand den Titel las.

Aber June erkannte es trotzdem. Dieses Buch mit seinem vertrauten Format hätte sie überall erkannt.

June trat hinter den Tresen, um den Preis in die Kasse zu tippen. Aber Marley hielt das Buch eng an sich gepresst. «Marley?», sagte June, so sanft sie konnte.

«Ich -» Die kinnlangen Haare ihres braunen Bobs fielen Marley ins Gesicht, und die Unterlippe fing wieder an zu zittern.

Vorsichtig nahm June ihr das Buch aus der Hand und steckte es, ohne hinzusehen, diskret in eine Papiertüte. «Komm, setz dich mal.» June deutete auf den kleinen runden Caféhaustisch vor dem Zeitschriftenregal und schenkte Marley ein Glas Zitronenwasser ein. Dann setzte sie sich zu ihr. Und wartete ab.

Marley hielt das Glas mit zitternden Händen. «Ich habe es gerade erst gemerkt -» Sie beugte sich zu June vor und flüsterte. «Ich –» Sie sah sich um, als wolle sie sichergehen, dass auch niemand zuhörte. Trank einen Schluck Wasser. Tat alles, nur um es nicht aussprechen zu müssen.

Während Marley, der «ach so hoffnungslose Single», sich auf die Lippe biss und ihre Hände anstarrte, wartete June einfach ab, gab ihr Raum und Gelegenheit, zu sagen, was gesagt werden musste. Doch Marley verzog nur das Gesicht und schloss die Augen.

«Du hast dir da ein gutes Buch ausgesucht», flüsterte June und drückte mitfühlend Marleys Hand.

Sie wusste noch genau, wie sie sich *Das große Buch zur Schwangerschaft* aus der Bücherei geholt und Woche für Woche darin nachgelesen hatte, aus Angst, zu weit vorauszulesen, nicht bereit, mehr zu erfahren, als sie im Augenblick unbedingt wissen musste.

«Das schenke ich dir. Und wenn es irgendwas gibt, bei dem ich dir helfen kann, dann meldest du dich, ja? Oder wenn du einfach nur reden willst.»

June ahnte, dass sich das, was Marley am dringlichsten wissen wollte, nämlich, was sie zu erwarten hatte, nicht zwischen den Seiten eines Buches finden ließ.

Die Türglocke läutete, und der nächste Schwung Kunden betrat den Laden.

«Ich muss gehen», sagte Marley und stand abrupt auf. «Erzähl es bitte niemandem, ja? Das weiß noch keiner.»

«Natürlich nicht.»

Marley sah June an, als würde sie mit sich ringen. «Also dürfte ich dich anrufen, wenn ich eine Frage hätte?»

June schrieb ihre Handynummer auf die Rückseite einer Books-Brothers-Karte. «Wer Pauline Altman die Meinung sagt, kann mich immer anrufen.» Marley erwiderte unsicher ihr Lächeln, doch dann wurde ihr Gesicht wieder ernst.

«Nein, wirklich, Marley, jederzeit. Ich weiß, wie es sich anfühlt, schwanger und allein zu sein», fügte June flüsternd hinzu.

«Ich weiß. Deshalb habe ich – danke für das Buch», raunte Marley und rannte plötzlich hinaus.

June eilte ihr nach. Sie öffnete die Tür und blickte sich suchend um. Doch draußen auf der Straße herrschte ein solches Gedränge, dass sie Marley nirgends mehr entdecken konnte. Sie ging ins Lager, um Bean zu bitten, nach dem Laden zu sehen, während sie endlich zu Henry nach hinten ging. Ein paar Minuten mit Mr. Books genügten normalerweise, um so gut wie alles wiedergutzumachen.

· · · · ·

Henry saß vor seinem Mac und ging Bestellungen durch. Neben ihm auf dem Schreibtisch stand eine gefaltete weiße Tüte, aus der es köstlich duftete. «Da bist du ja. Ich hoffe nur, es ist inzwischen nicht kalt geworden.» Er hielt ihr die Tüte hin. «Kommst du mit raus auf den Steg?»

Sie lächelte, gab Bean Bescheid, dass sie eine kleine Mittagspause machen würde, und trat mit Henry hinaus in den gleißenden Sonnenschein. Carrie hatte nicht gelogen. Henry war tatsächlich ein heißer Typ. Es reichte, einfach schon neben ihm herzugehen, um sich seiner unglaublichen Präsenz bewusst zu werden: June registrierte unwillkürlich seine Größe, die muskulöse Figur, zur Geltung gebracht von einer abgewetzten Jeans und einem lässigen weißen Hemd mit bis zu den Ellbogen aufgerollten Ärmeln. Die braunen Haare, die sich in der leichten Brise im Nacken bewegten und ihm über die Stirn wehten.

June war plötzlich froh, dass sie heute Morgen zufällig ein wenig mehr Zeit als üblich auf ihr Aussehen verwandt hatte. Normalerweise trug auch sie Jeans und weiße Hemden und dazu ihre allgegenwärtigen weinroten Dansko-Clogs. Heute jedoch hatte sie sich ausnahmsweise mal für ein hübsches Baumwollkleid entschieden, für die Geschäftsführerin einer Buchhandlung am zweitumsatzstärksten Wochenende der Touristensaison die, wie sie fand, ideale Mischung aus Professionalität und Lässigkeit. Als sie am Morgen in den Laden gekommen war, hatte Henry zu ihr gesagt, wie hübsch sie sei. Aus der Art, wie er sie dabei angesehen und seinen Blick einen Moment länger als notwendig auf ihr hatte ruhen lassen, hatte June geschlossen, dass Henry Books vielleicht doch nicht mehr das einundzwanzigjährige Mädchen in ihr sah, das in Schwierigkeiten steckte.

Sie spazierten über den Steg, an dem sein Boot festgemacht war. Dann blieb Henry stehen, rollte die Hosenbeine bis zu den Knien hoch, setzte sich hin und streckte die langen Beine in das blaue Wasser. June schlenkerte die Sandalen von den Füßen und tat es ihm nach. Die Septembersonne legte sich schmeichelnd auf ihre Schultern. Henry packte zwei Sandwiches mit geräuchertem Schellfisch, Remouladensoße und Salatgarnitur aus, dazu eine Portion köstlich fettiger Pommes frites, ein kleines Töpfchen Ketchup und zwei Flaschen hausgemachter Limonade.

«Das hast du für mich besorgt?», fragte June ungläubig.

«Eigentlich war es für Vanessa, aber sie hat mir gesagt, ich soll es doch, O-Ton, an meine ‹geliebten Scheißschwertfische› verfüttern, und dann den Hörer aufgeknallt.»

June sah ihn an. «Ärger im Paradies?»

«Ach, bei uns herrscht ständig Ärger», sagte er kopfschüttelnd. «Früher haben wir uns allerdings schneller wieder versöhnt, aber in letzter Zeit – und ich meine damit das ganze letzte *Jahr* – streiten wir eigentlich nur noch. Irgendwas hat sich verändert, weißt du?»

«Weiß nicht, ob ich das weiß. Meine einzige große Liebe hat bekanntlich gerade mal zwei Tage gehalten. In so kurzer Zeit kann sich kaum was verändern. Wahrscheinlich hat von Anfang an was gefehlt. Für ihn, meine ich.»

Henry sah sie an, die dunkelbraunen Augen gegen die Sonne zusammengekniffen. «Und seitdem?»

«Na ja, als Charlie noch ganz klein war, hatte ich keine Zeit, mich mit jemandem zu treffen. Später in Portland gab es schon ab und zu das eine oder andere Date. Freunde von deinem Bruder. Hin und wieder mal ein Kunde, der Elektriker, der mir eine kaputte Leitung repariert hat. Jaspers Anwalt. Mein Liebesleben erstreckte sich von einem einmaligen Rendezvous bis hin zu einer zweieinhalbmonatigen Beinahe-Beziehung.»

«Vielleicht warst du einfach nicht verliebt. Den Kerl, der das Herz von June Nash erobert, würde ich gerne kennenlernen. Das müsste schon ein ziemlich cooler Typ sein.»

June lächelte. Henry hatte ihr schon immer das Gefühl gegeben, etwas Besonderes zu sein. Im Gegensatz zu Pauline Altman vor fünf Minuten. «Weißt du, ich bin gerade auf der Suche nach Charlies Vater. Ich habe keine Ahnung, wohin mich das führen wird.»

Henry nahm einen tiefen Schluck aus seiner Flasche. «Charlie hat mir beim Muschelsammeln von seinem Stammbaumprojekt erzählt.»

Sie machte endlich dem Seufzer Platz, der ihr schon seit gestern Abend zwischen den Rippen klemmte. «Als ich ihm erzählt habe, dass wir vorerst hierbleiben werden und er auch nicht zurück in die Ferienbetreuung geht, war Charlie erleichtert, weil er seinen lückenhaften Stammbaum nicht präsentieren muss. Dann hat er das Plakat über seinem Bett an die Wand geklebt», sagte sie, und bei der Erinnerung daran zog sich ihr Herz schmerzhaft zusammen. «Als ich ihn gestern Abend ins Bett brachte, fragte er mich mit riesengroßen, hoffnungsvollen Augen, ob ich schon irgendwas über seinen Vater rausgefunden hätte.»

«Und?»

Sie schüttelte den Kopf. «Meine Recherchen laufen absolut ins Nichts.»

Seit sie und Charlie nach Boothbay Harbor gekommen waren, war eine ganze Woche vergangen, und June war, was John Smith betraf, genauso schlau wie damals vor sieben Jahren, als sie das erste Mal nach ihm gesucht hatte. Als sie neulich abends *Der Teufel trägt Prada* sahen, war June fürchterlich sentimental und wehmütig geworden – die Aufnahmen von New York, von Orten, an denen sie auch gewesen war, hatten sie vor allen Dingen an jenen November erinnert, als sie John kennenlernte, und an den Januar darauf, als sie schwanger und auf der verzweifelten Suche nach ihm zurück ans College gegangen war. Sie war direkt im Anschluss an die Diskussion über den Film nach oben gegangen und hatte über eine Stunde im Internet verbracht, sich Fotos vom Central Park angesehen, von der *Angel of the Waters*-Statue. Dabei waren die alten Gefühle wieder hochgekommen, die Liebe, die sie für John empfunden hatte, all die Hoffnung und die Sehnsucht, die sie in sich verspürt hatte.

Ehe sie Schluss machte und zu Bett ging, hatte sie noch einmal nach Charlie gesehen, und sein Anblick hatte June mit Nachdruck ihr Versprechen ins Gedächtnis gerufen, seinen Vater zu finden. Sie hatte sich Vorwürfe gemacht, weil sie statt John zu suchen in Erinnerungen geschwelgt hatte, sich in die Vergangenheit, in eine Phantasiewelt geflüchtet hatte, und sie war sofort noch einmal zurück an den Computer gegangen, hatte sämtliche Highschools in Bangor, Maine, gegoogelt und sich durch diverse Ehemaligenbilder geklickt. Doch keiner der John Smiths, über die sie dabei stolperte, war der, den sie suchte. Entweder sie waren hellblond oder rothaarig oder hatten Gesichter, die nicht mal annähernd so schön waren wie das von Charlies Vater. Diese leuchtend grünen Augen, der dunkle Haarschopf. Sie würde ihn überall wiedererkennen. Auf den Seiten, durch die sie sich geklickt hatte, war er jedenfalls nicht dabei. Gestern war Isabel sogar mit der Idee angekommen, er sei vielleicht zu Hause unterrichtet worden. Und Kat hatte hinzugefügt, dass er auch auf einem Internat gewesen sein könnte. Sie hatten versucht, ihr Mut zu machen, ihr einzureden, dass sie die Suche nicht aufgeben durfte, nur weil er in keinem Bangor-Jahrbuch auftauchte.

June ließ das Sandwich sinken. Ihr war der Appetit vergangen. «Gestern Abend hat Charlie mir erzählt, was er und sein Vater alles zusammen machen könnten. Angeln und Muscheln sammeln und Zelten gehen. Auf dem Jahrmarkt die allergefährlichsten Karussells nur für die großen Kinder fahren. Was für einen verträumten Gesichtsausdruck er kurz vor dem Einschlafen hatte! Aber dann hat er die Augen noch mal aufgeschlagen und gesagt: ‹Mom? Was, wenn mein Dad gar nicht mein Dad sein will, weil er schon eine Familie und andere Kinder hat?›»

Henry ergriff ihre Hand und hielt sie fest. «Und da hast du gesagt: ‹Charlie, mein Junge, mach dir da mal keine Sorgen. Das kann gar nicht sein, weil es niemanden gibt, der dich nicht wunderbar findet, wenn er dich erst mal kennengelernt hat.›»

June sah Henry an. Ach, könnte sie sich doch einfach in

seine Arme werfen und sich von ihm halten lassen. «Genau das! Mein Gott, Henry, du wirst mal ein toller Vater sein!»

Er lächelte. «Ich? Kann schon sein. Irgendwann mal.»

Henry und ein, zwei Kinder? Jederzeit! Die Vorstellung war nicht schwer. Angeln und Muscheln sammeln und Jagd auf Strandschnecken und Seesterne machen. Mit Sohn und Tochter durch die Wälder streifen. Aber John Smith, verheiratet und ein, zwei Kinder? Nein. In ihrer Vorstellung war John Smith immer irgendwie unterwegs, auf Reisen, mit dem Rucksack auf dem Rücken und einer Landkarte in der Hand. Der Typ, der nie zur Ruhe kam.

Aber sie hatte sich inzwischen so oft getäuscht, da konnte sie ebenso gut den Gedanken zulassen, dass er auch Familie haben könnte. Und sich überhaupt nicht für einen sieben Jahre alten Jungen interessierte, von dem er noch nie etwas gehört hatte. Dem Ergebnis eines Two-Night-Stands auf der Durchreise in New York City.

Ihr lief es eiskalt den Rücken hinunter. Was, wenn sie John Smith fand, obwohl er gar keinen Wert darauf legte, gefunden zu werden? Was, wenn das Charlie noch mehr verletzte, als seinen Vater nicht zu kennen?

Könnte sein, dass du in ein Wespennest stichst ...

Könnte sein, dass Tante Lolly recht hatte. June wollte Charlie trotzdem auf keinen Fall dazu erziehen, sich von Vorbehalten, Zweifeln und Angst leiten zu lassen. Sie würde seinen Vater finden, und was dann dabei herauskam, war eben ... das Leben. Vielleicht würde John Smith sie erblicken, in Zeitlupe auf sie zugelaufen kommen, sagen, er hätte sie in den vergangenen sieben Jahren jeden einzelnen Tag gesucht und in Jubel ausbrechen, weil er ein Kind hatte, einen Sohn.

Auch das war möglich.

«Irgendwann muss ich wahrscheinlich einfach loslassen»,

sagte sie zu Henry. «*Akzeptieren lernen*, wie Tante Lolly sagt. Wahrscheinlich hat sie recht, auch wenn ich es nicht wahrhaben will.»

«Na ja, aber an dem Punkt bist du jetzt noch nicht, June. Im Augenblick suchst du ihn, und das aus gutem Grund. Wenn ich kann, dann helfe ich dir.» Er legte seine Hand auf ihre und schenkte ihr dieses typische, beruhigende Henry-Lächeln, und für einen kurzen Moment fühlte June sich um sieben Jahre zurückversetzt. Damals hatte sie sich oft dabei ertappt, ihn wie hypnotisiert anzustarren, ohne überhaupt mitzubekommen, was er gerade sagte.

«Du hast doch gesagt, er wäre aufs Colby College gegangen. Lass uns bei Gelegenheit doch mal zusammen hinfahren. Sehen, ob wir die Adresse seiner Eltern rausfinden. Damals sind wahrscheinlich hundert Typen namens John Smith gleichzeitig aufs Colby gegangen – aber ich vermute mal, dass nicht mehr als einer oder maximal zwei aus Bangor, Maine, stammten.»

Sie erzählte ihm, wie sie genau das vor Jahren bereits telefonisch versucht hatte, und zwar vergeblich («Wir geben prinzipiell keinerlei persönliche Daten über unsere Studenten heraus, es sei denn, sie haben beim Ausscheiden ausdrücklich ihre Genehmigung … es tut uns fürchterlich leid …»). «Und als ich es bei Google mit *John Smith* und *Colby* und *Bangor* versucht habe, kamen 329 000 Treffer!»

«Vielleicht gibt es irgendwas, eine winzige Kleinigkeit, die du vergessen hattest und die deiner Suche eine neue Richtung geben könnte.» Henry biss in sein Sandwich und verscheuchte mit der Hand eine wunderschöne Libelle.

Kat und Isabel hatten vor ein paar Tagen etwas ganz Ähnliches gesagt. Dass es vielleicht ein Detail gäbe, an das June bis jetzt einfach nicht gedacht hatte. Isabel hatte vorgeschlagen, June sollte ihnen die beiden Nächte mit John in allen Einzelheiten schildern, weil sie dann vielleicht ganz spontan auf eine Idee kommen würden.

Also hatten die drei am Küchentisch gesessen, Eistee getrunken und Blaubeermuffins gegessen, während draußen im Garten die Grillen zirpten und June ihre Liebesgeschichte bis ins kleinste Detail vor ihnen ausbreitete. Wie sie sich gefühlt hatte, als sie merkte, dass dieser gutaussehende Typ sie ansah – süß, eindringlich, interessiert. Wie sie über Maine geredet hatten. Darüber, dass er bei einer Lesung mal Stephen King die Hand geschüttelt hatte. Wie er ihr sagte, wie unglaublich schön sie sei – der einzige Mann, der je so etwas zu ihr gesagt hatte. Sie hatte sein Gesicht beschrieben, seinen Körper, lang und sehnig wie der eines Baseballspielers, und hatte registriert, dass Isabel sich etwas notierte. Doch June war auch aufgefallen, dass sie John nicht mehr so deutlich vor Augen hatte wie früher. Sie hatte sich immer ganz genau an die smaragdgrüne Schattierung seiner Augen erinnern können und an die Anordnung der Leberflecken auf seinem rechten Oberschenkel, die aussahen wie der Große Wagen. Aber neuerdings vermischten sich die Einzelheiten mit Charlies niedlichem Gesicht. Mit Charlies smaragdgrünen Augen. Mit Charlies Leberflecken. Mit Charlies dunklem, dichtem Haarschopf, der ihm genauso in die Stirn fiel.

Die *Vorstellung* von John war glasklar, doch die Besonderheiten seiner Gesichtszüge hatten begonnen zu verblassen. June wurde wieder von dem altvertrauten hohlen Verlustgefühl ergriffen.

Vielleicht hatte er inzwischen tatsächlich Familie. Vielleicht hatte er keine Lust auf schlechte Nachrichten aus der Vergangenheit. Vielleicht, vielleicht, vielleicht. Sie würde John Smith finden. Für Charlie. Was sie selbst und ihre Liebe betraf, das hatte sie sowieso schon längst aufgegeben. Aber den Traum ihres Sohnes würde sie nicht aufgeben.

Bean kam über den Steg auf sie zugeeilt. «Ich störe euch beide ja nur ungern in eurer Mittagspause, aber gerade ist eine ganze Busladung Touristen angekommen, und im Laden stehen locker dreißig Leute.»

Sie sammelten ihren Müll und die Flaschen ein, und während sie zurück zum Hintereingang von Books Brothers gingen, legte Henry June den Arm um die Schulter. Einen besseren Trost gab es auf der ganzen Welt nicht.

· · · · ·

Als June abends um halb neun die Pension betrat, stieg ihr augenblicklich der Duft von Popcorn in die Nase. In der Buchhandlung war den ganzen Tag so viel zu tun gewesen, dass sie den Kinoabend völlig vergessen hatte.

«Da bist du ja», sagte Lolly und stellte eine Vase mit frischen Blumen auf den Tisch in der Eingangshalle. «Wie war dein erster Tag im Laden?»

«Viel zu tun. Die Leute haben sich alle mit Urlaubslektüre eingedeckt.» Und als Sahnehäubchen hat Marley Mathers Pauline Altman die Meinung gegeigt. Bei der Erinnerung an diese Szene musste June lächeln. Bis ihr wieder einfiel, dass Marley in diesem Augenblick wahrscheinlich alleine zu Hause hockte und sich Sorgen machte oder *Das große Buch zur Schwangerschaft* las, ohne mit irgendjemandem darüber reden zu können. Sie musste unbedingt Marleys Telefonnummer rausfinden.

«Komm doch bitte einen Moment mit mir ins Büro, ja?»

Oh-oh! June hoffte, das hatte nichts Schlimmes zu bedeuten. June wusste, wie müde Lolly in den letzten Tagen gewesen war. Die Chemotherapie hatte sie sehr erschöpft.

Heute Morgen hatte Isabel beim Bettenmachen auf Lollys Kopfkissen ein paar Haarsträhnen gefunden, und obwohl Lollys Augen genauso strahlten wie immer, hatte sie dunkle Ringe darunter und ihre Wangen waren unnatürlich gerötet.

June folgte Lolly in das kleine, quadratische Büro. Die Wände waren geschmückt mit unzähligen Fotografien der Pension, die den Lauf der Zeit seit der Erbauung des Hauses in Schwarzweiß und in Farbe dokumentierten. Dazwischen hingen Familienfotos. Generationen von Nashes und Wellers. June konnte den Blick nicht von einem Foto von Lolly mit Siebziger-Jahre-Frisur und Bikini wenden. Lolly, jung und strahlend und gesund. Wie ging das Sprichwort noch mal? *Manche Tage vergehen in Jahren und manche Jahre in Sekunden.*

«Lolly, ist alles in Ordnung? Hast du Nachricht vom Arzt?»

Lolly schloss die Tür. «Nein, nein, es hat nichts damit zu tun. Ich dachte nur, ich frage dich besser vorher ... Pearl hat sich für heute Abend *Mamma Mia!* ausgesucht, weil der Film so gute Laune macht, aber wenn du meinst, dass dir das Thema im Augenblick vielleicht zu nahegeht, dann suchen wir einfach was anderes aus. *Wenn Liebe so einfach wäre* zum Beispiel.»

Mamma Mia!? June hatte den Film nicht gesehen, aber sie hatte davon gehört. Meryl Streep als alleinerziehende Mutter, die mit ihrer einundzwanzig Jahre alten Tochter in einem herrlichen alten Haus in Griechenland lebt. Die Tochter, verlobt mit ihrem jungen Beau, hat nie erfahren, wer ihr Vater ist, und lädt nun heimlich drei mögliche Kandidaten zu ihrer Hochzeit ein, von denen sie aus dem Tagebuch ihrer Mutter erfahren hat, in der Hoffnung, dass sie auf diesem Weg die Wahrheit herausfindet.

June konnte sich nicht erinnern, ob der Plan aufgeht oder nicht.

«Wie lieb von dir, dass du dir Gedanken machst, Tante Lolly», sagte June und gab ihr einen Wangenkuss. «Aber das ist kein Problem für mich. Vielleicht kann ich ja sogar noch was über Detektivarbeit lernen dabei oder wie man wenigstens *einen* Typen ausfindig macht.» Sie hatte eigentlich vorgehabt, den Abend vor dem PC zu verbringen und weiter nach den John Smiths dieser Welt zu forschen, in der Hoffnung, dabei auf die Nadel im Heuhaufen zu stoßen, auf irgendetwas, das sich mit dem Mann von damals in Verbindung bringen ließ, aber ein Film, der sie für eine Weile die Welt um sich herum vergessen lassen konnte, klang nach einer sehr verlockenden Alternative.

Lolly ergriff Junes Hand, als wollte sie die Wärme dieses Augenblicks, die seltene Nähe zwischen ihnen, festhalten. Aber dann rief Kat nach ihr, und Lolly ging zur Tür. June warf einen letzten Blick auf ihre blutjunge Tante mit dem Siebziger-Haarschnitt an der Wand. Die Menschen durchlebten so viele verschiedene Lebensphasen.

«Bitte lass das nur eine Phase sein», flüsterte June. Die Krebsphase. *Weißt du noch, damals, als Lolly wegen Krebs behandelt wurde?*, würde sie in ein paar Jahren zu Isabel sagen, während Lolly ihnen ihr wie immer sagenhaftes Thanksgiving-Mahl servierte. Und Isabel würde antworten, *ich hätte damals nicht gedacht, dass wir das überstehen*, und dann würden sie sich dafür bedanken, dass sie einander hatten, wie die Familien in den Fernsehserien und im Kino es immer taten.

Isabel, Kat und Pearl saßen gemeinsam mit zwei Hausgästen im Aufenthaltsraum versammelt, zwei älteren, verwitweten Schwägerinnen, die Lolly als Frances Mayweather und Lena Haywood vorstellte. Die beiden waren ganz aus dem Häuschen angesichts des verwegenen Schwungs der Cremehaube auf Kats Cupcakes.

June nahm sich einen Schoko-Cupcake mit weißer Haube, schenkte sich ein Glas Eistee ein und machte es sich neben Isabel auf dem Zweisitzer bequem. Es war inzwischen ihr Platz geworden, stellte June plötzlich fest. Sie war sich nicht sicher, ob sie in der Pension je zuvor einen eigenen «Platz» gehabt hatte. Noch dazu einen, den sie sich mit ihrer Schwester teilte.

«Alle bereit?» Lolly schob die Disc in den DVD-Spieler und setzte sich neben Pearl aufs Sofa, die Fernbedienung im Anschlag.

Kat stand auf und schaltete das Licht aus. «Ja, so wie's aussieht, sind alle bereit.»

«Wo spielt der Film noch mal? Italien? Griechenland?», fragte Pearl, als die Eröffnungssequenz das herrlich blaue Meer und die weiße Villa auf dem Felsen über dem Strand zeigte.

«Griechenland», antwortete Lolly und legte sich eine Handvoll Popcorn auf einer Serviette in den Schoß. «Noch etwas, was ich an Filmen so toll finde – man kann die ganze Welt bereisen, ohne sein Wohnzimmer zu verlassen.»

«Moment mal – Meryl Streep kann singen?», fragte June angesichts der Szene, in der Meryl einen starken, witzigen Song herausträllert, in dem es um ihre Geldsorgen geht, und dabei durch die Villa tanzt. «Das kann doch gar nicht sein! Wie viel Talent steckt denn noch in dieser Frau?»

«Das erinnert mich daran, dass wir uns unbedingt *Grüße aus Hollywood* ansehen müssen», sagte Lolly. «Da singt sie am Ende des Films auch, und zwar so gut, dass ich sehr lange der Meinung war, das Lied hätte eine berühmte Country-Sängerin gesungen.»

«Warte erst mal, bis du Pierce Brosnan hörst», sagte Kat prustend. «Es ist zwar schon eine Weile her, seit ich diesen Film gesehen habe, aber ich weiß noch genau, dass ich dachte, er klingt wie unter Wasser.»

Lolly hatte nicht zu viel versprochen. Der Film war absolut erheiternd. Wie hatte June den nur verpassen können? Ach ja. Einen Babysitter zu organisieren, nur um ins Kino zu gehen, obwohl ein Kinobesuch inzwischen ein Vermögen kostete, hieß, dass sie warten musste, bis die Filme, die sie sehen wollte, im Fernsehen ausgestrahlt wurden.

Sie war überrascht, als sich herausstellte, dass Meryl Streep selbst nicht mit Gewissheit sagen konnte, welcher der drei Männer, die ihre Tochter heimlich zu ihrer Hochzeit eingeladen hatte, nun eigentlich der Vater ist. Sie hatte ihren Freundinnen und ihrer Familie nie etwas Genaues gesagt, denn nachdem Pierce Brosnan ihr das Herz gebrochen hatte, hatte sie sich mit einem anderen getröstet – und danach mit noch einem.

«Drei Liebhaber in einer Woche!», murmelte eine der beiden älteren Damen und schüttelte missbilligend den Kopf.

June und Isabel grinsten sich an. Doch June konzentrierte sich eher auf die Beziehung zwischen Meryl Streep und der bildhübschen Amanda Seyfried als ihre Tochter, mit einer zu ihrem Engelsgesicht passenden Stimme. Amanda ist zwar ohne Vater aufgewachsen, aber sie wirkt trotzdem glücklich und zufrieden und hat einen wunderbaren jungen Mann zum Heiraten gefunden. Es war zwar nur ein Film, aber es machte June trotzdem froh. Charlie würde auch glücklich und zufrieden sein und eine wunderbare junge Frau zum Heiraten finden. Auch wenn man in Junes Augen mit zwanzig wirklich noch zu jung zum Heiraten war.

Pierce Brosnan, einer der potenziellen Väter und in Junes

Augen einer der bestaussehenden Männer seiner Altersklasse, fragt Amanda nach ihren Lebensplänen und ob es tatsächlich ihr Wunsch sei, nach der Hochzeit auf der Insel zu bleiben und ihrer Mutter mit dem Hotel zu helfen. Ob sie denn nicht lieber die Welt sehen wolle? Etwas aus ihrem künstlerischen Talent machen?

June warf Kat einen verstohlenen Blick zu. Ob sie insgeheim auch manchmal davon träumte, dem Three Captains' Inn den Rücken zu kehren? Wenn sie und Oliver erst verheiratet waren, und das war in Junes Augen nur noch eine Frage der Zeit, würden sie sicher ein eigenes Haus beziehen. Oder aber sie übernahmen das große Zimmer im Dachgeschoss und sämtliche Pflichten in der Pension mit dazu. Na ja, Kat jedenfalls. Als Amanda Seyfried antwortet, sie würde zu Hause bleiben, weil ihre Mutter sie brauche, bemerkte June eine Regung in Kats Gesicht.

Vielleicht war sie deshalb nie ausgezogen. Vielleicht wollte Kat ihre eigene Konditorei eröffnen – vielleicht hatte sie sogar schon das Geld zusammen. Aber das würde heißen, Lolly und die Pension zu verlassen. Und vielleicht hatte sie angesichts von Lollys Diagnose im Augenblick das Gefühl, für den Rest ihres Lebens an die Pension gefesselt zu sein.

Tatsächlich – Kat erstarrte sichtlich, als Pierce Brosnan Meryl Streep ins Gesicht sagt, ihre Tochter würde nur heiraten und sich endgültig auf der Insel niederlassen, weil es für sie undenkbar sei, ihre Mutter dort im Stich zu lassen. Kat biss sich auf die Lippe und pulte an dem Papierchen ihres Cupcakes herum. June sah zu Lolly hinüber, die gerade herzhaft über etwas lachte, das Pearl ihr ins Ohr geflüstert hatte.

«Oh, ich liebe diesen Song!», sagte Isabel, als im Film der ABBA-Hit «S.O.S.» erklang. Sie fing an, mitzusingen, und

Lolly überraschte sie alle damit, dass sie ebenfalls einstimmte. June summte auch mit, doch ihre Laune änderte sich schlagartig, als Amanda Seyfried plötzlich sagt, wie nervig es sei, seinen Vater nicht zu kennen. Sie hat nie einen Vater gehabt, und jetzt hat sie gleich drei.

«Das ist ein Geburtsrecht, Himmel noch mal!», stieß Frances Mayweather aus.

Isabel schnitt ihr eine Grimasse. «Mir gefällt, was ihr Verlobter am Anfang zu Amanda Seyfried sagt. Dass sich selbst zu finden nichts damit zu tun hat, ihren Vater zu finden. Sondern nur damit, herauszufinden, wer sie selbst ist.»

«Ich glaube, er hat recht», flüsterte Lolly June zu.

Frances Mayweather kaute übertrieben laut auf ihrem Popcorn herum, aus Protest vielleicht, und sie hätte sich beinahe verschluckt, als sie Amanda Seyfried fröhlich verkünden hörten, es sei ihr egal, welcher der drei ihr echter Vater wäre, ab sofort seien es alle drei. Anstatt zu heiraten, verlässt das junge Paar am Ende doch die Insel, um die Welt zu entdecken.

Die Hochzeitsvorbereitungen sind trotzdem nicht umsonst. Denn Meryl heiratet kurzentschlossen Pierce Brosnan. Was für ein zauberhaftes Brautpaar!

«Also, das nenne ich mal ein gelungenes Happy End», sagte June. «Sie landet schließlich bei ihrer ersten großen Liebe. Das gibt mir doch noch Hoffnung.» Sie lachte, obwohl ihr eigentlich gar nicht danach zumute war.

«Mit drei verschiedenen Männern ins Bettchen springen», sagte Frances und biss in ihren Cupcake. «Und nicht zu wissen, wer der Vater der eigenen Tochter ist – so was wird in diesem Film gefeiert? Ich finde das offen gesagt skandalös!»

«Ach, Francy, ich bitte dich! Es ist doch nur ein Film», sagte ihre Schwägerin.

Lolly nippte an ihrem Eistee und setzte das Glas energisch auf den Tisch. «Also mir gefällt jedenfalls, wie die Perspektive der Tochter hier ins Spiel gebracht wird. Sie hat sich doch eigentlich ganz gut gemacht, auch ohne ihren Vater zu kennen. Meryl Streeps Figur hat das offensichtlich auch allein hinbekommen.»

Danke, Tante Lolly.

«Trotzdem! Zu meiner Zeit», sagte Francis, «hat man nicht einfach mit irgendeinem Mann geschlafen, sondern nur mit seinem Ehemann. Da wusste man auch, wer der Vater seines Kindes war. Die Frauen von heute sind so gierig nach der Aufmerksamkeit eines Mannes, dass sie sich einfach leichtfertig hingeben. Und dann wird so ein armes Würstchen geboren und muss vaterlos aufwachsen.»

June hätte sich fast an ihrem Eistee verschluckt.

«Also, auf mich hat die Tochter vollkommen ausgeglichen und zufrieden gewirkt», sagte Kat durch zusammengebissene Zähne. June hatte das Gefühl, wäre Frances Mayweather nicht bereits weit jenseits der siebzig, hätte Kat ihr gehörig den Marsch geblasen.

«Ja! So ausgeglichen, dass sie sich mit zwanzig verlobt, weil sie sich nach Kindheit und Jugend bei dieser schrecklichen Hippie-Mutter dringend nach der starken Hand eines Mannes sehnt», konterte Frances.

«Wohl kaum», widersprach Lolly, so höflich sie konnte. Die Frau war schließlich immer noch ihr Gast. «Amanda Seyfrieds Figur verlobt sich, weil sie sich verliebt hat. Und wenn man so verliebt ist, feiert man das eben.»

Noch mal danke, Tante Lolly!, telepathierte June an ihre Tante. Wow! Ihr gefiel diese neue, fürsorgliche Lolly Weller. Nur das, was dem Sinneswandel möglicherweise zugrunde lag, gefiel ihr kein bisschen.

Frances Mayweather schnaubte. «Sie ist zwanzig! Sie hat keine Ahnung von der Liebe. Ich habe erst mit dreißig geheiratet, relativ spät, das stimmt, aber ich habe meinen Paul, Lenas Bruder, geliebt, Gott sei seiner armen Seele gnädig. Er war ein guter Mann, ein guter Ernährer, und er hatte vorzügliche Manieren. Er hat einundvierzig Jahre lang für IBM gearbeitet. Ist jedes Mal aufgestanden, wenn ich einen Raum betreten oder verlassen habe. Ich weiß, was Liebe ist!»

«Ich habe mich mit einundzwanzig in einen Mann verliebt», sagte June und starrte ihren Cupcake an. Ihr war der Appetit vergangen. «Er hatte auch Manieren. Ich habe mich innerhalb einer einzigen Stunde in ihn verliebt. Manchmal *weiß* man es einfach.»

Frances sah sie über ihre Nasenspitze hinweg an. «Aber meine Liebe, ich bitte Sie! Man kann sich nicht innerhalb einer einzigen Stunde verlieben. Das nennt man eine Romanze. Männer steigen mit allem ins Bett, was sie neu und interessant finden. Deswegen werden Männer auch immer zu Prostituierten gehen. Diese ganzen Politiker, die ständig mit irgendwelchen kostspieligen Callgirls erwischt werden – genau das ist der Grund. Das hat doch nichts mit Liebe zu tun. Und deswegen werden sie auch nicht von ihren Ehefrauen verlassen. Die kennen nämlich den Unterschied.»

Diesmal verschluckte June sich tatsächlich.

Isabel stand auf. Ihre goldenen Armreifen klirrten vernehmlich. «Wissen Sie, was ich glaube? Ich glaube, es gibt ungefähr eine Million verschiedene Beweggründe für das, was Menschen tun. Und andere zu verurteilen, obwohl man keine Ahnung von deren Leben oder Geschichte oder Situation hat, ist einfach falsch!»

«Und das aus dem Munde eines Hühnchens mit schicken Fummeln am Leib und ohne eine einzige Sorge!», murmelte

Frances ihrer Schwägerin zu, die etwas beschämt dreinblickte.

«Da täuschen Sie sich. Ich habe erst vor kurzem rausgefunden, dass mein Ehemann eine Affäre hat», sagte Isabel, die Hände in die Hüften gestemmt. «Ich habe ihn mit einer anderen Frau im Bett erwischt.»

«Also, über so was spricht man doch in der Öffentlichkeit nun wirklich nicht!» Frances erhob sich japsend. «Wir reisen morgen ab, einen Tag früher als geplant. Und ich erwarte, dass mir das nicht in Rechnung gestellt wird!»

«O nein», entgegnete Lolly, die Arme vor der Brust verschränkt. «Wir lassen Sie mit Freuden ziehen!»

Frances' Augen wurden kugelrund. Dann packte sie ihre Schwägerin am Arm und zerrte sie hinaus. «Ich erwarte unser Frühstück pünktlich wie bestellt, um sieben Uhr fünfundvierzig! Pochierte Eier auf hell getoastetem Weißbrot und Obstsalat. Für Lena dasselbe, nur den Toast etwas dunkler.»

«Gute Nacht!» Lolly verdrehte die Augen, als die beiden den Raum verließen und unter Gezeter die Treppe hinaufschlurften.

Die Anwesenden starrten Lolly ehrfürchtig an.

«Gut gemacht, Mom!», sagte Kat und klatschte Lolly ab. Ihre Mutter wirkte über dieses Lob aufrichtig erfreut. Aber dann veränderte sich Kats Gesichtsausdruck, und June glaubte zu wissen, was ihrer Cousine durch den Kopf ging. Das Gleiche wie ihr selbst vor ein paar Minuten.

Lolly hatte einem Gast völlig entgegen ihrer Art empfohlen, sie am Buckel zu kratzen, weil sie wahrscheinlich nichts mehr zu verlieren hatte.

«Hör bloß nicht auf die alte Schachtel, June», sagte Pearl – ebenfalls ganz gegen ihre Art. «Hauptsache ist doch, du weißt, dass zwischen John und dir etwas ganz Besonderes war, und wenn du dazu nur eine Stunde gebraucht hast. Alles andere ist unwichtig.»

June schubste die Zitronenscheibe vom Rand ihres Glases und sah zu, wie sie in den Tee plumpste. «Danke, Pearl. Aber irgendwie hat sie trotzdem recht. Es ist unfair, dass Charlie seinen Vater nicht kennt. Wegen einer Wahl, die ich getroffen habe.»

«June Jennifer Nash!», sagte Isabel. «Hör sofort auf! Die *Umstände* sind schuld daran, dass Charlie seinen Vater nicht kennt.»

June fehlten die Worte. Sie war so überrascht davon, dass Isabel ihren vollen Namen nannte, so wie ihre Mutter es manchmal getan hatte, um sich ihre volle Aufmerksamkeit zu sichern, und davon, dass ihre Schwester für sie eintrat, dass sie nur Isabels Hand drücken und tonlos *Danke* sagen konnte.

Vielleicht endete die Geschichte von ihr und John ja irgendwann doch noch so wie die von Meryl Streep und Pierce Brosnan. Durch die Umstände getrennt und schließlich wiedervereint. Es war möglich. Erst letzte Woche hatte June in der Zeitung eine Reportage über ein Pärchen gelesen, das durch den Zweiten Weltkrieg getrennt worden war und sich zweiundvierzig Jahre später, nach Scheidungen und Witwenschaft, wiedergefunden hatte.

«Aber wenn das zwischen uns tatsächlich etwas Besonderes war», sagte June, «wenn ich für ihn mehr war als nur ein Mädchen, das er ‹neu und interessant› fand, wieso hat er mich dann sitzenlassen?» Tränen brannten in ihren Augen. «Wieso hat er mich diesen ganzen wunderschönen Mist glauben lassen und ist dann einfach abgehauen, als hätte all das nicht das Geringste bedeutet?»

Denn für sie war es von Bedeutung gewesen. Auf so vielen Ebenen. Und ganz besonders, was Charlie betraf.

Lolly setzte sich neben June und nahm sie in den Arm. «Er hat sich einen großartigen Menschen entgehen lassen.»

June war so gerührt, dass ihr kurz die Stimme versagte. «Danke, Tante Lolly», flüsterte sie schließlich. Sie konnte sich nicht daran erinnern, dass ihre Tante sich vor sieben Jahren ähnlich geäußert hätte. Sie ließ den Kopf gegen die Sofalehne sinken. «Ich habe immer gedacht, er würde mich irgendwann suchen kommen. Sich fragen, was aus mir geworden ist, wo ich stecke. Ich bin doch wirklich leicht zu finden. Als ich die Uni verließ, habe ich extra einen Eintrag in meine Akte machen lassen, dass ich in der Pension meiner Tante zu finden bin, falls jemand nach mir fragt. Ich habe eine E-Mail-Adresse hinterlassen, eine Telefonnummer, alles. Ich bin echt ein Idiot. Frances Mayweather, oder wie immer sie heißt, hat völlig recht.»

«Hör nicht auf die Schreckschraube», sagte Isabel. «Solche Leute laufen einem immer wieder über den Weg. Die darf man gar nicht beachten. Wieso solltest du dir überhaupt Gedanken darüber machen, was fremde Menschen von dir denken?»

«Stimmt», sagte June. «Ich mache mich deswegen selbst schon genug runter. Wer braucht da noch fiese alte Waschweiber?»

Isabel nickte entschlossen. «Genau. Es tut mir so leid, was du durchmachen musstest, June. Dass John dir so weh getan hat. Dass er nichts von Charlie weiß.»

June warf ihrer Schwester einen Seitenblick zu. Isabel schien es wirklich ernst zu meinen. «Ich kann euch gar nicht sagen, was mir das bedeutet. Ihr seid mir alle eine große Hilfe.»

«Wir stehen hinter dir», sagte Kat. «Darauf kannst du dich verlassen.»

Hier bei diesen Frauen zu sitzen, gab June tatsächlich das Gefühl, stärker zu sein. Ihre Schwester, die sich plötzlich wirklich wie eine Schwester anfühlte. Ihre Tante, die auf einmal mütterlich war. Ihre Cousine, die sich langsam als echte Freundin entpuppte. Sie holte einen tiefen, reinigenden Atemzug und fühlte sich sehr, sehr dankbar. Und weil sie so dankbar war, schickte sie den Wunsch ans Universum, dass Marley Mathers, die jetzt irgendwo mit ihrem Geheimnis und ihrem Buch saß, auch jemanden zum Reden hatte.

9.

Kat

....

Am frühen Sonntagmorgen nahm Kat, nachdem sie das Bad im obersten Stockwerk geputzt (erklärtermaßen nicht ihre Lieblingsaufgabe) und die gelben Gummihandschuhe ausgezogen hatte, eine ausgiebige, heiße Dusche und ging in die Küche, um für die Kundschaft im Hafen sechs Dutzend Muffins (Cranberry, Blaubeere, Schokolade und Mais) und vier Dutzend Scones (Waldbeere, Himbeere und weiße Schokolade) zu backen. Nach der ganzen Putzerei waren ein paar Stunden Backen so erholsam wie ein kleines Nickerchen. Wenn sie das rieselnde Mehl zwischen den Fingern spürte, den warmen, geschmeidigen, duftenden Teig zwischen den Händen knetete, die Schokoladenraspeln und die Beeren roch, dann wurde ihr so leicht ums Herz wie ihrer Mutter bei ihren Lieblingsfilmen. Oder wie Isabel beim Spielen mit dem zugelaufenen Hund. Und wie June, wenn sie mit ihrem Sohn auf dem Schoß am Esstisch saß und er sich gar nicht eng genug an sie kuscheln konnte.

Kat warf einen Blick auf ihren Backkalender und stellte fest, dass sie auch noch einen Kindergeburtstagskuchen backen musste, einen Zug auf Gleisen für den dreijährigen Max, der um zwei Uhr nachmittags zur Auslieferung fällig war. Kat holte die großen Aluminiumrührschüsseln aus dem Schrank, griff nach dem Mehlsack und merkte, dass ihr das

Mehl ausging. Für den Kuchen reichte es noch, aber nicht einmal annähernd für die vielen Muffins und Scones. Sie war zurzeit wirklich zerstreut. Über dem ganzen Trubel rund um ihre Mutter und Oliver und ihre Cousinen hatte sie völlig vergessen, Mehl auf den Einkaufszettel zu schreiben. Und Schokoladenraspeln.

Sie holte das Fahrrad aus dem Schuppen und fuhr einen kleinen Umweg zum Supermarkt, um nicht an Olivers Büro vorbeizumüssen. Sie hatte ihn nach der Diskussion um *Mamma Mia!* gestern Abend angerufen, um zu sagen, dass sie nicht mehr vorbeikäme – es sei spät geworden und sie wäre völlig erledigt, ganz abgesehen davon, dass sie einen langen Backtag vor sich hätte. Worauf er sie unumwunden gefragt hatte, ob sie ihm aus dem Weg gehen würde. Sie hätte die ganze Woche kaum Zeit für ihn gehabt, obwohl sie doch etwas ziemlich Spektakuläres zu feiern hätten und zu besprechen, es sei denn, sie hätte es vergessen. Natürlich nicht, hatte sie geantwortet. Wie auch?

Wahrscheinlich ging sie ihm tatsächlich aus dem Weg, dachte sie, aber sie hatte es nicht zugegeben. Sie wollte – brauchte – einfach dringend ein bisschen Zeit für sich. Sie musste sich ihrer Gefühle klarwerden. Aber wie sollte sie ihm das sagen, ohne ihn noch mehr zu verletzen? Oliver hatte sie gebeten, sich Stift und Papier zu holen, weil er wieder drei potenzielle Ladengeschäfte für ihre Bäckerei gefunden hatte und ihr die Adressen und Mietkonditionen durchgeben wollte. Aber Kat hatte ihn gebremst und ihm gesagt, sie sei noch nicht so weit, und daraus hatte sich ein kleiner Streit über das Thema Hinhalten entwickelt.

«Wieso streite ich mich eigentlich mit dir über meine Angelegenheiten?», hatte sie ihn angefahren. Woraufhin am anderen Ende tödliches Schweigen herrschte, was hieß, dass sie ihn verletzt hatte. «*Geschäftliche* Angelegenheiten, meine ich! Ich will mich nicht drängen lassen, Oliver!»

«Ich dränge dich nicht, Kat. Ich *helfe* dir!»

Sie wünschte fast, er wäre gestern Abend dabei gewesen, um *Mamma Mia!* zu sehen, dann hätte er miterlebt, wie das junge Brautpaar direkt vor dem Traualter beschloss, lieber doch nicht zu heiraten. Sie trennten sich nicht, sie blieben zusammen, aber sie gaben einander Raum, erwachsen zu werden, als eigenständige Menschen und als Paar.

War es das, was sie wollte? Brauchte? Mehr Zeit?

Sie hatte während des Films Blicke auf sich gespürt. Die ihrer Cousinen. Und, noch schlimmer, den ihrer Mutter. Sollte Lolly sich gefragt haben, ob ihre Tochter, genau wie Amanda Seyfried, immer das Gefühl gehabt hatte, in der Pension bleiben zu müssen, weil ihre Mutter sie brauchte, dann hatte sie es für sich behalten. So eine Frage hätte Lolly niemals gestellt, das war nicht ihre Art. Lolly nahm die Menschen, wie sie waren. Wenn Kat Boothbay Harbor nie verlassen hatte, dann deshalb, weil sie es nicht wollte.

Kat wünschte manchmal, ihre Mutter wäre auch so neugierig und übergriffig wie andere Mütter. Wünschte, sie hätte gefragt. Der Wahrheit auf den Zahn gefühlt. Obwohl Kat dazu erzogen worden war, zu sagen, was sie dachte, gab es so vieles, was ungesagt blieb. Das musste ihrer Mutter doch eigentlich klar sein.

Andererseits ging ihre Mutter gerade durch die Hölle. Ständig war sie abgespannt und müde. Ständig war ihr schlecht. Die Haare fielen aus. Wenn Kat etwas zu sagen hatte, wenn es etwas gab, das sie ihrer Mutter mitteilen wollte, dann musste sie es einfach tun und nicht trotzig darauf warten, dass Lolly ihre Gedanken las. Ihr Herz las.

Kat wich mit einem Schlenker der grauen Katze aus, die

vor ihr über die Straße sprang, und ihr Herz setzte einen Schlag aus, als sie sich dem kleinen Ladengeschäft am Violet Place mit dem ZU VERMIETEN-Schild im Schaufenster näherte. In der kleinen Seitenstraße gab es nur vier Geschäfte, einen Schuster, eine Masseurin, die sich auf Reiki und Aura-Lesen spezialisiert hatte, und eine Anwaltskanzlei. Doch die Straße war mit schönen Bäumen bewachsen und mit großen Blumenkübeln dekoriert, die Läden besaßen alle einen herrlich altmodischen Charme und identische Markisen. Sogar die Kanzlei sah einladend aus. Ja, in dieser Nachbarschaft konnte sie sich *Kats Kuchen & Konfekt* durchaus vorstellen.

Sie stieg vom Fahrrad, lehnte es gegen eine Laterne und spähte durchs Fenster in den leeren Laden. Er war winzig. Es gab gerade genug Platz für einen kleinen Tresen und eine Vitrine, doch das Hinterzimmer, das durch einen herrlichen Rundbogen aus freiliegenden Ziegeln zu erkennen war, war groß genug für eine komfortable Backstube. Kat gefiel, dass die eine Wand des Ladens eine freiliegende Ziegelmauer und die andere in hellem Gelb gestrichen war. Zusammen mit dem warmen Farbton der Terrakotta-Bodenfliesen wirkte das Geschäft wunderbar einladend. Sie stellte sich ihren Schriftzug im Schaufenster vor.

Oliver hatte sie schon vor Monaten auf den leerstehenden Laden aufmerksam gemacht. Seit einem halben Jahr, seit sie offiziell ein Paar waren, hatte er sie immer wieder ermutigt, ihren Traum von der eigenen Konditorei umzusetzen, hatte angeboten, ihr das nötige Startkapital vorzuschießen, und bekräftigt, wie sehr er an ihren Erfolg glaube. Doch es war nicht das Startkapital, das Kat zögern ließ. Sie hatte die Summe, die sie sich letzten Sommer auf dem Existenzgründerseminar ausgerechnet hatte, schon fast zusammen. Sie wusste selbst nicht, warum sie noch zögerte. Vielleicht, weil sie, wenn sie die Konditorei eröffnete, die Pension verlassen musste – ausgerechnet jetzt, wo ihre Mutter sie wirklich brauchte. Und das war keine Ausrede. Im Augenblick konnte Kat Lolly unter keinen Umständen verlassen, selbst wenn sie wollte.

Irgendwann vielleicht, dachte sie mit einem letzten Blick auf die Ladenfront. Nur eben nicht jetzt. Sie stieg aufs Rad und fuhr zum Supermarkt. Auf dem Rückweg, Mehl und Schokoladenraspeln im Fahrradkorb, entdeckte sie Dr. Viola, den Onkologen ihrer Mutter. Er lag neben einem alten Hummerfänger ausgestreckt auf einem Bootssteg. Matteo Viola. So ein schöner Name. Er trug eine Fliegersonnenbrille, aber sie war sich sicher, dass er es war. Die Haare, dicht und lockig und etwas lang, vor allem für einen Arzt, waren unverkennbar. Genau wie die grüne, bis zu den Knien hochgerollte Arzthose, die olivfarbene Haut und die kantigen Linien seines großen, schlanken Körpers. Seine nackte Brust war eine Offenbarung. Kat konnte den Blick nicht von ihm wenden. Er lag am Ende des Stegs, den Kopf auf einem Rucksack, ein Knie angewinkelt, und las ein Buch.

Sie trat hinter ihn und las den Titel: *Handbuch evidenzbasierte Strahlenonkologie*. «Leichte Strandlektüre?», fragte Kat lächelnd.

Dr. Viola setzte sich auf, drehte sich um und schob die Sonnenbrille ins Haar. «Ach, hallo. Kat Weller, stimmt's?»

Er wusste noch, wie sie hieß. Kat fühlte sich geschmeichelt.

Er musterte den Fünfkilosack Mehl in ihrem Fahrradkorb. «Das ist aber ziemlich viel Mehl.»

«Ist mir ausgegangen. Schlecht für eine Bäckerin. Ich backe zurzeit ziemlich viel, es beruhigt mich. Meine Familie profitiert davon. Gestern habe ich vier Torten gebacken. Sogar der übellaunige Teenie, der momentan bei uns zu Gast ist, hat gelächelt.»

Er lächelte ebenfalls. «Ich profitiere auch schon mein ganzes Leben lang von stimmungshebenden Torten und Kuchen. Meine Eltern haben in der Stadt eine Konditorei, wussten Sie das? Die Italienische Bäckerei in Townsend, gleich neben dem Blumenladen.»

«Ach!», sagte Kat. Alonzo und Francesca – natürlich! Ihr wurde klar, dass sie nicht gewusst hatte, wie die zwei mit Nachnamen hießen, weil sie quasi mit jedermann per du waren. Warm und herzlich und für die Kinder immer einen Keks parat. Charlie drückte sich am Schaufenster regelmäßig die Nase platt. Und wenn man zu Hause den Karton aus der Italienischen Bäckerei aufmachte, konnte es gut sein, dass sich zu den Keksen noch ein dekadentes Cannoli mit hineingeschlichen hatte. Alonzo und Francesca waren auf italienisches Gebäck und Brot spezialisiert. Niemand kaufte sein Brot woanders.

«Ich wusste gar nicht, dass Alonzo und Francesca Ihre Eltern sind! Ich liebe ihre Bäckerei. Manchmal kaufe ich dort ein, nehme die unglaublichen Köstlichkeiten mit nach Hause und versuche dann in meiner Küche, den Zauber nachzubacken. Ich kenne keine Eclairs, die so gut sind wie die aus der Italienischen Bäckerei.»

«Dann sind Sie also auch Bäckerin. Und was ist Ihre Spezialität?»

«Ich habe oben im Three Captains' Inn meine eigene Bäckerei aufgezogen. Ich backe also hauptsächlich für die Pension, aber außerdem habe ich mich auf Hochzeitstorten spezialisiert und backe Kuchen und Cupcakes aller Art. Und meine Muffins sprechen sich auch langsam, aber sicher herum.»

Er machte sie mit einem Kopfnicken auf einen Wal aufmerksam, der draußen in der Bucht aus dem Wasser sprang. Auf einem Ausflugsboot standen Menschen an Deck und applaudierten.

«Ich würde zu gerne irgendwann mal einen probieren», sagte Dr. Viola. «Also. Wie geht es Ihrer Mutter?»

«Sie sagt, ihr geht es gut, aber ich merke, dass sie extrem verlangsamt ist. Wenn sie die Treppe herunterkommt, hält sie sich am Geländer fest. Das hat sie früher nie getan. Und ich finde überall Haare von ihr, auf dem Kissen, in der Dusche.»

Er nickte mitfühlend. «Das liegt an der Chemotherapie. Und wie ist ihre Stimmung?»

«Eigentlich ziemlich gut. Ich glaube, es tut ihr gut, ihre Nichten und ihren kleinen Großneffen um sich zu haben. Ihre Familie – das, was davon noch übrig ist – ist wieder zusammen. Ich glaube, das bedeutet ihr mehr, als uns allen je klar gewesen ist.»

«Die Familie ist eine große Kraftquelle. Und Sie, Kat? Wie geht es Ihnen?»

«War schon mal besser. Unter Strom. Besorgt.» Sie zuckte die Achseln.

Sie wusste, dass er ein tröstendes Wort für sie parat hätte. Sie musste daran denken, wie er im Krankenhaus ihre Hand genommen hatte, als sie bei ihrer ersten Begegnung vor dem Behandlungszimmer ihrer Mutter seinen Rat gesucht hatte. «Was soll ich denn nur machen?», hatte sie ihn gefragt.

«Darauf gibt es keine allgemeingültige Antwort», hatte er gesagt und ihr dabei tief in die Augen gesehen. «Sie können weinen, Sie können toben, Ihre Angst verdrängen, ganz egal, Sie dürfen tun, was immer Sie tun müssen.»

Kat hatte in dem Augenblick ein derart großes Gefühl von Erleichterung verspürt, dass sie in Tränen ausgebrochen war, und er hatte ihre Hand gehalten, bis sie sich wieder beruhigt hatte. Seitdem war er ihr eigentlich nicht mehr aus dem Kopf gegangen.

«Darf ich Ihnen ein paar Fragen stellen, Dr. Viola? Echte Fragen?»

Er klopfte auf das verwitterte Holz neben sich. «Du kannst Matteo zu mir sagen. Setz dich her.»

Sie schlüpfte aus ihren Sandalen, setzte sich mit angezogenen Beinen auf den Steg und schlang die Arme um die Knie. *Matteo.* «Wie viel Zeit bleibt meiner Mutter noch? Es ist so schwer, darauf eine klare Antwort zu kriegen. Dr. Samuels sagte, sie hätte noch Wochen, Monate, vielleicht sogar ein Jahr, das ließe sich unmöglich sagen und dass die Chemotherapie ihr Leben vielleicht verlängern würde. Aber er sagte auch, dass die Behandlung sie schwächen wird.»

Matteo nickte. «Das ist das Wesen der Chemotherapie. Sie gibt und sie nimmt. Und wir können es tatsächlich nicht sagen, Kat, können keine konkrete zeitliche Einschätzung geben. Wir können nur versuchen, deiner Mutter das Leben so bequem wie möglich zu machen.»

«Ich weiß, dass ihr uns nur das sagen könnt, was ihr wisst, definitiv wisst, meine ich. Ich wünschte nur, du könntest mir sagen, was ich mit meinen Sorgen machen soll. Und mit der Angst.»

«Das kann ich tatsächlich. Zumindest kann ich dir sagen, was ich getan habe.»

Sie starrte ihn an. «Jemand aus deiner Familie?»

«Mein Vater. Er war der Grund, weshalb ich mich auf die Onkologie spezialisieren wollte. Bei ihm wurde der Krebs – Prostata – relativ früh erkannt, weil ich ihn dazu gedrängt habe, zur Vorsorgeuntersuchung zu gehen. Aber eigentlich nur, um sicherzugehen. Als die Diagnose dann feststand, war ich fast außer mir vor Angst. Vor allem, weil ich so viel darüber weiß.»

Wie oft sie bei der Italienischen Bäckerei durchs Schaufenster spähte, um zu sehen, was es gab, oder kurz vorbeischaute, um ihrer Mutter italienisches Brot zum Frühstück mitzubringen. Lolly liebte es, frisches Weißbrot in gutes Olivenöl zu tunken. Alonzo plauderte viel mit seinen Kunden und erzählte Geschichten aus Italien. Sie hatte keine Ahnung gehabt, dass er krank gewesen war.

«Er hat's überlebt, aber ich mache mir trotzdem täglich Sorgen um ihn. Er ist der Grund, weshalb ich meine Facharztausbildung hier machen wollte. Mein Glück, dass es in Boothbay so ein gutes Lehrkrankenhaus gibt.»

«Du wirkst so ruhig und ausgeglichen. Ich hätte nicht mal ein winziges Hühnerauge bei dir vermutet.»

Er lächelte. «So sind die Menschen, oder? Alles Fassade. Die reinste Schauspielerei. Was tatsächlich in einem Menschen vorgeht, das weiß man eigentlich nie genau.»

Sie nickte. «So geht es mir gerade mit meinen Cousinen. Die hatte ich auch beide völlig falsch eingeschätzt.»

«Das ist doch das Tolle am Leben. Wie sehr uns andere immer wieder überraschen. Im Guten wie im Schlechten.»

«Im Guten ist mir lieber.»

Er lächelte. «Mir auch.»

«Also, was hast du mit deiner Angst gemacht, als die Diagnose deines Vaters feststand?»

«Ich habe mir ins Gedächtnis gerufen, dass er noch da war. Lebendig. Dass ich mich darauf konzentrieren musste – und auf die Therapie. Nicht auf das, was alles passieren könnte, oder auf meine Angst. Also habe ich mich darauf konzentriert, dass er da war. Und daraus das Beste gemacht. Wir haben uns Dauerkarten für die Red Sox besorgt. Wir haben lange Ausflüge unternommen. Mit meiner kleinen Nichte zusammen ein Gokart gebaut. Ich will jetzt wirklich nicht schnulzig klingen, aber wir haben das Leben gefeiert – anstatt uns auf das Gegenteil gefasst zu machen. Das würde nicht nur dir und deinen Cousinen guttun, sondern auch deiner Mutter.»

Kat nahm einen tiefen Atemzug und ließ seine Worte und den warmen Wind auf sich wirken. Sie hätte den ganzen Tag hier sitzen können. Mit Matteo reden. Die laue Brise in ihren Haaren spüren.

Er lehnte sich zurück, die Arme hinter sich auf den Steg gestützt, ihre Hände berührten sich leicht, und einen Moment lang bewegte sich keiner von beiden, bis sie sich im selben Augenblick voneinander lösten.

«Ich muss dann mal wieder», sagte sie. *Ehe ich mich auf dich werfe und dich so küsse, wie sie es im Film immer tun.* «Vielen Dank für das Gespräch. Es hat mir sehr geholfen.»

«Das freut mich. Und wenn du wieder mal reden willst, dann ruf einfach an. Ganz egal, wann.»

Sie lächelte, schob ihr Fahrrad über den Steg davon, und als sie sich ein letztes Mal umdrehte, sah sie, dass er ihr nachschaute.

· · · · ·

Kat lag an Olivers Brust gelehnt in der Badewanne. Das heiße, schaumige Wasser war Balsam für ihre müden Muskeln. Nachdem sie gebacken und ihre Bestellungen ausgeliefert hatte, hatte sie Isabel beim Putzen geholfen, inklusive der Beseitigung ausgiebiger Sandspuren (für die sie beide eine gewisse Vierzehnjährige in Verdacht hatten). Die ausgebuchte Pension bedeutete Zimmer, Flure und Gemeinschaftsräume im Stundentakt putzen. Nasse Fußabdrücke, Frühstückskrümel, diverse verschüttete Flüssigkeiten – alles fest im Griff dank Lollys «grüner» Putzmittelchen und dem genialen Saugwischer. Den lieben langen Tag. Kat war schwer von Isabel beeindruckt. Ihre Cousine war den ganzen Tag lang entweder mit Gästen oder mit Putzen beschäftigt gewesen, und als es endlich eine Gelegenheit gegeben hatte, Pause zu machen, hatte sie stattdessen frische Limonade gemacht und sie den Gästen in den Garten gebracht.

Oliver hatte Kat um sieben Uhr abends abgeholt und sie mit in das kleine Häuschen genommen, das er in Townsend gemietet hatte. Das ehemalige Kutscherhaus war durch eine dicke, mit Efeu bewachsene Steinmauer vom Haupthaus getrennt, und Kat fühlte sich jedes Mal, wenn sie zu Besuch kam, als würde sie ein Märchenhaus im Wald betreten. Sie liebte dieses Haus.

In ihrem Märchenhaus erwartete sie ein köstliches Abendessen mit Steak, Spargel und gebackenen Süßkartoffeln, ihre Lieblingsspeise. Während des Essens fragte Oliver sie, ob sie sich die freistehenden Ladengeschäfte angesehen hatte, doch als Kat ihm erklärte, dass sie beschlossen hatte, die Idee von der eigenen Konditorei vorerst auf Eis zu legen, solange Lolly behandelt wurde, schien er Verständnis zu haben, jedenfalls ließ er das Thema mit einem «Okay, verstehe» auf sich beruhen. Nach dem Essen hatte er sie nach oben in sein Schlafzimmer zu dem großen Bett mit den weichen Daunenkissen geführt, sie ausgezogen und jeden einzelnen Zentimeter ihres müden Körpers mit einer ausgiebigen Massage verwöhnt, bevor er so einfühlsam mit ihr geschlafen hatte, wie man es sich nur wünschen konnte.

Und Kat hatte dabei etwas Fürchterliches getan, etwas,

wofür sie sich hinterher zutiefst schämte. Sie hatte an Matteo gedacht. An seine dunklen Augen. Seine festen Bauchmuskeln, die von der grünen Arzthose betont wurden. An sein gutaussehendes, exotisches Gesicht. Bei seinem bloßen Anblick musste sie an Italien denken, an Europa, an ihre Teenieträume von einer Konditorlehre in Rom oder Paris. Daran, mit ihren selbstgebackenen Kuchen im Korb einer Vespa durch die Stadt zu düsen.

Sie hatte versucht, sich auf Olivers hübsches, liebevolles Gesicht zu konzentrieren, alles andere auszublenden. Doch in ihren Gedanken war nur Platz für das Gesicht von Matteo gewesen, für seinen Körper.

«Und? Glaubst du, wir können deine Familie jetzt langsam in die Neuigkeiten einweihen?», fragte Oliver jetzt, die starken, nassen Arme um ihre Brust geschlungen.

«Ich ...» *Kann einfach nicht.* «Ich glaube, es wäre falsch, meine Mutter – oder meine Cousinen – im Augenblick dazu zu zwingen, sich mit einer derart großen Sache auseinanderzusetzen», sagte sie. Und das war nicht gelogen. «Gestern Abend war Lolly schon völlig erschöpft davon, sich einen Film anzusehen. Sie macht sich um so vieles Sorgen, Oliver. Wenn ich sie jetzt mit unserer Verlobung überfalle, würde sie sich gezwungen fühlen, fröhlich und glücklich zu sein und vielleicht sogar die Hochzeit zu planen, ganz zu schweigen davon, sie zu bezahlen, und das kann ich ihr im Augenblick unmöglich zumuten. Der Fokus sollte jetzt darauf liegen, uns um sie zu kümmern. Und nicht auf mir und meiner Hochzeit.»

Oliver massierte erneut ihre Schultern, glitt mit seifenglatten Händen über Verhärtungen und Verspannungen. «Ich verstehe, was du meinst. Trotzdem glaube ich, die Neuigkeiten könnten wahre Wunder bewirken. Sie aufmuntern. Sie wäre so glücklich, wenn sie wüsste, dass du dich niederlässt, dass für dich gesorgt ist.»

Für sie gesorgt. Kat wollte aber nicht, dass für sie gesorgt wurde. Und das Wort *niederlassen* machte ihr Angst. Es hatte eine Zeit gegeben, da hatte sie Oliver gewollt wie nichts sonst auf der Welt, hatte ihn unglaublich begehrt, doch dann hatten die vielen Jahre, die sie damit zugebracht hatte, dieses Verlangen zu unterdrücken (darauf beharrte Lizzies Verlobter, er war Therapeut), ihr gewissermaßen ziemlich übel mitgespielt. Sie hatte schon vor Jahren eine Chance mit Oliver gehabt und sie nicht ergriffen. Jetzt, wo ihr die ganze Zukunft mit ihm auf dem Silbertablett präsentiert wurde, hatte sie Angst, danach zu greifen. (So sah es zumindest der Therapeut.)

«Du willst dich dir selbst nicht stellen», hatte Lizzies Verlobter ihr über Lizzie ausrichten lassen. «Also gehst du mal mit diesem Typen und dann mit jenem. Lässt dich auf heiße Romanzen ein, die nie länger als einen Monat dauern, ehe sie verpuffen oder explodieren. Weil du Angst davor hast, herauszufinden, wer du wirklich bist und was du tatsächlich vom Leben möchtest.»

«Und das wäre?», hatte Kat gefragt.

«Vielleicht einfach da zu sein, wo du schon bist. Vielleicht ist der wahre Grund, weshalb du Boothbay Harbor und die Pension nie verlassen hast, ja gar nicht, dass deine Mutter dann alleine wäre. Sondern, dass es dir hier gefällt. Weil du die Pension liebst. Deine Mutter liebst. Und Oliver. Aber wenn du Ja zu ihm sagst, zu diesem Leben hier, dann müsstest du das Risiko eingehen, das anzuerkennen, was du im Leben am meisten liebst, und du hast eine Scheißangst davor, es genau dadurch zu verlieren.»

Sie hatte es als Psychogelaber abgetan. Therapeuten-Bla-

bla. Aber leider steckten so viele Körnchen Wahrheit darin, dass Kat sich vergeblich bemühte, nicht zu sehr darüber nachzudenken.

«Kat!», sagte Oliver, nahm den Lavendelschaum in beide Hände und streichelte ihr über die Brüste, den Bauch, die Oberschenkel. «Solange du es deiner Familie nicht erzählst, kann ich es auch niemandem sagen. Dabei möchte ich es am liebsten von allen Dächern schreien.»

«Ich weiß», sagte sie und versuchte, sich auf seine Berührungen zu konzentrieren, auf den Rhythmus seiner Hände. «Ich möchte ihnen einfach nur ein bisschen Zeit geben, sich an Lollys Neuigkeiten zu gewöhnen, ehe ich sie mit etwas überfalle, worüber sich alle freuen müssen.»

«Hast du es Lizzie denn schon erzählt?»

Oje. «Nein», flüsterte sie.

«Vielleicht erzählst du deiner Familie und deiner allerbesten Freundin ja auch deshalb nicht von unserer Verlobung, weil du dir nicht sicher bist!» In seiner Stimme schwang jetzt Ärger, oder großer Frust. «Vielleicht ist das ja der wahre Grund, weshalb du dich die ganze Woche lang so rargemacht hast, Kat.»

Kat starrte die Schaumblasen an. «Ich bin mir nicht sicher, ob ich mir nicht sicher bin, Oliver.» Sie schüttelte den Kopf. «Gott, man muss mir mal zuhören! Ich klinge lächerlich! Nicht sicher, ob ich mir nicht sicher bin.»

Er umfasste ihre Hände. «Ich weiß, wie sehr es dich im Augenblick beutelt, Kat. Du und deine Mutter und deine Cousinen – aber genau das war einer der Gründe, weshalb ich dir jetzt einen Heiratsantrag gemacht habe, anstatt noch damit zu warten. Ich wollte dir Halt geben, dir das Gefühl geben, dass jemand da ist, der dir den Rücken stärkt.»

Und dafür war sie ihm ja auch dankbar. Aber – aber, aber,

aber. Was steckte hinter diesem Aber? Dass sie niemanden wollte, der ihr den Rücken stärkte? Dass sie da allein durchmusste? Dass sie das Gefühl hatte, noch etwas anderes erleben zu müssen, ehe sie sich endgültig für immer und ewig hier niederließ? An diesem einen Ort? Jetzt, wo ihre Mutter – das hieß, Kat würde die Pension erben. Isabel und June würden über kurz oder lang in ihr eigenes Leben zurückkehren. Oliver und die Pension würden ihr Leben sein, so wie sie es immer schon gewesen waren.

«Kat, ich möchte für dich da sein. Ich will mein Leben mit dir verbringen. Aber falls du in einem schwachen Augenblick Ja gesagt hast und eigentlich ‹Ich weiß es nicht› gemeint hast oder Nein sagen wolltest, dann sag es mir bitte. Spiel nicht mit mir.» Seine Stimme klang brüchig.

«Ich ... ich weiß es einfach im Augenblick nicht genau.»

Er fasste sie an den Schultern und drehte sie zu sich herum. «Willst du mich heiraten oder nicht, Kat Weller?»

«Ich weiß es nicht», sagte sie ehrlich. «Kannst du mir nicht ein bisschen Zeit geben, um das alles zu verarbeiten?»

«Du bedeutest mir sehr viel. Und natürlich gebe ich dir Zeit. Trotzdem glaube ich, dass man im Grunde seines Herzens weiß, was man fühlt, Kat. Ganz tief in sich drin weiß man es. Und ich glaube, du weißt es auch, und die Tatsache, dass ich nicht weiß, was du empfindest, beunruhigt mich. Sehr sogar.»

«Gib mir einfach etwas Zeit, okay?», bat Kat und sah ihm in die Augen.

Er stieg aus der Badewanne und verließ den Raum, und plötzlich war ihr kalt.

10.
Isabel

∙∙∙∙∙∙∙∙∙∙∙∙

Vor nicht allzu langer Zeit lebte Isabel in einem komfortablen Haus in Connecticut, wo zweimal pro Woche die Haushälterin kam. Jetzt stand sie in einem geliehenen Paar alter Jeans von Kat im Fischadlerzimmer, bewaffnet mit Schrubber, gelben Gummihandschuhen und Putzutensilien. Das Möwen- und das Muschelzimmer waren bereits erledigt, das Zimmer der Familie Dean hatte sie sich extra bis zum Schluss aufgehoben. Angesichts ihrer heimlichen Schwäche für Griffin fühlte es sich ein wenig seltsam an, in seinem Zimmer zu stehen. Als würde sie ihm nachspionieren.

Dabei war sie tatsächlich hier, um sauber zu machen. Sie war zwar erheblich aus der Übung, aber im Laufe der letzten Woche hatte sie erstaunt festgestellt, dass es ihr Freude machte, schmutziges Geschirr in die Maschine zu räumen, Oberflächen und Schränke zu wischen, die Böden mit dem nach Zitrone duftenden Wischmopp zu schrubben, den Gästen hinterherzuräumen und die Zimmer zu machen. Es gefiel ihr, die Betten frisch zu beziehen, Kissen aufzuschütteln und Tagesdecken glattzustreichen. Es verlieh ihr ein Gefühl der Produktivität, die gebrauchten Bettbezüge und Laken und Handtücher im großen Weidenkorb in die Waschküche hinter der Küche zu tragen. Ein Gefühl, das sie seit langer Zeit nicht mehr gehabt hatte. Dabei ging es natürlich nicht so sehr ums Putzen selbst als darum, sich insgesamt um die Pension zu kümmern. Diese Verantwortung machte ihr mehr Freude, als sie sich das je hätte träumen lassen.

Außerdem konnte sie sehr viel besser putzen, als sich um das Abendessen für die Familie zu kümmern. Gestern Abend wollte weder von ihrem Hühnchen nach Jägerart noch von ihrem Ceasar Salad irgendjemand eine zweite Portion. Genauso wenig wie von ihrer Lasagne am Abend zuvor, und das, obwohl Lasagne eigentlich zu Charlies Leibspeisen gehörte. Wenigstens das Knoblauchbrot war okay gewesen.

Auch wenn Isabel also eindeutig keine gute Köchin war, machte ihr das Kochen Spaß, und sie wollte ab jetzt versuchen, sich an die Anleitungen in Lollys Julia-Child-Kochbuch zu halten. Vielleicht würde sie auch einen Kochkurs besuchen. Sie hatte nicht geahnt, wie schön es war, jeden Abend für Menschen zu kochen, die ihr am Herzen lagen. Sie und Edward hatten sich abends oft einfach etwas zu essen geholt oder waren essen gegangen, ins Restaurant oder zu Einladungen von Edwards Mandanten oder Partnern. Oder aber sie hatte alleine gegessen, eine der fertig portionierten und beschrifteten Mahlzeiten aus der Tiefkühltruhe, die ihre Haushälterin für sie gekocht hatte.

Griffin war ordentlich, fiel ihr auf, als sie den Blick durch das Zimmer streifen ließ. Alexa nicht. Ihre Klamotten lagen wild verstreut in den geöffneten Schubladen, als hätte sie sich nicht entscheiden können und einfach alles herausgezogen, was sie dabeihatte. Alexas Gesicht kam ihr in den Sinn, mit der niedlichen Stupsnase und den wütenden, dunkelblauen Augen. *Ich verstehe dich, mein Kind*, sagte sie zu dem Klamottenberg. *Und wie.* Sie hatte das Bedürfnis, aufzuräumen, die Anziehsachen ordentlich zusammenzufalten, aber Lollys Anweisungen auf diesem Gebiet waren eindeutig gewesen. Sie durfte zwar offenstehende Schränke und Schubladen schließen, aber auf gar keinen Fall deren Inhalt berühren. Isabel rüttelte ein wenig an den Schubladen, damit die zerknüllten Shorts und Tops und Jeans hineinfielen, und schob sie zu.

Sie bezog die Betten beider Mädchen frisch, schüttelte die Kissen auf und wendete die Seesterntagesdecken.

Griffins Bett hob sie sich bis zum Schluss auf. Langsam zog sie die hellblaue Bettwäsche ab und stellte sich vor, wie er darin lag, nackt. Sie malte sich aus, wie sie bei ihm lag, auf ihm, unter ihm.

«Oh, ich wollte nicht stören. Ich wusste nicht, dass Sie hier sauber machen. Ich komme später wieder.»

Sie drehte sich um. Griffin stand in der Tür, den Schlüssel in der Hand. Sie fragte sich, ob ihr Gesicht so rot war, wie es sich anfühlte. Er starrte sie an. Als wüsste er, was sie eben gedacht hatte. Der Gedanke ließ sie noch tiefer erröten.

«Nein, kein Problem. Holen Sie sich einfach, was Sie brauchen. Beachten Sie mich gar nicht.» Sie warf die Laken in den Wäschekorb und griff nach dem Kopfkissen. Es roch nach ihm. Männlich. Frisch, wie sein Shampoo.

«Um ehrlich zu sein, Isabel, kann ich Sie gar nicht nicht beachten.»

Isabel ließ vor Schreck das Kopfkissen fallen. Er kam zu ihr, hob es auf, zog den Bezug ab und warf ihn in den Korb.

«Erstens, weil Sie sehr schön sind. Und außerdem macht es mir Spaß, Zeit mit Ihnen zu verbringen und mit Happy zu arbeiten.»

Griffin hatte die letzten Nachmittage damit verbracht, den kleinen Streuner zu trainieren, den Charlie so passend getauft hatte, und Isabel die Grundsätze der Hundeerziehung beigebracht, während Alexa oben auf der Veranda auf ihre kleine Schwester aufgepasst hatte. Oft war Isabel dabei so fasziniert von Griffins Gesicht, seinen Augen, seiner Stimme, dass sie plötzlich merkte, dass sie gar nicht mitbekommen hatte, was er sagte. Der Umstand, dass sie sich nach so kurzer Zeit zu einem anderen Mann hingezogen fühlte, dass sie tatsächlich in ihn ... verknallt war, erstaunte sie. Sie hätte nicht für möglich gehalten, dass in ihrem Kopf, in ihrem Herzen, überhaupt Raum dafür war, dass sie dazu fähig war, an einen nackten Griffin Dean zu denken. Und jetzt stand er vor ihr und gab ihr zu verstehen, dass es ihm offensichtlich ganz ähnlich ging.

Sie war so überrascht, so ... glücklich und plötzlich so schüchtern wie ein Teenager, dass ihr einen Moment lang die Worte fehlten. «Äh, in der Pension ist heute Kinoabend. Na ja, also, eigentlich ist unser Kinoabend immer freitags und nicht sonntags. Aber manchmal beschließt meine Tante einfach so, dass Kinoabend ist. Ähm ... Wir sehen uns *Sodbrennen* an. Mit Meryl Streep und Jack Nicholson. Ein Klassiker. Sehr lustig. Ich meine, so lustig, wie ein Film über eine Affäre eben sein kann.»

O Gott! Hatte sie das wirklich gerade gesagt?

«Darüber, wie unlustig Affären sind, müssen Sie mir nichts erzählen», sagte er, und Isabel kam schlagartig wieder auf den Boden der Tatsachen zurück.

Hatte er eine Affäre gehabt? War das der Grund für den ganzen Schlamassel? Die wütende Tochter? Die Ferien in einer Pension in derselben Stadt?

«Wann?», fragte er.

«Um neun. Es gibt Popcorn. Und Kats köstliche Kinoabend-Cupcakes. Und Wein und Bier, wenn Sie wollen.»

Isabel! Hör auf zu schwafeln!

«Ich komme.» Er schenkte ihr so was wie ein Lächeln

und verschwand in dem Alkoven. Als er mit Alexas iPod und Emmys rosarotem Sonnenhut wieder auftauchte, sah er sie noch einmal an, dann war er verschwunden.

· · · · ·

Nach dem Abendessen – Isabels Hackbraten mit Knoblauchstampfkartoffeln nach Julia Child war der Hit, vor allem bei Charlie, der gar nicht genug bekommen konnte – ging Isabel zum zweiten Mal in den Keller hinunter. Als sie Lolly vor ein paar Tagen gesagt hatte, sie hätte die Tagebücher ihrer Mutter in keinem der Koffer finden können, hatte Lolly erwidert, sie sei sich aber sicher, dass sie die beiden roten Bücher in einen der Koffer mit den vielen Aufklebern gelegt hatte. Isabel gestand sich zumindest selbst ein, dass sie die Koffer wohl ziemlich oberflächlich durchforstet hatte, in der heimlichen Hoffnung, die Tagebücher nicht zu finden, und sie fühlte sich schrecklich deswegen. Ihre Tante wollte diese Bücher haben, brauchte sie, damit es ihr besser ging – die Chemotherapie setzte ihrem Magen inzwischen ganz schön zu, und sie war furchtbar müde. Und Isabel schaffte es nicht, ihren Egoismus hintenanzustellen und die Tagebücher zu finden. Sie nahm sich vor, den muffigen, luftarmen Raum diesmal nicht ohne die Bücher zu verlassen.

In einem der Koffer stieß sie auf ihre alten Schulunterlagen. Sie blätterte die Karteikarten und die paar wenigen Tests und Schulaufgaben durch, die ihre Mutter aufgehoben hatte. Dazwischen lag die Kopie eines Briefes, den ihre Mutter an die Beratungslehrerin geschrieben hatte, vor fünfzehn Jahren, im Oktober. Zwei Monate vor ihrem Tod.

Ich versichere Ihnen, dass meine Tochter Isabel im Grunde ihres Herzens ein wunderbares, mitfühlendes Mädchen ist. Ich glaube,

sie macht im Augenblick eine schwierige und bedauerlicherweise sehr ausgiebige Phase durch, in der sie sich selbst und alle anderen auf die Probe stellt. Ich hege jedoch keinerlei Zweifel daran, dass meine Tochter aufgrund der Erfahrungen, die sie jetzt macht, gestärkt aus dieser Phase hervorgehen wird.
In Isabel steckt ein echter Diamant, und wenn sie ihren Funken erst entzündet hat, dann, Welt, nimm dich in Acht ...

Die Tränen liefen ihr über die Wangen, als Isabel den Brief ein zweites Mal las. Ihre Mutter hatte ihr manchmal Vorträge gehalten, darauf beharrt, dass sie an Isabel glaubte, dass sie felsenfest davon überzeugt wäre, Isabel sei zu mehr und Besserem imstande, doch Isabel hatte diese Ansprachen immer als Lügen abgetan, als reine Taktik, um sie dazu zu bringen, sich zu benehmen. Aber ihre Mutter hatte tatsächlich für sie gekämpft. Isabel faltete den Brief zusammen, steckte ihn ein und nahm die Suche nach den Tagebüchern wieder auf, nicht mehr ganz so ängstlich wie eben noch. Vielleicht war das, was ihre Mutter über sie geschrieben hatte, doch nicht so schlimm.

Aber auch nach gründlicher Suche gab es von den Tagebüchern noch immer keine Spur. Nach einer Dreiviertelstunde trug Isabel einen Haufen entdeckte Schätze nach oben, ein paar Kleider ihrer Mutter und einen Hut, der June bestimmt gefallen würde, ein Bild, das Kat mit sieben Jahren für Isabels Eltern – Tante Allie und Onkel Gabriel – gemalt hatte, und das Isabel sich auf den Schreibtisch stellen wollte. Die Tagebücher befanden sich nicht in diesen Koffern, so viel stand fest. Aber sie war trotzdem froh, dass sie gründlich danach gesucht hatte, Lolly zuliebe und auch für sich selbst.

· · · · ·

Sodbrennen hatte Isabel sich ausgesucht. Gut, auch in diesem Film ging es wieder einmal um eine Affäre, aber aus einem vollkommen anderen Blickwinkel. Einem, mit dem sie sich identifizieren konnte. Meryl Streep, eine New Yorker Restaurantkritikerin, und Jack Nicholson, ein Kolumnist aus Washington D. C., heiraten, obwohl sie beide schon gescheiterte Ehen hinter sich haben. Meryl gibt ihr Leben in New York auf und zieht nach Washington, nur um irgendwann herauszufinden, dass Jack, während sie mit dem zweiten Kind schwanger ist, eine Affäre mit einer Prominenten hat und dass sie selbst eine der Letzten ist, die davon Wind bekommt.

Isabel fragte sich, ob Griffin sich von der Story angesprochen fühlen würde. Zog man den großen Altersunterschied seiner Kinder in Betracht, musste es da eigentlich irgendeine Geschichte geben. Sie sah auf die Uhr. Kurz vor neun. Regen rann die Fensterscheiben hinunter, es schüttete derart, dass Griffin sich bestimmt nicht kurzfristig dazu entschließen würde, lieber einen Spaziergang zu machen.

«Ich liebe diesen Film», sagte Pearl und setzte sich neben Lolly aufs Sofa. «Kaum zu glauben, dass ein Film über einen Seitensprung gleichzeitig so komisch und so ergreifend sein kann.»

Lolly legte die DVD ein. «Das haben wir Nora Ephron zu verdanken. Sie hat das Drehbuch geschrieben. Es basiert auf ihrer eigenen Romanvorlage. Und die ist angeblich *sehr* autobiographisch. Ihr Ehemann ist der Journalist, den Dustin Hoffman mal gespielt hat – wie hieß der Film gleich noch mal? Über die Watergate-Affäre?»

«*Die Unbestechlichen*. Basiert ebenfalls auf einer wahren Geschichte.» Kat trug ein Tablett mit umwerfenden roten Cupcakes mit Himbeerhaube ins Zimmer. June folgte ihr mit zwei riesigen Schalen Popcorn. «Ich gehöre ja zu den

Spinnern, die gerne das Buch lesen, nachdem sie den Film gesehen haben. Also werde ich nach dem Film mit der Lektüre von *Sodbrennen* beginnen. Ich kenne weder Film noch Buch.»

Pearl stellte einen Cupcake vor sich auf den Couchtisch. «Das kann ich dir leihen. Ich bin ein großer Fan von Nora Ephron. Und jedes Mal, wenn ich diesen Film sehe, verstehe ich wieder, weshalb Jack Nicholson ein derart großer Filmstar ist. Er ist umwerfend charmant – eine Zeitlang jedenfalls.»

«Oh, ich habe den Eistee vergessen», sagte Isabel und ging zurück in die Küche, um Krug und Gläser zu holen. Sie warf im Vorbeigehen einen Blick auf die Treppe, in der Hoffnung, dass Griffin herunterkam. Fehlanzeige. Doch als sie wieder aus der Küche kam, stand er plötzlich vor ihr. Er wirkte so ... *sexy*, das war das richtige Wort. Groß, dunkler Teint, leicht zerzaust. Sogar seine Haare waren sexy.

«Ich komme doch nicht zu spät, oder?», fragte er. «Emmy ist noch mal aufgewacht, und es hat mich einige Mühe gekostet, sie wieder zum Schlafen zu kriegen. Ich musste mich zweimal durch einen Song aus *Arielle, die Meerjungfrau* quälen, ehe Alexa endgültig keine falschgesungene Note mehr ertragen konnte und sich erbarmt hat. Bei ihr ist Emmy noch vor dem ersten Durchgang eingeschlafen.»

Isabel lächelte. Sie würde auch so gerne einmal ein kleines Kind in den Schlaf singen. Sie ging voraus zum Aufenthaltsraum. «Ich wünschte, davon gäbe es ein Video. Daddy, wie er seinem kleinen Mädchen schief und krumm ein Gutenachtlied singt. Das ist wunderbar!»

«Ich singe wie Pierce Brosnan in *Mamma Mia!*. Haben Sie den je gesehen? Ich wäre ja von selbst nie darauf gekommen, mir so einen Film anzusehen, aber Alexa hat ihn sich irgendwann ausgeliehen und gesagt, ich müsste ihn unbedingt mit ihr schauen. Das kommt nicht allzu oft vor.»

Isabel lachte. «Ja, erst vor ein paar Tagen. Wir haben hier gerade Meryl-Streep-Monat. Nichts als Meryl, die ganze Zeit. Ich freue mich, dass Sie mit von der Partie sind.»

«Ich mich auch. Es ist schon eine Weile her, seit ich einen Film gesehen habe, in dem nicht irgendwelche singenden Waldbewohner vorkommen», sagte er, als sie es sich nebeneinander in den Sesseln bequem machten.

June lächelte ihn an. «Oh, ich weiß genau, was Sie meinen.»

Es herrschte allgemeines Hallo und Smalltalk, die Popcornschüsseln machten die Runde, und Kat lief noch mal hinaus, um für Griffin und sich zwei Bier zu holen.

«Sind alle da, die kommen wollten?», fragte Lolly, die Fernbedienung in der Hand.

«Ich glaube schon», sagte Kat und reichte Griffin eine Flasche Shipyard. Kats Stammplatz auf dem Sitzsack war von einer mitteilsamen jungen Frau namens Jillian besetzt, die mit ihrem Freund angereist war, der es vorzog, oben im Möwenzimmer *World of Warcraft* auf seinem Laptop zu spielen.

Griffin war so nah! Gerade mal ein paar Zentimeter von Isabel entfernt. Als der Film begann, konnte sie sich auf nichts anderes als auf seine Präsenz konzentrieren. Die Seite seines Armes. Die Seite seines Oberschenkels. Das kräftige, männliche Profil. Die Haare. Er roch nach Ivory-Seife.

«Wow! Die dunklen Haare stehen Meryl Streep einfach phantastisch», sagte June. «Sie sieht toll aus. Ich liebe ihr Gesicht.»

«Ich auch», sagte Kat. «Sie hat so elegante Wangenknochen. Und sie sieht sogar mit Achtziger-Jahre-Frisur und Schulterpolstern toll aus.»

Die Schulterpolster von Meryls schickem Kleid waren in der Tat imposant. In der Eröffnungssequenz des Films befindet sie sich auf einer Hochzeit – und flirtet von weitem mit einem wildfremden Mann, Jack Nicholson. Es geht ein bisschen hin und her, bis sie irgendwann zusammen im Bett liegen und sich eine Schüssel Spaghetti carbonara teilen, die sie als kleinen Mitternachtssnack zusammengerührt hat. Sie liegen im Bett und essen, die Laken um sich herumdrapiert, und Jack sagt, wenn sie verheiratet sind, wünscht er sich einmal in der Woche Spaghetti carbonara von ihr.

Isabel musste an Edward denken. Als sie sechzehn waren, hatte Edward nur ein paar Wochen, nachdem sie sich kennengelernt hatten, zu ihr gesagt: «Wenn wir verheiratet sind, koche ich jeden Tag Spaghetti für dich.» Sie hatten in den Wochen und Monaten nach dem Tod ihrer Eltern jede Menge Spaghetti gegessen. Vom Spaghettikochen verstand Edward wirklich etwas und von belegten Sandwiches auch. Er kochte also schüsselweise Spaghetti mit selbstgemachter Soße, und sie saßen zusammen, drehten ihre Nudeln auf und redeten davon, wie es sein würde, wenn sie verheiratet waren. Laut Edward würde es nicht nur keine Kinder geben, sondern auch keinerlei Kummer mehr. Isabel machte sich für die Zukunft von Meryl und Jack keine allzu großen Hoffnungen.

«Wow!», sagte Griffin. «Sie hätten an der Stelle aufhören sollen, wo Meryl sagt, sie wird nie wieder heiraten, weil sie nicht an die Ehe glaubt, und Jack antwortet: ‹Das tue ich auch nicht›. Schnitt! Ende des Films.»

Alle sahen ihn an.

«Entschuldigung», sagte er. «Ist mir so rausgerutscht.»

«Ich glaube, wir sind hier alle Ihrer Meinung», sagte Lolly.

Isabel fragte sich, ob sie selbst jemals wieder an die Ehe glauben würde.

«Das kann doch nicht stimmen», sagte Kat. «Vierzig Prozent aller zweiten Ehen werden geschieden? Man sollte doch meinen, die Leute würden beim zweiten Mal genauer hinsehen. Dann müsste doch auch die Scheidungsquote niedriger sein.»

June nahm sich eine Handvoll Popcorn. «Oder aber, man hat beim zweiten Mal noch größere Erwartungen. Ich meine, wer beim ersten Mal betrogen wurde oder was auch immer, der lässt sich einfach nichts mehr gefallen. Oder zieht früher die Reißleine.»

Die Ehe von Meryl und Jack verläuft jedenfalls wunderbar. Und dann kommt auch schon das erste Kind.

Ein Kind. Isabel brannten Tränen in den Augen, als Meryl ihrem Verleger beim Mittagessen davon erzählt. «Du fühlst dich selbst wie neugeboren. Es ist fast, als ob du dich ausweitest.» Genau so stellte Isabel sich das Kinderkriegen vor. Sie würde June nachher danach fragen.

Kat schüttelte den Kopf. «Ist doch verrückt, dass sich alle den Kopf darüber zerbrechen, mit wessen Ehemann diese Promitante Thelma eine Affäre hat, und dann stellt sich raus, dass es ausgerechnet Jack Nicholson ist!»

«Kaum zu glauben, dass er Meryl betrogen hat», sagte Isabel. «Sie wirkten so glücklich. Ich kapiere das einfach nicht.»

June leckte die Cremehaube von ihrem Cupcake. «Ich wünschte, ich würde verstehen, was Menschen überhaupt dazu bringt, fremdzugehen. Ich meine, in manchen Fällen verstehe ich es natürlich schon, aber hier macht es für mich mal wieder überhaupt keinen Sinn.»

Kat nickte. «Und dass er es fertigbringt, bei diesem bescheuerten Gesellschaftsspiel die Attribute, die ihn ausmachen, vorzulesen, während seine Geliebte hinter ihm am

Tisch vorbeigeht! *Ehebrecherischer Lügenbold* hätte auch mit dazugehört. Dass der keine Schuldgefühle hat!»

«Ich glaube, manche Menschen spalten sich quasi auf», sagte Isabel. «Um sich selbst zu schützen. Damit sie weiter mit ihrer Frau unter einem Dach leben und so tun können, als wäre alles wie immer.» So wie Edward es monatelang getan hatte, ehe sie ihn erwischt hatte. «Trotzdem glaube ich, eine Frau in Jacks Situation, also eine Frau, die ihren Mann betrügt, hätte ihren Zettel fallen lassen und wäre weinend davongerannt.»

«Meine Frau nicht», sagte Griffin. «Exfrau.»

Alle Augen richteten sich auf ihn.

«Sie hatte keine Schuldgefühle, meine ich», sagte er. «Sie fühlte sich *im Recht*. Reklamierte ihr Recht auf Glück. Sie hatte sich verliebt, und das hob sämtliche anderen Gefühle auf, die Loyalität zu ihrer Familie, ihrer Ehe.»

Oh. Nicht er hatte betrogen. Er war betrogen worden. Isabel hätte statt des Films am liebsten ihn angesehen, aber das ging natürlich nicht.

«Komisch, wie sie – Meryl Streep, meine ich – es plötzlich einfach weiß», sagte Griffin, eindeutig in dem Versuch, das Gespräch wieder auf den Film zurückzulenken, «in dem Augenblick, als die Friseuse anfängt, von einer Affäre im Freundeskreis zu erzählen.»

Pearl schüttelte den Kopf – doch es war zustimmend gemeint. «Ich habe das Gefühl, es ist häufig so. Meine Schwester, Gott sei ihrer Seele gnädig, ist eines Tages zur Tür reingekommen und *wusste* es einfach, und zwar auch, dass sie in der ganzen Nachbarschaft die Letzte war, die vom Betrug ihres Mannes erfuhr. Glaubt ihr, so läuft das? Alle wissen es, nur die Ehefrau nicht?»

«Ich habe es nicht gewusst», flüsterte Isabel.

«Ich auch nicht», flüsterte Griffin zurück.

Sie sahen sich an, und Isabel war sich nur allzu bewusst, dass alle es mitbekamen.

«O Gott, diese Stelle hasse ich», sagte Lolly, als die Szene kam, wo Meryl Streep die Kreditkartenbelege für Geschenke und Hotelzimmer findet, ihr Verdacht sich also bestätigt. Sie konfrontiert ihren Mann und fragt: «Liebst du sie?», worauf Jack Nicholson antwortet, darüber könne er jetzt nicht reden. Lolly sah zum Fenster hinaus in die Dunkelheit und Isabel fragte sich, woran sie denken mochte, an was sie sich wohl gerade erinnerte. Isabel bezweifelte, dass ihr Onkel Ted jemals eine Affäre gehabt hatte. Er war völlig in Lolly vernarrt gewesen – jedenfalls, soweit Lolly so etwas zugelassen hatte.

«O ja, plötzlich ist das alles für den Armen einfach ein bisschen zu viel.» June verdrehte die Augen. «Dabei mochte ich seine Figur bis jetzt richtig gerne – na ja, bis zu dem Moment jedenfalls, wo man erfährt, dass er eine Affäre hat.»

«Was ich so beängstigend daran finde, ist, wie schnell sich dein ganzes Leben verändert. Einfach so», Kat schnippte mit den Fingern, «steht plötzlich dein ganzes Leben kopf.»

Isabel nickte. «Genauso ist es. Dein Leben steht kopf. Hey, schaut mal, Meryl fährt auch dorthin zurück, wo sie aufgewachsen ist. Genau wie ich.» So in etwa, jedenfalls.

«Ich kann nicht fassen», meldete sich die Frau auf dem Sitzsack zu Wort, «dass sie tatsächlich darauf wartet, dass dieser Mistkerl sie anruft und sie holen kommt. Nach allem, was er ihr angetan hat! Sie warten doch nicht darauf, dass Ihr Ex Sie holen kommt, oder, Isabel?»

Das ist mir jetzt ein bisschen zu persönlich, meine Liebe, dachte Isabel. Sie war sich bewusst, dass Griffin sie heimlich beobachtete. Gespannt auf ihre Antwort war. Sie erwartete nicht, dass Edward sie anrief oder sie holen kam. Aber sie wartete trotzdem auf etwas von ihm. Auf eine Erklärung, die dem Ganzen Sinn verlieh. Auch wenn es die vielleicht gar nicht geben konnte.

«Große Güte, was für ein Kommentar!», rief June laut und rettete Isabel damit vor einer Antwort. Isabel warf ihrer Schwester einen dankbaren Blick zu. «*Wenn du Monogamie willst, heirate einen Schwan.* Ich wüsste zu gerne, ob Nora Ephrons Vater das wirklich gesagt hat, oder ob der Teil erfunden ist.»

Isabel und June wurden beide ganz still, als Meryl ihrem Vater sagte, wie sehr sie ihre Mutter vermisste, die schon vor Jahren gestorben war, obwohl ihre Mutter «in solchen Augenblicken nicht viel getaugt hat».

Isabel fragte sich, wie ihre Mutter in solchen Zeiten wohl gewesen wäre. Vielleicht wäre ihre Beziehung als Erwachsene ganz anders gewesen. Andererseits, wären ihre Eltern nicht gestorben, dann hätte sie Edward nie getroffen, hätte sie sich damals mit sechzehn nicht so abrupt verändert, und wer weiß, wie die Beziehung zu ihrer Mutter – oder zu irgendwem – heute wäre. Sie hätte vielleicht einen völlig anderen Mann geheiratet. Oder sie und Edward hätten auf anderen Wegen trotzdem zueinander gefunden. Das ließ sich unmöglich sagen.

Isabel war jedenfalls davon überzeugt, dass ihre Mutter in Zeiten wie diesen wunderbar gewesen wäre. Zu ihr genauso wie zu June.

«Geht sie wirklich zu ihm zurück?», fragte Kat, als Jack Nicholson mit seinem: «Ich will, dass du zurückkommst. Ich liebe dich», aufkreuzt.

«Isabel? Würden Sie zu Ihrem Mann zurückkehren, wenn er plötzlich hier auf der Matte stehen und Sie bitten würde?», wollte das Mädchen wissen und machte eine Kaugummiblase.

Isabel warf June einen Blick zu. Ihre Schwester hätte der Frau eindeutig am liebsten die Blase ins Gesicht gedrückt.

Edward hatte nicht angerufen. War nicht gekommen, um sie zurückzuholen. Hatte die Worte nicht gesagt, die Isabel insgeheim so gerne hören wollte, nur um zu wissen, dass sie für ihn noch von Bedeutung war, dass ihre Ehe von Bedeutung war. Sie wusste nicht, ob sie ihm je wieder vertrauen konnte. Aber zu wissen, dass es ihm leid tat, zu wissen, dass ihm klar war, welchen Fehler er gemacht hatte, und dass er sie anflehte, zu ihm zurückzukommen – das wollte sie, wenn sie ganz ehrlich zu sich war, natürlich schon.

«Und was ist mit Ihrem Lord of Warcraft?» Kat starrte die distanzlose Frau so lange an, bis sie es offensichtlich kapierte.

«Ja, sicher! Bestimmt sieht Jack Nicholson seine Geliebte nie wieder!» Die junge Frau schnaubte abfällig. «Wie kann sie nur so dumm sein, das zu glauben? Ich hoffe nur, Nora Ephron hat sich in Wirklichkeit anders verhalten.»

«Wer kann sich schon wirklich ein Urteil erlauben, ohne in der Haut eines anderen zu stecken?», sagte Lolly.

«Einmal Betrüger, immer Betrüger», die Frau blies die nächste Kaugummiblase auf. «Warum sollten sie sich denn auch ändern, wenn sie wissen, dass man ihnen sowieso wieder verzeiht?»

«Liebes, ich kann gar nichts verstehen», sagte Pearl, und Isabel hätte sie küssen mögen – obwohl sie sich bis jetzt alle die ganze Zeit unterhalten hatten.

Isabel schüttelte innerlich den Kopf, als die Szene kam, in der Meryl Streep, wieder zurück bei Jack Nicholson in Washington, nachts hellwach im Bett liegt und die Decke anstarrt, weil der innere Aufruhr ihr den Schlaf raubt, während er selbstvergessen und friedlich neben ihr schlummert. Wie viele Nächte hatte sie selbst genauso dagelegen, während Edward neben ihr tief und fest schlief?

«Ha! Na also», sagte die Frau. «Sie traut ihm nicht. Sie hat es versucht, aber Gott sei Dank ist sie nicht dumm.»

«Wissen Sie, was ich einfach nicht verstehe?», sagte Griffin. «Wie ist es möglich, mit jemandem zusammenzuleben, ohne zu merken, dass im anderen etwas so Wichtiges vor sich geht, das nichts mit dir selbst zu tun hat? Man kommt sich einfach vor wie der größte Idiot auf Erden.»

Isabel griff instinktiv nach seiner Hand. Er sah sie erstaunt an, doch er hielt ihre Hand einen Moment lang fest, ehe sie sie behutsam wieder wegzog.

Die Frau schnaubte schon wieder. «Die Menschen sehen eben nur, was sie sehen wollen.»

«Ach, da haben wir's», sagte Kat, die Augen auf den Fernseher gerichtet. «‹Man weiß, dass etwas nicht stimmt, aber es ist eher ein vages Gefühl.›»

June seufzte. «Mir gefällt, was Meryl gerade über den Umgang mit der Affäre des eigenen Ehemanns gesagt hat. ‹Man kann damit leben, aber das ist unerträglich, oder man geht einfach weiter und träumt einen anderen Traum.›»

Einen anderen Traum träumen. Genau das war es, was Isabel wollte.

Die Frau fing an zu klatschen. «Großes Kino! Meryl klatscht Jack Nicholson eine Torte mitten in seine verlogene Visage und fliegt zurück nach New York.»

Während der Abspann lief, fragte Isabel sich, wie es mit ihr weitergehen würde. Vielleicht kam mit Lolly schon bald alles wieder in Ordnung. Der Krebs konnte sich zurückbilden. Und Isabel würde vielleicht in der Nähe bleiben, vielleicht würde sie auch darüber nachdenken, was sie wohl getan hätte, wenn sie nicht mit sechzehn Edward begegnet wäre und nicht ihr komplettes Leben nach ihm gerichtet hätte. Sie musste doch damals noch mehr Träume gehabt haben – außer dem, gesehen zu werden. Der einzige Traum, den sie momentan hatte, war der Wunsch nach einem Kind. Ein leises Lächeln umspielte ihre Lippen, als ihr klarwurde, was das hieß. Sie hatte tatsächlich einen anderen Traum geträumt.

«Lust auf einen Spaziergang zum Hafen?», flüsterte Griffin ihr zu. «Es hat aufgehört zu regnen.»

«Furchtbar gern», antwortete sie.

· · · · ·

Isabel ging nach oben, um ihre Tasche zu holen und nachzusehen, ob auch kein Popcorn zwischen den Zähnen hing. Sie war nicht überrascht, als Kat und June einen Moment später breit grinsend vor ihr standen.

«Willst du so gehen?», fragte June und musterte Isabels Kinoabend-Outfit: Yogahose, weite Baumwolltunika und Ballerinas.

Isabel fühlte sich wohl, warf aber trotzdem einen Blick in den alten Standspiegel in der Ecke. «Soll ich mich lieber umziehen?»

Kat schüttelte den Kopf. «Du siehst toll aus. Ein bisschen Lipgloss und fertig.»

«Oder ein sexy Sommerkleid und Riemchensandalen», sagte June. «Es ist schließlich das zweite erste Date deines Lebens.»

Isabel musste sich ein Grinsen verkneifen. «Es ist kein Date. Es ist ein Spaziergang. Ich bin noch nicht bereit für ein Date, auch nicht mit –»

«Einem schnuckeligen Tierarzt?», half June nach.

«Er ist unfassbar attraktiv», gestand Isabel.

«Ziemlich», stimmte Kat ihr zu.

«Sollte sich da tatsächlich etwas anbahnen und wir irgendwann ein offizielles Date haben, mache ich mich auch ein bisschen hübsch», versprach Isabel ihrer Schwester. «Heute Abend ist es nur ein Spaziergang.»

Nachdem June versprochen hatte, ein Ohr auf die Mädchen zu haben, spazierten Isabel und Griffin los. Auf dem Weg den Hügel hinunter bot Griffin Isabel das Du an und fing an zu erzählen. Er war zwar in Boston geboren und aufgewachsen, aber seiner Exfrau in ihre Heimatstadt Camden in Maine gefolgt, und weil Alexa während eines Urlaubs in Boothbay Harbor gezeugt worden war, hatten sie schließlich beschlossen, hierherzuziehen. Seine Exfrau mochte schöne Dinge, und obwohl er als Tierarzt nicht schlecht verdiente, konnte er ihrem Chef, dem Investmentbanker mit seinem Millionendollarhaus, nicht das Wasser reichen.

«Ich war genauso blind wie du», sagte Griffin, als sie in die trotz der späten Stunde noch immer von Touristen bevölkerte Townsend Avenue abbogen. «Ich bin irgendwann unerwartet früher von einer Konferenz zurückgekommen, und da lag meine Frau mit ihrem Boss im Bett. In unserem Bett. Und das, nachdem sie mich zwei Jahre lang bekniet hatte, noch ein Kind zu kriegen, weil Alexa kein Einzelkind bleiben sollte. Emmy war noch nicht mal ein Jahr alt, als unsere Familie auseinanderbrach.»

Isabel schüttelte den Kopf. «Ich wünschte, ich würde das Bild von Edward und dieser Frau endlich loswerden. Wie lange hast du dazu gebraucht?»

«Eine ganze Weile. Zu lange. Irgendwann ist es verblasst. Jetzt denke ich an keinen von beiden noch besonders oft.

Meine Ex und ich verstehen uns gut genug, um das mit den Mädchen hinzukriegen, aber ich habe meine Gefühle für sie verloren, auch die für sie als Menschen. Alexa ist immer noch wütend auf ihre Mutter, weil sie die Familie zerstört hat. Sie behauptet, dass sie ihre Mutter hasst, aber ich weiß, dass das nicht stimmt. Das ist alles nur Wut. Und Schmerz.»

Isabel seufzte. «Vierzehn ist ein schrecklich hartes Alter. Und ich verstehe genau, was du meinst, wenn du sagst, du hättest deine Gefühle verloren. Ich war so lange mit Edward zusammen, dass ich es verdrängt habe, als meine Gefühle für ihn verlorengingen, ich habe alles getan, nur um da nicht hinsehen zu müssen. Und selbst, als er anfing, mich im Kleinen zu betrügen – und dann im Größeren –, habe ich die Augen davor verschlossen und nur versucht, mir meinen Weg zu ihm zurück freizukämpfen.»

«Bis er es dir unmöglich gemacht hat.» Griffin nahm ihren Arm und hängte sich bei ihr ein. Isabel kribbelte es am ganzen Körper. «Genau wie meine Ex.»

Sie fanden eine Kaffeebar, die wegen des langen Wochenendes noch geöffnet hatte. Mit zwei Eiskaffee zum Mitnehmen spazierten sie zum Hafen und betraten die lange Fußgängerbrücke. Über ihnen standen ein schmaler Halbmond und so wenige Sterne, dass Isabel sie zählen konnte. Es waren sieben Stück. Sieben kleine Glücksbringer.

Griffin trank bedächtig seinen Kaffee. «Als ich Alexa eben gesagt habe, dass ich noch ein bisschen spazieren gehe, wollte sie wissen, ob ich alleine gehe. Als ich sagte, dass ich mit dir gehe, hat sie sich wütend das Kissen über den Kopf gezogen.»

«Es muss für ein Mädchen in ihrem Alter ziemlich hart sein, das alles zu verdauen. Die Mutter heiratet einen neuen Mann, der Vater trifft sich mit einer anderen Frau, auch wenn es nur ein Spaziergang ist.»

«Das habe ich ihr auch gesagt, und die Antwort war: ‹Klar! Nur ein Spaziergang!›»

Sie sahen sich an, und er nahm ihre Hand. Isabel lief eine Gänsehaut über den ganzen Rücken bis hinauf zum Nacken. Eine Gruppe Leute kam über die Brücke auf sie zu. Griffin hakte sich wieder bei ihr ein, und sie gingen weiter, um am andern Ende die Mitternachtsausflugsboote zu beobachten.

«Ich bin froh, dass ich dich getroffen habe, Isabel. Obwohl ich damit als Letztes gerechnet hätte, als ich im Three Captains' Inn ein Zimmer reservierte.»

«Ich bin auch froh, dass ich dich getroffen habe, Griffin.» Sie wollte stehen bleiben und ihn unter ihren sieben Sternen küssen. Sie wollte ihm eine Million Fragen stellen. «Wo wir gerade von der Pension sprechen, du hast gesagt, du wärst schon mal da gewesen?»

«Ja, mit den Mädchen, als meine Exfrau uns damals verlassen hat. Wir mussten unbedingt raus aus dem Haus – wir haben es dort einfach nicht mehr ausgehalten, verstehst du? Also habe ich für uns übers Wochenende ein Zimmer im Three Captains' Inn reserviert, weil mir der Name so gefiel. Außerdem hatte ich gehofft, das Haus und der Garten würden den Mädchen gefallen. Emmy war viel zu klein, um zu verstehen, was los war, aber Alexa war völlig durch den Wind. Sie war damals ständig in eurer Alleinekammer. Deine Tante sagte, das sei in Ordnung. Aber ich glaube nicht, dass sie sich noch an uns erinnert.»

«Sie hat gerade andere Sorgen. Bei ihr wurde Bauchspeicheldrüsenkrebs im vierten Stadium diagnostiziert. Deshalb bin ich hier. Deshalb sind wir alle hier.»

«Das tut mir sehr leid. Ich bin froh, dass ich meinen Beitrag als Trainer des offiziellen Three-Captains'-Hundes leisten kann.»

Isabel lächelte, und dann sahen sie einander so lange in die Augen, bis Griffin sich tatsächlich zu ihr beugte und sie küsste.

Einen Augenblick lang ließ sie sich von seinen weichen, kräftigen Lippen überwältigen, von dem frischen Seifenduft, von der breiten Brust und der fremden Männlichkeit. Doch dann gewann genau diese Fremdheit die Oberhand: Sie küsste einen Mann, den sie vor anderthalb Wochen noch nicht mal gekannt hatte. Isabel löste sich aus der Umarmung.

«Es tut mir leid», sagte sie. «Es fühlt sich ... fremder an, als ich dachte. Es ist noch keine zwei Wochen her, seit ich von Edwards Affäre erfahren habe. Und ich war wirklich blind. Ich meine, mir war klar, dass wir Probleme haben, dass zwischen uns ein riesiges Thema stand, aber ich hätte niemals gedacht, dass er –» Isabel verstummte abrupt und seufzte. «Darüber sollte ich jetzt eigentlich gar nicht sprechen, oder?»

«Kein Sollen, kein Müssen. Keine Vorschriften. Außerdem weiß ich, wie es dir geht. Haargenau.»

Sie fing an zu weinen, und er nahm sie in die Arme. So standen sie da, am Ende der Brücke, bis eine Horde Teenager an ihnen vorbeikam und ein Junge rief: «Besorgt euch ein Zimmer!» Es herrschte allgemeines Gekicher, und als die Schritte verhallten, mussten Isabel und Griffin lachen.

«Ich habe ja eins», sagte er. «Aber leider teile ich mir das mit einer hochexplosiven Vierzehnjährigen und einer schnarchenden Dreijährigen.»

«Und ich mir meins mit meiner Schwester und meiner Cousine!»

«Ist vielleicht ganz gut so.» Er sah sie mit seinen dunklen Augen an.

«Ja», flüsterte sie. Und dann gingen sie Hand in Hand zurück.

11.

June

Wie bin ich da jetzt wieder reingeraten?, fragte June sich insgeheim. Es war Labor Day, und es war sechs Uhr morgens. Sie saß hinter dem Steuer ihres treuen alten Subaru, der unversehens zu Marley Mathers' Fluchtauto geworden war – für den Fall, dass sie eins brauchte. Marley saß hibbelig auf dem Beifahrersitz und starrte zu den Fenstern über dem Blumenladen hinauf, wo ihr ehemaliger Highschool-Freund und Gelegenheits-Sommerflirt lebte, ein Baseballspieler, den June als ziemlich gutaussehend in Erinnerung hatte. Die beiden hatten sich vor ein paar Wochen offensichtlich fürchterlich gestritten, Marley hatte Schluss gemacht, und Kip hatte sofort eine Neue an der Angel gehabt. Er lebte das ganze Jahr hindurch in Boothbay, trainierte die Schulauswahl und arbeitete als Sporttrainer in diversen Ferienprogrammen. Die alte Liebe war Anfang des Sommers mal wieder aufgelodert, doch Kip hatte, genau wie früher, keinerlei Interesse daran, seine Gunst auf Marley zu beschränken.

Und jetzt wollte sie ihm sagen, dass sie in der zehnten Woche von ihm schwanger war. Sechs Uhr morgens war dafür zwar kaum der ideale Zeitpunkt, aber gab es den überhaupt? Marley hatte Kip am Vorabend angerufen und gesagt, sie müsse mit ihm reden, und er hatte nur Zeit, bevor er morgens mit seinem eigenen Fitnessprogramm anfing. All das hatte Marley June am Telefon erklärt, als sie unter Tränen bei ihr anrief, um sie um Rat zu bitten. Sie wollte von ihr wissen, wie Charlies Vater damals auf die Nachricht reagiert hatte. Wie hatte June es ihm beigebracht?

Und so hatte June Marley bei einem mitternächtlichen Glas Wein im Aufenthaltsraum der Pension ihre sehr kurze Geschichte erzählt. Trotz Junes Mangel an Erfahrung in Sachen «Wie sag ich es dem Vater meines Kindes?» hatte Marley sie gebeten, mitzukommen, wenn sie mit Kip sprach, nur um da zu sein, vorher und danach. June fragte sich, wie es gewesen wäre, wenn sie John gefunden hätte, als sie merkte, dass sie schwanger war. Hätte er sie damals nach der Neuigkeit sitzengelassen, wäre sie in New York ganz allein damit gewesen, zurückgewiesen, verlassen. Sie kannte Marley Mathers zwar nicht sehr gut, aber sie würde trotzdem den Fluchtwagen für sie fahren.

«Okay!» Zum dritten Mal in fünf Minuten fasste Marley nach dem Türgriff. «Ich gehe jetzt.»

«Ich bin hier», sagte June.

Nach einer weiteren Minute stieg Marley endlich aus und ging auf die zwischen Blumenladen und Töpfergeschäft eingezwängte Haustür zu. Die Hand auf dem Türknauf drehte sie sich ein letztes Mal um, lächelte verzagt und verschwand im Hauseingang.

June hatte keine Ahnung, was Kip sagen, wie er reagieren würde, aber sie beneidete Marley um den Zugang zu ihm. Wenigstens würde Kip es wissen. *Bitte, sei begeistert!*, flehte June. *Reiß sie in deine Arme, tanz mit ihr durchs Zimmer, sag ihr, dass ihr schon immer füreinander bestimmt wart und jetzt endlich eine Familie gründen werdet.* Das wünschte sie sich um Marleys Willen, und für sich selbst. Ein Happy End musste keine Phantasievorstellung bleiben, und dafür konnte Marley der Beweis sein.

Keine fünf Minuten später kam Marley weinend aus dem Haus gelaufen. «Fahr!», schrie sie. «Bring mich weg von hier.»

Junes Neid wich der Furcht.

· · · · ·

Beim Frühstück in der Pension, das Isabel ihnen netterweise in der Küche servierte, erzählte Marley June von der Antwort, die sie sich von Kip erträumt hatte, einem Heiratsantrag, und seiner echten Antwort, die nur aus einem einzigen Wort bestanden hatte. «Was?», hatte er ständig wiederholt, als könnte aus einem geplatzten Kondom doch niemals eine Schwangerschaft werden. Er war völlig geschockt und sagte, er müsse nachdenken, und das sei verdammt noch mal unmöglich, solange sie dastand und ihn so ansah. Also war sie hinausgerannt.

Himmel. June zog sich der Magen zusammen bei der Vorstellung, dass John ähnlich reagiert hätte. Damals oder heute.

Als der verschlafene Charlie in seinem Spiderman-Schlafanzug und mit verstrubbelten Haaren in die Küche kam und sich June auf den Schoß warf, um sich in die Arme nehmen zu lassen, veränderte sich in Marleys Gesichtsausdruck etwas Grundlegendes.

«O mein Gott!», sagte sie mit glänzenden Augen.

«Ja», flüsterte June. «Was auch immer passiert, das kommt dabei heraus.»

Marley biss sich auf die Lippe und legte sanft die Hand auf ihren Bauch, und June wusste, dass ihre neue Freundin es schaffen würde.

· · · · ·

Der Typ, der im Gang mit den Maine-Büchern stand und in *Abseits der ausgetretenen Pfade: Die Küste von Maine* blätterte, sah John Smith derart ähnlich, dass June bei seinem Anblick die Luft wegblieb. Erst eine Sekunde, einen Herzschlag später, merkte sie, dass er es nicht war. Er war groß und schlaksig, hatte dunkle, glatte Haare und helle Haut – und er war höchstens einundzwanzig. Plötzlich wurde June sich bewusst, wie sehr sie in der Vergangenheit lebte. Eine hübsche junge Frau trat neben den Jungen, zwei Neuerscheinungen in der Hand, und June verspürte einen so heftigen Stich im Herzen, dass sie sich auf ihren Stuhl hinter der Kasse setzen und Luft holen musste.

Sie vermisste die Liebe. Sie vermisste Arme, die sie hielten. Sie vermisste Sex. Sie musste akzeptieren, dass John Smith nie bei Books Brothers durch die Tür spazieren würde, nie auf dem Kiesweg zum Three Captains' Inn auftauchen würde, sie jetzt, nach sieben Jahren, nicht plötzlich suchen und finden würde, um ihr zu sagen, er hätte nie aufgehört, an sie zu denken.

Er hatte damit aufgehört. Nach zwei Nächten. Sie musste ihn endlich loslassen, auch wenn sie um Charlies Willen die Suche nach ihm nicht aufgeben durfte. Das war der entscheidende Punkt. Sie musste ihn für Charlie suchen, nicht für sich. Das hatte ihr Marleys Erlebnis von heute Morgen klargemacht, mehr als alles andere. Diese Wunschträume, mit denen sie in den letzten Wochen eingeschlafen war, diese Phantasien von etwas, das nicht passieren würde, spielten ihr üble Streiche und konnten nur zu einer Enttäuschung führen, die sie völlig zermürben würde, und dafür fehlte June die Kraft. Vor allen Dingen hatte sie nicht die Kraft, sich von ihrer eigenen Dummheit zermürben zu lassen.

Lass ihn los, sagte sie sich zum ungefähr siebzigsten Mal.

Sie warf einen Blick auf die Piratenuhr in der Kinderbuchabteilung: Viertel vor zehn. Noch fünfzehn Minuten. Während des langen Wochenendes hatte die Buchhandlung verlängerte Öffnungszeiten, von acht Uhr morgens bis zehn Uhr abends, um sowohl die Frühaufsteher auf dem Weg an den Strand mitzunehmen als auch denjenigen eine Chance zu geben, ein oder zwei oder auch vier Bücher zu kaufen, die nach dem Abendessen oder auf dem Rückweg von den Ausflugsbooten noch hereingeschlendert kamen. Sie hatte gestern bis spätabends mit Marley geredet und war heute Morgen schon in aller Frühe auf ihrer Mission für Marley unterwegs gewesen, doch June fühlte sich unglaublich energiegeladen. Marleys offenbarender Gesichtsausdruck bei Charlies Anblick hatte ihr wieder klargemacht, wie dankbar sie sein konnte. Für Charlie.

Sie hatte den ganzen Tag kaum Zeit gehabt, an irgendetwas anderes außer an den Laden zu denken. Bücher empfehlen, Kunden helfen, kassieren, aufräumen, Auslagen arrangieren. In der Buchhandlung hatte das ganze Wochenende über Hochbetrieb geherrscht. Dieser Montagabend bildete traditionell das inoffizielle Ende des Sommers und der Touristensaison, und June freute sich auf das feierliche Klirren der Champagnergläser auf Henrys Boot nach Ladenschluss.

Ehe sie den Laden schloss, rief sie bei Kat an, um sich nach Charlie zu erkundigen. Ihre Cousine hatte ihn zu einer öffentlichen Veranstaltung mit Muschelessen und Feuerwerk mitgenommen, und er schlief bereits, seine neue Hummertröte fest umklammert. June machte es glücklich, wie sehr Charlie hier in die Familie eingebettet war. Lächelnd ging sie mit Bean über den Steg zum Hausboot hinunter – und ihr Lächeln wurde noch breiter, als Henry ihnen beiden ein Glas

Champagner und ein Dankeschön in Form eines Bonusschecks in die Hand drückte, der mehr als ausreichend war, um Charlies Nachmittagsbetreuung im nächsten Schuljahr sicherzustellen. Sie stießen an, tranken Champagner und aßen Tortilla-Chips mit Henrys extraguter, hausgemachter Salsa, während aus der alten Stereoanlage sanft die Stimme von Van Morrison erklang.

Kurz darauf kam Beans Freund, um sie abzuholen, und wieder einmal war June getroffen von der Heftigkeit des Wunsches, so etwas auch zu haben. Sie wollte auch jemanden, der kam, um sie abzuholen. Jemanden, der für sie da war. Jemanden, dem sie wichtig war. Jemanden, der sie liebte. June war schon so lange allein, dass sie sich daran gewöhnt hatte, mit allem allein fertigzuwerden – Verzweiflung und Freude, ein tropfender Wasserhahn, Abend für Abend das Kind ins Bett bringen. Sie wollte jemanden zum Anlehnen. Zum Lieben. Zum Liebemachen.

«Ohne dich hätte ich an diesem Wochenende nur halb so viel Umsatz gemacht, June», sagte Henry, gegen die Küchenzeile gelehnt. «Du hast wirklich Talent, Bücher zu verkaufen. Die Leute merken, dass du meinst, was du sagst, dass du das Buch, das du empfiehlst, tatsächlich liebst, dass dir ein Thema oder die Stimme des Autors wirklich am Herzen liegen.»

June fühlte sich geschmeichelt. «Einer der Vorteile, seine Samstagabende allein zu verbringen, sind die vielen guten Bücher, die man dann lesen kann.»

Henry stellte sein volles Champagnerglas beiseite und machte sich ein Bier auf. Das war schon eher sein Stil. June sah ihm dabei zu, beobachtete, wie er die Flasche zum Toast erhob, wie er einen Schluck trank, den Kopf in den Nacken legte, sodass die haselnussbraunen, gold gesträhnten Haare seinen Nacken berührten. Er sah wirklich sehr gut aus! Ganz der Typ einsamer Wolf. Und so ... so sexy. Doch sobald June sich vorstellte, Henry Books zu küssen, verwandelte er sich in einen blassen Zwanzigjährigen mit schwarzen Haaren und grünen Augen.

Wenn nicht mal Henry Books in der Lage war, John aus ihrem Herzen zu vertreiben, dann kam sie vielleicht nie von ihm los. Ihr Herz gehörte immer noch einem Typen, der sie nicht gewollt hatte, der sie einfach hatte sitzenlassen. Und der trotzdem ständig in ihrem Sohn präsent blieb. Wie sollte sie ihn da je loslassen?

Henry stellte die Flasche weg und sah sie mit seinen Clint-Eastwood-Augen durchdringend an. *Hilf mir, ihn loszulassen*, dachte sie, ohne seinem Blick auszuweichen. *Hier stehen wir beide, ganz allein. Jahre unausgesprochener Anziehung zwischen uns.* Es sei denn, sie machte sich etwas vor. Es sei denn, sie hatte Henrys Blicke schon immer falsch interpretiert. Aber etwas in seinem Blick sagte ihr, dass er überlegte, über etwas nachdachte, das mit ihr zu tun hatte. Vielleicht, sie in seine Arme zu reißen und ins Bett zu tragen?

Was denkst du, Henry Books? Dass sie sich lieben sollten, gleich jetzt, hier, auf seinem Boot?

Oder war sie für ihn doch nur die gute, alte June, das kleine Mädchen, das ihn nun wirklich nicht interessierte? Sie wünschte, sie wüsste es. Sie wünschte, sie hätte den Mut, von diesem Hocker zu steigen, auf dem sie mit einer halben Pobacke saß, zu ihm zu gehen und ihn direkt auf den Mund zu küssen.

«Ach wie nett, ihr habt's ja gemütlich hier!»

June fuhr herum, und da stand sie: Vanessa Gull. June hatte wie üblich die Realität einfach ausgeblendet und *die Freundin* vergessen. Vollkommen. Einen Moment lang war sie so erschrocken über Vanessas Anwesenheit, dass sie nicht in der Lage war, sich zu bewegen. Vanessa stand in ihrer Sommeruniform aus Kleidchen und Chuck Taylors vor ihnen und starrte sie feindselig an.

«Wir haben nur auf den Superumsatz eines langen Wochenendes angestoßen», sagte June schnell.

«Na klar!» Vanessas dunkle Augen funkelten zornig. «Henry, warum gibst du es nicht einfach endlich zu? Ersparst mir die Qualen, noch ein paar Jahre auf irgendeine ernste Ansage von dir zu warten. Ich bin mir sowieso nicht mehr sicher, dass ich dich heiraten will. Sag es doch einfach, damit wir beide klarsehen – damit wir alle drei es endlich wissen. Du liebst June, und das war schon immer so.»

Junes Blick irrte fassungslos von Vanessa zu Henry. *Was?*

Vanessa starrte sie böse an. «Ach Scheiße, June! Lass doch bitte dieses alberne ‹Wen, mich?›-Getue! Das hat vielleicht funktioniert, als du dich mit achtzehn oder wie alt auch immer du da warst, hast schwängern lassen, aber langsam wird's langweilig. Glaub mir. Aus dem Alter der kleinen Naiven bist sogar du inzwischen raus!»

June starrte Vanessa an, und Vanessa starrte Henry an.

«Ich mag es nicht, in die Ecke gedrängt zu werden, Vanessa», sagte er schließlich mit ruhiger Stimme.

Vanessa stieß ihm den Zeigefinger auf die Brust. «Und ich mag es nicht, ständig in Konkurrenz zu einer anderen zu stehen, ob sie nun gerade im Lande ist oder nicht. Ich hab die Nase voll, Henry. Betrachte dich als ungebunden. Ich gehe inzwischen übrigens wieder mit Beck Harglow aus. Der verzehrt sich wenigstens nicht seit Jahren heimlich nach einer anderen.» Sie nahm Beans Champagnerglas und schleuderte es direkt neben Henry an die Wand. June sah die Scherben zu Boden rieseln. Dann machte Vanessa auf dem Absatz kehrt und verschwand die Treppe hinauf. Oben knallte eine Tür ins Schloss.

«Geh ihr nach!», sagte June. Sie war sich nicht ganz klar darüber, was da gerade passiert war. Beck Harglow – der Spitzenmechaniker, von dem alle so schwärmten – hin oder her, Vanessa war immerhin sauer genug gewesen, um Dinge durch die Gegend zu werfen.

«Nein. Diesmal nicht», sagte er. «Die Show war übertrieben, aber in der Sache hat sie schon recht.»

June sah mit angehaltenem Atem zu ihm hoch.

Die Clint-Eastwood-Augen hielten ihren Blick fest. «Ich habe dich wirklich schon immer geliebt, June.»

June erstarrte, gefror. Jede einzelne Zelle in ihrem Körper kam zum Stillstand.

Henry trat näher, stellte sich ganz dicht vor sie, hob ihr Kinn an, und dann küsste er sie, direkt auf den Mund, genauso wie sie sich das damals, als Charlie noch ein winziges Baby war, immer heimlich vorgestellt hatte. Dann machte er einen Schritt zurück, ohne sie dabei aus den Augen zu lassen. «Das wollte ich schon die ganze Zeit tun. Den ganzen Tag, das ganze Wochenende, eigentlich seit Jahren. Immer schon.»

June wusste nicht, was sie sagen sollte. Sie wollte es doch auch. Sie hatte es auch schon immer gewollt. Aber … sogar jetzt, wo jemand – und zwar nicht nur irgendwer, sondern Henry Books, der einzige andere Mann, von dem sie je geträumt hatte – ihr all das zu Füßen legte, was sie so sehr zu vermissen glaubte, konnte sie sich nicht von der Vorstellung lösen, John doch noch zu finden – und von all den damit verbundenen Möglichkeiten, so unwahrscheinlich sie auch sein mochten. June konnte nichts dagegen tun, sie hing nun mal an der bescheuerten Idee, ihn zu finden und endlich Antworten auf all die Fragen zu bekommen, die ihr seit Jahren den Schlaf raubten. Und sie träumte noch immer davon, dass er ebenfalls die ganze Zeit nach ihr gesucht hatte. Vielleicht hatte sie ihm ja auch nie gesagt, wie sie mit Nachnamen hieß. Sie hatten insgesamt gerade mal sieben oder acht Stunden miteinander verbracht, und ein paar davon unter dem vernebelnden Einfluss von Bier und Gin Tonic.

Vielleicht sucht er mich ja gerade in diesem Augenblick, dachte sie.

«June?»

«Ich –» Sie wandte sich ab und ließ sich in den ledernen Schreibtischsessel sinken. «Ich bin –»

«Du wartest auf jemand anderen», sagte er. «Das ist mir klar.»

Ihr brannten Tränen in den Augen. «Findest du, ich spinne? Weißt du, jetzt, wo ich gerade endlich aktiv nach ihm suche, Charlie zuliebe, denke ich die ganze Zeit – ich meine, ich kann einfach nicht aufhören zu hoffen. Es ist wahrscheinlich albern und völlig sinnlos, aber ich kann einfach nicht anders.» *Ich habe dich immer geliebt...*

Er lehnte sich gegen einen Balken. «Wer behauptet, das sei sinnlos und albern? Es gibt so viele Was-wäre-Wenns, auf die du eine Antwort brauchst, June. Im Augenblick suchst du nach diesen Antworten, und daran hängst du dein Herz und deinen Verstand. Das ist nicht sinnlos. Du bist dabei, etwas ins Reine zu bringen. Und je nachdem, was geschieht, bist du vielleicht irgendwann wieder frei in Herz und Verstand und weißt, was du möchtest.»

Sie stieß einen tiefen Atemzug aus, dankbar, weil er sie verstand. *Ich liebe dich auch, Henry*, wollte sie sagen. «Du hast mich immer verstanden. Du bist wirklich der Einzige, der das immer getan hat. Darum fühle ich mich so wohl mit dir.»

Er lächelte. «Gut!»

Sie stand auf, griff nach ihrem Glas und trank einen Schluck. «Du und Vanessa, ihr streitet und versöhnt euch seit Jahren. Offensichtlich existiert zwischen euch eine ziemlich reale Leidenschaft.»

So wie zwischen ihm und ihr. Dieser Kuss eben, der gerade mal fünf Sekunden dauerte, hatte ihre Knie in Wackelpudding verwandelt.

Henry schüttelte den Kopf. «Ich habe Drama mit Leidenschaft verwechselt. Und Gewohnheit mit echten Gefühlen. Vanessa und ich führen schon seit ziemlich langer Zeit keine richtige Beziehung mehr. Und um ganz ehrlich zu sein, wir haben gegenseitig für den anderen einen gewissen Zweck erfüllt.»

So wie John Smith für dich, konnte sie ihn denken hören.

Sie wandte sich ab. Sie war völlig durcheinander. Plötzlich entdeckte sie auf seinem Schreibtisch ein Foto von sich und Charlie, aufgenommen vor etwa drei Jahren zu Weihnachten. Sie erinnerte sich noch an den Tag. Sie war aus der Pension geflohen, um ihrer Schwester und Edward zu entkommen. Henry hatte sie errettet, hatte mit Charlie einen Schneemann gebaut und sich danach mit ihnen eine Schneeballschlacht geliefert. Er hatte sie und Charlie dabei fotografiert, wie sie Schneeengel machten. Ihre strahlenden Gesichter leuchteten mit Charlies orangenem Schneeanzug um die Wette. Auf eine Art war Henry tatsächlich schon immer ihr «Mann» gewesen, derjenige, an den sie sich zuerst wandte, wenn sie etwas brauchte. Oder jemanden.

«Wir hatten schon ein paar ziemlich gute Momente zusammen, wir drei.» Henry stand hinter ihr.

Wir drei. Charlie gehörte für ihn dazu. Auch das war schon immer so gewesen. June drehte sich um und sah ihn an. Sie hatte keine Ahnung, was sie ohne ihn tun würde. Auch jetzt noch, wo sie und ihre Familie sich näherkamen, blieb er so lebenswichtig für sie wie die Luft zum Atmen. Er *war* ihr Mann.

Er sah sie an, und wie in einem Film zogen bunt gemischte Szenen vor ihrem inneren Auge vorbei. Henry, der ihr den Nacken massierte, als sie im neunten Monat schwanger war. Henry, der Charlie als kleines Baby im Arm wiegte. Ihm die Windeln wechselte und dabei angepinkelt wurde. Henry, der sie tröstend im Arm hielt, als sie weinte, weil John Smith verschwunden war, weil die ungewisse Zukunft so bleischwer auf ihr lastete. Henry. Immer wieder Henry.

«Tu, was du tun musst, June», sagte er jetzt.

Ich bin so froh, dass ich dich habe, wollte sie sagen, doch sie bekam keinen Ton heraus.

· · · · ·

Als June am nächsten Morgen in der Küche stand und Charlies Pausendose für seinen ersten Tag in der neuen Schule fertig machte, trat Lolly neben sie, bugsierte einen von Kats berühmten riesengroßen Schokoladencookies in die rote Spiderman-Box und sah ihre Nichte offen an. «Du wirkst glücklich, June. Offensichtlich macht es dich glücklich, wieder hier zu sein und in der Buchhandlung zu arbeiten – auch wenn es ein anderer Laden ist.»

June hätte beinahe gelacht. Glücklich? Ausgerechnet hier, in Boothbay Harbor? Zugegeben, es machte sie glücklich, dass Charlie hier so glücklich war, denn das war er. Er liebte das Leben in der Großfamilie. Er liebte es, sich um einen Hund zu kümmern, auch wenn Happy offiziell Isabels Hund war. Er nahm seinen Job, ihn zu bürsten und mit ihm spazieren zu gehen – er bekam dafür von Isabel zwei Dollar pro Woche – sehr ernst. Und er freute sich aufrichtig auf die neue Schule.

Trotzdem fragte er sie beinahe täglich mit unverändert hoffnungsvoller Miene, ob sie mit der Suche nach seinem Vater inzwischen nicht endlich ein Stückchen weitergekommen war. Erst vor fünf Minuten hatte er sie wieder danach gefragt.

«Ich werde heute Vormittag in der Bücherei wieder ein bisschen weiterforschen», hatte June geantwortet, und statt des leisen Schimmers von Enttäuschung, der dann normalerweise über sein sonst so fröhliches Gesicht zog, hatte er nur gesagt: «Okay, vielleicht findest du ja heute was raus», ehe er hinausrannte, um die letzten Minuten bis zum Aufbruch mit Happy zu spielen.

Er war wirklich glücklich hier. Umgeben von Verwandten, die ihn vergötterten und ihm heimlich Kekse in die Pausendose schmuggelten. Die ihn im Vorbeigehen unversehens liebevoll umarmten und ihm mit dem Namen seines Lieblingsspielers beflockte Red-Sox-T-Shirts schenkten.

Und für June war es schön, beim Aufwachen nicht allein zu sein. Nicht ständig für jede Kleinigkeit selbst verantwortlich zu sein. Wie Klopapier kaufen. Platte Reifen flicken. Oder um zwei Uhr morgens Nasenbluten stillen. Auch wenn sie letzte Nacht schon länger hellwach gelegen hatte, als Charlie das ganze Haus aufweckte, weil er schreiend verkündete, dass seine Nase blutete. Sie hatte an Henry gedacht, an das, was er gesagt hatte. *Ich habe dich immer geliebt, June.* Ihr Henry. Die Tatsache, dass ein Mensch, den sie selbst so liebte, so glühend verehrte, derartige Gefühle für sie hegen konnte, verlieh ihr einen inneren Auftrieb, wie sie ihn noch nie im Leben verspürt hatte.

Du wirkst so glücklich ...

Lag es an Henry? Ungeachtet der Tatsache, dass sie sich wegen John immer noch Hoffnungen machte?

Oder lag es daran, dass sie tatsächlich hier glücklich war? Hier, im Schoße ihrer Familie, von der auch Henry immer ein Teil sein würde. Während sie letzte Nacht Taschentuch um Taschentuch an Charlies arme Nase gedrückt hatte, hatte Isabel für ihn einen frischen Schlafanzug aus der Kommode geholt und das vollgeblutete Kopfkissen frisch bezogen. Mit einem Bezug mit kleinen blauen und roten Robotern.

Zum allerersten Mal hatten Charlie und sie eine Familie im wahrsten Sinne des Wortes. Sie waren von Menschen umgeben, die sich um sie kümmerten. Irgendwie waren sie sich im Laufe der letzten Wochen alle ganz unmerklich nähergekommen – während sie spätnachts dalagen und sich um Lolly Sorgen machten, während all der vielen kleinen und großen Dinge, die ihren neuen Alltag bestimmten und ihr Leben.

June trat an die Fliegentür. Charlie warf gerade Happys Lieblingsspielzeug über den Rasen. «Bereit für die neue Schule, Schätzchen?», rief sie.

«Bereit!», sagte er und kraulte den Hund zum Abschied noch mal kräftig durch. «Ciao, Happy!»

Lolly und June brachten Charlie gemeinsam zur Bushaltestelle an der nächsten Straßenecke, und als Charlie nach einer flüchtigen Umarmung für Großtante und Mutter in den Schulbus stieg, hatte June für einen kurzen Augenblick das Gefühl, ihr würde es das Herz zerreißen.

Auf dem Rückweg erzählte Lolly June, wie sie damals weinen musste, wenn sie Kat in den großen gelben Schulbus verfrachtet hatte und dem Bus nachsah, während ihr kleines Mädchen ganz allein in die große weite Welt verschwand.

Sie gingen Arm in Arm zurück, und June war sich nur allzu bewusst, wie langsam ihre Tante ging, viel langsamer als früher. Nach zwei belebenden Tassen Kaffee und Lollys Versicherung, dass es ihr gutgehe – «nun geh schon und kümmere dich um deine Recherchen» –, machte June sich auf den Weg in die herrlich kühle und ruhige Stadtbücherei, um sich an das öffentliche Computerterminal zu setzen.

Als wäre eine neue Umgebung im Gegensatz zu Lollys Büro oder Kats Laptop in der Lage, irgendetwas Neues zu Tage zu fördern. Doch June wusste nicht, was sie sonst noch hätte versuchen sollen, das sie nicht schon versucht hatte. Abgesehen davon, einen Privatdetektiv anzuheuern.

Vielleicht war das tatsächlich die einzige Möglichkeit. Sie hatte diesen Weg bis jetzt nicht eingeschlagen, weil sie die siebenhundert Dollar, die dazu nötig wären, einfach nie übrighatte. Ein einziges Mal hatte sie Kontakt zu einem Privatdetektiv aufgenommen. Der war so nett, ihr zu sagen, dass sie das, was er tun würde, nämlich online zu recherchieren, auch gut selbst machen und sich das Vorschusshonorar von zweihundertfünfzig Dollar sparen könnte. Ohne Sozialversicherungsnummer oder Geburtsdatum sei es schwierig, jemanden mit einem derart weit verbreiteten Namen aufzuspüren.

Sie hörte Kinder singen und folgte dem fröhlichen Klang in die Kinderbuchabteilung. Etwa zehn Kleinkinder saßen auf dem Schoß von Erwachsenen im Kreis, während eine Bibliothekarin mit ihnen Ringel Rangel Rosen spielte. June lächelte und dachte daran, wie sie Charlie das Lied immer vorgesungen und die Bewegungen dazu gemacht hatte.

Sie besorgte sich einen Internetzugang und ging hinauf zu den Computerterminals. Als sie bei den Sachbüchern vorbeikam, entdeckte sie Marley in einem Lesesessel, neben sich einen Stapel aufgeschlagener Bücher. June ging hinüber, um ihr Hallo zu sagen. Marley war dabei, eine Liste zu schreiben, *Was Ihr Baby wirklich braucht* auf dem Schoß.

«Hast du schon was von Kip gehört?», fragte June flüsternd.

Marley schüttelte den Kopf. «Aber ich habe es meiner Mutter gesagt. Sie möchte, dass ich in Boothbay bleibe und mich hier nach einer Stelle als Lehrerin umsehe. Sie sagt, dass sie gerne den Babysitter für mich macht.» Marley lächelte. «Ich bin schon nicht mehr ganz so verzweifelt.»

«Ich fände es gut, wenn du hierbleibst – Kip wird sich ganz sicher blicken lassen. Wenn auch vielleicht erst, wenn das Baby da ist.»

«Hoffentlich. Wahrscheinlich ist es ja nur ein romantisches Hirngespinst, aber ich bin immer noch der Meinung, dass ihm ein wunderbares Geschenk angeboten wurde: eine Familie, eine Frau, die ihn fürchterlich liebt, ein Kind – und er macht sich rein gar nichts daraus.»

«Das wird sich rausstellen», sagte June. «Mit der Zeit. Aber dazu muss die Neuigkeit erst mal richtig bei ihm ankommen.»

Sie verabredeten sich für diese Woche zum Abendessen, um gemeinsam eine Liste der Dinge durchzugehen, die nach Junes Meinung jede junge Mutter brauchte, und auch über diejenigen zu sprechen, die sie für Blödsinn erachtete (wie zum Beispiel vorgewärmte Feuchttücher). Dann ließ sie Marley mit ihren Büchern wieder allein und setzte sich an den freien Computer.

Sie absolvierte die übliche Suchroutine. Eine halbe Stunde später wurde ihr klar, dass sie die wenigen Seiten, die sich zu lesen lohnten, alle schon kannte. Eine weitere halbe Stunde später war sie mit sämtlichen Treffern und Erwähnungen fast durch. Nichts Neues.

Doch dann stieß sie auf etwas Vielversprechendes. Etwas äußerst Vielversprechendes. Als sie *John Smith, Colby College,*

2003, 2004, 2005 in die Google-Blogsuche eingab, erschien ein kurzer Bericht aus dem Jahr 2005 – inklusive eines Fotos in ziemlich schlechter Auflösung – über eine College-Jazzband, ein Quartett namens The Jazz Experience. Der John Smith, den sie suchte, hatte ihr zwar erzählt, dass er Jazzmusik liebte, aber nicht, dass er in einer Band gespielt hatte. Trotzdem, die Bildunterschrift identifizierte John Smith als den zweiten von links, und der Junge mit dem Bass hatte tatsächlich schwarze, glatte Haare. Er hielt den Blick auf seine Gitarre gesenkt, und die Haare verdeckten seine Augen.

Es war möglich. Der Jahrgang stimmte.

Und was jetzt? Sollte sie die drei anderen Bandmitglieder kontaktieren? *Äh, hallo, du bist mit einem John Smith aufs College gegangen, der schwarze, glatte Haare hatte. Er spielte mit dir in einer Band. Weißt du zufällig, ob er im letzten Jahr die Schule geschmissen hat, um zu reisen?*

Immerhin hatte sie hier jemanden gefunden – und zwar gleich drei Personen die sie fragen konnte. Es war ein Anfang.

«Es tut mir leid, aber Ihre Sitzung ist schon seit zehn Minuten abgelaufen, und es wartet noch jemand auf den Computer», sagte eine Mitarbeiterin zu ihr.

June sprang auf. «Entschuldigung! Schon frei!» Sie eilte die Treppe hinunter. Endlich hatte sie etwas gefunden, mit dem sich etwas anfangen ließ. *Ich werde ihn finden.* Sie war auf dem richtigen Weg. Das spürte sie. Sie würde endlich erfahren, was geschehen war, wieso er nie wieder aufgetaucht war, trotz der unglaublichen zwei Nächte, die sie miteinander verbracht hatten, trotz der Art, wie er sie angesehen hatte, sie im Arm gehalten hatte, sie hatte spüren lassen, dass er sie liebte. Und vielleicht, ganz gleich, wie hauchdünn der Hoffnungsschimmer auch sein mochte, der sich hinter diesem

Vielleicht verbarg, gab es doch noch eine Chance für sie und Charlie, endlich zu dritt zu sein.

· · · · ·

Nach dem Abendessen googelte June den Namen des Typen aus dem Blogpost mit dem ungewöhnlichsten Namen. Es tauchte tatsächlich nur ein Theodore Theronowki auf. Ein einziger! *Danke, Theodore Theronowki, für deinen schönen Namen!* Sie tippte den Namen und Adresssuche ins Suchfeld, und sofort erschienen eine Adresse und eine Telefonnummer in Illinois.

Ihr Herz klopfte wie verrückt. Sie griff zum Telefon und wählte.

«John Smith, John Smith ...», sagte Theodore Theronowki, nachdem sie ihm den Grund ihres Anrufes erklärt hatte. «Aus der Jazz Experience? Ich erinnere mich ni– oh, warten Sie, doch. Als Parker ausstieg, ist sein Freund John für ein paar Monate für ihn am Bass eingesprungen. Ich bin dann an die Uni gegangen, wir haben uns nicht besonders gut kennengelernt.»

Er erinnerte sich an ihn. June schloss in stummem Dank die Augen. Sie war ihm auf der Spur.

«Sie haben nicht zufällig seine Adresse? Auch, wenn sie alt ist, oder eine Telefonnummer? Irgendwas, das mir hilft, Kontakt zu ihm aufzunehmen?»

«Nö, tut mir leid. Aber ich kann mich erinnern, dass er in der Haywood Street oder am Haywood Place gewohnt hat. Haywood ist nämlich mein zweiter Vorname, und manche Kumpel nennen mich so. Ich meine, er hätte erzählt, er wäre in irgendwas mit Haywood aufgewachsen. Keine Ahnung, wo genau. Leider.»

Haywood irgendwas. In Bangor. Mehr brauchte sie gar

nicht. Das würde sie zu seinen Eltern führen. Und die zu ihm. *Danke, Theodore Theronowki. Danke!*

Sobald sie das Gespräch beendet hatte, tippte sie *Haywood, Bangor, Maine* in das Suchfeld von Google Maps, und da war es: Haywood Circle, eine Sackgasse. Natürlich war es gut möglich, dass seine Eltern nicht mehr dort lebten. Doch kaum hatte sie *Smith, Haywood Circle, Bangor, Maine* ins Suchfeld getippt, poppte ein Eintrag auf: Eleanor und Steven Smith, Haywood Circle 22.

June sprangen die Tränen in die Augen. Sie schlug sich die Hand vor den Mund, schockiert, weil sie ihn nach all der Zeit, nach der ganzen Sucherei, endlich gefunden hatte – fast zumindest. Sie hatte einen Weg zu ihm gefunden.

Und was jetzt? Sollte sie seine Eltern anrufen? Sagen, sie wäre eine alte Freundin von John und würde wahnsinnig gern wieder mit ihm in Kontakt treten? Was, wenn sie ihm ihre Nachricht nicht ausrichteten? Was, wenn sie keinen Kontakt mehr hatten? Was, wenn John verlobt oder verheiratet war und seine Eltern die Adresse nicht an eine alte Freundin rausgeben wollten? An eine alte Exfreundin? Wie viel sollte sie erzählen, um die Kugel ins Rollen zu bringen? Wie wenig?

Hallo, Mrs. Smith. Ich heiße June Nash, und ich habe vor sieben Jahren ihren Sohn John kennengelernt, als er in New York auf der Durchreise war. Wir haben uns aus den Augen verloren, und ich hätte so gerne seine Adresse.

Das klang doch vernünftig.

Sie würde sich mit Isabel und Kat beraten, hören, was sie von dieser Strategie hielten. Zum hundertsten Mal sagte June sich, wie dankbar sie dafür war, dass die beiden da waren, Tag und Nacht bereit für Gespräche über die wirklich wichtigen Dinge des Lebens.

12.
Kat

....

Wie zerbrechlich ihre Mutter inzwischen wirkte. Anstatt sich von der ersten Runde Chemotherapie zu erholen – in anderthalb Wochen stand bereits die zweite Infusion auf dem Plan –, schien Lollys Körper sich in permanentem Aufruhr zu befinden. Ständig litt sie unter Übelkeit und Abgeschlagenheit, und manchmal war sie, so wie jetzt, dermaßen müde, dass sie kaum den Arm heben konnte. Lolly saß hochgelagert in dem speziellen Klinikbett, das Kat für sie organisiert hatte, und Kat konnte kaum ertragen, mit anzusehen, wie viel Anstrengung es ihre Mutter kostete, die Seiten ihrer Hauswirtschaftszeitschrift umzublättern.

Kat saß auf der Bettkante. Die Spätnachmittagssonne sprenkelte den mit verblichenen Seesternen bestickten gelben Bettüberwurf, der einst Tante Allie gehört hatte. Manchmal blieb Kat beim Anblick der Decke regelrecht die Luft weg. Wegen dem Verlust. Wegen starken Frauen, die gehen mussten, ehe ihre Zeit gekommen war.

Kat erinnerte sich noch gut an ihre wunderschöne Tante. Sie hatte sich immer gewünscht, auch solche Haare zu haben, dichte, kastanienbraune, goldgesträhnte Wellen. Isabel hatte das Gold geerbt, und June das Kastanienbraun. Manchmal, wenn Lolly Kat an einem Wochenende mit Hochbetrieb zu ihrer Tante und ihrem Onkel rüberschickte, damit sie sich um sie kümmerten, hatte Tante Allie sich hingesetzt und Kats lange, blonde Haare gebürstet, die so hell waren, dass sie Kat fast farblos vorkamen. Aber Allie hatte ihr immer gesagt, was für schönes Haar sie hätte, und das hatte Kat stolz gemacht. Ihre Tante war unglaublich nett gewesen, und Kat hatte es geliebt, Zeit bei ihr zu verbringen. Auf dem Weg dorthin hatte Kat immer einen Blick in das Schaufenster der Wahrsagerin gewagt. Sie hieß Madame Esmeralda, und Tante Allie hatte Kat erzählt, dass die Frau, obwohl Allie und Kats Cousinen ihr kein bisschen glaubten, dass sie tatsächlich in die Zukunft sehen konnte, deshalb ein kleines Vermögen mit ihrem Laden verdiente, weil sie in der Lage war, in den Gesichtern der Menschen zu lesen. Tante Allie war der Meinung, den meisten Menschen stünden ihre Wünsche und Sorgen mitten ins Gesicht geschrieben. Eines Tages, an einem ruhigen Winternachmittag, hatte Madame Esmeralda, die zwischendurch als Schneiderin arbeitete, Kat die Zukunft gelesen. Anstatt einer Bezahlung musste Kat für sie drei Kunden beliefern. Madame Esmeralda hatte Kat in ihren winzigen Laden mit den üppigen roten Samtvorhängen und den riesigen Kerzenleuchtern gebeten, sie vor sich an einen Tisch gesetzt und ihr eine Reihe ziemlich offensichtlicher Dinge verraten. Einen Satz allerdings hatte Kat nie vergessen: «Am Ende wirst du dich selbst überraschen.»

Ein paar Tage nach dem Unfall war Kat Madame Esmeralda im Supermarkt begegnet. Sie war zu ihr gerannt und hatte sie angeschrien, ihr Betrug vorgeworfen, weil sie nicht wusste, was sie eigentlich sagte, Madame Esmeralda hätte ihren Vater davor warnen müssen, ihre Tante und ihren Onkel abzuholen, sie hätte vorhersehen müssen, dass ein völlig Betrunkener nur ein paar Minuten von ihrem Haus entfernt den Wagen von Kats Vater rammen würde. Ein paar Minuten, und sie wären alle in Sicherheit gewesen. Und am Leben.

Madame Esmeralda hatte damals dermaßen erschrocken und traurig ausgesehen, dass Kat verstummt war und sogar noch eine Entschuldigung gestammelt hatte, ehe sie fluchtartig den Laden verließ. Nach dem Unfall hatte sie den Satz von Madame Esmeralda, der ihr so gefallen hatte, abgeschrieben, weil sie dieser Frau kein einziges Wort mehr glaubte. Natürlich würde sie sich selbst überraschen, schließlich steckte das Leben voller Scheißüberraschungen.

Kat hob den Blick von dem ausgeblichenen Seestern, der ihr diese Erinnerung beschert hatte, und konzentrierte sich auf die mundgerecht geschnittenen Stücke Erdbeerkuchen, den sie extra für ihre Mutter gebacken hatte. Kat stand nicht besonders auf Erdbeerkuchen, aber es war nun mal Lollys Lieblingssorte.

«Mhm, das zergeht einem ja förmlich auf der Zunge», sagte ihre Mutter, während Kat sie mit einer Gabel fütterte. Dann seufzte Lolly und sah sie eindringlich an. Zum dritten Mal in der letzten Viertelstunde.

«Jetzt komm schon, Mom. Du hast doch was auf dem Herzen.»

Lolly musterte sie. Presste die Lippen zusammen. Und sagte schließlich: «Ich hatte gehofft, du hättest mir etwas zu sagen.»

Die Gabel blieb mitten in der Luft stehen. «Was denn?», fragte Kat.

«Über einen Ring?»

O nein!

«Ich war vorhin auf dem Weg in die Küche, aber dann habe ich dich durch das Fensterchen in der Tür gesehen. Du standst am Ofen und hattest etwas in der Hand, das aussah wie ein Diamantring. Ich wollte nicht, dass du denkst, ich spioniere dir nach, also habe ich die Tür extra laut aufgemacht. Du hast dich umgedreht und den Ring schnell in die Tasche gesteckt.»

«Den hat Oliver mir geschenkt», flüsterte Kat so leise, dass sie nicht wusste, ob ihre Mutter sie überhaupt gehört hatte. *Vor fast zwei Wochen, und es fühlt sich immer noch so seltsam an wie an dem Tag, als er mir den Ring auf den Finger gesteckt hat.*

«War das Geschenk mit einer Frage verbunden?»

Kat nickte.

«Und?»

«Und ich habe Ja gesagt, aber ich ... es fühlt sich einfach falsch an, irgendwelchen Wirbel um meine Verlobung zu machen, während du so viel durchmachen musst, die Chemotherapie und das Haus voll bis unters Dach. Da ... da habe ich es einfach für mich behalten.»

Lolly schaute sie durchdringend an. Kat musste den Blick abwenden. «Kat, wie du weißt, stecke ich meine Nase nicht gerne in die Angelegenheiten anderer Leute, und das gilt auch für meine Tochter, aber ich befinde mich momentan in einer Situation, in der ich Dinge sagen muss, die ich normalerweise nicht sagen würde.»

Ach, nein!

«Es gibt nichts – gar nichts –, das mich glücklicher machen würde, als zu sehen, wie ihr beide heiratet, du und Oliver, und euch ein gemeinsames Leben aufbaut.»

Kat hob den Blick und sah ihrer Mutter in die Augen. «Weshalb?» *Weil du dir dann um mich keine Sorgen machen musst? Weil du glaubst, ich will heiraten? Weil du und Dad Oliver schon für mich ausgesucht habt, als ich fünf war?*

«Weil ihr beide euch liebt. Schlicht und einfach.»

Liebe soll schlicht und einfach sein?, wollte Kat sagen. Aber ihr kam kein Wort über die Lippen. Sie konnte nicht mit ihrer Mutter reden. Hatte sie noch nie gekonnt und konnte sie auch jetzt nicht.

Akribisch schnitt Kat noch ein Stück Erdbeerkuchen zurecht, nur um etwas zu tun zu haben. «Ich will einfach nicht, dass du aus dem Mittelpunkt gerätst, Mom. Es geht jetzt um dich. Wie soll ich denn über Haarschmuck und Gästelisten nachdenken, während meine Mutter ...»

Während sie es aussprach, merkte Kat, dass es tatsächlich so war. Ganz abgesehen von ihren ambivalenten Gefühlen für Oliver konnte Kat sich einfach nicht vorstellen, sich für irgendwelche Brautkleider zu begeistern, während ihre Mutter im Sterben lag.

Ihre Mutter lag im Sterben. Die Wahrheit krallte sich in ihren Magen. *Eigentlich hatte ich dich doch nie richtig, und jetzt ...* Eine Erinnerung drängte sich in ihr Gedächtnis. Es hatte in der Schule einen Vorfall gegeben, ein paar Mädchen hatten ihr ‹Waisenkind› hinterhergerufen. Es war nicht das erste Mal, dass sie gehänselt wurde, und als sie es schließlich gewagt hatte, sich June anzuvertrauen, hatte die ihr erklärt, das läge daran, dass sie so hübsch und nett wäre und dass es eben viele gemeine Mädchen gäbe, die deswegen neidisch waren. Offensichtlich wären diese Mädchen zu dumm, um zu wissen, was ein Waisenkind eigentlich ist, und Kat sollte sie einfach nicht beachten und zu ihrer Vertrauenslehrerin gehen. Danach hatte Kat sich ein bisschen besser gefühlt. Über solche Dinge hatte sie früher immer am liebsten mit ihrem Vater gesprochen, über gemeine Kinder und Beleidigungen und schlechte Noten in Schulaufgaben, für die sie gelernt hatte, denn ihr Vater hatte immer die richtigen Worte gefunden. Lolly hatte immer nur gesagt, sie solle sich zusammenreißen, nie ohne ihr berühmtes «Himmel noch mal!» als Extraprise Salz für die Wunde hinterherzuschießen, und nach dem Tod ihres Vaters hatte Kat sich nie an Lolly gewandt, wenn sie jemanden zum Reden brauchte. Im Gegenteil, wenn Lolly fragte, was los war, murmelte Kat «Gar nichts» und rannte davon. Manchmal schüttete sie June ihr Herz aus, die war immerhin drei Jahre älter und ziemlich schlau. Doch meistens hielt Kat sich an Oliver.

Ihr war nie klar gewesen, wie sehr sie ihre Mutter auf Abstand gehalten hatte. Vielleicht hatte sie Lolly nach dem Tod ihres Vaters selbst nie eine Chance gegeben.

Lolly setzte sich so mühsam auf, dass es Kat förmlich die Luft abschnürte. «Kat, weißt du, woran ich während der Chemotherapie denken musste, als ich mit meinem Schlauch im Arm da lag? An dich. Dich hier alleinzulassen. Erinnerst du dich noch daran, wie in *Mamma Mia!* die Tochter Angst hat, ihre Mutter alleinzulassen? Bei uns ist es umgekehrt. Ich habe Angst, dich alleinzulassen.»

«Mom, ich –»

«Kat, ich sehe zwar, dass ihr Mädchen euch langsam näherkommt, aber Isabel geht vielleicht nach Connecticut zurück und June irgendwann doch wieder nach Portland. Die Vorstellung, dass du alleine bist, macht mir einfach Angst. Ich will damit nicht sagen, dass du nicht ganz wunderbar in der Lage wärst, allein mit der Pension oder mit deinem Leben zurechtzukommen, aber ich kann dich hier nicht alleine lassen, Kat. Es würde mich so glücklich machen, dich mit Oliver verheiratet zu wissen. Zu wissen, dass du wohlbehalten und versorgt bist. Du weißt schon, wie ich das meine.»

Kat stiegen die Tränen in die Augen. Ihre Mutter redete mit ihr, sagte ihr tatsächlich, was sie fühlte, und Kat wünschte, sie könnte ebenfalls endlich ihr Herz ausschütten, darüber sprechen, wie verwirrt sie war, was für widersprüchliche

Gefühle in ihr herrschten. Aber wie sollte sie das tun, angesichts dessen, was Lolly gerade gesagt hatte?

«Ich habe auch daran gedacht, wie sehr Oliver dich liebt. Und wie wunderbar er ist, wie wunderbar er schon immer gewesen ist», fuhr Lolly fort. «Weißt du noch, wie ihr beide damals, als dein Vater starb, immer unter den Büschen zwischen den beiden Häusern gehockt habt? Oliver saß stundenlang mit dir da draußen, eingemummelt in Schneeanzüge und Fäustlinge, und manchmal ist er zwischendurch nach Hause gelaufen, um Thermoskannen mit heißer Suppe oder Kakao zu holen. Du wolltest sehr lange Zeit nirgendwo anders sein als unter diesen Büschen, und er blieb draußen in der Eiseskälte bei dir sitzen, stundenlang. Er war erst zehn. Genau wie du.»

«Ich weiß», sagte Kat.

«Ich werde dich niemals verlassen», hatte Oliver damals immer zu ihr gesagt. «Das verspreche ich dir. Sollen wir einen Blutschwur machen?» Und das taten sie auch, diverse Male.

Einen Moment lang war Lolly in Gedanken. «Und als wir beide vor ein paar Jahren mit Streptokokken flachlagen und Pearl auch krank war, da hat Oliver sich um die Pension gekümmert, und um uns. Weißt du noch, wie er zu Chowhounds gefahren ist und uns diese köstliche Suppe mitgebracht hat?»

«Und heiße Schokolade aus dem Harbor Lights. Mit dicken, fetten Marshmallows obendrauf», sagte Kat und musste daran denken, wie Oliver ihre Betten frisch bezogen hatte. Und ihnen Blumen und Zeitschriften ans Bett brachte.

«Er hat sich schon mit zehn Jahren um dich gekümmert», sagte Lolly. «Und er tut es immer noch. Du hast solches Glück, Kat. Glück, weil du ihm schon so jung begegnet bist, und Glück, weil dir eine solche Liebe fürs Leben beschert wurde.»

Ja, es ist ein Glück für mich, Oliver zu haben. Das wusste sie. Kat dachte an sein hübsches Gesicht und seine wunderbare Art. Sie benahm sich wirklich wie ein Dummkopf. Natürlich hatte sie Glück. Wer sagte denn, dass sie nicht reisen konnte? Dazu gab es schließlich Flitterwochen in Paris. Und Ferien in Rom und Sydney und Moskau.

Und dass sie sich zu Dr. Matteo Viola hingezogen fühlte, bewies lediglich, dass ein attraktiver Mann sie nicht kaltließ. Das war doch ganz normal. Es bedeutete nicht, dass sie Oliver nicht liebte.

«Weißt du, Kat? Ich würde diese Wochen liebend gerne damit zubringen, deine Hochzeit zu planen», sagte Lolly. «Ich würde viel lieber Hochzeitsmagazine durchblättern und Gästelisten schreiben, als mir immer nur Sorgen zu machen. Schon allein die Frage, welches Kleid dir gefallen würde und was es auf dem Empfang zu essen geben soll, verleiht mir augenblicklich neue Kräfte. Was für ein Kleid stellst du dir denn vor? Ganz in Weiß, romantisch und mit Rüschen? Oder eher etwas Schlichtes?»

Kat konnte sich nicht daran erinnern, wann sie sich ihrer Mutter zuletzt so nahe gefühlt hatte. Und ja, sie würde ihrer Mutter diese Freude gönnen. Lolly sollte planen dürfen. Sie und Oliver gehörten zusammen, das schien allen klar zu sein, niemand zweifelte daran. Darauf musste sie vertrauen.

«Ich habe eher an etwas Schlichtes gedacht», hörte sie sich sagen. «Nicht zu viele Rüschen oder Spitze.»

Lollys aufgeregtes Lächeln ließ ihr ganzes Gesicht erstrahlen. «Wie wäre es, wenn wir die Trauung und den Empfang hier bei uns im Garten feiern? Das wäre doch perfekt!»

«Ja, Mom, das wäre es.»

Vielleicht sollte es genau so sein, dachte Kat. Die Entscheidung aus ihren Händen genommen, zum zweiten Mal. Vielleicht brauchte sie das ja, jemanden, der das Ruder übernahm und zu ihr sagte, *jetzt hör mir mal zu, Oliver ist der beste Kerl auf der ganzen Welt, einen tolleren als den wird es auch niemals mehr geben, und du heiratest ihn jetzt.*

«Zeig mir doch mal, wie dieser Ring an deinem Finger aussieht.»

Kat zog den Ring aus der Hosentasche und steckte ihn an. Es handelte sich um ein altes Familienerbstück, von Olivers Urgroßmutter an die Frauen in der Familie weitergereicht. Es war ein wunderschöner, schmaler goldener Reif mit einem runden, glitzernden Diamanten, eingefasst von winzigen, rechteckig geschliffenen Steinen.

«Jetzt passt wirklich alles zusammen in diesem Bild», sagte Lolly und bewunderte den Ring.

Wieso bloß hatte Kat dann immer noch das Gefühl, dass nur sie selbst nicht ins Bild passte?

· · · · ·

Am Freitag – der Ring glitzerte jetzt offiziell und für alle Welt sichtbar an ihrem Finger – hatte Kat zwei Tage voller Gratulationen hinter sich, von allen in der Pension, dazu Anrufe und Mails von Olivers Familie und ihren gemeinsamen Freunden, und sie war überreif für einen ruhigen Kinoabend zu Hause. Nur sie vier unter sich (Pearl war auf einer Geburtstagsfeier), ein guter Film dazu, über den sie sich unterhalten konnten – und bitte keine Gespräche über die Verlobung oder die Hochzeit oder irgendwelche Zukunftspläne. Und nicht noch eine Million Fragen zum Thema, wo sie und Oliver künftig leben wollten, und ob sie schon gehört hätten, dass nur zwei Blocks weiter ein altes viktorianisches Haus zum Verkauf stand, das Kat mit Sicherheit lieben würde. Lizzie war angesichts der Neuigkeiten fast ausgeflippt vor Freude und war mit einem Stapel von mindestens dreißig Hochzeitszeitschriften voller bunter Klebezettel aufgekreuzt, mit denen sie Lieblingskleider, Lieblingsschleier, Schuhe, Dessous, Schmuck und Frisuren markiert hatte. Natürlich besaß Kats durchorganisierte Freundin auch Listen der besten Locations und Catering-Firmen, Vorschläge für Hochzeitsgeschenke und die perfekten Flitterwochenziele. Lizzie und ihr Zukünftiger hatten Hawaii vor Augen. Kat hatte Kopfschmerzen. Der ganze Rummel war ihr entschieden zu viel.

Sie sah die DVD-Sammlung im Aufenthaltsraum durch. Ihre Mutter hatte sie damit beauftragt, aus der Meryl-Streep-Sammlung etwas Erheiterndes auszusuchen. Sie würden heute in Lollys Schlafzimmer schauen, weil Lolly in den letzten Tagen so müde gewesen war und während des Films sicher einschlafen würde. Die Filme waren nach Themen sortiert und gekennzeichnet. Außerdem wiesen Etiketten auf den Hüllen in der Meryl-Streep-Abteilung auf die anderen Hauptdarsteller im Film hin. Clint Eastwood. Shirley MacLaine. Tommy Lee Jones. Nicole Kidman. Uma Thurman. Robert Redford. Albert Brooks.

Rendezvous im Jenseits. Na, das war ja mal ein Titel. Kat zog den Film aus dem Regal und las die Beschreibung auf der Rückseite. Nach einem tödlichen Unfall mit seinem schicken neuen Wagen, den er sich selbst zum Geburtstag geschenkt hat, muss Albert Brooks sich für sein Leben verantworten – insbesondere für die Augenblicke der Angst, die ihn immer wieder blockiert haben – und zwar vor einem Gericht in «Judgement City», damit er mit seiner neuen Liebe Meryl Streep weiter hinauf in den Himmel reisen kann. «Höchst amüsant und zu Herzen gehend», lautete eine Kritikerstimme.

Augenblicke der Angst. Davon gab es in Kats Leben ebenfalls reichlich. Sie legte die DVD heraus und ging in die Küche, um für den Abend eine Minihochzeitstorte zu backen – nur um zu sehen, wie es sich anfühlte. In der Küche war Kat schon immer furchtlos gewesen. *Mal sehen, wie furchtlos ich bin, wenn es darum geht, meine eigene Hochzeitstorte zu backen.*

·····

«Es ist schon eine ganze Weile her, seit ich den Film gesehen habe», sagte Lolly. Sie lag im Bett, die Fernbedienung griffbereit auf der Bettdecke. «Ich kann mich noch erinnern, dass er wirklich sehr komisch ist. Gleichzeitig regt er einen aber auch dazu an, darüber nachzudenken, für was man sich in seinem eigenen Leben zu verantworten hat. Und nicht kann.»

Ein Stückchen Minihochzeitstorte – Lolly, Isabel und June waren natürlich lauthals entzückt gewesen – auf dem Tablett zwischen sich und ihrer Mutter, hatte Kat es sich auf dem großen Krankenbett gemütlich gemacht. Sie holte tief Luft. Es hatte ihr tatsächlich Spaß gemacht, ihre eigene kleine Hochzeitstorte zu backen – mit winzigen Täubchen und jeder Menge Zuckerrosen –, aber sie hatte, während sie daran gearbeitet hatte, weder an sich und Oliver noch an eine Hochzeit gedacht, sie hatte ausschließlich an die Torte gedacht. Daran, dass sie perfekt werden sollte.

Doch als sie den ersten Bissen probierte – und die Torte war perfekt geworden –, lag ihr der süße Kuchen bitter auf der Zunge. Sie brauchte in der Tat Hilfe dabei, sich für ihre Gefühle zu verantworten – weil sie Oliver gleichzeitig heiraten und nicht heiraten wollte. Weil sie sich zu Matteo Viola hingezogen fühlte, ob sie wollte oder nicht. Weil sie gehen und weil sie bleiben wollte.

Isabel und June saßen rechts vom Bett auf gepolsterten Klappstühlen, und June hielt für sie beide eine Schale Popcorn auf dem Schoß. Kat war dankbar, dass ihr heute wie Wasserfälle plappernde oder rechthaberische Hausgäste erspart blieben.

«Ich brauche nur Albert Brooks' Gesicht zu sehen, und schon muss ich lachen», sagte Lolly bei der Eröffnungsszene, in der Brooks vor seinen Kollegen in der Agentur eine amüsante Rede hält. «Seht euch nur diese Mimik an, und wie er seine Stimme einsetzt – er ist einfach zu komisch.»

Albert Brooks spielt einen liebenswerten, witzigen Werbetypen, der sich zu seinem Geburtstag ein BMW Cabriolet leistet und dann versehentlich mit einem Autobus kollidiert, während er im Fußraum nach einer heruntergefallenen CD sucht. Er landet in Judgement City, das ein bisschen an Las Vegas erinnert, wo er sich vor einer Prüfungskommission wie vor Gericht inklusive Anklägerin und Verteidiger für sein Leben auf der Erde verantworten muss. Hier wird entschieden, ob er mit Meryl Streep, die er an seinem zweiten Abend in Judgement City kennenlernt und die auf Erden ausschließlich wunderbare Dinge getan hat wie Kinder zu adoptieren und Katzen aus brennenden Häusern zu retten, weiterreisen darf in den Himmel. Verliert er seinen Fall, muss er zurück auf die Erde, um es im nächsten Leben besser zu machen.

June teilte ihr Stück Hochzeitstorte und nahm einen Bissen. «Meine Güte, stellt euch nur vor, jede Sekunde deines Lebens wird aufgezeichnet und dann am Ende gegen dich verwendet, wenn es darum geht, ob du in den Himmel kommst. Ich glaube, ich würde immer wieder auf die Erde zurückgeschickt werden.»

Ich auch, dachte Kat. *Schon allein für den Moment, als ich Ja zu*

Olivers Antrag gesagt habe, weil ich Angst vor allem hatte – inklusive davor, Nein zu sagen. Oder für den Moment, als ich mit Oliver im Bett war und an Matteo gedacht habe ...

«Bei mir würde die Oberstufe reichen, um mich für alle Ewigkeit am In-den-Himmel-Kommen zu hindern», sagte Isabel kopfschüttelnd.

«Ha! Da haben wir's. Die Menschen auf der Erde nutzen gerade Mal drei Prozent ihres Gehirns», sagte Kat und wiederholte damit die Worte von Albert Brooks' Verteidiger. «Und das ist der Grund für ihre ganzen Probleme auf Erden. Da ist sicher was dran.»

Der Film war warmherzig, witzig und spannend, genauso amüsant und zu Herzen gehend wie auf der DVD-Hülle beschrieben, und Kat spürte, wie sie entspannte. Sie konnte ihre Minihochzeitstorte richtig genießen. Bis ein Satz sie zum Nachdenken brachte. Genau, wie Lolly es prophezeit hatte.

«Glaubt ihr, das stimmt?», fragte Kat. «Dass Angst wie ein Nebel ist, der alles blockiert und die Menschen vom wahren Glück abhält?»

«Wahrscheinlich», sagte June. «Ich weiß schon, dass ich manchmal etwas nicht getan habe, weil ich nicht wusste, was dabei herauskommen würde. Oder weil ich schlicht Angst davor hatte. Das ist doch nur menschlich.»

Isabel nickte. «Die Angst vor dem, was ich nicht hören wollte, hat mich davon abgehalten, mit Edward richtig über unsere Probleme zu sprechen.»

Kat rückte sich das Kissen zurecht, um es bequemer zu haben, bis sie merkte, dass ihr Unbehagen von innen kam. Die Angst hielt sie davon ab, so vieles zu sagen – und zu tun. Vielleicht wusste sie ja doch, was sie wollte, und hatte nur Angst, dafür einzustehen.

«Albert Brooks muss sich für neun Tage seines Lebens verantworten?», fragte June. «Das wäre bei mir aber um einiges mehr.»

«Bei mir auch», sagte Lolly leise.

Kat warf ihrer Mutter einen erstaunten Blick zu, doch Lolly hatte bereits nach dem Eistee gegriffen, ihre Art, *Frag nicht* zu sagen. Wenn Kat nicht solche Angst davor hätte, Grenzen zu überschreiten, würde sie vielleicht trotzdem nachfragen.

«Das ist wirklich mal eine gute Frage!», sagte Isabel nachdenklich. «Der Unterschied zwischen Furcht und Beherrschung. Kann eine echte Gratwanderung sein.»

Lolly nickte gähnend. Zum dritten Mal schon, seit der Film begonnen hatte. «Zu viel Selbstkontrolle kann einen davon abhalten, das zu tun, was man tun sollte. Andererseits sollten manche Menschen auch ab und an mehr Beherrschung an den Tag legen. Gar nicht so leicht, immer zu wissen, wann was angebracht ist.»

June stellte den leeren Kuchenteller auf dem Nachttisch ab. «Ha! Das ist auch gut: eine Liste mit Situationen, in denen er Fehlentscheidungen getroffen hat, die auf Angst oder auf Dummheit basieren. Davon gibt's bei mir jede Menge.»

«Bei mir auch», sagte Isabel. «Außer in letzter Zeit. Bitte sag, dass ich recht habe, Tante Lolly!»

Kat war erleichtert, als ihre Mutter lachte. Lolly war immer ruhiger geworden, ihr Gesicht fast finster, und Kat fragte sich, welche Erinnerungen der Film bei ihr wohl auslösen mochte.

«Albert Brooks ist die totale Offenbarung für mich», sagte Isabel. «Er ist witzig und selbstkritisch, und gleichzeitig liegt eine tiefe Wahrhaftigkeit in seinem Ausdruck, in der Art, wie er Meryl ansieht und mit ihr spricht. Ich verstehe vollkommen, weshalb sie sich in ihn verliebt.»

June nickte. «Ich auch. Und ich weiß auch genau, was er meint, wenn er sagt, er hat es satt, beurteilt zu werden. Aber wisst ihr, was seltsam ist? In letzter Zeit glaube ich, ich bin selbst meine ärgste Kritikerin.»

«Ich glaube, das sind wir alle», sagte Isabel.

Kat war völlig gefesselt von der Szene, in der Albert Brooks zu Meryl Streep sagt, er wolle nicht mit auf ihr Zimmer kommen und Sex mit ihr haben, um den Zauber zwischen ihnen nicht kaputt zu machen. Er will den Traum nicht zerstören. Die falsche Entscheidung, aber Kat verstand ihn. Nur zu gut.

«Autsch, er muss wieder auf die Erde zurück», sagte June, als der Film sich dem Ende näherte. «Und es noch mal probieren.»

Kat seufzte. «Das ist der Schlüssel, oder? Das, was sein Verteidiger gerade gesagt hat – wenn Albert Brooks auf die Erde zurückgeht, soll er alle Gelegenheiten beim Schopf packen. Weil er immer gezögert hat, darf er jetzt nicht in den Himmel.»

Oliver heiraten. Es nicht tun. Oliver heiraten. Es nicht tun. Ich heirate ihn. Ich tue es nicht. Was sollte sie nur machen? Welches war die Gelegenheit, nach der sie greifen sollte, und wieso war es so schwer, das zu erkennen?

Am Ende sitzt Albert Brooks zusammen mit den anderen, die zurück auf die Erde müssen, in einem Trambahnwaggon – und sieht plötzlich in einem Waggon auf dem Nachbargleis Meryl Streep auf dem Weg nach oben. Meryl ruft verzweifelt seinen Namen, und er springt aus dem Wagen, um zu ihr zu gelangen. Packt die Gelegenheit beim Schopf. Ohne Angst vor der Wirklichkeit der Liebe. Und dann darf er einsteigen und mit ihr fahren.

«Ein toller Film», sagte June, als der Abspann lief.

Kat schaltete die Nachttischlampe ein. «Mom?», fragte sie und sah Lolly prüfend an. «Weinst du?»

Lolly wischte sich die Augen. «Bei diesem Film frage ich mich immer, ob –» Lolly stockte. Sie wirkte traurig und schwermütig. «Ich bin mir nicht sicher, ob ich in Judgement City bestehen würde.» Sie wandte sich ab und sah zum Fenster hinaus in die Dunkelheit.

«Aber natürlich, Mom», sagte Kat und fragte sich, auf was ihre Mutter da nur anspielte. «Und zwar mit links.»

«Das glaube ich allerdings auch», sagte Isabel. «Tante Lolly, du hast deine beiden verwaisten Nichten bei dir aufgenommen. Das allein reicht schon, um dich in den Himmel zu bringen.»

Kats Mutter lächelte Isabel verhalten zu, doch dann heftete sie den Blick fest auf den Abspann. Kat kannte diesen Gesichtsausdruck, diesen extrem abweisenden Blick, die aufeinandergepressten Lippen. Die Diskussion war beendet. Ihre Mutter würde kein einziges Wort mehr dazu sagen. Kat fragte sich oft, wie es eigentlich um das Privatleben ihrer Mutter stand. In den fünfzehn Jahren, seit Lolly Witwe war, war sie nicht ein einziges Mal mit einem Mann ausgegangen. Kat hatte sie einmal danach gefragt, ob sie jemals über einen «Galan» nachdachte, ein Wort, das Lolly lieber mochte als «Freund», doch ihre Mutter hatte nur «mach dich bitte nicht lächerlich» gesagt, mit so etwas sei sie endgültig fertig.

Konnte man mit der Liebe fertig sein? Ihre Mutter war für Kat meistens ein Buch mit sieben Siegeln. Aber sie hatte die Pension, sie hatte ihre Vereine, sie hatte ihre liebe Freundin Pearl, die immer wie eine weise Tante für sie gewesen war. Kat hatte ihre Mutter nie besonders fröhlich erlebt. Manche Menschen waren vielleicht einfach so. Natürlich verwarf Kat diesen Gedanken jedes Mal wieder, wenn er ihr kam. Ein Mangel an Freude war grundsätzlich ein Symptom dafür, dass irgendetwas schieflief.

Während Kat die Teller und Gläser einsammelte, merkte sie, dass ihre Mutter entweder eingeschlafen war oder so tat als ob. Lolly hatte während des ganzen Films ständig gegähnt, aber es war auch eindeutig gewesen, dass ihre Mutter diese Diskussion definitiv nicht fortsetzen wollte. Kat hätte zu gern gewusst, was Lolly gemeint hatte. «Mom?», flüsterte sie.

Keine Antwort.

«Kommt, wir gehen in den Aufenthaltsraum», flüsterte Isabel. «Oder nach oben.»

«Nach oben», antwortete Kat und stellte die Reste ihrer Minitorte und die Getränke auf ein Tablett. «Da stört uns keiner.»

Eilig klaubten sie ein paar verstreute Popkörner vom Boden und räumten auf. Dann schalteten sie das Licht aus und schlossen behutsam die Tür. Oben schaute June kurz bei Charlie ins Zimmer. «Ist er nicht unglaublich niedlich, wenn er schläft?», fragte sie lächelnd.

Kat und Isabel sahen ebenfalls zu ihm rein. «So süß!», sagte Isabel. Happy lag wie immer neben Charlie zusammengerollt auf dem Fußboden, und Charlies Hand ruhte auf der Hundepfote.

In ihrem Zimmer stellte Kat das Tablett auf den Schreibtisch. Auf Junes Bett lagen ein paar zerknüllte Seiten Schreibpapier.

«Arbeitest du an etwas?»

June blies sich eine Locke aus dem Gesicht und ließ sich aufs Bett plumpsen. Die Papierkugeln hüpften in die Höhe. «Ich will Johns Eltern einen Brief schreiben. Es ist schon drei Tage her, seit ich ihnen auf den Anrufbeantworter gesprochen habe. Sie haben immer noch nicht zurückgerufen. Ich habe sicher nichts verpasst, so obsessiv, wie ich ständig nachsehe.»

Vor drei Tagen hatten sie abends zu dritt zusammengesessen und überlegt, was June sagen sollte, falls bei Johns Eltern jemand ans Telefon ging, und was, wenn es der Anrufbeantworter wäre. Mit Kat und Isabel als Publikum hatte June mindestens zehnmal geübt, was sie sagen würde, bis wirklich alles nervöse Kratzen und Quietschen aus ihrer Stimme verschwunden war. Sie wollte, dass Johns Eltern bedenkenlos die Telefonnummer ihres Sohnes an ein nett und sympathisch klingendes Mädchen wie sie herausrückten – oder ihr wenigstens versprachen, ihm ihre Nummer zu geben.

«Wahrscheinlich ist er verheiratet», sagte June traurig. «Und sie wollen seine Telefonnummer nicht an irgendeine wildfremde Frau rausgeben. Ich habe mir überlegt, dass ich ihnen schreiben sollte, ihnen sagen, dass ich John von früher kenne und ihm etwas sehr Wichtiges zu sagen habe. Mehr nicht. Ich weiß nur nicht, wie ich das formulieren soll, ohne dass es völlig bescheuert klingt.»

«Ich finde, du kannst es genau so ausdrücken, kurz, aber freundlich», sagte Isabel. Sie saß mit einem halben Stückchen Torte im Schneidersitz auf ihrem Bett. «Die Formulierung ‹Etwas sehr Wichtiges› sollte sie zumindest dazu bewegen, ihm den Brief zu geben und ihm zu sagen, dass du angerufen hast.»

June lehnte sich gegen die Wand und schlang die Arme um die Knie. «Ich frage mich einfach ständig, was gewesen wäre, wenn er damals doch zum Brunnen im Central Park gekommen wäre. Wäre er bei mir in New York geblieben, bis ich mit dem Studium fertig gewesen wäre? Hätte er mich dazu überredet, mit ihm durchs Land zu reisen? Wären wir immer noch zusammen?»

«Das weiß keiner», sagte Isabel. «Vorhin beim Film habe ich die ganze Zeit über die Situationen in meinem Leben nachgedacht, für die ich mich in Judgement City verantworten müsste, zum Beispiel, weil ich aus purer Angst gehandelt habe. Und dann habe ich gedacht, was, wenn ich Edward damals im Zentrum nicht begegnet wäre? Was, wenn ich einen anderen Betreuer bekommen hätte? Wer wäre ich dann heute?»

Kat drehte sich auf den Bauch, das Kinn in die Hände gestützt. «Glaubst du wirklich, du wärst dann jemand ganz anderes? Ich meine, tief in deinem Herzen?»

«Ich war früher schon ziemlich wild», sagte Isabel.

June lächelte. «Das unterschreibe ich sofort.»

«O ja. Daran erinnere ich mich auch noch», sagte Kat. «Aber hast du dich nicht einfach dazu hingezogen gefühlt? Zu diesen üblen Mädchen, zum Beispiel? So, wie es dich nach dem Unfall zu Edward gezogen hat. Da ging es doch auch um dich und um das, was dich anzog oder abstieß.»

Isabel machte ein nachdenkliches Gesicht. «Wahrscheinlich hast du recht. Mir gefällt die Vorstellung, dass ich doch mehr Kontrolle über mein eigenes Ich hatte, als ich dachte. Dass ich es war, die auf die Umstände reagiert hat, und nicht die Umstände, die mich kontrollierten.»

Kat nickte. Genau davor hatte sie Angst. Dass die Umstände sie kontrollierten und nicht umgekehrt. Der Grat schien ihr so schmal, dass sie das Gefühl hatte, mit einem Fuß auf jeder Seite zu stehen, die Trennlinie selbst aber nicht sehen zu können.

«Wisst ihr, was ich mich frage?», sagte sie. «Wenn mein

Vater nicht gestorben wäre, wenn eure Eltern nicht gestorben wären, wenn ein einziger Anruf der Polizei nicht das ganze Leben meiner Mutter schlagartig verändert hätte, wenn ich aufs College gegangen wäre ... Wenn ich auf eine Kochschule gegangen wäre oder ein Jahr nach Frankreich ... Wäre ich dann trotzdem jetzt mit Oliver zusammen?»

«Das Schicksal würde Ja sagen», meinte June. «Falls man daran glaubt.»

«Genau, ich habe auch überlegt, dass ich Edward vielleicht trotzdem begegnet wäre», sagte Isabel. «Wenn nicht im Boothbay-Zentrum für trauernde Kinder, dann eben irgendwo anders.»

Sie schwiegen eine Weile.

«Ich glaube, man kann sich immer für sein Leben verantworten», sagte Isabel. «Es gibt immer einen Grund für die Wahl, die man trifft. Nicht, dass man damit zwangsweise in den Himmel kommen würde. Trotzdem finde ich die Aussage des Films ganz wichtig. Wenn man sich vor etwas fürchtet, sollte man rausfinden, warum, und dann versuchen, ohne Furcht zu handeln. Man sollte eine Entscheidung treffen, zu der man stehen kann.»

Kat drehte sich auf den Rücken und starrte den Deckenventilator an. «Und was, wenn man Angst davor hat, die falsche Entscheidung zu treffen? Sagen wir zum Beispiel, was, wenn Oliver zu heiraten gar nicht das ist, was ich tun sollte? Was, wenn ich eigentlich für etwas ganz anderes bestimmt bin?»

«Ich glaube, das wüsstest du», sagte June. «Du willst das doch, oder, Kat?»

Kat setzte sich auf und zog die Knie an die Brust. Sie nickte. Obwohl sie nicht sicher war.

«Du kennst Oliver schon dein ganzes Leben», sagte Isabel.

«Ich finde es wunderbar, dass du jemanden heiratest, den du schon so lange kennst. Es ist genau das Gegenteil von dem, was Edward und ich getan haben, wir haben so früh geheiratet. Ihr dagegen wisst genau, was euch erwartet. Ihr wisst beide, wer ihr seid.»

«Weiß ich das?», fragte Kat – und erschrak, weil sie es laut ausgesprochen hatte. «Ich meine, ich weiß, wer Oliver ist. Ich kenne ihn so sehr, wie man einen anderen eben kennen kann. Aber was mich betrifft, mich selber kennen und wissen, was ich will, da bin ich mir nicht so sicher.»

«Tatsächlich?» June sah Kat nachdenklich an. «Ich denke immer, was für ein Glück du hast, weil dein Leben sich in derart sicheren Bahnen bewegt. Dein Geschäft mit dem Backen. Oliver. Die Pension. Das verschafft dir doch eine ungeheure Sicherheit.»

«Aber manchmal würde ich am liebsten einfach nach Paris abhauen, durch die Gegend laufen und in jedem Viertel das Gebäck probieren. Jeden süßen Typen küssen, der mir in die Quere kommt. Und auch mit ein paar von ihnen schlafen. Klingt das verrückt?»

«Da fragst du die Falschen», sagte June. «Ich meine, schau uns doch mal an. Wir hängen beide völlig in der Luft. Für uns klingen Sicherheit und eine klare, leuchtende Zukunft ziemlich verlockend.»

«Kann es sein, dass du daran zweifelst, ob du Oliver heiraten sollst?», fragte Isabel. «Falls ja, dann tu es nicht, Kat.»

Aber es ist der Traum meiner Mutter, mich heiraten zu sehen. Mich als angetraute Gattin des Mannes zu sehen, den mein Vater schon als Jungen vergötterte und mir mit fünf Jahren als Ehemann prophezeite. Wie könnte ich ihr das verweigern, wo es doch eigentlich nur darum geht, mich endlich von ein paar inneren Widersprüchen zu verabschieden.

«Ich zweifle nicht daran», sagte Kat, aber ihre Cousinen sahen sie weiter eindringlich an.

«Kat?», sagte June, den Blick auf Isabel gerichtet. «Sagen wir mal, rein hypothetisch, Isabel und ich würden morgen hier in der Pension anlässlich deiner Verlobung eine kleine, feine Überraschungsparty für dich schmeißen. Und sagen wir, wir hätten Olivers Eltern dazu eingeladen und seinen Bruder und noch ein paar Freunde von euch aus der Stadt. Wäre das für dich okay?»

Kat hätte aufspringen und rufen können *Nein, blast es ab, blast die ganze Sache ab!*. Nach einer Verlobungsfeier gab es endgültig kein Zurück mehr.

Stattdessen betrachtete sie ihren Ring und dachte an ihre Mutter, die in ihrem Krankenbett lag und schlief, und sie sagte: «Natürlich ist das okay. Vielen Dank!»

Isabel sah sie immer noch eindringlich an, und Kat wechselte eilig das Thema. «Glaubt ihr, mit meiner Mutter ist alles in Ordnung? Macht sie sich nur Sorgen wegen ...» Kat konnte es nicht aussprechen.

«Ich glaube schon», sagte June. «Bestimmt hat unser ganzes Gerede übers In-den-Himmel-Kommen und Seine-Entscheidungen-Verantworten sie dazu angeregt, über ihr eigenes Leben nachzudenken.»

«Mich jedenfalls ganz sicher», sagte Kat.

· · · · ·

Am Samstagnachmittag tat Kat fürchterlich überrascht, als sie mit Oliver in den Garten kam und dort auf eine kleine Verlobungsparty zu ihren Ehren stieß. Olivers Eltern waren zusammen mit seinem Bruder Declan und dessen Freundin aus Camden gekommen, außerdem tummelten sich im Garten noch ein paar alte Sandkastenfreunde, die sich an

Sekt Orange und kleinen Horsd'œuvres labten. Kat musste lächeln, als sie sah, dass Lizzie Lolly am großen Tisch in Beschlag genommen hatte und ihr das Farbcodierungssystem in den über den ganzen Tisch verstreuten Hochzeitsmagazinen erklärte.

Kat stand mit drei alten Freundinnen aus Kindheitstagen zusammen und beobachtete, wie Oliver erst von seinem Bruder – einer jüngeren Version von ihm selbst – und dann von dessen Freundin umarmt wurde. Fred und Freya, Olivers Eltern, plauderten angeregt mit den Nutleys, die vor Jahren ihr Haus gekauft hatten. *Das ist künftig meine Familie*, dachte Kat und nippte an ihrem Glas. Sie kannte all diese Menschen schon seit Ewigkeiten, sie mochte sie alle und war im Laufe der Jahre unzählige Male mit Freya Tates liebevoller Zuneigung überhäuft worden. Doch bei der Vorstellung, in Zukunft Feiertage und Geburtstage und besondere Anlässe mit den Tates zu verbringen, wanderte ihr Blick zu Lolly, Isabel und June, und in ihr stieg ein ungeahnt heftiger Beschützerinstinkt auf. So lange Zeit hatten sie sich nie wie Familie angefühlt, und trotzdem wäre sie am liebsten mit ihnen ins Haus gerannt, um sich im Aufenthaltsraum einzuschließen und mit ihnen *Silkwood* oder *Die Geliebte des französischen Leutnants* anzusehen.

«Weißt du, was ich schön fände?», sagte Oliver gerade zu Lolly. «Eine Hochzeit an Thanksgiving, und zwar hier in der Pension. Ich weiß doch, dass Thanksgiving dein Lieblingsfeiertag ist, Lol.»

Und außerdem schon in zwei Monaten. Kat zog sich der Magen zusammen. Oliver meinte es nett und dachte praktisch, er wollte sicherstellen, dass Lolly noch dabei war, wenn ihre Tochter vor den Traualtar trat. In den letzten Tagen hatte er ihr ständig aufgekratzte SMS geschrieben, à la *Flitterwochen in Paris! Wir naschen uns durch alle Patisserien der Stadt, auch wenn deine Künste niemand toppt!*

Hatte er vergessen, dass sie sich nicht sicher war? Dass sie seinen Antrag vielleicht nur in einem schwachen Augenblick angenommen hatte, als sie wegen der Diagnose ihrer Mutter völlig durcheinander war?

Andererseits wusste er, dass es ihr Traum war, nach Paris zu reisen. Sich durch sämtliche Patisserien der Stadt zu naschen. Sich von den großen Konditoren etwas abzuschauen. Nutzte er die Gunst der Stunde aus? Oder hoffte er einfach, ihren Dickschädel brechen zu können?

Das wäre einer der Augenblicke, für den sie sich in Judgement City verantworten müsste. Das stand fest. *Paris ist perfekt*, hatte sie zurückgeschrieben. Und das war es auch. Nur alles andere eben nicht. Zum Beispiel der Teil mit den Flitterwochen.

Die Freundin von Olivers Bruder erklärte ihr gerade bis ins kleinste Detail, wie ihr eigenes Brautkleid aussehen müsste, eine ärmellose Version des Kleids von Kate Middleton, als Kats Handy klingelte. Es war Matteo. In der Annahme, sein Anruf könnte etwas mit Lollys jüngsten Testergebnissen zu tun haben, entschuldigte Kat sich, ging ins Haus und sperrte sich oben im Bad ein.

«Matteo! Bitte sag mir, dass alles in Ordnung ist.»

«Ja», antwortete er eilig. «Bitte entschuldige, Kat, ich wollte dich nicht erschrecken. Ihre Ergebnisse sind noch gar nicht da, die kommen erst Montagvormittag, und wir erwarten momentan auch keine Veränderungen. Bitte versuch, dir keine Sorgen zu machen. Ich rufe nur an, um zu fragen, wie es Lolly geht. Als ich sie zuletzt gesehen habe, fühlte sie sich gar nicht gut. Wie ist es jetzt?»

Kat ließ erleichtert die Schultern sinken. «Das ist sehr

nett von dir, Matteo. Heute geht es ihr schon wieder besser.»

Während er ihr sagte, was bei der zweiten Runde Chemotherapie zu erwarten sei, was auf Lollys Körper zukäme und wie sie eventuell darauf reagieren würde, merkte Kat, wie sehr sie sich wünschte, ihm nahe zu sein, sein Wissen und seine weisen Worte zu spüren und in sich einsickern zu lassen.

«Ich muss wieder weiter, Kat. Aber falls du Fragen hast, falls du irgendwie Hilfe brauchst, dann melde dich einfach bei mir. Ach, fast hätte ich es vergessen. Ich habe meinem Vater von dir erzählt, und er würde sich freuen, dir zeigen zu dürfen, wie er seine berühmten Cannoli macht, wenn du ihm dafür beibringst, wie man deine berühmten Muffins backt. Muffins sind eigentlich nicht so sein Ding, aber er würde es gerne lernen. Er hat im Harbor Lights Café mal einen deiner Muffins probiert und ist aus dem Schwärmen gar nicht mehr rausgekommen.»

Kat spürte ein freudiges Kribbeln im ganzen Körper. «Es wäre mir eine große Ehre, dem unvergleichlichen Alonzo Viola zu zeigen, wie ich Muffins backe. Und eine Cannoli-Stunde – schrecklich gern! Das wäre dann fast so, als würde ich in Italien bei einem Meister in die Lehre gehen.»

«Ist das ein Traum von dir, nach Italien zu gehen?»

«Italien. Frankreich. Spanien. England. Russland. Schweden. Ich habe mal davon geträumt, durch die ganze Welt zu reisen und das Backwerk eines jeden Landes zu lernen. Aber ich konnte hier nie weg, weil ich gebraucht wurde, und dann habe ich es irgendwann aufgegeben.»

«Ein paar Stunden in der Backstube meines Vaters, und du hast das Gefühl, du wärst in Italien gewesen.»

Sie verabredeten sich für die kommende Woche, und Kat merkte, dass sie langsam das Bad freimachen sollte, falls jemand hineinwollte. «Und du rufst Montag an, falls die Ergebnisse was Neues bringen?», fragte sie ihn und machte die Tür auf. Davor stand Isabel, ein Glas Sekt in der Hand. «Okay. Danke noch mal.»

«War das Dr. Viola?», fragte Isabel, als Kat das Handy in der Tasche verschwinden ließ.

Dr. Viola. Für sie war er längst Matteo. «Er wollte wissen, wie es meiner Mutter geht.»

«Das ist aber sehr nett von ihm.»

«Sein Vater will mir zeigen, wie man Cannoli macht», erzählte Kat und strahlte Isabel an. «Stell dir vor, sein Vater ist Alonzo, aus der Italienischen Bäckerei. Das war mir vorher gar nicht klar.»

«Wolltest du immer schon lernen, wie man Cannoli macht?», fragte Isabel, die scharfen haselnussbraunen Augen prüfend auf Kat gerichtet.

«Nein, das wusste ich selber nicht, bis er es mir angeboten hat», flüsterte Kat. «Und in dem Moment gab es nichts, was ich lieber lernen wollte als das. Ergibt das einen Sinn?»

«Ja», sagte Isabel und drückte Kats Hand. «Ich weiß, was du meinst.»

Kat hätte Isabel am liebsten nach oben in ihr Zimmer gezerrt und sie gefragt, wie es sein konnte, dass sie sich zu einem anderen Mann hingezogen fühlte, obwohl sie Oliver liebte. Ob das bedeutete, dass sie ihn doch nicht liebte, nicht heiraten sollte, oder ob es normal war, dass Frauen sich ab und an zu anderen Männern hingezogen fühlten und es im Grunde nichts zu bedeuten hatte. Sie hatte eine emotionale Affäre. Eine Affäre mit Herz. War das nicht viel intimer als ein Seitensprung?

Aber bis sie sich darüber klar war, musste sie ihre Gefühle für sich behalten.

13.
Isabel

Montagmorgen absolvierte Isabel ihren ersten offiziellen Dienst als ehrenamtliche Helferin auf der Neugeborenen-Intensivstation des Coastal General Hospital in Boothbay Harbor. Ihr wurden zwei Säuglinge zugeteilt, die an Gelbsucht litten und beide mindestens sechs Tage lang unter Speziallampen liegen mussten. Sie hatte die Aufgabe, sich zwischen die beiden Inkubatoren zu setzen und, wenn die Säuglinge wach waren, ihre Hand durch die Armlöcher zu strecken und alle Stellen, die sie erreichen konnte, sanft zu streicheln. Außerdem durfte sie die Kinder unter Aufsicht einer Säuglingsschwester füttern und ihnen die Windeln wechseln. Sie hatte einen Orientierungstag und drei Stunden vorbereitendes Training absolviert, in dem sie gelernt hatte, sich vor dem Betreten der Station die Hände richtig zu desinfizieren und wie man ein Neugeborenes auf dem Arm hielt. Nach dem Ausklang der Hochsaison mit dem Labor-Day-Wochenende hatte Isabel das Gefühl, sich in der Pension ab und zu mal freinehmen zu können, um ehrenamtlich zu arbeiten. Doch obwohl Montag war und das Labor-Day-Wochenende schon eine Woche zurücklag, waren zwei der drei Gästezimmer schon wieder reserviert. Kat hatte ihr netterweise angeboten, für sie einzuspringen.

Isabel hielt die drei Tage alte, zweitausendsiebenhundertsiebzig Gramm schwere Chloe im Arm. Das kleine Köpfchen mit dem weißen Mützchen ruhte als sanftes Gewicht in ihrer Armbeuge. Sie hatte ein winziges Fläschchen in der Hand und fütterte Chloe mit abgepumpter Muttermilch. Während sie dem Baby sein Fläschchen gab, schwoll ihr das Herz so sehr an, dass Isabel fast das Gefühl hatte, es müsste jeden Moment zerspringen. *Das hier ist meine Bestimmung*, dachte sie.

Sie dachte darüber nach, wie das Leben hätte sein können, wenn Edward doch Ja zu einem eigenen Kind gesagt hätte. Sie hätten ein Baby gehabt, ein Krabbelkind, ein Kindergartenkind – und eines Tages hätte sie dann trotzdem den anonymen Brief bekommen oder Edward selbst dabei erwischt, wie er sich durch fremder Frauen Vorgärten schlich. Plötzlich war sie froh, dass sie ihn nie hatte zu einem Kind überreden können.

Ein Paar betrat die Station und unterhielt sich leise mit der Schwester. Es waren die Eltern von zwei Monate zu früh geborenen Zwillingen. Einem der beiden Kinder ging es nicht gut. Der Vater wischte sich Tränen aus den Augen, dann umarmte sich das Paar, und Isabel hörte die Mutter weinen.

Es tut mir so leid, dass ihr das durchmachen müsst, sagte sie im Geiste zu ihnen und schickte den Zwillingen ein stummes Gebet. Die beiden waren echte kleine Kämpfer! Die Säuglingsschwester hatte Isabel bei der Einführung erklärt, dass sich die Dinge hier oft in einem einzigen Augenblick änderten, aus «ganz okay» wurde «schlecht» und aus «schlecht» «schlechter», oder aus «schlechter» wurde «besser» und dann «gut». Das kam Isabel sehr bekannt vor.

Emmy Dean war sechs Wochen zu früh zur Welt gekommen, hatte Griffin ihr gestern Abend am Telefon erzählt.

Er hatte Isabel, seit sie letzten Montag wieder nach Hause gefahren waren, jeden Abend angerufen. Manchmal, um zu reden, manchmal auch nur, um gute Nacht zu sagen. Sein Verständnis für ihr Bedürfnis, ihn erst allmählich kennenzulernen, ehe sie an Küsse und lange Uferspaziergänge auch nur denken konnte, tat Isabel gut. Sie war, seit sie sechzehn Jahre alt war, mit keinem Mann außer Edward zusammen gewesen, und sosehr sie sich auch zu Griffin hingezogen fühlte, war sie doch noch nicht bereit, die Hände eines Fremden auf sich zu spüren. Das hinderte sie nicht daran, sehnsüchtig auf den allabendlichen Anruf zu warten, und sie hielt jedes Mal beinahe die Luft an, wenn das Handy klingelte. Sie hatte ihm erzählt, dass sie ehrenamtlich auf der Neugeborenen-Intensivstation anfangen würde, und er hatte ihr gesagt, wie wunderbar er das fände, und dass Emmy nach ihrer Geburt zwei Wochen lang dort gelegen habe, ehe sie kräftig genug war, um nach Hause zu kommen. Griffin war jeden Tag dreimal ins Krankenhaus gefahren, um seine Tochter zu besuchen, morgens, mittags und abends, und jeden Tag zu Mittag hatte dieselbe nette ehrenamtliche Helferin, eine ältere, großmütterliche Dame namens Ernabelle, Emmy auf dem Arm gehalten und gewiegt. So war Emmy zu ihrem zweiten Vornamen, Belle, gekommen.

Als er Isabel diese Geschichte erzählte, wurde ihr plötzlich klar, dass sie sich – ob sie nun bereit für etwas Neues war oder nicht – ernsthaft in ihn verliebt hatte, auf unwiderrufliche Weise.

Am Nachmittag wollte er vorbeikommen, um mit Happy zu trainieren. «Ich gebe es zu. Eigentlich komme ich, um *dich* wiederzusehen», hatte er gesagt, und ihr war ganz warm geworden.

Nachdem Chloe ihr Fläschchen ausgetrunken hatte, ließ

Isabel sie aufstoßen, so wie sie es gelernt hatte, das Spucktuch über der Schulter. Dann legte sie sich die Kleine wieder im Arm zurecht und wiegte sie sacht. Die hölzernen Kufen des Schaukelstuhls quietschten leise. Isabel summte ein Schlaflied, dessen Text sie vergessen hatte. Sie hatte eines Abends gehört, wie June es Charlie vorsang. Chloes Äuglein fielen zu, öffneten sich noch einmal einen Spalt und schlossen sich wieder.

«Du bist ein wunderschönes, starkes kleines Mädchen», flüsterte Isabel ihr zu und legte sie zurück in den Inkubator.

Während sie darauf wartete, dass die vier Tage alte Eva erwachte, sortierte Isabel die Windeln, bis die Schwester zu ihr kam und sie bat, ein Neugeborenes zu wiegen, dessen Eltern erst um drei Uhr kommen konnten. Isabel sprang auf und eilte quer durch den Saal hinüber zu einem unglaublich winzigen Frühchen. Der Junge war überall verkabelt. Die Säuglingsschwester nahm ihn aus dem Bettchen und legte ihn Isabel behutsam in den Arm. Isabel setzte sich in den Stuhl neben seinem Inkubator, wiegte sachte vor und zurück, summte ihr Schlaflied und verspürte einen Frieden in sich wie noch nie in ihrem Leben.

· · · · ·

Es war kurz vor vier, gleich würde Griffin kommen, und die Pension war auf Vordermann. Isabel hatte die Website auf den neusten Stand gebracht und war im Haushaltswarenladen gewesen, um für das Rotkehlchenzimmer einen neuen Türknauf zu besorgen. Die Rechnungsbücher waren aktualisiert, sämtliche Kalender mit den neuesten An- und Abreisedaten synchronisiert und die zahlreichen Pflanzen gegossen. *Es macht einen glücklich, das Leben im Griff zu haben*, dachte Isabel. Sie hatte nie viel Leben gehabt, das in den Griff bekommen werden musste, und diese neue Zielgerichtetheit, all diese konkreten Aufgaben taten ihr gut.

Happy lag auf dem Rücken auf einem Fleckchen Sonnenlicht, eine quietschende Gummiratte im Maul. Griffin hatte in der Woche, in der er im Three Captains' Inn zu Gast gewesen war, wahre Wunder bewirkt und den Hund in ein wohlerzogenes Haustier verwandelt, auch wenn Happy immer noch der Schalk im Nacken saß. Auch Lolly mochte ihn und genoss es, wenn er sich abends, während sie las, neben ihr zusammenrollte. Isabel ging jeden Tag mit ihm spazieren und spielte und kuschelte mit ihm, sooft sie konnte, aber vor allem hatte ihr Neffe den Hund für sich reklamiert, und Isabel gönnte es ihm von Herzen. Sie hatte nichts dagegen, Happy zu teilen.

Als sie Griffin und seine Töchter auf dem Pfad zur Haustür entdeckte, durchfuhr sie von den Zehenspitzen bis hinauf in die Magengrube ein freudiger Schauder. Überall in ihr zappelten glücklich-nervöse Schmetterlinge. Im Grunde konnte sie nicht fassen, wie sehr sie sich zu Griffin hingezogen fühlte. Natürlich hatte sie auch früher schon manchmal andere Männer attraktiv gefunden, gemerkt, wenn jemand besonders gut aussah und auch mal für den ein oder anderen Filmstar geschwärmt, aber noch nie war es so konkret gewesen wie jetzt: *Ich würde dich gern küssen und das darf ich auch, weil ich zum ersten Mal, seit ich sechzehn Jahre alt war, frei bin.*

Alexa trug ihre unverzichtbaren Ohrstöpsel, den iPod an die Tasche ihrer weißen Shorts geklemmt. Ohne Hallo zu sagen, legte sie sich auf einen Liegestuhl, streckte das Gesicht in die Sonne und wippte leicht im Takt der Musik. Emmy sah Isabel mit strahlenden Augen an. Sie hatte eine Hand hinter dem Rücken versteckt.

«Die ist für dich», sagte sie schließlich und zog eine rosarote Blume hervor. Isabel ging vor ihr in die Hocke und strahlte sie an. «Das ist aber lieb! Danke schön! Was meinst du? Wie wär's, wenn ich mir die hinters Ohr stecke?» Isabel schob sich die Haare hinter das Ohr und steckte die Blume fest. «Wie sieht das aus, Emmy?»

Das Mädchen strahlte sie an. «Du siehst hübsch aus.» Dann lief sie davon, um Happy den Bauch zu kraulen.

Der Hund schüttelte den Kopf vor Freude wild hin und her und entlockte Emmy damit ihr unglaubliches Lachen.

«Du siehst wunderschön aus!», flüsterte Griffin ihr ins Ohr, und Isabel kribbelte es den Rücken hinunter. Er sah auch nicht schlecht aus in seiner hellen Leinenhose und dem schwarzen T-Shirt. «Okay, Mädels, ich werde jetzt mit Isabel und Happy trainieren. Lex, du behältst Emmy im Auge.»

Keine Reaktion.

Griffin ging zu seiner Tochter und zog ihr einen Stöpsel aus dem Ohr. «Ich möchte, dass du Emmy im Auge behältst, während ich mit Happy arbeite. Also, Kopfhörer raus.»

«Was soll ich denn dann machen?»

«Die Sonne genießen. In einer Zeitschrift blättern.» Er deutete auf den Weidenkorb mit Magazinen. «Mit Emmy eine Sandburg bauen», fügte er hinzu, als Emmy sich in die Sandkiste am Zaun plumpsen ließ und einen orangenen Eimer mit Sand füllte.

«Dad! Ich habe eine weiße Hose an! Die wird doch total dreckig!»

Griffins Selbstbeherrschung, nicht die Augen zu verdrehen, war beeindruckend, fand Isabel. «Dann bleibst du eben hier sitzen, genießt die Sonne und behältst sie einfach im Auge. Klar?»

«Ja, schon klar, schon klar.»

Isabel spazierte mit Griffin zur anderen Seite des Gartens hinüber, um dort mit Happy zu trainieren. «Ich war mit vierzehn echt genauso wie Alexa. So sehr, dass es fast beängstigend ist.»

«Es gibt Zeiten, nicht sehr oft, da ist sie unglaublich süß, so wie das wunderbare kleine Mädchen von früher. Ich versuche, mich darauf zu konzentrieren, um diese Phase durchzustehen. Den Missmut und den Sarkasmus. Weißt du, dass sie diejenige ist, die Emmy abends ins Bett bringt, wenn die beiden am Wochenende bei mir sind? Ich komme zum Gute-Nacht-Sagen, aber Alexa bringt sie ins Bett. Sie liest ihr vor, sie kämmt ihr die Haare, sie gibt ihr einen Gutenachtkuss, sie macht das Licht aus. Jedes Mal.»

«Wow!», sagte Isabel und sah zu Alexa hinüber, deren dunkle Sonnenbrille quasi ihr ganzes Gesicht verdeckte. «Sie liebt ihre kleine Schwester. Es ist schön, dass Emmy so aufwachsen darf. Wir haben uns nicht besonders gut verstanden, meine Schwester und ich.»

«Tatsächlich? Ich hatte den Eindruck, ihr drei seid wie Pech und Schwefel. So offen und ehrlich, wie ihr euch neulich nach dem Film unterhalten habt. Es wirkte, als wärt ihr einander sehr wichtig.»

Es stimmte, sie sprachen an den Kinoabenden wirklich sehr offen miteinander. Das war von Anfang an so gewesen, als sie nach *Die Brücken am Fluss* sehr unterschiedliche Sichtweisen ausgetauscht hatten – und als Isabel damit herausgeplatzt war, dass sie Edward halb nackt aus dem Schlafzimmer einer anderen Frau hatte kommen sehen. Sie drei waren sich im Laufe der letzten Wochen ganz von selbst nähergekommen, durch die Filmgespräche, durch das Zusammenleben unter einem Dach, im selben Zimmer, durch ihre Zusammenarbeit und die gemeinsame Sorge um Lolly.

Als Happy anfing zu buddeln, handelte er sich von Griffin ein strenges «Hey, Junge!» ein, und damit fing die Trainingsstunde an. Griffin hielt sich an die Grundlagen und zeigte Isabel, wie sie ungezogenes Betragen – wie zum Beispiel das Buddeln – bestrafte. Wie sie Happy belohnte, wenn er gehorchte. Wie sie ihn dazu brachte, bei Fuß zu gehen, was bei Spaziergängen in einer so belebten Stadt wie Boothbay Harbor unerlässlich war. Griffin erklärte ihr gerade verschiedene Belohnungssysteme, als sein Handy klingelte.

«Das ist mein Notdienstklingelton», sagte er und ging ran. Er unterhielt sich kurz und steckte das Telefon wieder ein. «Ich muss zu einem Notfall gleich um die Ecke, ein alter Schäferhund, an dem ich einen Narren gefressen habe. Ich packe nur schnell die Mädels zusammen. Wenn ich es zeitlich schaffe, dann kommen wir hinterher noch mal zurück, um die Stunde zu beenden.» Er ging auf die Veranda zu.

«Ich kann ja auf die Mädchen aufpassen – und du kümmerst dich um den Schäferhund. Keine Sorge.»

Er sah Isabel an. «Sicher? Ich möchte nicht –»

«Ganz sicher. Gar kein Problem.» Isabel freute sich auf die Gelegenheit, ein bisschen Zeit mit den Dean-Töchtern allein verbringen zu können, sie ein bisschen besser kennenzulernen. Eine Stunde lang Mama zu spielen.

Er drückte ihre Hand. «Das ist toll, danke!» Er ging zu Alexa auf die Terrasse, schob ihr die Sonnenbrille auf die Stirn und erklärte ihr, dass er in einer knappen Stunde wiederkäme und Isabel sich bis dahin um sie beide kümmern würde. Isabel beobachtete, wie Alexa ihr einen Blick zuwarf, bevor sie die Sonnenbrille wieder senkte. Griffin sagte Emmy Bescheid, gab ihr einen Kuss und eilte im Laufschritt zum Garten hinaus.

«Wie wär's mit selbstgemachter Limonade und ein paar Keksen?», fragte Isabel ein bisschen zu fröhlich – zumindest für einen Teenager.

Emmy klatschte in die Hände. «Au ja!»

«Oh, ich habe eine noch bessere Idee», sagte Isabel. «Ich hole jetzt einen Krug Wasser, Eis, Zitronen und Zucker, und dann machen wir uns unsere eigene Limonade. Du könntest hier einen Limonadenstand aufmachen und unsere Gäste damit bewirten.»

«Ja!», sagte Emmy noch einmal.

«Welche Cookies magst du am liebsten, Alexa? Kat hat heute Vormittag alle möglichen Sorten gemacht.»

Alexa beäugte sie. «Gibt es auch Erdnussbutter-Chocolate-Chip?»

Isabel grinste. «Na klar. Das ist ihre Lieblingssorte. Ich bin gleich wieder da. Behältst du Emmy im Auge?»

Alexa nickte und senkte die Nase wieder in ihre Zeitschrift. Aufgeregt eilte Isabel in die Küche. Sie hatte Verantwortung für die Dean-Töchter! Sie nahm ein großes, stabiles Tablett und stellte es auf den Tisch. Sie füllte einen Krug mit Wasser, holte einen Eimer Eis, die Zuckerdose und ein paar Zitronen, dazu noch einen Teller mit drei Sorten Keksen, Erdnussbutter-Chocolate-Chips inklusive. Dann nahm sie das schwere Tablett und ging zurück nach draußen. Alexa lag nicht mehr im Liegestuhl. Isabels Blick flog zum Sandkasten. Keine Emmy.

Okay. Sehr witzig, Alexa. Verstecken spielen, um ihr Angst zu machen? «Alexa?», rief sie und suchte mit den Augen die Büsche am Rande des Gartens ab. Keine Spur von den Mädchen. «Alexa! Emmy! Wo seid ihr? Ich habe alles, was wir für unseren Limonadenstand brauchen.»

Keine Antwort.

Isabels Herz fing an zu rasen, sie rannte kreuz und quer durch den Garten, schaute hinter sämtliche Bäume, Büsche und Hecken, sah zu beiden Seiten des Hauses nach und lief dann hinein. Sie sah im Badezimmer nach – leer. Sie sah in der Alleinekammer und in sämtlichen Gemeinschaftsräumen der Pension nach, in allen Winkeln und Nischen. Mit jedem Zimmer steigerte sich ihre Panik. Sie rannte zur Haustür hinaus auf die Straße. Vor dem Haus goss Pearl gerade die Rosen.

«Pearl, hast du Alexa und Emmy gesehen? Du weißt schon, Griffin Deans Töchter? Ein Teenager und eine Dreijährige.»

«Die größere habe ich vor ein paar Minuten gesehen. Sie ist in Richtung Hafen gelaufen, praktisch gerannt. Sie hat telefoniert und dabei gelacht.»

Isabel holte tief Luft. «Okay. Und die Kleine?»

«Nein. Sie war allein.»

Aber wo war Emmy?

Eilig erzählte Isabel Pearl, was passiert war, und rannte wieder nach hinten in den Garten, sah noch einmal überall nach und rief nach Emmy. Wieder und wieder und wieder. Nichts.

Alexas Handy! Isabel hatte keine Nummer. Sie würde Griffin anrufen müssen. Ihm erklären, dass Alexa abgehauen war. Und dass sie Emmy nirgends finden konnte.

O Gott!

Sie rief immer wieder nach Emmy, während sie Griffins Nummer wählte. Er ging beim ersten Klingeln ran. «Isabel? Ist alles in Ordnung?»

Mit hysterisch überkippender Stimme erklärte sie, was los war. Sie stand mutterseelenallein im Garten, sah sich panisch um, rannte immer wieder hinter Bäume und Büsche und dann wieder in den Vorgarten, in der Hoffnung, Emmy zu finden. Vielleicht war sie einem Eichhörnchen nachgelaufen. Nichts. Alles leer. *Emmy, wo bist du?*

«Und Pearl ist ganz sicher, dass Emmy nicht bei Alexa war?»

«Ganz sicher. Sie sagte, Alexa wäre allein an ihr vorbeigerannt, sie hat telefoniert und gelacht. Ich habe ihre Nummer nicht. O Gott, o Gott! Griffin, es tut mir so leid!»

«Vielleicht hat Pearl Emmy einfach nicht gesehen, weil sie vor Alexa war.» Isabel hörte die Sorge in seiner Stimme. «Ich rufe Alexa an, dann melde ich mich wieder. Such weiter. Vor allem in kleinen Verstecken. Wenn du sie, bis ich wieder anrufe, nicht gefunden hast, rufe ich die Polizei.»

Isabel schloss die Augen. Ihr zog sich der Magen zusammen. Sie schob das Telefon in die Tasche und suchte panisch weiter, in der Pension, im Garten, vor dem Haus. Sie rief nach Emmy und sah in allen möglichen und unmöglichen Ecken nach. Nichts. Nichts. Nichts.

Fünf Minuten später klingelte ihr Telefon. Griffin. «Ich habe Alexa. Sie hat Emmy im Garten gelassen und ist abgehauen. Sie ist jetzt bei mir im Auto. Wir sind in einer Minute da.»

Isabel hörte Alexa im Hintergrund weinen. «Es tut mir leid, Dad. Ich dachte, Isabel kommt gleich wieder, und da bin ich gegangen.»

Ich bin gleich wiedergekommen, dachte Isabel wie betäubt. *Ich war nur ein paar Minuten weg.*

Nur ein paar Minuten. In einem einzigen Augenblick kann sich alles verändern.

Ein einziger Augenblick kann alles verändern.

«Emmy!», schrie Isabel so laut sie konnte. «Emmy!»

Sie lauschte angestrengt. Aber sie hörte nur die üblichen

Sommergeräusche. Und ihren eigenen rasenden Herzschlag.

Emmy, wo bist du?

· · · · ·

Die Polizei war gerade eingetroffen, zeitgleich mit June, die Pearl in ihrer Panik angerufen hatte, als Isabel Happy bellen hörte. Happy bellte sonst nie. Isabel folgte Griffin in den Nachbargarten. Es gab eine schmale Lücke zwischen dem Zaun und den immergrünen Büschen. Happy wälzte sich vor der Hundehütte der Walshs auf dem Rücken. Direkt vor ihm, halb in der Hütte und halb schlafend, lag Elvis, der alte nachbarliche Labrador.

«Happy!» Griffin eilte zu ihm. «Hier, hilf uns Emmy zu finden!» Er hielt Happy einen kleinen Pullover vor die Schnauze, und Happy fing wie wild an zu bellen. «Happy! Such Emmy, such!»

Aber Happy rührte sich nicht vom Fleck, bellte einfach nur weiter und fing dann an, vor Elvis' Hundehütte im Kreis zu laufen. Elvis betrachtete aus schläfrigen Augen das Spektakel, ohne sich zu rühren.

«Griffin!», sagte Isabel, «es tut mir so leid! Ich –»

Ach Isabel, du hast nun wirklich keinen Mutterinstinkt, hatte Edward mehr als einmal zu ihr gesagt.

«Es tut mir so leid!», wiederholte sie mit gebrochener Stimme.

Alexa starrte auf ihre Füße. Sie hatte Isabel noch nicht angesehen, seit sie mit Griffin zurückgekommen war.

Griffin ließ sich auf alle viere nieder und spähte in die Hundehütte. «Da ist sie ja! Sie schläft tief und fest. Na komm, Elvis, komm her, lass mich mein kleines Mädchen holen, ja?» Der Hund machte keinerlei Anstalten, sich zu bewegen. Erst als sein Herrchen mit einem Hundekeks kam, gelang es ihnen, den Labrador aus der Hütte zu locken, und Griffin zog Emmy sachte am Arm.

«Daddy?», ertönte ein schläfriges Stimmchen.

Griffin nahm seine Tochter auf den Arm. Er sah Isabel an, in seinem Blick eine Mischung aus Wut, Enttäuschung und Erleichterung. Aber hauptsächlich Wut, dachte sie. «Ab nach Hause! Sofort!», sagte er zu Alexa. Ohne ein einziges Wort zu Isabel und ohne sich noch einmal umzusehen, ging Griffin am Haus entlang nach vorne auf die Straße, wo sein Wagen parkte.

14.
June

Am Donnerstag wurde June in aller Frühe vom Geschrei der Möwen geweckt, doch der rosarote Sonnenaufgang über der Bucht war Entschädigung genug. Sie trat auf den Balkon und atmete die salzige Luft ein, den Duft von Blumen und frisch gemähtem Gras, und die Kombination von all dem ließ sie an Henry denken. Sie hatte sich die ganze letzte Woche lang danach gesehnt, mit ihm zu sprechen, doch das, was momentan in ihrem Inneren tobte, hatte mit einem anderen Mann zu tun, und deshalb hatte sie ihn gemieden. Und weil Henry nun mal Henry war, verständnisvoll und wunderbar, hatte er sie in Ruhe gelassen.

Sie ließ den Blick über den Hafen schweifen. Die Fischer waren bereits auf dem Wasser. *Vielleicht heute*, dachte June. Es war inzwischen genau eine Woche vergangen, seit sie den Smiths ihre Nachricht hinterlassen hatte, kurz und schlicht: Sie sei eine alte Freundin von John und hätte gerne seine Telefonnummer. Seitdem war sie jeden Morgen aufgewacht und hatte sich mit der Gewissheit nach draußen auf diesen Balkon gesetzt, dass dies der Tag wäre, an dem Johns Eltern sich melden würden.

Inzwischen war sie sich allerdings nicht mehr so sicher. Hätten sie zurückrufen wollen, dann hätten sie es längst getan. Die Einzige, die jeden Tag anrief, war Marley, die sich nach dem Stand der Dinge erkundigte. June fühlte sich durch Marleys Mitgefühl wenigstens ein bisschen getröstet. Oder zumindest verstanden. Seit dem Tag, als sie Charlie kennengelernt hatte, befand Marley sich im Mamamodus. Sie machte Listen, versuchte, die beste Wiege für ihr Kind zu finden, und las ihr Schwangerschaftsbuch. June hatte in Marley eine echte Freundin gefunden, und wenn sie darüber nachdachte, wie unerwartet dies geschehen war, wurde ihr klar, dass *alles* möglich war. Von den Smiths zu hören. John zu finden. Doch noch eine Familie zu werden.

Sie ging hinein, um nach Charlie zu sehen und um sein niedliches Gesicht zu betrachten. Ihr Blick fiel auf das Plakat mit dem Stammbaum über dem Bett. Noch immer nichts Neues.

Als sie zurück ins Zimmer kam, sah sie, dass Isabel nicht in ihrem Bett lag. War sie während der zwei Minuten, die June nicht da gewesen war, aufgestanden? Oder war ihr Bett schon leer gewesen, als June aufgewacht war? Kat war im Tiefschlaf und lag so nah an der Bettkante, dass ihre langen blonden Haare heraushingen. June verspürte den Drang, sie ein bisschen weiter ins Bett zu schieben, so wie sie es mit Charlie machte, wenn er mal wieder gefährlich nah am Bettrand lag. Wie oft war sie nachts schon von heftigem Poltern aufgewacht. Aber Kat war erwachsen, und June war sich ziemlich sicher, dass man sich keine Sorgen machen musste, dass eine Erwachsene nachts plötzlich aus dem Bett fiel.

Sie warf einen Blick auf Isabels leeres Bett. Die mit Bojen verzierte blassblaue Bettwäsche war zerwühlt, als hätte sich ihre Schwester die ganze Nacht hin und her gewälzt. Isabel war am Vorabend so still gewesen. Sie hatte für die Familie das Abendessen gekocht, drei Sorten Pizza mit interessantem Belag, als hätte sie das Bedürfnis gehabt, sehr viel Gemüse zu schnipseln und sich mit dem Befolgen eines besonders komplizierten Rezepts abzulenken. Sie hatte sämtliche Hilfsangebote abgelehnt und war durch nichts zu trösten gewesen – nicht durch die Versicherung, dass so etwas jedem hätte passieren können und dass das für Griffin sicher nicht das erste Mal gewesen war – nicht das erste Mal, dass Alexa versprochen hatte, auf ihre kleine Schwester aufzupassen und es dann nicht getan hatte. Und auch nicht das erste Mal, dass Emmy plötzlich weg war. Doch Isabel hatte lediglich mit versteinertem Gesicht darum gebeten, in Ruhe gelassen zu werden. Sie hatte alle zu Tisch gerufen und war dann, ohne mitzuessen, nach oben verschwunden. Als June und Kat später mit einem Teller Pizza in ihr Zimmer gekommen waren, hatte sie so getan, als ob sie schliefe. June war sich sicher, dass ihre Schwester die ganze Nacht kein Auge zugetan hatte. Sie schaute zum Fenster hinaus, um nachzusehen, ob Isabel vielleicht mit Happy spazieren ging, konnte sie aber zwischen all den frühmorgendlichen Joggern und Gassigehern im Hafen nicht entdecken. Dann trat June an das kleine Fenster, das auf den Garten hinausging, und da war sie: Isabel saß auf dem großen flachen Felsen, auf dem alle Kinder so gerne kletterten und spielten. Die Knie angezogen, die Arme um die Beine geschlungen, eine Tasse neben sich. Happy lag neben dem Felsen und nagte an einem Knochen, sprang plötzlich auf und jagte einem weißen Schmetterling nach.

June eilte in T-Shirt und Pyjamahose die Treppe hinunter. In der Küche machte sie Halt, um sich eine Tasse Kaffee einzuschenken und zwei Muffins aus der großen Vorratsdose zu nehmen, auf die Kat ISS MICH! geschrieben hatte.

«Na?», sagte June, setzte Tasse und Muffins auf dem Felsen ab und kletterte neben ihre Schwester.

Isabel sah sie aus rotgeränderten Augen kurz an und ließ den Blick zu den Bäumen schweifen. «Na.»

«Was da gestern passiert ist, sagt nichts über dich, Isabel. Ich hoffe, das weißt du.»

«Es sagt sehr wohl was über mich. Edward hat mir irgendwann mal an den Kopf geworfen, ich würde sowieso nicht als Mutter taugen, weil es mir völlig an Beschützerinstinkt mangeln würde. Es ist wahr. Ich wäre wahrscheinlich eine miserable Mutter.»

«Edward hat sich ja wohl als Vollidiot erwiesen, Izzy. Er liegt völlig falsch. Ich könnte auf Anhieb fünfundzwanzig Beispiele nennen, in denen du in den paar Wochen, seit wir hier sind, sehr viel Mutterinstinkt bewiesen hast. Du wärst eine tolle Mutter!»

«Nenn mir zwei», sagte Isabel düster.

«Zum Beispiel die Art, wie du mit Charlie umgehst. Erstens, wie du ihm gesagt hast, er könnte alle am Tisch in seinen Stammbaum eintragen. Zweitens, wie du losgerannt bist, um ihm, als er Nasenbluten hatte, einen frischen Schlafanzug anzuziehen und die Bettwäsche zu wechseln. Drittens, wie geduldig du mit Alexa geblieben bist, wo jeder andere sie schon längst zurechtgewiesen hätte. Viertens, wie nett du zu Pearl bist, weil du weißt, wie wichtig es für sie ist, gebraucht zu werden. Fünftens, wie wunderbar du dich um Lolly und um die Pension kümmerst. Ich kann gerne weitermachen.»

Isabel fing an zu weinen und vergrub das Gesicht in den Händen. «Ich dachte, ich schaffe das. Ich dachte, ich kann Edward einfach so loslassen, obwohl er fünfzehn Jahre lang das Wichtigste in meinem Leben war. Jeden Morgen allein hier aufwachen und Dinge tun, die wirklich zählen – Lolly unterstützen und die Pension führen. Und mich in jemand Neues verlieben – obendrein in jemanden mit Kindern. Aber dann ist das mit Emmy passiert. Und ich musste daran denken, was Edward gesagt hat und –» Isabel seufzte. «Das hätte doch viel schlimmer enden können, June. Emmy hätte auf die Straße vor ein Auto laufen können. Elvis hätte böse werden und sie beißen können. Jemand hätte sie entführen können –»

«Es kann alles immer auch viel schlimmer kommen. So kann man aber nicht leben, Izzy. Man braucht einfach ... Vertrauen, nehme ich an. In sich selbst, in andere Menschen. Vertrauen darauf, dass die Dinge funktionieren, weil sie einem wichtig sind und weil man sich Mühe gibt. Mehr können wir nicht tun. Alles andere hieße aufgeben und den Sorgen den Sieg überlassen. Das geht doch nicht.»

«Und wie geht das, sich keine Sorgen machen?»

«Indem man sich selbst vertraut. Bitte versuch es.»

Isabel holte tief Luft und brach sich ein Stückchen Muffin ab – Zimt mit weißer Schokolade. Da wusste June, dass sie zu ihrer Schwester durchgedrungen war, wenn auch nur ein kleines Stückchen.

· · · · ·

An diesem Abend versammelten sich June, Isabel, Kat und Lolly erneut zu einem spontanen Kinoabend in Lollys Zimmer. Sie waren alle derart düsterer Stimmung, dass Lolly June den Auftrag erteilte, einen Film auszusuchen, der ergreifend und berührend war, etwas, das richtig zu Herzen ging. June sah Lollys DVD-Sammlung durch und hoffte, dass der Film dabei war, den sie suchte. Ja, da war er. *Kramer gegen Kramer.*

June hatte ihn vor langer Zeit mal im Pay-TV gesehen, als sie mit Grippe im Bett lag.

Meryl Streep verlässt Dustin Hoffman und ihren fünf-

oder sechsjährigen Sohn, weil ihr Mann ein egoistischer Workaholic ist und sie die Nase voll hat. Er ist gezwungen, sich ab sofort selbst um den Jungen zu kümmern, und entdeckt, was es heißt, Vater zu sein. Als er endlich realisiert, dass nichts auf der Welt wichtiger ist, als seinem Sohn ein guter Vater zu sein – nicht sein Beruf und auch nicht er selbst –, kommt Meryl zurück, um den Jungen zu holen. Doch Dustin gibt ihn nicht her. Er musste kämpfen, um zu einem echten Vater zu werden, und jetzt kämpft er ums Sorgerecht. Aber die Mutter gewinnt. Als Meryl jedoch erkennt, wie sehr Dustin sich verändert hat, wie sehr ihr Sohn seinen Vater liebt und braucht, gibt sie nach und erlaubt den beiden, zusammenzubleiben.

Vielleicht würde dieser Film Isabel helfen nachzuvollziehen, weshalb Griffin so wütend war und sich weigerte, sie zurückzurufen. Dass es mehr mit seinen Ängsten als mit ihr zu tun hatte. Und vielleicht würde Isabel merken, dass sie eine verdammt gute Mutter wäre – weil ihr Bauchgefühl, ihre Liebesfähigkeit, die Person, die sie tief im Inneren immer schon war, genau das schon lange bewiesen hatten.

Isabel kam mit zwei Schüsseln Popcorn ins Zimmer. «Alle bereit?»

Kat machte es sich wieder bei ihrer Mutter auf dem Bett bequem, in eine Kaschmirdecke gehüllt, die sie zur Verlobung bekommen hatte. Mit traurigem Blick reichte Isabel ihr eine Riesenschüssel Popcorn für Lolly und sie, machte das Licht aus und setzte sich neben ihre Schwester. Für die Füße teilten sie sich einen Schemel.

«Hast du immer noch nichts von Griffin gehört?», flüsterte June und nahm sich eine Handvoll Popcorn aus der Schüssel auf Isabels Schoß.

Isabel schüttelte den Kopf. «Werde ich wohl auch nicht

mehr. Ich habe ihn gestern Abend zweimal angerufen und heute Morgen schon wieder.»

«Der meldet sich schon noch», sagte June. «Er steht einfach unter Schock. Das hat nichts mit dir zu tun.»

«Das wäre alles nicht passiert, wenn ich die Mädchen nicht allein gelassen hätte. Auch wenn es nur zwei Minuten waren.»

«Alexa ist vierzehn, Isabel!», sagte Kat. «Ich will wirklich nicht hetzen. Doch, eigentlich schon. Das was du getan hast, hätte jeder getan – eine Vierzehnjährige bitten, kurz auf ihre Schwester aufzupassen, während man ins Haus geht, um was zu trinken zu holen. Auch Griffin. Es war nicht deine Schuld.»

«Und wieso fühle ich mich dann so fürchterlich beschissen? Wieso hat Griffin mich immer noch nicht zurückgerufen?»

June konnte Griffins Verhalten zwar verstehen, aber sie würde ihm trotzdem nur noch einen Tag geben, um darüber hinwegzukommen. Es tat ihr weh, mitanzusehen, wie sehr sein Schweigen Isabel verletzte – schließlich war gestern deutlich geworden, wie sehr die Situation sie mitgenommen hatte.

Lolly setzte sich mühsam auf. «June hat recht. Er hat sich zu Tode erschreckt, als Emmy verschwunden war. Aber der Mensch, auf den er die größte Wut hat, ist wahrscheinlich er selbst, Isabel. Wenn sich das wieder gelegt hat, wird er dich anrufen.»

Isabel nahm sich auch eine Handvoll Popcorn. Noch ein gutes Zeichen, dachte June. «Hoffentlich.»

Lolly drückte auf Start. «Ich finde, June hat uns für heute Abend einen sehr guten Film ausgesucht.»

«Wie jung Meryl ist!», kommentierte June die Szene, in

der Meryl Streep Dustin Hoffman eröffnet, dass sie ihn und ihren Sohn verlassen würde. «Aus welchem Jahr stammt der Film? Irgendwas in den Siebzigern?»

Lolly knipste die Nachttischlampe an und studierte die DVD-Hülle. «1979.»

«Dafür hat sie doch einen Oscar bekommen, oder?», fragte June.

Lolly nickte. «Dafür und für *Sophies Entscheidung* und für *Die Eiserne Lady*.»

«Wow! Ich kann gut verstehen, weshalb sie die Nase voll hat!», sagte June. «Aber deshalb ihr eigenes Kind im Stich zu lassen? Das würde ich niemals fertigbringen.»

Kat nahm sich eine Handvoll Popcorn. «Erstaunlich, wie Meryl Streep es in der Rolle hinbekommt, dass sie einem trotzdem sympathisch ist. Ich finde, das ist eine ihrer ganz großen Stärken.»

Lolly stimmte ihr zu. «Deshalb kann ich mir ihre Filme ja auch immer wieder ansehen. Dabei war sie noch so jung, als sie diesen hier gedreht hat.»

Langsam kamen sie alle vier zur Ruhe und sahen Dustin Hoffman dabei zu, wie er sich langsam, aber sicher vom egoistischen Arbeitstier in jemanden verwandelt, der anfängt, in seinem kleinen Sohn einen echten Menschen zu sehen, der auf ihn angewiesen ist, ihn wirklich und wahrhaftig braucht.

«Dustin Hoffman ist auch toll», sagte June. «Man sieht ihm die innere Entwicklung richtig an – wie er langsam erkennt, dass sein Kind wichtiger ist, als es irgendein Projekt jemals sein könnte.»

Lolly nahm sich auch etwas Popcorn. «Und wie brutal diese Werbewelt ist – oder damals war. Der Rauswurf durch seinen Chef wird ihm beweisen, dass sich in dieser Welt niemand wirklich für den anderen interessiert.»

«Wow! Meryl Streep kommt nach fünfzehn Monaten zurück?» Isabel konnte es nicht fassen. «Nach so viel Zeit will sie auf einmal ihren Sohn wiederhaben?»

June schüttelte den Kopf. «Ich kann mir nicht mal einen einzigen Tag vorstellen, ohne Charlie in den Arm zu nehmen und ihm zu sagen, wie lieb ich ihn habe.»

«Dieser Krieg ums Sorgerecht ist echt unfassbar!», rief Kat. «Die Anwälte und Richter waren doch gar nicht dabei! Sie haben keine Ahnung, was passiert ist und wie es passiert ist. Der Unfall auf dem Spielplatz, zum Beispiel.»

«Aber Meryl weiß es», sagte Isabel. «Weil sie Dustin Hoffman kennt und ihren Sohn auch.»

June nickte. «O Gott. Ich wusste ja, was kommt, aber ich kann trotzdem nicht fassen, dass sie das Sorgerecht bekommt. Er liebt seinen Sohn so sehr. Er hat ihn gerade erst gefunden, wirklich entdeckt, meine ich, ist eben erst Vater im wahrsten Sinne des Wortes geworden, und jetzt wird ihm das Kind weggenommen.»

Lolly tupfte sich die Tränen weg. «Ich liebe diese Stelle. Meryl kommt, um ihren Sohn abzuholen, und dann sieht sie doch ein, dass sein Zuhause bei seinem Vater ist.»

«Wenigstens sind das zur Abwechslung mal Freudentränen», sagte Isabel und fuhr sich mit den Händen über das Gesicht. «Hilfe, war das anrührend!»

«Ruf Griffin noch mal an», sagte Kat. «Sprich ihm auf die Mailbox. Sag ihm, dass du verstehst, weshalb er dich nicht zurückruft, und du möchtest, dass er das weiß.»

Isabel schüttelte den Kopf. «Ich habe es dreimal probiert. Er hat kein einziges Mal zurückgerufen. Davor haben wir jeden Abend telefoniert.»

«Ich finde es unfair von ihm, dich nicht zurückzurufen», sagte June. «Ich verstehe, dass er sauer ist, aber dafür zu sorgen, dass du dich so mies fühlst, ist nicht in Ordnung. Er könnte zumindest anrufen, um dir zu sagen, dass er noch Zeit braucht oder was auch immer.»

«Oder schreib ihm eine Mail», schlug Kat vor. «Sag ihm, wir hätten *Kramer gegen Kramer* gesehen, wie sehr der Film dich berührt hat, dass du einen sehr bewegenden Einblick in das Leben eines alleinerziehenden Vaters gewinnen durftest … und, zum Beispiel, dass Dustin Hoffmans entsetzte Reaktion auf den Spielplatzunfall dir gezeigt hat, wie schrecklich er sich gestern gefühlt haben muss.»

«Und was, wenn er mich für eine völlige Idiotin hält, die sich erdreistet, die Wirklichkeit mit einem Spielfilm zu vergleichen?»

«Der Film ist dir nahegegangen und hat dir erlaubt, die Dinge aus der Perspektive eines alleinerziehenden Vaters zu sehen», widersprach Lolly. «Das kannst du sicher sagen. Jedenfalls wirst du so los, was du auf dem Herzen hast.» Eigentlich sah es so aus, als wollte Lolly noch etwas sagen, doch dann gähnte sie, und ihr fielen langsam die Augen zu.

«Ich glaube, wir lassen dich mal besser schlafen», sagte Kat und drückte ihrer Mutter sanft einen Kuss auf die Hand.

Isabel und June taten es ihr gleich. Dann ging Isabel nach oben, um die Mail an Griffin zu schreiben, und Kat fuhr zu Oliver. Plötzlich saß June allein in der stillen Pension, bis die Dame aus dem Rotkehlchenzimmer nach unten kam und fragte, ob sie eventuell noch etwas Kaffee bekommen könnte. June ging in die Küche, kochte eine Kanne Kaffee und richtete die übrig gebliebenen Chocolate-Chip-Cookies auf einem Teller an. Ihr Telefon klingelte, und sie stürzte sich förmlich darauf. Vielleicht waren das endlich die Smiths.

Es war Henry.

«Hallo, June. Ich muss dringend mit dir reden. Es ist wichtig. Kannst du rüberkommen?»

Wollte er sie rauswerfen? Nein, das war albern. Natürlich warf Henry sie nicht raus. Er wollte mit ihr reden, über das, was am langen Wochenende auf dem Hausboot passiert war. Ganz sicher. Er wollte ihr sagen, dass er Verständnis für sie hatte und wusste, dass sie das jetzt durchziehen musste und dass es keinen Grund gab, einander aus dem Weg zu gehen, so wie die letzten Tage.

June hatte dienstags und mittwochs frei, sodass sie sich direkt nach dem Tag, an dem er ihr seine Liebe gestand, ohnehin nicht gesehen hatten. Den Rest der Woche hatte Henry sich rargemacht und war dann übers Wochenende mit dem Motorrad weggefahren. Das eine Mal, wo sie einer vermurksten Bestellung wegen nicht darum herumgekommen war, mit ihm zu reden, hatte June vergeblich an seine Bürotür geklopft. Daraufhin hatte sie zum rückwärtigen Fenster hinausgespäht und ihn an seinem Boot werkeln sehen. Er hatte immer wieder innegehalten und abwechselnd hinaus aufs Meer und auf den Steg gesehen. *Er weiß nicht, was er machen soll*, hatte sie gedacht. Wegen der Situation. Wegen ihr. Wegen ihnen.

Sie musste ihm auch etwas sagen. Nachdem er ihr seine Gefühle gestanden hatte, hatte sie ihm nicht erzählen wollen, dass sie Johns Eltern gefunden hatte – jedenfalls ihre Telefonnummer und Adresse. Vielleicht sollte sie es ihm sagen, damit er wusste, wie nah sie inzwischen dran war, dass sie nicht länger auf der Stelle trat.

Es sei denn, die Smiths meldeten sich nicht zurück. Aber das würden sie schon noch, sie musste nur endlich den Brief formulieren, an dem sie so lange feilte, damit sie nicht wie eine lästige Verehrerin klang, mit der ihr Sohn mal kurz zusammen gewesen war. Sie konnte ihnen nur nicht schon im Vorfeld erzählen, weswegen sie unbedingt ihren Sohn finden musste. Das sollte schließlich John als Erster erfahren, und sie würden es dann aus seinem Mund hören. Heute würde sie endlich den Brief fertigschreiben, und wenn sie bis morgen Mittag immer noch nichts von den Smiths gehört hatte, würde sie ihn abschicken.

«Ich kann sofort kommen», sagte sie zu Henry, schenkte den Kaffee in zwei Tassen und stellte sie zusammen mit Milch, Zucker und den Cookies auf ein Silbertablett. «Ich geh nur schnell nach oben und bitte Isabel, ein Ohr auf Charlie zu haben. Ich bin in zwanzig Minuten da.»

«Ich warte auf meinem Steg auf dich», sagte er, und sie hätte schwören können, dass sie in den Sekunden, ehe er auflegte, seinen Herzschlag hörte.

· · · · ·

Als June die Haustür aufmachte, um zu Henry hinunterzugehen, standen Marley und Kip vor ihr auf der Veranda, den Finger schon auf dem Klingelknopf. Kip hatte sich nicht verändert – er war immer noch schlank und gutaussehend in seiner typischen Traineruniform aus grauer Basketballhose und schwarzem, langärmeligem T-Shirt. Gott, würden die beiden ein hübsches Baby bekommen!

Marley aber sah völlig verändert aus. Die großen, runden Augen strahlten. Und sie lächelte über das ganze Gesicht. «June, hoffentlich ist es okay, dass wir hier einfach so reinschneien», sagte sie. «Kommen wir ungelegen? Wolltest du gerade weg?»

Wir, dachte June und sah von ihr zu ihm. Hatte er sich berappelt? So ernst, wie Kip sie ansah, war sie sich nicht ganz sicher.

«Ich bin auf dem Weg zum Buchladen, um mich mit Henry zu treffen», sagte sie. Sie sah, dass die beiden offensichtlich nicht mit dem Auto gekommen waren. «Wollen wir zusammen nach unten laufen?»

Sie machten sich auf den Weg, und Kip legte im Gehen den Arm um Marleys Schultern. June sah Marley mit großen Augen an. Ihre Freundin strahlte wie ein Honigkuchenpferd.

«Ich wollte mich bei dir bedanken, weil du für Marls da gewesen bist, June», sagte Kip schließlich. «Sie sagt, du wärst ihr Fels in der Brandung gewesen, im Gegensatz zu mir. Ich weiß das sehr zu schätzen. Ich habe mich immer noch nicht ganz daran gewöhnt. Aber ich weiß, dass ich Marley liebe, und das ist für den Augenblick genug.»

June lächelte. Sie mochte es, wenn das Leben unkompliziert war.

«Ich war völlig fassungslos, als er gestern Abend plötzlich bei mir vor der Tür stand», sagte Marley. «Wir haben stundenlang geredet. Wir haben sogar schon angefangen, Namenslisten zu machen.» Kip und Marley lächelten einander selig an. «Ich weiß echt nicht, wie ich dir danken soll, June. Ich muss die ganze Zeit daran denken, dass du damals allein warst. Ich hoffe nur, du hattest auch jemanden, der so für dich da war wie du für mich.»

«Hatte ich.» Sofort kam ihr das Bild von Henry in den Sinn, der ihr verbot, schwere Bücherkisten zu heben. Ihr fünf Packungen Salzstangen brachte, als ihr so schlecht war, dass sie nicht mehr aus dem winzigen Klo im Buchladen herauskam. Er war auch der Erste, der es mitbekommen hatte, als damals ihre Wehen einsetzten, weil sie gerade bei der Arbeit gewesen war. Er war es gewesen, der Lolly angerufen hatte. Er war es gewesen, der vor dem Kreißsaal gewartet hatte, nervös auf- und abgehend, als sei er selbst der werdende Vater. Er war es gewesen, der gesagt hatte: «Charlie ist absolut perfekt, June, so wie du.»

June traten Tränen in die Augen, und sie blinzelte sie weg. Und jetzt hatte er ihr gestanden, dass er sie liebte, und sie rannte einem Traum hinterher, den sie nicht loslassen konnte.

Weil die Verkörperung all ihrer Hoffnungen direkt vor ihr stand. Das glückliche Paar.

Johns Eltern werden mich anrufen, mir sagen, wie ich ihn erreichen kann, und dann bekomme ich auch meine Chance, sagte sie zu sich, während sie beobachtete, wie Marley und Kip sich verliebte Blicke zuwarfen.

Im Hafen angekommen, verabschiedete sie sich mit einer Umarmung von den beiden, erinnerte Marley daran, dass sie sich nächste Woche gemeinsam auf Kinderwagensuche machen wollten und sah ihnen nach, wie sie Hand in Hand davongingen. *Möglichkeit* war Junes Lieblingswort, und hier war sie mal wieder, in greifbarer Form.

Eine hoffnungsvolle Ruhe machte sich in ihrem Inneren breit, als sie den Buchladen erreichte und am Haus vorbei nach hinten auf den Steg ging. Wenn Marley und Kip wieder zueinandergefunden hatten, dann gab es diese Möglichkeit auch für sie und John.

Es war einer dieser herrlichen Septemberabende, an denen Maine sich in seiner ganzen Pracht entfaltet, wenn die laue, von Blumenduft erfüllte Nachtluft einen einhüllt, dabei eine erste Ahnung von Herbst mit sich bringt und es gerade eben so kühl ist, dass man froh um das leichte Strickjäckchen ist, das man sich um die Schultern legen kann.

Henry stand auf dem Steg neben seinem Hausboot, wie er es gesagt hatte, die Hände in den Hosentaschen vergraben, den Blick hinaus aufs Wasser gerichtet.

«Hallo», sagte June im Näherkommen. «Ich bin froh, dass du angerufen hast. Ich muss dir nämlich auch was erzählen.»

Er drehte sich um und sah sie lange an, und in seinem Blick lag etwas Fremdes, etwas, das sie noch nie an ihm gesehen hatte.

Wollte er sie rauswerfen? Weil er es nicht mehr ertragen konnte, mit ihr zusammenzuarbeiten?

«Henry?»

«Komm, lass uns reingehen. Wir sollten uns setzen.» Er streckte die Hand aus und half ihr aufs Boot. «Du wolltest mir auch etwas sagen? Dann du zuerst.»

June ging die drei Stufen in den Wohnbereich hinunter und drehte sich zu ihm um. «Ich habe ihn gefunden.»

Er starrte sie an und sagte schließlich: «Wen? Charlies Vater?»

Sie setzte sich in den großen Regiestuhl. «Ich bin im Netz auf ein altes Collegefoto von ihm und seiner Band gestoßen und habe eins der Mitglieder ausfindig gemacht. Der Typ konnte sich noch an den Namen der Straße erinnern, in der John aufgewachsen ist. So habe ich seine Eltern gefunden, na ja, jedenfalls Adresse und Telefonnummer.»

Henry starrte sie weiter an, fast so, als wüsste er, was als Nächstes käme.

«Ich habe angerufen und ihnen eine Nachricht aufs Band gesprochen. Ich habe gesagt, ich wäre eine alte Freundin von John, wir hätten uns damals während seiner Reise in New York kennengelernt und dass ich wahnsinnig gerne mit ihm in Kontakt treten würde. Sie haben noch nicht zurückgerufen, aber ich entwerfe gerade einen Brief. Ich kann ja schlecht einfach so sagen, dass –»

«June.»

June verstummte und sah ihn an. Eine Sekunde lang hielt

Henry ihrem Blick stand, dann schloss er die Augen und holte hörbar Luft.

Sie stand auf. «Henry? Was ist los?»

Er drehte sich um und nahm ein gefaltetes Blatt Papier von seinem Schreibtisch. Er hielt es in der Hand, ohne es zu betrachten, und machte auch keine Anstalten, es ihr zu reichen. «Weißt du, auf einmal kam mir der Gedanke, es damit zu probieren, es nachzuprüfen, nur um auszuschließen – und, o Gott, June, es tut mir so leid!»

Er faltete das Blatt auseinander und reichte es ihr. Es war die Kopie einer Seite mit Todesanzeigen aus der *Bangor Daily News*. Eine der Anzeigen war datiert auf einen Tag im November vor sieben Jahren. Dem Tag, an dem sie und John an der *Angel of the Waters*-Statue im Central Park verabredet gewesen waren.

John Smith, 21, aus Bangor, Maine, verstarb am 10. November in New York City an Leukämie. Todkrank hatte John sich entschieden, sich seinen großen Traum zu erfüllen und in den Monaten, die ihm noch blieben, das Land zu bereisen, von den großen Metropolen zu den kleinsten Städten. John hinterlässt seine Eltern Eleanor und Steven Smith aus Bangor, Maine, seine Großeltern mütterlicherseits ...

Es gab auch ein Foto. Da war es, direkt vor ihr, das Gesicht dieses schönen Mannes, das sie seit sieben Jahren mit sich herumtrug, die Züge, die ihr Tag für Tag im Gesicht ihres Sohnes wiederbegegneten.

Das unverwechselbare Lächeln von John Smith. June stolperte keuchend rücklings und spürte gerade noch die Kante des Stuhls hinter sich, ehe ihre Beine nachgaben. «Während ich ihn verfluchte und die ganze Stadt nach ihm abgesucht habe, lag er keine zwei Kilometer weit weg tot in irgendeinem Krankenhaus!» Sie brach in Tränen aus.

«Es tut mir so leid, June!», flüsterte Henry. «Er hat dich nicht verlassen. Er wurde dir genommen.»

June weinte bitterlich. Heftige Schluchzer lösten sich irgendwo aus ihrem Innersten. Henry kniete sich vor sie hin und nahm ihre Hand, doch sie zog sie weg.

«Wieso hast du überhaupt in den Todesanzeigen gesucht?», schrie sie ihn an. «War es das, was du wolltest? Dass er tot ist?» Das war unfair, sie wusste es im gleichen Augenblick, als sie es ausgesprochen hatte, aber ihr Hirn war wie leergefegt. John Smith war tot. Und das schon die ganze Zeit.

«Nein, June», sagte Henry zärtlich. Ihm versagte fast die Stimme. «Ich habe da nachgesehen, weil es die einzig sinnvolle Erklärung dafür war, weshalb ein Mann dich verlassen sollte.»

June spürte, wie ihr das Herz brach. Sie rannte davon.

· · · · ·

Zurück in der Pension, stürmte sie gerade tränenüberströmt die Treppe hinauf, als Isabel auf Zehenspitzen aus Charlies Zimmer kam.

«Schläft tief und –» Isabel starrte June an. «Was ist passiert? June, was ist denn los?»

June war nicht in der Lage zu sprechen, sie konnte nur weinen. Sachte zog Isabel Charlies Tür hinter sich zu, nahm ihre Schwester in den Arm und führte sie hinauf in ihr Schlafzimmer. Sobald die Tür ins Schloss fiel, sank June heftig schluchzend zu Boden.

Isabel fiel vor ihr auf die Knie und schob ihr die tränennassen Locken aus dem Gesicht. «Was ist denn nur passiert?»

June hielt noch immer die Seite mit den Todesanzeigen

umklammert. Sie hatte gar nicht gemerkt, dass sie das Blatt Papier mitgenommen hatte. Sie schleuderte es Isabel entgegen. Isabel las und keuchte auf.

«O nein! Nein, nein, nein!», sagte sie, fing ebenfalls an zu weinen und zog June in ihre Arme.

An ihre Schwester geklammert, weinte June so laut, dass sie Angst bekam, Charlie würde aufwachen.

15.

Kat

In der Italienischen Bäckerei duftete es köstlich, es war, als wäre man nach Rom gezaubert worden und hätte eine kleine *Pasticceria* betreten. Das Geschäft hatte sich auf italienische Köstlichkeiten spezialisiert: Cannoli, mit Ricotta gefüllt und mit Schokostreuseln gesprenkelt, mit Puderzucker bestäubte Küchlein, Windbeutel mit Sahnefüllung, Mandel-Ricciarelli und Blätterteignapoleons lagen in der prachtvollen Verkaufstheke aus. Dahinter waren Focaccia und Ciabatta neben großen Krügen mit handgepresstem Olivenöl drapiert. Kat hätte den ganzen Tag im Eingang stehen bleiben und die köstlichen Düfte einatmen können.

Bei Matteos Anblick ging ihr das Herz auf. Er saß in einem dunkelgrünen T-Shirt und Jeans an einem der kleinen runden Kaffeehaustische, vor sich eine Tasse Espresso und ein Tellerchen mit Keksen. Sie schloss die Tür hinter sich, die kleinen Glöckchen bimmelten, Matteo sah sie und stand lächelnd auf. Sein Vater Alonzo stand hinter der Theke. Er war genauso groß wie sein Sohn, aber massiger, und sein grau durchzogenes dunkles Haar lichtete sich bereits. «Das ist also meine reizende Konkurrenz», sagte er, kam hinter der Theke hervor und ergriff mit einem herzlichen Lächeln Kats Hände. «Es ist mir eine Freude, Sie kennenzulernen und Ihnen etwas abschauen zu dürfen.»

Wie herzlich er war! «Es ehrt mich sehr, dass Sie meine Muffins mögen, Mr. Viola. Bei mir ist die ganze Familie wild auf Ihre Cannoli. Sie kaufen eigentlich nie irgendwo anders Gebäck, aber für Ihre Cannoli und das Tiramisu machen sie eine Ausnahme. Mein kleiner Cousin hatte ein ganz schlechtes Gewissen, weil er dachte, er hätte mich hintergangen, als er heimlich sein Taschengeld hierher getragen hat, um sich Cannoli zu kaufen. Er hat noch Tage später davon geschwärmt.»

Als Kat Charlie erwähnte, musste sie an June denken. Sie machte sich Sorgen. Ihre Cousine war heute Morgen nicht mal aufgestanden. Als Kat spätabends von Oliver zurückgekommen war, hatten Isabel und June auf Junes Bett gesessen, June mit völlig rotgeweinten Augen. Isabel hatte Kat die Todesanzeige gezeigt. Heute Morgen hatte sie ihre Cousine weinen hören. June hatte mit dem Gesicht zur Wand gelegen und sich nicht umgedreht. Als Charlies Zimmertür aufging und sein üblicher Morgengruß erschallte – «Matrosen, ahoi!» –, hatte sie June gesagt, dass sie sich heute um ihn kümmern würde. Charlie hatte sie erzählt, seine Mutter hätte schlimmes Kopfweh und dass es ihr bestimmt bald wieder besser gehen würde, und Isabel hatte in der Buchhandlung angerufen, um June für heute zu entschuldigen. Als Kat von der Schulbushaltestelle zurückgekommen war, hatte June immer noch im Bett gelegen, das Gesicht unverändert zur Wand gedreht.

Kat hatte sich neben sie gelegt, ihren Rücken gestreichelt, und June eins von ihren liebsten Zimt-und-weiße-Schokolade-Brötchen angeboten, die Kat schon in aller Frühe für sie gebacken hatte, doch June hatte noch nicht mal richtig den Kopf schütteln können.

«Ich muss nur ein bisschen allein sein», hatte sie gesagt,

und so war es von Kat auch an Isabel weitergegeben worden, die seit dem Aufstehen ebenfalls alle paar Minuten oben im Schlafzimmer gewesen war. Isabel hatte sich bereit erklärt, die June-Wache zu übernehmen, und so war Kat zu ihrer Verabredung in der Italienischen Bäckerei gegangen.

«Schade, dass Sie meine Frau nicht kennenlernen können, Matteos Mutter, sie muss sich heute um unsere kleine kranke Nichte kümmern. Aber es gibt sicher bald mal wieder eine Gelegenheit.» Alonzo wandte sich an seinen Sohn: «Wieso bietest du der jungen Dame nicht einen Espresso an, während ich nachsehe, ob in der Backstube alles bereit ist?»

Doch Matteo machte keinerlei Anstalten, sich zu bewegen, und starrte stattdessen Kats Ringfinger an. «Sieht aus, als dürfte man gratulieren», sagte er trocken.

Sie betrachtete den wunderschönen Diamanten, der in seiner altmodischen Fassung an ihrem Finger glitzerte, und brachte eine Art Verlegenheitslächeln zustande. «Ich kann es gar nicht erwarten, endlich in diese Backstube zu kommen. Hier riecht es phantastisch. Es ist wunderbar, dass dein Vater sich die Zeit nimmt, mir was beizubringen.» Sie merkte selbst, wie unbeholfen sie vom Thema ablenkte.

Sie spürte, dass Matteo sie beobachtete, darauf wartete, dass sie etwas sagte, aber was sollte sie denn sagen? *Ich habe Ja gesagt, aber ich bin mir nicht sicher? Ich bin mir nicht sicher, weshalb ich mir nicht sicher bin? Meine Mutter ist sich sicher und hat mir das Gefühl gegeben, mir sicherer zu sein, aber wenn ich dich ansehe, wenn ich mich hier umsehe, in dieser Bäckerei, muss ich an meinen Traum denken, und ich weiß nicht ...*

«Möchtest du einen Espresso?», fragte er, die dunklen Augen fest auf sie gerichtet. Sie fragte sich, was er wohl dachte. Um seinen Blick deuten zu können, kannte sie ihn nicht gut genug. Auf ihr «Nein, danke» sagte er nur: «Na dann, ab in die Backstube.»

Alonzo stand an einem riesigen alten Bauerntisch, auf dem ein großer, in Folie gewickelter Klumpen Teig, Rührschüsseln und allerlei Gerätschaften lagen. Matteo hatte sich in den Türrahmen gelehnt, nippte an seinem Espresso und beobachtete sie.

«Erzählen Sie mir, wie Sie sich dazu entschlossen haben, Bäcker zu werden und Ihre eigene *Pasticceria* zu eröffnen», bat Kat Alonzo, während sie sich neben ihn stellte und die Zutaten vor sich auf dem Tisch musterte. In verschieden großen Schüsseln fand sich vom Mehl über Zucker bis hin zum Ricotta alles, was man zum Backen brauchte. Heute würde sie eine Stunde Unterricht erhalten, und nächste Woche würde Alonzo zu ihr in die Pension kommen, um zu lernen, wie Kat ihre Muffins machte.

«Entschlossen?», fragte Alonzo, während Kat die Arbeitsfläche mit Mehl bestäubte. «Es ist eher umgekehrt, *no*? Man fühlt sich in die Backstube gezogen, zum Ofen hin. Ich habe schon als Kind gebacken und meine Ware bei uns im Dorf verkauft. Immer, wenn wir Urlaub machen, meine Frau und ich, reisen wir durch die Gegend, auf der Suche nach Brot und Süßem, was uns – wie sagt man? – aus den Latschen haut. Wo wir noch etwas lernen können.» Bei dem Gedanken ging Kat das Herz auf. «Das klingt wunderbar. Ich würde auch so gern um die Welt reisen und überall Gebäck probieren, bis ich etwas finde, das mich zum Schwärmen bringt. Dann würde ich den Bäckermeister bitten, mich in die Lehre zu nehmen.»

«Genau! Sie sind jung, sie können das machen. Machen Sie mit Ihrem frischgebackenen Ehemann eine schöne Hochzeitsreise», sagte er und deutete mit dem Kinn auf ihren Ring.

Wieder warf Kat einen Blick auf den Ring und sah dann zu Matteo rüber, der sich abwandte und in den Verkaufsraum verschwand. Er war offensichtlich enttäuscht. Vielleicht hatte er vorgehabt, sie nach dem Backunterricht zum Essen einzuladen? Bei dem Gedanken lief es ihr kalt den Rücken hinunter. Sie versuchte, sich vorzustellen, wie es wäre, mit Matteo auszugehen, mit einem Typen, dessen Eltern Immigranten waren und der jede Menge Geschichten über seine Familie und seine Verwandten zu erzählen hätte, ein Typ, der mehr als fünfzehn Länder bereist hatte, der in New York Medizin studiert und dann als Facharzt nach Hause zurückgekommen war, um in der Nähe seiner Eltern zu sein, während sein Vater in Chemotherapie war. Ein Typ, der in der Lage war, ihr alle möglichen romantischen Dinge auf Italienisch ins Ohr zu flüstern.

Das ist doch alles rein äußerlich, ermahnte sie sich. *Ich bin dabei, ihn zu idealisieren. Ich kenne ihn doch überhaupt nicht.* Ihr erster richtiger Freund, der ihr damals mit sechzehn so klug und cool und unglaublich wortgewandt erschienen war, hatte sich schließlich zu ihrem großen Erstaunen als unglaublich engstirnig erwiesen, und Kat hatte irgendwann erkannt, dass echte Kompatibilität, Chemie und Liebe rein gar nichts mit einer Liste von Fähigkeiten zu tun haben. Ein anderer Freund, der alle Leute nur Kumpel nannte, quer durchs Land hinter U2 herreiste und sich im Sommer mit Rasenmähen und im Winter mit einem alten, zerbeulten Schneepflug sein Geld verdiente, wusste besser über Politik und Geschichte Bescheid als jeder andere, dem sie je begegnet war. Menschen überraschten einen immer wieder. Sie würde sich nicht von einem hübschen italienischen Namen und einem Arztkittel blenden lassen. Und auch nicht von einem beeindruckenden Sixpack und einem extrem gutaussehenden Gesicht. Das war natürlich längst passiert, aber sie würde sich zusammenreißen. Das war sie Oliver schuldig.

«Ich habe diesen Teig bereits die erforderliche Stunde gehen lassen», sagte Alonzo. «Ich wusste nicht, wie lange Sie überhaupt bleiben können, und ich wollte nicht zu viel Zeit mit Warten verschwenden.» Er hatte das Rezept schon für sie aufgeschrieben und erklärte ihr, wie genau er den festen Teig gemacht hatte. Dann zeigte er ihr Schritt für Schritt, wie man den Teig ausrollte, zurechtschnitt und über einen formgebenden Zylinder wickelte und wie man danach die Cannoli-Röllchen frittierte, bis sie goldbraun waren, nur ein paar Minuten lang. Sie stellten verschiedene Füllungen her, tauchten die Enden einiger Cannoli in geschmolzene Schokolade und bestreuten sie zum Schluss mit Schokostreuseln.

Kat war so in die Arbeit vertieft, dass sie alles andere um sich herum vergaß. Sie dachte nicht an ihren Ring und auch nicht an Matteo. Bis er wieder in die Backstube kam, um ihr Werk zu begutachten. Alonzo hatte sich entschuldigt, um nach ein paar Kunden zu sehen, und die Backstube fühlte sich plötzlich ziemlich eng an, als Matteo so dicht bei ihr stand. Sie konnte sein herbes Aftershave riechen. Sie sah ihm dabei zu, wie er mit seinem unglaublich sinnlichen Mund in ein Cannolo biss.

«*Perfetto*», sagte er.

Kat lächelte und nahm selbst einen Bissen. Die Cannoli waren gut geworden. Zwar noch kein Alonzo-Viola-Niveau, aber gut genug.

«Du hast da ein bisschen Puderzucker auf der Lippe», flüsterte Matteo plötzlich, den Blick auf ihren Mund geheftet, einen ... eindeutigen Ausdruck im Gesicht. «Ich würde mich ja gern darum kümmern, aber das verbietet mir dein Ring.»

Etwas in ihr gab nach, eine sowieso schon hauchdünne Barriere, die dem Untergang geweiht war, ganz egal, wie sehr sie sich einzureden versuchte, er sei nur ein heißer Typ im Arztkittel, dessen Vater ihr beibringen konnte, wie man echte Cannoli machte. Es gefiel ihr, dass er den Ring respektierte. Im Gegensatz zu ihr selbst, die sich in dieser Sekunde mit ihren Gedanken schuldig machte.

Er nahm noch einen Bissen. «Bewundernswert, wie konzentriert du vorhin warst. Du bist völlig darin aufgegangen, dir etwas beibringen zu lassen. Man merkt dir an, mit welchem Ernst und welcher Leidenschaft du die Bäckerei betreibst. Eines Tages wirst du deinen eigenen Laden haben, daran besteht kein Zweifel.»

«Das ist mein großer Traum», sagte Kat und sah sich um. «Der Ofen, die Rührschüsseln, der Mehlstaub. Ein Ort wie dieser. Eines Tages.» Sie legte ihren Cannolo zur Seite. «Aber im Augenblick ist alles so ... unsicher.»

«Bis auf das», sagte Matteo mit einem Blick auf ihren Ring.

«Sogar das», flüsterte sie so leise, dass sie sich nicht sicher war, ob sie es überhaupt laut gesagt hatte.

«Ach so?», fragte er ernst.

Sie starrte die mehlbestäubte Tischplatte an. «Ich bin im Augenblick einfach völlig durcheinander. Meine Mutter – sie ist ... ach, das weißt du ja. Ich kann einfach nicht nachdenken. Ich kann – ich habe keine Ahnung, was ich eigentlich noch fühle. Ich habe das Gefühl ...»

«Was für ein Gefühl?», fragte er und legte seine Hand auf ihre. Seine Hand war kräftig und warm.

«Das Gefühl, in einer Sackgasse zu stecken, glaube ich.» Sie warf die Arme in die Luft und vermisste augenblicklich seine Berührung.

«Inwiefern?», wollte er wissen. «Meinst du das Leben, so wie du es momentan lebst?»

Sie sah ihn an. «Ja! Genau das meine ich. Das Leben, so wie ich es momentan lebe. Das Leben, das sich nie mehr ändern wird.» Kat fing an, auf und ab zu gehen. «Nichts wird sich ändern. Ich heirate den Mann, der mein bester Freund ist, seit ich fünf Jahre alt war. Irgendwann backe ich meinen millionsten Cookie oder Muffin für die Pension. Einmal im Jahr mache ich Ferien in Paris oder Rom oder in sonst einer Stadt, die ich immer schon mal kennenlernen wollte. Und dann komme ich wieder nach Hause in mein Leben, das bis in alle Ewigkeit für mich festgeschrieben ist.»

«Für dich festgeschrieben? Von wem denn?»

Sie blieb stehen und sah ihn an. «Von –» Hm. *Von wem eigentlich?* Die Frage war berechtigt. «Von ... von den Umständen. Ich habe mal daran gedacht, aufs College zu gehen, aber weil ich wusste, dass ich irgendwann meine eigene Bäckerei eröffnen will, dachte ich, ich könnte an meinem Handwerk feilen, indem ich für die Pension backe. Also habe ich das getan. Und weil meine Mutter nach dem Tod meines Vaters immer alleine geblieben ist, hatte ich das Gefühl, das Richtige zu tun, indem ich hierblieb und ihr half.»

«Also hast du das Leben, das sich auf einmal nicht mehr richtig für dich anfühlt, selber festgeschrieben. Aber du weißt schon, dass du dein Leben ändern kannst, oder? Du bist selbst der Kapitän deines Schiffes, wie es so schön heißt.»

«Aber jetzt liegt meine Mutter im Sterben, Matteo. Und ihr größter Wunsch ist es nun mal, mich wohl versorgt und glücklich zu sehen und mit dem Jungen verheiratet, den mein Vater wie seinen eigenen Sohn geliebt hat. Außerdem bin ich mir gar nicht sicher, dass ich Oliver nicht heiraten will. Er ist ein echter Schatz, wie meine Freundin Lizzie immer sagt. Das ist er wirklich. Ich bin nur einfach nicht sicher, ob ich schon bereit bin, mich endgültig niederzulassen. Ich will in Spanien Tapas essen. Ich will in Paris jedes einzelne Gebäckstück kosten und von den großen Meistern lernen, wie von deinem Vater. Aber das ist nicht die Realität.»

«Und wer sagt das? Du bist fünfundzwanzig, Kat. Wenn du jetzt nicht aufbrichst, um die Welt zu bereisen und dein Abenteuer zu leben, wann denn dann? Jetzt ist der richtige Zeitpunkt.»

«Jetzt liegt meine Mutter im Sterben. Und Oliver hat mir einen Antrag gemacht, und ich habe Ja gesagt. Zu sehen, wie ich ihm im Three Captains' Inn das Ja-Wort gebe, wird meiner Mutter Frieden geben.»

Matteo sah sie nachdenklich an. «Ich würde sagen, *dich glücklich* zu sehen, würde ihr Frieden geben. Aber ganz egal, wohin dein Leben dich tragen wird, Kat, ich bin jedenfalls sehr glücklich, dass ich dir begegnet bin.»

Kat war den Tränen so nahe, dass sie sich abwenden und zwingen musste, nicht zu weinen.

«Ich nehme an, ihr habt ein Datum gewählt, das in nicht allzu weiter Zukunft liegt.»

Sie drehte sich zu ihm um, fast schockiert, weil er so direkt war. Doch das hieß auch, dass er sie verstand.

«Ja, im November, um Thanksgiving herum ... Das ist der Lieblingsfeiertag meiner Mutter. Sie ist den ganzen Tag damit beschäftigt, die Hochzeit zu planen – wann immer sie die Kraft dazu hat. Meinst du, das ist zu viel für sie – von einem Brautausstatter zum andern und von Partyservice zu Partyservice zu rennen, um Probeessen zu organisieren?»

«Sie muss selbst wissen, wie viel sie sich zumuten kann. Wenn sie sich schwach fühlt, dann muss sie eben rasten. Aber es hört sich so an, als würde sie deine Hochzeit gerne planen, und dann ist es genau das, was sie jetzt braucht, ein fröhlicher Anlass, der den wunderbaren Kreislauf des Lebens und der neuen Anfänge symbolisiert. Vorausgesetzt, die Beweggründe stimmen.»

Die richtigen Beweggründe. Richtig und falsch waren in ihr so gründlich durcheinandergeraten, dass Kat den Unterschied nicht mehr kannte. Und neue Anfänge? Wieso fühlte sich die Vorstellung, Oliver zu heiraten, für den Rest ihres Lebens in Boothbay Harbor zu bleiben, die Pension zu führen, ja, sogar die Vorstellung, im Hafen ihre eigene Bäckerei zu eröffnen, dann genau nach dem Gegenteil an? Kat zog sich der Magen zusammen.

«Ich glaube, ich muss langsam los.» Sie brauchte dringend frische Luft. «Vielen Dank, Matteo. Das war ein ganz besonderer Vormittag für mich. Den werde ich sicher niemals vergessen.» Sie fing an, die Schüsseln einzusammeln und sie zum Spülbecken zu tragen, doch Matteo hielt sie auf, die dunklen Augen fest auf sie geheftet.

«Du bist hier zu Gast.»

«Danke. Für alles.»

Er lächelte, und sie eilte an ihm vorbei nach vorne in den Laden, fort von seinem Gesicht, von seinem Körper, von dieser Stimme, die sie so betörte. Sie verbrachte ein paar Minuten damit, seinem Vater zu danken, erntete eine knochenbrecherische Umarmung und eine randvolle Schachtel mit Leckereien für die Familie, etwas «ganz Besonderes» nur für Lolly inklusive.

Sie wollte gleichzeitig gehen und bleiben.

·····

Am Nachmittag fuhr Kat mit ihrer Mutter zu den Routineuntersuchungen ins Krankenhaus, während Isabel bei ihrer

Schwester blieb. June war Charlie zuliebe zwar zwischendurch aufgestanden, aber immer noch so erschüttert, dass sie kaum sprechen konnte. Kat hatte angeboten, Charlie vom Bus abzuholen, doch June wollte lieber selbst gehen, weil sie Charlie seit dem Vorabend nicht gesehen hatte. Kat hatte sie begleitet, sich aber während des kurzen Spaziergangs sämtliche Fragen und Kommentare gespart und June in Ruhe gelassen. Nach der Rückkehr war June sofort wieder im Schlafzimmer verschwunden. Kat setzte Lolly ins Bild, die daraufhin langsam hinauf ins Dachgeschoss stieg und mindestens eine halbe Stunde oben blieb, ehe Kat durch das kleine Fenster in der Küchentür sah, wie June Lolly die Treppe wieder hinunterhalf. June sah ein bisschen besser aus. Was auch immer Lolly ihr erzählt haben mochte, es hatte offensichtlich geholfen.

Während die Krankenschwester immer wieder ins Zimmer kam, um diverse Werte zu messen, lag Kats Mutter auf dem gepolsterten Liegesessel und blätterte gemächlich in einem Hochzeitsmagazin. Mit jeder Seite, die sie umschlug, schien sie mehr Energie zu gewinnen. «Oh, Kat, sieh dir das mal an.»

Kat zog ihren Stuhl näher an den Sessel ihrer Mutter heran und betrachtete das Bild. Es zeigte ein Model in einem wunderschönen, sehr schlichten Brautkleid. Hätte Kat dieses Kleid im Vorbeigehen in einem Schaufenster gesehen, sie wäre auf der Stelle stehen geblieben. Es bestand aus weißem Satin, war ärmellos und etwa wadenlang und erinnerte im Stil ein bisschen an die Fünfzigerjahre. Um die Empire-Taille lag ein zartes, blassblaues Seidenband. Das Kleid war wie geschaffen für eine intime Hochzeit im Kreis der Familie. Sie konnte sich tatsächlich selbst in diesem Kleid sehen. Ohne allzu große Mühe.

«Es ist perfekt, Mom! Du wusstest schon immer, was mir gefällt, stimmt's?»

«Das ist nicht so schwer zu erraten. Du magst es schlicht. Ohne viel Gedöns.»

Und trotzdem verkomplizierte sie sich ihr Leben so sehr ...

Plötzlich wurden Lollys Augen glasig, sie schlug sich die Hand vor den Mund und bedeutete Kat, ihr die Spuckschüssel zu bringen. Kat konnte nicht mit ansehen, wie sehr das Zeug, das ihrer Mutter doch helfen sollte, ihr zusetzte. Wie um Himmels willen sollte sie nächste Woche die zweite Chemotherapie durchstehen, wo sie sich noch nicht einmal von der ersten erholt hatte?

Als es vorbei war, ließ Lolly sich erschöpft zurücksinken, einen feuchten Schweißfilm auf der Stirn. Kat eilte nach nebenan ins Bad, um ein nasses Tuch zu holen. Sie tupfte ihrer Mutter Stirn und Wangen ab und strich ihr sanft die schweißnassen Strähnen aus dem Gesicht, die sich aus ihrem Zopf gelöst hatten. Plötzlich hatte sie einen ganzen Strang graublonder Haare in der Hand. Sie brach in Tränen aus.

«Schon gut, Kat», sagte Lolly. «Das geschieht nun mal. Das war zu erwarten. Was ich nicht ausstehen kann, sind die Überraschungen.»

Kat starrte auf die Strähne in ihrer Hand. «Mom, ich liebe dich», sagte sie und überraschte sich selbst damit. Und ihre Mutter offensichtlich auch. Lolly fasste nach Kats Hand und hielt sie fest.

Kat war kurz davor, die Nerven zu verlieren. Sie hatte das dringende Bedürfnis, sich irgendwo zu verstecken, wo sie in Ruhe weinen und alles herauslassen konnte, ihre ganze Angst und Ungewissheit. Nach nebenan ins Bad konnte sie nicht, dort hätte ihre Mutter sie gehört.

Lolly zog eine Packung Weizencracker aus ihrer Umhängetasche. Ihr Lieblingsgegenmittel bei Übelkeit. «Kat, könntest du mir ein Glas Eistee besorgen? Mit zwei Scheiben Zitrone. Und einem Löffel Zucker.»

«Bin gleich wieder da», sagte Kat, dankbar für die Aufgabe. Sie würde sich auf dem Weg in die Cafeteria für einen Moment auf der Besuchertoilette zurückziehen.

Aber als sie über den Flur eilte, sah sie Matteo, in sein Klemmbrett vertieft, aus einem Patientenzimmer kommen. Sie blieb vor ihm stehen, unfähig, ihre Tränen noch länger zurückzuhalten.

«Kat! Ist mit deiner Mutter alles in Ordnung?»

«Sie ist so schwach und blass, und ihr ist so schlecht! Und eben hatte ich ein ganzes Büschel Haare in der Hand.» Kat merkte, dass sie die Strähne immer noch umklammert hielt und öffnete die Faust. «Ich hasse das! Ich hasse es!» Sie konnte nicht aufhören zu weinen. Er nahm sie bei der Hand und führte sie zu einer Stuhlreihe an der Wand. *Und sie sucht Brautkleider aus und denkt über Vorspeisen nach, und das ist das Einzige, was sie momentan glücklich macht.*

Matteo bedeutete ihr mit einer Geste, sich zu setzen, und setzte sich neben sie, ohne dabei ihre Hand loszulassen. «Du darfst nicht vergessen, dass die Nebenwirkungen der Chemotherapie nur temporär sind und dass deine Mutter diese Therapie jetzt braucht.»

«Mir war einfach nicht klar, was das bedeuten würde. Ich dachte, durch die Chemo würde es ihr besser gehen und nicht schlechter. Das ist alles völlig verkehrt. Ich halte das nicht aus!»

Er beugte sich zu ihr, nahm ihr die Haare aus der Hand und wickelte sie in ein Taschentuch. «Das ist nur eine Nebenwirkung.» Er stand auf und warf das Taschentuch in den kleinen Abfalleimer, der am Ende der Stuhlreihe stand. «Und es hilft dabei, ihr Leben zu verlängern.»

«Ja, aber auf welche Weise denn!»

In Matteos dunklen Augen lagen so viel Mitgefühl und Empathie, dass Kat sich nur noch an seine Brust werfen und sich von ihm halten lassen wollte. «Ich weiß, wie es in dir aussieht, Kat. Ich habe bei meinem Vater genau dasselbe durchgemacht. Wenn man jemanden, den man liebt, so furchtbar leiden sieht, gibt es nur eine Möglichkeit, das durchzustehen: indem man sich Schultern zum Anlehnen sucht. In der Familie, bei Freunden, bei jedem, der einem in dieser Situation Kraft geben kann.»

«Ist es okay, wenn ich mich bei dir anlehne?»

«Mehr als okay.» Sein Pieper vibrierte, und er sah aufs Display. «Hör zu. Heute legen wir fest, wie genau wir die Infusionen nächste Woche anpassen müssen. Das wird sehr hilfreich sein.» Der Pieper vibrierte wieder. «Ich muss weiter, Kat. Aber bitte ruf mich jederzeit an, Tag oder Nacht. Verstanden?»

«Verstanden», sagte sie und registrierte überrascht, dass sie sich besser fühlte. Sie war in der Lage, ihrer Mutter den gewünschten Eistee zu bringen und für sie da zu sein, anstatt zusammenzubrechen und es Lolly damit noch schwerer zu machen.

Sie sah Matteo nach, bis er um die Ecke verschwand.

«Ich wusste nicht, dass ihr euch so nahesteht, du und der Arzt deiner Mutter!»

Kat sah auf. Vor ihr stand Oliver. In seinem Gesicht spiegelten sich Wut und Verwirrung. Kat sprang auf, die Wangen hochrot.

Oliver starrte sie zornig und verletzt an. «Ich bin hergekommen, weil du gestern Abend gesagt hast, dass du dir wegen der Untersuchungen heute Sorgen machst, dass du für deine Mutter stark sein musst. Ich bin gekommen, um dich zu unterstützen. Aber offensichtlich hast du inzwischen schon wen anders gefunden, bei dem du dir Unterstützung holen kannst.»

O nein! «Oliver, Matteo – Dr. Viola – und ich haben uns im Lauf der letzten Wochen natürlich ein bisschen kennengelernt. Als ich vorhin aus dem Zimmer meiner Mutter kam, musste ich furchtbar weinen, und er hat mich hierhergeführt, um mir die Nebenwirkungen der Chemotherapie zu erläutern. Er hat meine Hand gehalten, weil –» Sie hielt inne, weil ihr klarwurde, dass das, was sie sagen würde, keine Lüge war. Ganz im Gegenteil.

«Weil?»

«Weil er für mich ein guter Freund geworden ist.»

«Weißt du, Kat, ich stand da drüben und habe zugesehen, wie dein ‹guter Freund› Matteo dich hierhergeführt hat – an der Hand. Ich habe gesehen, wie du ihn angeschaut hast. Und wie er dich angesehen hat. Also lüg mich nicht an!»

«Oliver, ich –»

«Warst du mit ihm im Bett?»

«Oliver!»

«Warst du mit ihm im Bett?», wiederholte er. Jedes einzelne Wort betonend. Zornig.

«Nein!»

«Sag es mir, Kat. Und zwar jetzt. Willst du mir den Ring zurückgeben? Ich will jetzt die Wahrheit von dir hören.»

Kat ließ den Kopf auf die Knie sinken und befahl ihrem Hirn, ihrem Herz, ihr zu sagen, was sie fühlte.

«Nein», sagte sie. Und sie musste darauf vertrauen, dass das die Wahrheit war, dass sie tief in sich drin, ganz egal, was da sonst noch war, Oliver Tate tatsächlich heiraten wollte. Sie wusste es einfach nicht.

Sie bemerkte die Erleichterung auf seinem Gesicht. «Ich will dir das Leben im Moment nicht noch schwerer machen, Kat. Mir ist klar, dass das, was du im Augenblick durchmachst, sehr schmerzhaft ist. Und ich weiß auch, dass ich dir genügend Freiraum lassen muss. Aber was auch immer du mir sagst, ich werde dir glauben. Okay? So funktionieren Liebe und Vertrauen nämlich.»

Sie nickte. «Ich muss meiner Mutter ihren Eistee besorgen. Ich komme heute Abend zu dir, okay? Lass uns dann reden.»

Er nickte, nahm sie kurz in den Arm, und als sie zu den Aufzügen ging, spürte sie seinen Blick auf sich.

· · · · ·

Am nächsten Morgen machten Kat und Lolly sich auf den Weg zu *Beautiful Brides*, einem eleganten kleinen Geschäft in der Stadt. Sie hatten einen Termin mit Claire Wignall, der Besitzerin. Lolly hatte Claire direkt nach der Rückkehr aus dem Krankenhaus angerufen und ihr von dem Foto aus der Zeitschrift erzählt, die Claire ebenfalls bei sich auslagen hatte. Sie hatte zwar nicht exakt dasselbe Kleid im Laden, aber zwei, die ihm sehr ähnlich waren.

Verkleiden. Illusionen. Märchenwelt. Diese Worte schwirrten Kat durch den Kopf, als sie die Boutique betrat. An den Wänden hingen die Fotos echter Bräute in ihren Hochzeitsroben von *Beautiful Brides*. Überall im Laden standen Puppen mit Kleidern und Schleiern. Claire begrüßte sie, gratulierte Kat, bewunderte gebührend ihren Ring und führte sie dann in einen Umkleidebereich, in dem ein gemütliches kleines Sofa stand.

«Lolly, Sie nehmen jetzt einfach hier Platz», sagte Claire und deutete auf das weinrote Sofa. «Und Sie gehen in die

Kabine, Kat, probieren das erste Kleid an, und wenn Sie so weit sind, kommen Sie heraus. Ein hübsches Paar weißer Seidenpumps in Ihrer Größe steht auch schon bereit.»

Lolly setzte sich lächelnd hin. «Ich kann es kaum erwarten, dich in einem Brautkleid zu sehen.»

Kat erwiderte das Lächeln, doch plötzlich fing ihr Herz an zu rasen. Sie stand in der Kabine, befühlte die Plastikhülle des ersten Kleides und wusste mit Bestimmtheit, dass sie es nicht anprobieren wollte. Genauso wenig wie das zweite. Oder irgendein anderes. Solche Gefühle gehörten definitiv nicht zum allerersten Besuch in einem Brautmodengeschäft. Als Lizzie sich vor ein paar Monaten verlobt hatte, hatte sie Kat genötigt, sich mit ihr zusammen diverse Episoden einer Reality-Show namens *Say Yes to the Dress* anzusehen, die bei einem berühmten New Yorker Brautausstatter angesiedelt war. Sie sollte sich fühlen wie die Bräute in der Sendung. Aufgeregt. Voller Hoffnung, das richtige Kleid zu finden. Dies sollte eigentlich ein großer, bedeutsamer Augenblick in ihrem Leben sein.

Gestern Abend war sie wie versprochen bei Oliver gewesen, doch anstatt darauf zurückzukommen, dass er sie mit dem Arzt ihrer Mutter beim Händchenhalten erwischt hatte, hatte er einen typischen Oliver aus dem Hut gezogen: Nettigkeit. Er hatte nicht darauf bestanden, dass sie sich erklärte. Er hatte sie einfach in den Arm genommen und festgehalten, und genau das hatte sie gebraucht: die Umarmung ihres ältesten und allerbesten Freundes. Sie waren auf ein Eis in die Stadt spaziert, hatten sich gegenseitig probieren lassen, waren zurück zu ihm nach Hause gegangen, und dann hatte er sie mit der gleichen Leidenschaft wie immer geliebt.

Als Lolly ihr dann heute Morgen mit strahlenden Augen und rosigen Wangen von dem Termin bei der Brautausstatterin erzählt hatte, hatte Kat angesichts ihrer Verlobung wieder diesen Frieden in sich verspürt, der sich schon ein paar Mal in ihr gemeldet hatte. Dies war das Gegengift zu Lollys Krebs; die Chemo raubte ihr die Kraft, und Kats Verlobung gab sie ihr zurück.

Doch als sie jetzt inmitten all dieser Träume in Weiß stand, inmitten all dieser Kleider, die *Für immer und ewig, ein Leben lang* und *heilige Gelübde* bedeuteten, war Kat sich ganz und gar nicht sicher, ob sie in der Lage wäre, irgendeine Entscheidung zu treffen, nicht über Saumlängen und schon gar nicht über den Rest ihres Lebens.

Tu so, als hättest du Migräne, sagte sie sich. *Tu so, als wäre dir schwindlig und falle gegen die Tür. Nur raus aus diesem Laden!*

Nur, dass draußen auf dem Plüschsofa vor der Umkleidekabine ihre Mutter saß, zehn Kilo leichter als noch vor zwei Monaten – Lolly Weller, die unromantischste Person der Welt, mit einem Ausdruck puren Glücks auf ihrem blassen, eingefallenen Gesicht.

Kat hörte ein aufgeregtes Keuchen und fuhr herum. «Oh, Kat, komm doch noch mal schnell raus! Sieh dir nur diesen Schleier an!» Ihre Mutter erhob sich, langsam und unsicher, und trat an einen antiken Tisch mit einer Büste. Der kurze Schleier wurde von einem Kopfputz mit winzigen weißen Seesternen und Rosenblüten gehalten. «Der ist einfach unglaublich, Kat, siehst du die Seesterne?»

Ihr Vater hatte Seesterne gesammelt. Seesterne aller Art, vom silbernen Briefbeschwerer bis zu dem Seestern aus Pappmaché, den Kat ihm in der Grundschule zum Vatertag gebastelt hatte. «Wunderschön», sagte Kat und musste an die kleinen goldenen Seesternohrstecker denken, die er ihr geschenkt hatte, «für später, wenn du Löcher in den Ohren hast.» Kat hatte ihre Mutter damals so lange bedrängt, ihr

Löcher stechen zu lassen, bis Lolly nachgegeben hatte. Seitdem trug Kat diese Ohrstecker eigentlich immer, und sie trug sie auch heute.

Hallo, Universum? Willst du mir vielleicht irgendwas sagen?, schickte Kat eine stumme Frage nach oben.

Claire nickte ihrer Mutter aufmunternd zu, Lolly löste behutsam den Schleier vom Kopf der Büste und ging damit zu Kat. Kat senkte das Kinn, damit Lolly ihr den Schleier aufsetzen konnte. Der Kopfschmuck war weder kratzig noch steif, sondern ganz im Gegenteil erstaunlich bequem.

Lolly schlug sich die Hand vor den Mund. «Oh, Kat, sieh dich nur an!» Sie stellte sich hinter ihre Tochter, und gemeinsam sahen sie in den Spiegel über dem Tisch.

Der Kopfputz war wirklich hübsch. Und er verlieh Kat ein durchaus bräutliches Gefühl.

Lolly umfasste ihre Schultern. «Und damit probierst du jetzt die Kleider an!»

«Sagen Sie Bescheid, wenn Sie Hilfe brauchen», sagte Claire. «Die Kleider sind im Grunde beide ganz unkompliziert. Man kommt leicht rein – und wieder raus.»

Kat ging zurück in die elegante Umkleidekabine, die beinahe so groß war wie das Rotkehlchenzimmer in der Pension. Sie strich über die beiden Kleider, die in der Kabine bereithingen, nahm den Schleier ab, legte ihn vorsichtig auf die gepolsterte Sitzbank und zog sich dann das T-Shirt und den Rock aus. Sie stieg in das erste weiße Seidenkleid und fasste hinter sich, um den Reißverschluss zuzuziehen. Das Kleid war hübsch. Es sah tatsächlich aus wie auf dem Foto. Kat setzte den Schleier wieder auf und betrachtete sich von allen Seiten in dem dreiteiligen Spiegel. Sie fühlte sich wie verkleidet. Als wäre sie eigentlich gar keine Braut.

«Benötigen Sie Hilfe, Kat?»

Sie trat aus der Kabine und stellte sich vor ihre Mutter.

«Es ist sehr hübsch», sagte Lolly.

«Wunderschön!», kam es von Claire. «Aber was sagen Sie selbst, Kat?»

«Na ja, es gefällt mir», sagte sie und drehte sich vor dem Spiegel in der Ecke hin und her. «Aber ich bin mir nicht sicher, ob es *das Richtige* ist.»

«Probieren Sie das zweite an. Und vergessen Sie nicht, dass Sie heute zum ersten Mal hier sind. Das war ihr allererstes Kleid. Manchmal muss man zehn oder zwanzig verschiedene probieren, ehe man das Richtige findet. Das weiß man in der Sekunde, wo man es angezogen hat.»

Zehn oder zwanzig Kleider? Kat hatte nicht mal Lust, das zweite anzuprobieren.

Sie ging zurück in die Umkleidekabine, zog Kleid Nummer eins aus, hängte es auf seinen Bügel und stieg in Kleid Nummer zwei. In dem Augenblick, als sie in den Spiegel sah, geschah etwas mit ihr.

Das war ihr Kleid.

Das war ihr klarer als irgendetwas in letzter Zeit. Das Kleid war einfach perfekt, wunderschön und atemberaubend. Ihre Haut schien zu schimmern. Sie setzte den Schleier wieder auf. Ihr verschlug es den Atem.

Das ist nur ein hübsches Kleid, ermahnte sie sich. *Das hat gar nichts zu bedeuten. Das Universum möchte dir nichts sagen. Es ist nur ein Kleid, das zufällig so aussieht, als seist du dazu bestimmt, es zu tragen, als sei es nur für dich gemacht.*

«Sind Sie so weit, Kat?»

Sie holte tief Luft. Wenn ihre Mutter sie gleich sah, in diesem Kleid und mit diesem Schleier auf dem Kopf, dann würde sie in Tränen ausbrechen, so viel stand fest. Ihre Mutter war nun wirklich nicht sentimental, aber wenn das Kleid es schon geschafft hatte, Kat selbst den Atem zu verschlagen, dann würde es ihre Mutter sicher doppelt mitnehmen.

Sie öffnete die Tür. Und hatte sich nicht geirrt.

Lolly stand auf, fasste sich ans Herz. Und schlug dann schnell die Hände vors Gesicht, um die Tränen zu verbergen. In diesem Augenblick wurde Kat klar, dass ihre Mutter sie so sehr liebte, wie sie es niemals geahnt hatte.

«Das ist es», sagte Kat.

«Ja, kein Grund, noch weiterzusuchen.» Claire lächelte. «Ich muss an der Taille zwar noch einen Hauch wegnehmen und den Saum einen Zentimeter weit herauslassen, aber ansonsten ist es, als wäre das Kleid für Sie gemacht worden.»

«Und? Ist es unbezahlbar?», fragte Kat.

«Das Kleid Ihrer Träume, ganz gleich, was es kostet, ist bereits bezahlt», sagte Claire und zwinkerte ihr zu. «Eins darf ich Ihnen sagen: Das erlebe ich hier auch nicht alle Tage.»

Oliver. Er hatte sich um ihr Traumkleid gekümmert, damit ihre Mutter sich wegen der Kosten keine Sorgen machen musste. Und damit Kat sich keine Sorgen wegen einer besorgten Mutter machen musste.

Lolly strahlte. «Na dann! Wenn du dir sicher bist, Kat, dann nehmen wir es.»

Kat sah noch einmal in den Spiegel. Lolly stand neben ihr, unverhohlene Bewunderung im Blick. «Wenn es das Letzte in meinem Leben ist, dich in diesem Kleid an Olivers Seite treten zu sehen, dann sterbe ich als glücklicher Mensch.»

Kat starrte ihre Mutter an. *Das Letzte in meinem Leben ...*

«Aber wenn du dir nicht sicher bist», sagte Lolly, «dann suchen wir weiter. Ich sehe hier mindestens drei Kleider, die an dir auch umwerfend aussehen würden.»

Wenn du dir nicht sicher bist, wenn du dir nicht sicher bist, wenn du dir nicht sicher bist! Die Worte dröhnten in Kats Schädel, bis sie ihren Anblick im Spiegel keine Sekunde länger ertragen konnte. Sie wandte sich ab. Sie war sich nur in einem sicher: Sie wollte ihre Mutter in der Zeit, die ihr noch blieb, glücklich machen.

«Ich bin mir sicher», sagte sie.

16.

Isabel

K annst du dich daran noch erinnern?« June hielt ihr ein Fotoalbum hin.

Isabel legte das Album, das sie gerade angesehen hatte, auf ihren Beinen ab und sah zu June hinüber. Isabel, June und ihre Eltern, wie sie in Disney World mit Donald Duck um die Wette strahlten. Isabel war auf dem Foto sieben Jahre alt und June erst vier. Ihr Vater trug einen Micky-Maus-Hut samt Ohren und ihre Mutter ein hübsches, weißes Sommerkleid, einen Strohhut und einen Cinderella-Aufkleber auf dem nackten Oberarm, den June ihr dort hingeklebt hatte.

Isabel und June waren diesmal zusammen in den Keller gegangen, um nach den Tagebüchern ihrer Mutter zu suchen. Gemeinsam hatten sie noch einmal sämtliche Koffer durchgesehen, doch die Tagebücher blieben unauffindbar. Dafür waren sie auf insgesamt zwölf Fotoalben gestoßen, in die sie seit einer halben Stunde versunken waren. Lolly hatte Isabel im Laufe der Jahre immer mal wieder an die Alben erinnert, doch Isabel hatte sich in den Wochen nach dem Unfall lediglich ein paar Lieblingsfotos herausgesucht und sich mit dem Rest nie auseinandergesetzt. Aus Angst vor den Erinnerungen. Vor dem Schmerz. Vor Reue.

Vorhin war Isabel auf der Suche nach einem Pullover hinauf ins Schlafzimmer gegangen und hatte June mit verlorenem Blick draußen auf dem Balkon vorgefunden. Ihr Gesicht war so traurig gewesen, dass Isabel beinahe selbst angefangen hätte zu weinen. Es war jetzt zwei Tage her, seit June von John Smiths Tod erfahren hatte. Sie stand zwar inzwischen wieder auf, bewegte sich durchs Haus und machte für Charlie gute Miene, doch im Grunde war June am Boden zerstört. Isabel hatte ihr vorgeschlagen, mit in den Keller zu kommen und ihr bei der Suche nach den Tagebüchern zu helfen, obwohl sie nicht wusste, ob diese Suche June irgendwie helfen würde oder sie nur an noch mehr Verlust erinnerte, doch June hatte genickt und war ihr nach unten gefolgt.

Die Dinge ihrer Eltern, das Lieblingskleid ihrer Mutter, die runde John-Lennon-Brille ihres Vaters, schienen bei June eine Wehmut auszulösen, die auf ihre eigene Weise heilsam war. Sie hatte lachend die Brille hochgehalten und sinnend einer Erinnerung nachgegangen, ohne zu sagen, woran sie dachte. Danach hatte sie das Gesicht in dem Schal vergraben, den ihr Vater getragen hatte, als er starb, ein Schal aus dunkelblauer Wolle, den ihre Mutter ihm gestrickt hatte. Sie hatte angefangen zu weinen, Isabel hatte sie in den Arm genommen, und June hatte zwischen lauten Schluchzern gewimmert: «Alle sterben! Alle, alle sterben!», immer wieder, bis es Isabel fast das Herz brach.

Dann, als Isabel schon Angst hatte, June würde zusammenbrechen, hatte sie zwischen den Fotoalben ein Bündel Briefe entdeckt. Sie stammten aus dem letzten Jahr, in dem sie und June in den Sommerferien gemeinsam ins Ferienlager gefahren waren. Isabel war damals vierzehn gewesen und June elf. Isabel hatte jede Minute ausgekostet, die sie weg von zu Hause war, auch wenn die Betreuer und der Leiter ihr mehrmals angedroht hatten, sie umgehend nach Hause zu schicken, falls sie noch eine einzige Regel verletzte.

June aber hatte fürchterlich unter Heimweh gelitten. Isabel zog den obersten Brief aus dem Stapel und fing an, ihn laut vorzulesen. June rückte neben sie, um ihr über die Schulter zu schauen.

Mein süßes, kleines Junikäferchen,
ich habe gehört, dass dir im Ferienlager alles ein bisschen zu viel wird und du am liebsten nach Hause möchtest. Ich weiß, dass du im Augenblick ziemlich viele unbekannte Dinge erlebst, und das kann manchmal ganz schön anstrengend sein. Dabei bist du doch ein unglaublich kluges, starkes Mädchen mit einem riesengroßen Herz. Du interessierst dich für so viele Dinge, und eins weiß ich genau: Wenn du dem Ferienlager eine Chance gibst, wirst du dort deinen Platz und auch viele Freunde finden, und plötzlich wirst du merken, dass du dir wünschst, das Ferienlager würde nie zu Ende gehen. Weißt du was, June? Wir lassen uns jetzt noch eine Woche Zeit, okay? Wenn du es dann immer noch so schrecklich dort findest, dann kommen Dad und ich dich abholen. Und bis dahin zeigst du allen im Ferienlager, wie du wirklich bist – witzig, klug, einfühlsam, kreativ, phantasievoll, eine tolle Tänzerin und eine super Freundin und ungeheuer stark im Körper und im Geist. Du kannst alles schaffen, wenn du es nur willst, June.
Ich hab dich sehr lieb,
Deine Mom

«Sie hat uns sehr geliebt», sagte June und presste sich den Brief ans Herz. Dann faltete sie ihn zusammen, schob ihn in die Hosentasche und lächelte Isabel mit glänzenden Augen an.

Ja, sie hat uns sehr geliebt – selbst mich, dachte Isabel. In den Keller zu gehen war für sie beide genau das Richtige gewesen.

June blätterte weiter in dem Fotoalbum auf ihrem Schoß. Inzwischen musste sie sogar ab und zu laut auflachen, ein wunderschöner Klang aus dem Munde ihrer trauernden Schwester. Isabel warf einen Blick in das Album. Ihr Vater, der so tat, als würde er die kleine June einem Schneemann auf die Schultern setzen, während Isabel, damals vielleicht fünf oder sechs, dem Schneemann eine Karottennase ins Gesicht steckte. Sie sahen das Album gemeinsam durch, dann legte June es weg und zog den nächsten Brief aus dem Stapel. «Der ist an dich, Iz», sagte sie und fing an, vorzulesen.

Liebe Isabel,
Dad und ich vermissen dich sehr. Hier ist es ganz schön still ohne dich, Izzie-Bizzie. Ich weiß, dass wir in den letzten Wochen vor dem Ferienlager nicht besonders gut miteinander ausgekommen sind, aber ich freue mich schon auf die viele Zeit, die wir zusammen verbringen werden, wenn du wieder da bist. Ich schaue mir sogar die Fortsetzung von Scream mit dir an, wenn du möchtest. Von deiner Betreuerin weiß ich, dass Flops Tod dich ziemlich mitgenommen hat. Ich weiß, dass er seit drei Jahren der Ferienlagerhase war. Er hat ein schönes und glückliches Leben gehabt, umgeben von Kindern, die ihn toll fanden und ihm immer so gern die langen, weichen Ohren und das kuschelige Fell gestreichelt haben. Deine Betreuerin sagte, einmal sei ein Mädchen da gewesen, das furchtbar unter Heimweh litt, bis es die Aufgabe bekam, Flop morgens seine Karotten zu geben. Allein sein Anblick und das süße, zuckende rosa Näschen genügten, um sie froh zu machen, und sie vergaß völlig, dass sie eigentlich nur noch nach Hause wollte. Flop war ein ganz besonderes Häschen, und wenn wir etwas verlieren, das uns lieb war, dann ist es wichtig, sich an die schönen Dinge zu erinnern, die guten Zeiten, und sie ganz fest in unserem Herzen zu verankern. So gehe ich mit Ver-

lust um. So wie damals, als Opa starb, weißt du noch? Du warst erst fünf und hast es vielleicht vergessen, aber ich war furchtbar traurig darüber, bis ich mich wieder daran erinnert habe, was Opa mir bedeutet hat, was für ein wunderbarer Vater er war und wie froh ich immer war, dass es ihn gibt. Also habe ich mich darauf konzentriert, und mein wehes Herz fühlte sich nicht mehr schwer an, sondern heil.
Ich hoffe, das hilft dir ein bisschen, Isabel, mein tapferes Mädchen.
Ich hab dich sehr lieb,
Deine Mom

Isabel liefen die Tränen über das Gesicht, und sie sah ihre Schwester ungläubig an.

«Lies du ihn noch mal vor», bat June.

Isabel las den Brief. Das mit Flop hatte sie völlig vergessen. Sie konnte sich auch überhaupt nicht an ihren Großvater erinnern und daran, dass er gestorben war. Oder an diesen Brief.

«Sie hat recht», sagte June. «Ich darf nie vergessen, was für ein besonderes Gefühl John mir gegeben hat, und was für ein Glück ich hatte, weil wir uns begegnet sind, dass ich ihn kennenlernen durfte, ganz egal, wie kurz es war.» Sie sah sich im Keller um, betrachtete die Dinge ihrer Eltern und hob dann den Blick zur Decke. «Danke, Mom!»

Isabel streckte den Arm aus und drückte June mitfühlend die Hand. «Den Brief behältst du.» Der erneute Gang in den Keller hatte auch Isabel unendlich gutgetan. Sie wartete nicht länger darauf, dass Griffin zurückrief. Der Vorfall im Garten hatte ihn verscheucht – wenn auch nicht zwingend weg von ihr persönlich, wie Kat neulich gemeint hatte, so doch davor, sich auf eine neue Frau einzulassen. Ganz allgemein. Isabel war selbst noch nicht wieder völlig bereit, sich auf jemand Neues einzulassen, und vielleicht war es am besten, Griffin in ihrer Phantasie zu behalten, dort, wo alle möglichen wunderbaren Dinge geschahen, langsame Küsse zum Beispiel und seine Hände überall auf ihrem Körper. Oder kleine Gespräche, die ihr all die Gefühle zurückgaben, die sie während ihrer Ehe nicht mehr erlebt hatte. Sich sexy zu fühlen. Interessant. Begehrt.

In ihrer Phantasie gab es keine schlimmen Ereignisse. Kinder gingen nicht verloren. Teenager maulten sie nicht an. Und Männer, denen sie sich langsam öffnete, machten keinen plötzlichen Rückzieher, der dafür sorgte, dass sie sich wieder in ihrem Schneckenhaus verkroch.

Andererseits war es genau diese Einstellung gewesen, mit der Albert Brooks sich in *Rendezvous im Jenseits* den Weg in den Himmel versperrt hatte.

Sie schauten den Rest der Briefe durch, und Isabel stieß auf ein ganzes Paket fotokopierter Briefe, die Lolly im Laufe der Jahre an die Lehrer und Rektoren von Isabel, June und Kat geschickt hatte.

Liebe Miss Patterson,
vielen Dank dafür, dass Sie mich auf Isabels Weigerung hinweisen, sich am Englischunterricht zu beteiligen oder einen Aufsatz zum erwähnten Text abzuliefern. Wie Sie wissen, hat Isabel vor weniger als einem Monat ihre Eltern verloren und findet nur langsam ihren Weg zurück in den Alltag. Vielleicht ist es Ihnen möglich, hier ein wenig Nachsicht und Mitgefühl walten zu lassen, vor allen Dingen, da der Text, um den es geht, von einer glücklichen, intakten Familie handelt.
Mit freundlichen Grüßen,
Mrs. Lolly Weller

Isabel war sprachlos. «Ich hatte keine Ahnung, dass Lolly damals so hinter mir stand! Sie war immer so nüchtern. ‹Tu, was von dir erwartet wird, dann geht auch alles seinen Gang!› Weißt du noch, wie sie das immer gesagt hat? Ich habe es gehasst!»

«Ich auch. Vor allem, weil sie meistens recht hatte. Komisch – eigentlich hat sie sich nicht verändert. Sie ist immer noch so reserviert, auch wenn sie sich langsam ein bisschen öffnet. Vielleicht liegt es auch daran, dass ich ihre Art inzwischen eher zu schätzen weiß. So ganz ohne Zuckerguss, falls du weißt, was ich meine.» June überflog einen weiteren Brief aus Lollys Päckchen. «Hör dir das mal an. ‹Sehr geehrter Rektor Thicket. Meine Tochter Kat hat mir wiederholt von zwei Klassenkameradinnen berichtet, die sie ständig ärgern, ihr ‹Waisenkind› hinterherrufen und sich über ihre Kleidung lustig machen. Ich habe dies bereits zweimal angesprochen, ihrer Klassenlehrerin und auch Ihnen gegenüber. Sollte mir noch ein einziger derartiger Vorfall zu Ohren kommen, tauche ich mit Channel 8 im Schlepptau in der Schule auf und konfrontiere Sie mit der Frage, weshalb die Schulleitung nichts unternimmt, um meine Tochter vor Schikanen in Schutz zu nehmen! Mit vorzüglicher Hochachtung, Lolly Weller›.»

«Wow!», sagte Isabel. «Das müssen wir Kat zeigen. Lolly hat immer so getan, als würde sie unser Kram etwa Dreiviertel der Zeit überhaupt nicht interessieren. Und im Hintergrund macht sie Rektor Thicket die Hölle heiß.»

Oben klingelte das Telefon, und kurz darauf tönte Kats Stimme die Kellertreppe herunter. «Isabel? Telefon!»

Isabel sprang die Stufen hinauf ins Büro und nahm den Hörer, den Kat auf dem Tisch hatte liegen lassen. Außerdem hatte sie die Post auf den Tisch gelegt, zuoberst ein in Teenagerhandschrift an Isabel adressierter Umschlag ohne Absender. «Hallo? Hier spricht Isabel McNeal?»

«Ich würde für Samstagabend gerne das Fischadlerzimmer reservieren, falls möglich. Ein Erwachsener, zwei Kinder.»

«Griffin?», fragte Isabel, obwohl völlig außer Frage stand, wem die kräftige, tiefe Stimme am anderen Ende der Leitung gehörte.

«Es tut mir leid, dass ich nicht früher zurückgerufen habe. Ich war – egal, lass uns am Wochenende in Ruhe darüber reden. Vorausgesetzt, das Zimmer ist noch frei.»

«Zufällig ist gerade gestern eine Reservierung für das Fischadlerzimmer storniert worden.»

«Dann sehen wir uns Samstag, die Mädchen, du und ich. Ach, und Isabel? Vielleicht könnten wir beide am Abend noch einen Spaziergang machen, wenn ich Emmy ins Bett gebracht habe?»

Ihr Herz machte einen Sprung. «Sehr gerne.»

Ihr lagen unzählige Fragen auf der Zunge. Aber im Augenblick war nur wichtig, dass er und seine Töchter am Wochenende kommen würden. Es fühlte sich an wie eine ausgestreckte Hand.

Als sie aufgelegt hatte, öffnete sie den gelben Briefumschlag. Darin lag eine Karte von Alexa Dean.

An Isabel:
Was Montag passiert ist, tut mir leid. Ich hätte nicht sagen dürfen, dass ich Emmy im Auge behalte, als Sie ins Haus gegangen sind, obwohl ich es nicht vorhatte. Das war ein Fehler. Es tut mir leid, dass ich Ihnen so viel Ärger gemacht habe.
Alexa D.

Isabel zog lächelnd eine Augenbraue hoch. Sie sah die Szene förmlich vor sich: Griffin, wie er hinter Alexa stand, sie mit Ohrstöpseln und finsterem Gesicht, während er sie dazu zwang, einen Entschuldigungsbrief zu schreiben, in dem genau das stehen musste, was Alexa ihr so hölzern geschrieben hatte.

Sie konnte es nicht erwarten, sie alle wiederzusehen. Inklusive Alexa D.

· · · · ·

Als Isabel am Freitagabend das Popcorn in Lollys Zimmer brachte, war ihre Tante in eines der Fotoalben vertieft, die June aus dem Keller geholt hatte. Es war ein altes Familienalbum mit Bildern von Lolly und ihrer Schwester Allie aus Kindertagen.

«Wie schön, diese Bilder zu sehen!», sagte Lolly lachend und deutete auf ein Foto von Isabels Mutter im Alter von höchstens zehn, wie sie heimlich zwei Finger hinter Lollys Kopf hochhält und dabei eine Grimasse schneidet.

Isabel lächelte. Sie bekam immer noch nicht genug von Fotos wie diesem, auf dem ihre ach so stoische Tante Lolly als freche Achtjährige die Zunge in die Kamera streckt. «June und ich haben uns die Alben auch angesehen. Was für wunderbare Sachen wir in diesen Koffern gefunden haben! Alte Briefe und winzige Andenken. Man würde nie glauben, dass solche Kleinigkeiten die Macht haben, derart lebendige Erinnerungen wachzurufen. Nur die Tagebücher habe ich immer noch nicht gefunden. Vielleicht sind sie ja doch irgendwo anders hingeraten.»

«Vielleicht», sagte Lolly, ohne zu zögern, und schlug die nächste Seite auf.

Isabel sah ihre Tante forschend an. «Sag mal, Tante Lolly,

gibt es diese Tagebücher überhaupt?», fragte sie mit einem Lächeln.

«Ich war mir ganz, ganz sicher, aber vielleicht habe ich mich ja auch geirrt?» Lolly gähnte vernehmlich, ein Zeichen für Isabel, nicht allzu sehr nachzubohren.

Isabel setzte sich auf die Bettkante und nahm Lollys Hand. «Danke jedenfalls, dass du mich auf die Suche geschickt hast. Ich bin auf viele unerwartete Schätze gestoßen.» *Und dich habe ich völlig falsch eingeschätzt.*

«Das dachte ich mir.»

«June haben die Koffer auch geholfen», flüsterte Isabel. «Wir haben ein paar Briefe gefunden, die Mom uns ins Ferienlager geschickt hat – das war für June genau die richtige Medizin. Und ein paar Kopien von Briefen, die du an unsere Lehrer geschrieben hast. Danke!»

Lolly lächelte und drückte ganz leicht Isabels Hand.

Dann kam June mit der DVD des Abends ins Zimmer – *Grüße aus Hollywood*, den bis jetzt noch keine von ihnen gesehen hatte, bis auf Lolly, aber das war auch schon eine ganze Weile her. Kat folgte ihrer Cousine dicht auf den Fersen, beladen mit vier Schoko-Cupcakes mit weißer Glasur. Es war ein Wunder, dass sie seit dem ersten Kinoabend nicht alle zehn Kilo zugenommen hatten. Lolly hatte im Gegenteil viel zu viel abgenommen.

«Ach, beinahe hätte ich's vergessen», sagte Lolly. «Pearl und ich waren noch mal bei dem Brautausstatter, wo wir Kats Kleid entdeckt haben, und ich habe ein paar Fotos gemacht.» Sie kramte in ihrer Nachttischschublade nach der Kamera, drückte ein paar Knöpfe und reichte Isabel den Apparat.

«Wow, es ist wirklich wunderschön!», sagte Isabel und gab die Kamera an June weiter.

«O ja, zauberhaft!», stimmte June ihr zu.

Kat kam nicht mit dazu, um ihr eigenes Brautkleid zu bewundern, wie es für eine aufgeregte zukünftige Braut vielleicht normal gewesen wäre. Sie stimmte auch nicht ein in die Verzückung über die feine Perlenstickerei und den hübschen Ausschnitt. Sie sagte gar nichts. Sie lächelte nur höflich. Isabel legte den Fotoapparat zurück in die Schublade.

«Alle bereit?», fragte Kat, die Hand auf dem Lichtschalter. Sie hatte es offensichtlich eilig, das Thema zu wechseln. War sie sich vielleicht doch unsicher mit der Hochzeit? Gab es zwischen ihr und Oliver Probleme? Oder sorgte sie sich so sehr um ihre Mutter, dass es ihr schwerfiel, sich auf die Hochzeit zu konzentrieren? Vielleicht sollten sie und June heute Abend vor dem Schlafengehen noch mal versuchen, mit Kat zu reden, dachte Isabel. Bis jetzt hatte Kat sämtliche Anläufe zu einem Gespräch abgeblockt und so getan, als wäre alles in Ordnung.

Lolly startete den Film. «Ich bin mir sicher, der wird euch allen gefallen. So wunderbare Schauspieler! Meryl und Shirley MacLaine. Und Dennis Quaid. Meine Güte, sieht der gut aus!»

Meryl spielt eine Schauspielerin mit ernsthaftem Drogenproblem. Nach erfolgter Entzugstherapie kehrt sie aus der Klinik zurück, und nun weigert sich die Versicherung der Produktionsfirma ihres neuen Films, Meryls Ausfall zu versichern, es sei denn, jemand übernimmt während der Dreharbeiten persönlich die Haftung für sie. Was bedeutet, dass Meryl zurück zu ihrer egozentrischen Mutter ziehen muss, selbst ein berühmter ehemaliger Filmstar, mit der sie nur schwer zurechtkommt.

«Shirley MacLaine ist absolut unausstehlich – in dieser Rolle, meine ich», sagte Kat. «Ihre Tochter kommt gerade aus der Therapie zurück. Sie gibt sich wirklich Mühe, und Shirley MacLaine macht sie ständig nieder, redet nur von sich und versucht auch noch andauernd, ihre Tochter auszustechen.»

«O mein Gott, das ist doch nicht zu fassen! Hat sie eben wirklich gesagt, sie hätte vielleicht nicht mehr lange zu leben, weil sie Myome in der Gebärmutter hat?» June schüttelte lächelnd den Kopf. «Man kann gar nicht anders. Man muss sie einfach mögen, trotz ihrer Melodramatik.»

Lolly lachte mit. Nur Kat machte ein ernstes Gesicht. Vor allem, als Shirley Meryl sagt, sie möchte, dass Meryl sich darauf gefasst macht, dass sie vielleicht bald sterben wird.

«Geht das jetzt ständig so weiter?», fragte Kat. «Ich glaube nicht, dass ich das aushalte. Ja, ich weiß, es soll witzig sein, aber –»

Lolly pickte an ihrem Cupcake herum. «Weißt du, was ich an diesem Film so liebe, Kat? Dass zwischen Meryl und Shirley am Anfang wirklich Welten liegen – in jeder Hinsicht. Aber dann finden sie langsam zueinander zurück. Man muss mit dem Negativen beginnen, um irgendwann zum Positiven zu gelangen. Aber es ist die Mühe wert, das darfst du mir glauben.»

Kat sah Lolly überrascht an. «Ich bin schon still!», sagte sie, schenkte ihrer Mutter ein warmes Lächeln und biss in ihren Cupcake.

Isabel musste furchtbar lachen, als Dennis Quaid, jung und umwerfend sexy, Meryl mit den Worten: «Ich glaube, ich liebe dich», seine Gefühle gesteht und sie ihm antwortet: «Und wann weißt du's mit Sicherheit?»

«Ach du lieber Gott, hoffentlich fällt sie darauf nicht rein!», sagte Kat. «Dennis Quaid erzählt ihr, sie wäre die einzige echte Persönlichkeit in dieser Scheinwelt, sie sei seine Phantasie, die wahr werden muss? Glaubt ihr, das gibt's?

Dass Menschen Beziehungen mit jemandem aus ihrer Phantasie eingehen?»

«Am Anfang, vielleicht», sagte Lolly. «Aber die Phantasie ist relativ schnell dahin. Danach bleibt nur die Realität.»

Isabel fiel auf, dass Griffin für sie gleichzeitig Phantasie und Wirklichkeit war.

«Wow! Ist das nicht Annette Bening?», fragte June. «Unglaublich. Kein Wunder, dass eine so große Schauspielerin aus ihr wurde. Tja, Kat, da hast du deine Antwort. Dennis Quaid betrügt sie alle.»

Als der Film sich dem Ende näherte, musste Kat nach den Taschentüchern greifen. «Du hattest recht, Mom», sagte sie. «Ich finde es schön, wie Meryl und Shirley am Ende merken, was in ihrer Beziehung wirklich zählt – einander zu haben, füreinander da zu sein. Sie haben beide noch einen weiten Weg vor sich, trotzdem traut man ihnen am Ende zu, dass sie noch einmal von vorne anfangen können.»

«Ich wünschte, meine Mom und ich hätten auch die Chance dazu gehabt. Ich leide furchtbar darunter, dass ich so gemein zu ihr war», sagte Isabel. «Ich habe sie immer behandelt, als hätte sie mir nichts zu sagen, als hätte sie ständig nur versucht, mir in mein Leben reinzupfuschen. Ich wünschte, ich hätte öfter auf sie gehört.»

«Aber Mom hat sich von deiner Fassade nie täuschen lassen, Izzy. Das zeigen doch die Briefe, die wir gefunden haben, und das ist das Einzige, was zählt.»

«Du hast recht», sagte Isabel. «Das hat mir tatsächlich sehr geholfen. Zu wissen, dass sie meine dumme Anti-Haltung durchschaut hat. Aber wenn ich mehr auf sie gehört hätte, hätte ich mich vielleicht nie auf diesen albernen Pakt eingelassen. Ich wäre stärker gewesen, selbstbewusster, hätte mehr an mich geglaubt.»

«Was für ein Pakt?», wollte June wissen.

Isabel blickte in die Gesichter, die sie umgaben. Sie hatte nie jemandem von ihrem Pakt erzählt. Auf die Frage, ob sie und Edward planten, Kinder zu kriegen, eine Familie zu gründen, hatte sie immer nur mit den Schultern gezuckt.

«Edward und ich haben damals, als wir uns kennenlernten, einen Pakt geschlossen. Wir haben einander versprochen, keine Kinder in die Welt zu setzen, damit die niemals einen solchen Verlust erleiden müssten wie wir.»

«Oh, Isabel!», sagte Lolly.

«Irgendwann hat Edward mal zu mir gesagt, dass ich wahrscheinlich sowieso keine gute Mutter wäre. Es war schwer, ihm nicht zu glauben, auch wenn ich tief in mir immer das Gefühl hatte, dass ich eine gute Mutter sein würde. Wisst ihr, ich habe Edward eigentlich immer in allem nachgegeben, weil er mir damals nach dem Tod von Mom und Dad so geholfen hat. Ich war der Überzeugung, Edward hätte immer recht. Doch das stimmte nicht. Er war furchtbar wütend, als ich meine Meinung änderte und doch ein Kind wollte.»

«Dieses Arschloch. Wie ich das hasse!», sagte June. «Er war derjenige, der stehengeblieben ist, Isabel! Er steckte fest und konnte sich nicht weiterbewegen, und damit hat er dich gezwungen, ebenfalls an Ort und Stelle zu verharren, so lange, bis es für dich unerträglich wurde.»

Kat schüttelte den Kopf. «Gott, kein Wunder, dass dich die Sache mit Emmy so erschüttert hat. Du dachtest, das wäre der Beweis für das, was Edward gesagt hat.»

Isabel ließ sich gegen die Stuhllehne sinken. Sie konnte die kühle Brise in ihrem Gesicht spüren, die damals wehte, als sie und Edward an jenem Abend im Garten lagen und diesen Pakt schmiedeten. Ihr war klar, weshalb sie sich darauf eingelassen hatte. Warum sie sich so sehr in Edward verliebt hatte. Warum sie bei ihm geblieben war, obwohl seine kleinen Gemeinheiten und Sticheleien und Unaufrichtigkeiten ihr schon lange klargemacht hatten, dass sie nicht mehr das kleine, verängstigte Mädchen von einundzwanzig Jahren war, das er geheiratet hatte. Die junge Frau, die sich so mutterseelenallein auf der Welt gefühlt hatte, obwohl sie doch eine Schwester hatte, eine Cousine und eine Tante. Sie hatte Edward sehr lange gestattet, ihr zu diktieren, wer sie war. Aber damit war es jetzt endgültig vorbei. Sie würde sich niemals wieder von irgendjemandem sagen lassen, wer sie war oder wozu sie fähig war und wozu nicht.

«Ich wünschte, ich hätte damals mit dir darüber geredet, Tante Lolly», sagte Isabel und sah zu ihrer Tante, doch Lolly war eingeschlafen, die Fernbedienung noch in der Hand.

«Gute Nacht, Mom», flüsterte Kat, nahm vorsichtig die Fernbedienung an sich, zog Lolly die Decke über die Brust und schaltete das Licht aus, während ihre Cousinen sich um das schmutzige Geschirr kümmerten.

Sie gingen gemeinsam in die Küche, und June setzte Teewasser auf.

«Wir sollten uns nicht ein Leben lang von dem definieren lassen, was wir als Teenager empfunden haben», sagte Kat und verstaute die restlichen Cupcakes in der ISS MICH!-Dose. «Manchmal ... manchmal frage ich mich, ob ich vor allem deswegen mit Oliver zusammen bin. Weil ich es einfach schon mein Leben lang so gewohnt bin.»

June füllte losen Earl Grey in das Teesieb. «Bist du dir doch unsicher, ob du ihn heiraten sollst?»

«Vielleicht.» Kat sank auf einen Küchenstuhl. «Ja. Nein. Ich weiß es nicht. Ich weiß überhaupt nichts mehr. Ignoriert mich einfach.»

«Das geht aber nicht», sagte Isabel. Sie legte ihrer Cousine kurz den Arm um die Schulter und goss das Teewasser auf. «Ich hoffe einfach, du tust das, was du wirklich tun willst. Und nicht das, was irgendwer von dir erwartet. *Capisce?*»

Kat lächelte. «*Capisce.*»

«Wenn ich eines gelernt habe», sagte June, «dann das: Wenn man nicht weiß, was man machen soll, hat man zwei Möglichkeiten: einen Schritt zurücktreten oder erst mal stehen bleiben – aber auf keinen Fall weitergehen. Irgendwoher kommt immer Klarheit. Eines Morgens wacht man auf und merkt, dass man etwas kapiert hat, was einem am Vorabend noch nicht klargewesen ist.»

Kat füllte drei Tassen mit dem aromatischen Tee. «Auf den Morgen warte ich immer noch. Wenigstens weiß Isabel inzwischen, was sie empfindet.» Kat grinste. «Du hast doch morgen Abend ein Date mit Griffin, oder etwa nicht?»

«Das ist kein Date. Sondern nur ein Spaziergang. Vielleicht will er nur einen Waffenstillstand vereinbaren. Um mir dann zu sagen, dass es vorbei ist, ehe es überhaupt angefangen hat.»

June ließ einen Zuckerwürfel in ihren Tee sinken. «Ich glaube nicht, dass er dafür extra hundertfünfzig Mäuse für das Fischadlerzimmer hinblättern würde.»

Isabel lächelte.

· · · · ·

Am Samstagnachmittag hatte Isabel die Deans in einem geschäftigen Kommen und Gehen beobachtet. Als sie angekommen waren, hatte Alexa Isabel kaum eines Blickes gewürdigt, und Emmy wollte sofort den lieben Nachbarshund besuchen gehen, mit dem sie beim letzten Mal so schön gekuschelt hatte, was ihrer Schwester wiederum einen fast komischen Stierblick samt heruntergeklappter Kinnlade entlockte. Der Blick, mit dem Griffin Isabel beim Hereinkommen bedacht hatte - so voller *Gefühl* -, hatte ihr eine Gänsehaut beschert, und Isabel hätte ihn am liebsten ins Büro gezerrt, die Tür zugemacht und ihn leidenschaftlich geküsst. Dann wollte Emmy ein Eis, und das Telefon klingelte, und Alexa stampfte die Treppe hinunter, und alle Gedanken an heiße Küsse mussten warten bis zum Abend.

Falls es denn überhaupt Küsse gab. Isabel hatte in der vergangenen Nacht kein Auge zugetan, weil sie ständig an ihr Date denken musste. Gemeinsam mit Griffin, vielleicht sogar händchenhaltend, hinunter in den Hafen zu spazieren, einen mondbeschienenen Steg entlang, ein intensiver Blick, und dann dieser eine, besondere, langsame, innige Kuss.

Während Isabel im Büro über der Buchhaltung saß, hatten die Deans das Haus wieder verlassen. Ein paar Stunden später, als sie gerade im Aufenthaltsraum staubwischte, waren sie wieder zurückgekehrt, Emmy mit einem Schokoladenlutscher in Hummerform und Alexa mit einem blauen Wassereisgetränk und den unvermeidlichen Stöpseln im Ohr. Griffin hatte sie angelächelt und gefragt, ob halb neun ihr passen würde.

Um sieben raste Isabel nach oben und ging unter die Dusche. Stellte sich den Zungenkuss vor, das Gefühl von Griffins Händen auf ihrem eingeseiften Körper unter der Dusche. Auf ihrem seifenfreien Körper im Bett. Es überraschte sie selbst, dass ihre Phantasien über Griffin immer konkretere Züge annahmen. Genau wie in dem alten Carly-Simon-Song aus *Sodbrennen, Coming Around Again* ...

Sie zog ihr neues Lieblingssommerkleid an. Sie hatte es sich erst vor ein paar Wochen unten im Hafen gekauft. Es war aus blassgelber Baumwolle, die Träger und der hohe Bund waren mit winzigen Blümchen bestickt. Das Kleid verlieh Isabel das Gefühl, hübsch und unbeschwert zu sein. Sie betupfte sich mit ein paar Spritzern Coco, ihrem Lieblingsparfüm, tuschte sich ganz leicht die Wimpern, legte einen Hauch beerenfarbenen Lipgloss auf, kämmte sich die Haare und machte sich auf den Weg nach unten. Auf dem Treppenabsatz im ersten Stock hörte sie jemanden weinen. Sie blieb stehen und lauschte, um herauszufinden, woher das Weinen kam. Aus der Alleinekammer. War das June? Sie klopfte zaghaft an die Tür. Von innen wurde augenblicklich etwas dagegengeschleudert. Es klang nach einem Buch.

Alexa.

«Alexa, ich bin's, Isabel. Darf ich reinkommen?»

«Nein!»

Isabel legte die Hand an die Tür. «Ich würde wirklich gern mit dir reden, Süße.»

«Wozu denn? Du hasst mich, und jetzt bist du auch noch die neue Freundin von meinem Vater. Mein Leben ist super! Also gibt es auch nichts zu reden!»

Die neue Freundin? Sie waren lediglich ein einziges Mal miteinander spazieren gegangen! Für einen Teenager mit geschiedenem Vater reichte das wahrscheinlich schon. «Ich hasse dich nicht, Alexa. Kein bisschen. Ich bin dir auch nicht böse.»

Einen Augenblick lang war es still hinter der Tür, dann war wieder Weinen zu hören. «Ich glaube dir kein Wort. Hau ab! Du kommst zu spät zu deinem *Date*!»

Daher wehte der Wind! Das war nun wirklich nicht ihre Baustelle, ein Gespräch mit Alexa über das Liebesleben ihres Vaters. Nicht dass es zwischen ihr und Griffin ein Liebesleben gäbe. Im Augenblick jedenfalls. Und es stand auch nicht fest, ob es jemals eines geben würde.

Isabel wollte von Angesicht zu Angesicht mit Alexa reden

und drehte vorsichtig am Türknauf. Die Tür bewegte sich nicht. Offensichtlich hatte Alexa von innen etwas davorgeschoben. «Dein Vater und ich machen einen Spaziergang. Mit Happy.»

«Ihr habt ein Date! Genau wie meine Mutter damals ein Date mit ihrem Boss hatte und damit die ganze Familie zerstört hat. Jetzt hat auch noch mein Vater Dates. Ich hasse meine Mutter! Ich hasse sie, ich hasse sie, ich hasse sie», schrie Alexa. «Sie hat alles kaputt gemacht! Ich hasse sie, und ich bin froh, dass ich ihr das ins Gesicht gesagt habe!»

Hilfe noch mal, das war wirklich ziemlich heftig. Isabel war sich nicht sicher, ob sie Griffin holen oder lieber ihrem Gefühl vertrauen sollte. Sie lehnte sich wieder ganz nah an die Tür. «Ich würde wirklich gerne mit dir reden, Alexa. Ich glaube, es gibt da ein paar Sachen über mich zu wissen, die dir helfen könnten.»

«Ich will aber nichts von dir wissen!»

Isabel berührte unwillkürlich den Anhänger um ihren Hals. Sie trug eine zarte Goldkette ihrer Mutter mit einem kleinen goldenen Herzen daran. «Eine Sache möchte ich dir trotzdem erzählen.» Isabel holte tief Luft, diese Geschichte hatte sie schon sehr lange niemandem mehr erzählt. «Das Letzte, was ich jemals zu meiner Mutter gesagt habe, war, dass ich wünschte, sie wäre tot. Ich war damals sechzehn. Wir hatten einen schrecklichen, sehr dummen Streit. Und als ich am nächsten Morgen aufgewacht bin, habe ich erfahren, dass sie wirklich tot war. Sie ist bei einem Autounfall gestorben. Zusammen mit meinem Vater und meinem Onkel.»

Hinter der Tür herrschte Stille.

Wieder holte Isabel tief Luft. «Ich habe es nicht so gemeint, weißt du. Ich habe meine Mutter geliebt, wirklich geliebt, auch wenn mir das manchmal selbst nicht klar war. Ich war sauer auf sie, weil sie gesagt hatte, dass ich an Silvester um halb eins zu Hause sein muss, und weil sie ständig böse mit mir war, nur an mir rumgenörgelt hat und mir andauernd erzählt hat, dass ich eines Tages meine wilde Art bereuen würde. Und weißt du, Alexa, sie hatte recht. Aber leider hatte ich nie mehr die Chance, ihr zu sagen, dass ich es nicht so gemeint habe und dass es mir leidtut.»

Isabel hörte ein paar Bücher zu Boden poltern.

«Sie hat deinen Vater ja auch nicht betrogen», rief Alexa trotzig. «Sie hat deine Familie nicht kaputt gemacht und damit dein ganzes Leben ruiniert!»

«Nein, aber dafür ist sie fort, Süße. Und zwar für immer. Ich werde niemals in der Lage sein, die Dinge wieder geradezubiegen. Und sie auch nicht. Alexa, man weiß nie, was im Leben als Nächstes geschieht. Es passieren ständig und überall Dinge, die weh tun. Aber wenn man nur in seiner Wut verharrt und auf die ganze Welt sauer ist, fühlt man sich mit der Zeit nur immer mieser. Wenn du die Dinge zwischen dir und deiner Mutter wieder geradebiegst, dann verändert sich damit dein ganzes Leben.»

«Aha! Dann soll ich ihr also einfach verzeihen, ja? Na klar! Tolle Idee.»

Gott, Alexa war wirklich ein harter Brocken. «Du kannst versuchen, ihr zu verzeihen. Und du kannst sie lieben, obwohl du stocksauer auf sie bist. Du kannst zulassen, dass sie dich liebhat. Du kannst ihr die Chance geben, die Dinge zwischen euch beiden so weit in Ordnung zu bringen, wie das eben möglich ist. Sie ist deine Mutter, Alexa. Meine Mutter ist gestorben, als ich sechzehn war. Sie ist für immer fort.»

Aus der Alleinekammer drang kein Laut. Dann hörte Isabel, wie etwas Schweres beiseitegeschoben wurde. Sie wartete noch einen Augenblick ab, doch der Türknauf bewegte sich nicht. Langsam öffnete Isabel ihrerseits die Tür. Alexa saß auf dem kleinen Sofa, das seitlich verdreht mitten im Zimmer stand. Wimperntusche und Eyeliner liefen ihr über das Gesicht.

«Ich habe die ganzen schlimmen Sachen auch nicht so gemeint, die ich meiner Mutter an den Kopf geworfen habe», sagte Alexa tränenüberströmt. «Aber ich bin trotzdem noch so schrecklich wütend auf sie.»

Isabel setzte sich neben das Mädchen aufs Sofa. «Meine Mutter ist nicht mehr da. Ich kann nicht mehr mit ihr reden und ihr auch nie mehr sagen, dass ich die Hälfte, ach was, noch nicht mal ein Viertel von dem, was ich gesagt habe, nie so gemeint habe – vor allem den allerletzten Satz. Aber deine Mutter lebt, und zwar nur zwei Ortschaften von hier entfernt. Eine Fünfzehnminutenfahrt weit weg.»

«Aber ich hasse sie! Auch wenn ich sie in Wirklichkeit eigentlich nicht hasse», sagte Alexa und fing wieder an zu schluchzen.

Isabel verstand dieses Kind so gut, verstand Alexa aus allertiefster Seele, und sie wünschte, sie hätte ein Patentrezept für die richtigen Worte in diesem Moment. Doch das brauchte noch Zeit. Und Vertrauen. Und ein wenig mehr Reife.

Und so legte Isabel ihr einfach nur stumm den Arm um die Schultern, zog sie, obwohl Alexa sich stocksteif machte, an sich und hielt sie fest. Sie erzählte ihr von dem Brief, den sie und June im Keller gefunden hatten. Von dem gestorbenen Häschen, von all dem Ungesagten, was zwischen den Zeilen gestanden hatte und davon, wie dieser Brief mit den Worten ihrer Mutter ihnen am Ende nach all diesen Jahren auf unterschiedliche Weise beiden geholfen hatte. Isabel redete und redete, und es ging schneller, als sie gedacht hatte, bis Alexa innerlich schmolz und sich an sie schmiegte.

• • • • •

Es war schon nach neun, als Isabel Alexa sagte, sie wollte nur schnell zu ihrem Vater gehen, um ihm zu erklären, was aus der Verabredung geworden war und dann gleich wieder zu ihr zurückkommen.

«Du musst nicht wiederkommen», sagte Alexa mit erschöpfter, aber bestimmter Stimme. «Geh lieber spazieren. Mit Happy und mit meinem Dad.»

Isabel lächelte sie an. «Ich gehe kurz mit deinem Vater sprechen.»

Unten lief Isabel ihrer Schwester in die Arme. «Er ist im Aufenthaltsraum», sagte June. «Vor zwanzig Minuten habe ich ihm angeboten, nachzusehen, wo du steckst, und dann habe ich ihm erzählt, dass du offensichtlich gerade mit Alexa sprichst. Daraufhin hat er ziemlich unschlüssig die Treppe raufgespäht. Ich glaube, er wusste nicht, ob er sich einmischen soll oder lieber nicht. Schließlich ist er mit einem Seufzer und dem Bier, das ich ihm angeboten habe, in den Aufenthaltsraum verschwunden.»

Isabel drückte ihrer Schwester die Hand. «Danke, June!»

Sie betrat den Aufenthaltsraum. Die Ellbogen auf die Beine gestützt saß Griffin vor dem Gemälde der drei Kapitäne. Das Bier stand unberührt auf dem Tisch.

Als er sie sah, stand er auf. «Was war denn los da oben? Oder sollte ich besser nicht fragen?»

«Alexa hat sich mir anvertraut. Es hat ein bisschen gedauert, aber dann hat sie sich geöffnet. Ich kann dir gar nicht sagen, wie froh ich bin, dass ich ihr dabei helfen konnte, sich ein bisschen besser zu fühlen.»

Griffin sah sie so überrascht an, dass sie sich ein Lächeln nicht verkneifen konnte.

«Was auch immer du gesagt hast, offensichtlich bist du tatsächlich zu ihr durchgedrungen. Danke, Isabel.»

«Wenn du jetzt hochgehst und mit ihr redest, dann lässt sie es zu, davon bin ich überzeugt. Wir können immer noch spazieren gehen, wenn sie im Bett ist. Oder ein andermal. Geh zu deiner Tochter.»

Genau das hieß es, Kinder zu haben, dachte Isabel. Komplikationen, Unterbrechungen. Dramen. Ein ständiges Geben und Nehmen. Und jedes Opfer, jeder Verzicht, jeder Herzschmerz wurde mit etwas Magischem und Wunderschönem belohnt.

Griffin stieg die Treppe hinauf. Isabel stand im Türrahmen und sah ihm nach.

Dann kam June aus dem Büro, beugte sich nah zu ihrer Schwester und flüsterte ihr ins Ohr: «Und du machst dir Sorgen, du könntest keine gute Mutter sein.»

17.

June

. . . .

June stand im Keller der Pension vor einem verstaubten hölzernen Garderobenspiegel und probierte den orangefarbenen Wollmantel an. Im Kragen hing noch immer ein Hauch des Parfüms ihrer Mutter – das bildete June sich zumindest ein. Sie hatte den Mantel in einem Kleidersack an einem Ständer mit alten Jacken entdeckt. Der knallrote Daunenparka ihrer Mutter. Die braune Fliegerjacke ihres Vaters. Ein paar andere Wollmäntel, an die sie sich nicht erinnern konnte. Lollys vielleicht.

Ihre Mutter war zehn Zentimeter größer gewesen als June, und der Mantel war ihr ein bisschen zu lang. Bei Isabel würde er perfekt sitzen. June gefiel der Mantel trotzdem, weil er sich wunderschön anfühlte und sie sich darin getröstet fühlte, weil er sie an ihre Mutter erinnerte. June hätte nie gedacht, dass ihr bei ihrer Haarfarbe ein knallorangefarbener Mantel stünde, doch irgendwie brachte die Farbe ihren Teint zum Strahlen und betonte das Grün in ihren Augen. Aber vielleicht war auch das nur Junes Wunschdenken. Jedenfalls machte dieser Mantel sie glücklich. In ein paar Monaten schon würde es draußen empfindlich kühl sein, und dann würde sie diesen Mantel zu ihrem Alltagsstück machen.

Sie zog ihn wieder aus, hängte ihn zurück auf den Bügel und legte ihn links vom Kleiderständer auf den wachsenden

Stapel mit Schätzen. June nahm ein altes Fotoalbum voller Bilder aus der Kindheit der Miller-Schwestern zur Hand. Junes Mutter und Tante Lolly waren in Wiscasset aufgewachsen, einer beschaulichen Kleinstadt in der Nähe von Boothbay Harbor. June setzte sich im Schneidersitz auf den alten Flickenteppich und fing an zu blättern. Sie merkte, dass sie sich vor allem auf ihre Tante Lolly konzentrierte. Ein Bild erregte besonders ihre Aufmerksamkeit: Lolly im fliederfarbenen Ballkleid mit Anstecksträußchen vor dem gelben Holzhaus ihrer Eltern, neben ihr ein gutaussehender Mann.

Ob das Harrison war? June musste an den geheimnisvollen Mann denken, von dem ihre Tante ihr an dem Tag erzählt hatte, als sie erfahren hatte, dass John tot war. Als Lolly zu ihr hinaufgekommen war, hatte June, wie ein Fötus zusammengerollt, auf dem Bett gelegen. Und hatte nicht aufhören können zu weinen. Nicht aufhören können, aus dem wilden Was-Wenn-Karussell in ihrem Kopf auszusteigen. Nicht aufhören können, an den Verlust ihres Traumes zu denken. An Verlust überhaupt. Verlust schien die einzige Konstante in ihrem Leben zu sein. Trotzdem war sie gerührt gewesen, weil Lolly den mühsamen Aufstieg unters Dach auf sich genommen hatte, obwohl ihr das Treppensteigen inzwischen so schwerfiel, und sie hatte sich aufgesetzt und sich bei Lolly dafür entschuldigt, dass sie ihr solchen Kummer machte und sie auch noch zwang, in den zweiten Stock zu steigen.

«Für euch Mädchen würde ich alles tun», hatte Lolly gesagt und sich zu June aufs Bett gesetzt. «Wenn euch das Herz bricht, dann bricht meines ebenfalls, auch wenn ihr das vielleicht nicht merkt.» Sie hatte June einen Moment lang angesehen und dann den Blick abgewandt. «Ich glaube, ich weiß recht gut, wie du dich fühlst, auch wenn es damals bei mir ein wenig anders war.»

«Mit Onkel Ted.»

Lolly hatte den Kopf geschüttelt. «Nein. Ich spreche nicht von Onkel Ted. Ich spreche von Harrison. Ein Mann, den ich einst liebte. Obwohl ich verheiratet war.»

June hatte vor Schreck die Luft angehalten und darauf gewartet, dass Lolly weitersprach. Lolly Weller hatte eine Affäre gehabt?

«Erinnerst du dich noch daran, wie es in *Die Brücken am Fluss* zwischen Meryl Streep und Clint Eastwood war? Mir ist einmal etwas ganz Ähnliches passiert. Eine Liebe wie diese. Aber es war unmöglich, und damit hatte sich der Fall. Ich habe sehr lange gebraucht, um darüber hinwegzukommen. Wenn ich an ihn denke, tut mir heute noch das Herz so weh, als hätte ich ihm eben erst endgültig Lebewohl gesagt. Und weißt du, was damals die Rettung für mich war?»

June hatte unzählige Fragen gehabt, doch das musste warten. «Was?»

«Das klingt jetzt vielleicht ein bisschen altmodisch, aber – zu wissen, dass ein derart wunderbarer Mensch, ein so besonderer Mensch, *mich* liebte wie von Sinnen. Das war meine Rettung. Das gab mir die Kraft, weiterzumachen. Diesen Gedanken habe ich tief in meinem Herzen und in meiner Seele verankert, und er begleitet mich noch immer.»

Genau dasselbe Gefühl hatte Henrys Liebeserklärung bei June wachgerufen. Sie hatte so viele Fragen an ihre Tante.

«Tante Lolly, wann –»

«Ich fühle mich nicht gut, ich glaube, ich muss wieder zurück in mein Bett», war Lolly ihr mit einer Stimme ins Wort gefallen, die June nur allzu gut kannte. *Keine Widerrede, keine Fragen. Tu einfach, was ich dir sage*, hieß dieser Tonfall. June hatte ihre Tante respektiert und keine Fragen mehr gestellt.

Lollys Bekenntnis hatte ihr unglaublich geholfen. Weil sie

bis jetzt geglaubt hatte, John hätte sich in Wirklichkeit doch nie etwas aus ihr gemacht, hatte June seine Gefühle für sie nie von dieser Warte aus betrachtet: dass dieser wunderbare, ganz besondere Mensch für sie genau dasselbe empfunden hatte wie sie für ihn, und das war in der Tat ein Geschenk.

In den darauffolgenden Tagen hatte June, ob beim Frühstück, beim Abendessen oder wenn sie kurz bei Lolly hereinsah, um ihr eine Tasse Tee und die neueste Kreation aus Kats Backstube zu bringen, immer wieder versucht, ihre Tante auf diesen Mann anzusprechen, und einmal war es ihr auch gelungen, doch Lolly hatte ihr augenblicklich das Wort abgeschnitten und angefangen, von den Catering-Optionen für Kats Hochzeit zu erzählen. June nahm an, dass Lolly Kats Einstellung zu Liebe und Ehe nicht negativ beeinflussen wollte, vor allem, was die Beziehung zwischen Lolly und ihrem verstorbenen Ehemann betraf. Also hatte June das kleine Juwel, das Lolly mit ihr geteilt hatte, verwahrt und die Sache auf sich beruhen lassen.

Irgendwann zwischen Lollys Geständnis und der Lektüre des Briefes ihrer Mutter an Isabel hatte June die Kraft und die richtigen Worte gefunden, um endlich den Brief zu schreiben, den sie, seit sie die Todesanzeige gelesen hatte, schon unzählige Male begonnen und wieder zerrissen hatte. Vor drei Tagen schrieb sie ihn endlich zu Ende, adressierte ihn an Eleanor und Steven Smith, legte zwei Fotos von Charlie dazu, eines als Baby und ein aktuelles, und schickte ihn ab. Jedes Mal, wenn ihr Telefon klingelte, fuhr June in die Höhe.

Ihr Telefon klingelte nicht oft. Marley meldete sich ab und zu und erzählte von Kip, der seine Verantwortung sehr ernst nahm und momentan dabei war, eigenhändig eine hölzerne Wiege zu zimmern. Auch Henry hatte sich nach ihrer überstürzten Flucht von seinem Hausboot irgendwann gemeldet und ihr eine Nachricht hinterlassen. Um ihr zu sagen, dass er Verständnis dafür hatte, falls sie eine Weile nicht zur Arbeit käme, und auch, falls sie womöglich gar nicht mehr wiederkommen wollte, dass sie sich Zeit lassen sollte und dass ihr Job auf sie warten würde, falls sie doch irgendwann beschloss, zurückzukommen. Sie hatte ihn nicht zurückgerufen und war auch nicht zur Arbeit gegangen.

Sie schuldete ihm eine Entschuldigung für ihr Benehmen. Dafür, dass sie eine ganze Woche nicht zur Arbeit erschienen war. Dafür, dass sie seinen Großmut wie selbstverständlich voraussetzte. All das musste sie ihm sagen. Das und noch viel mehr. Sie spürte förmlich, wie etwas in ihr aufwallte und ans Licht wollte, auch wenn sie nicht genau wusste, was es war. Sie wusste nur, dass sich unter ihrem Herzen ein Druck aufbaute, der irgendwie mit Henry zu tun hatte.

Sie zog gerade ihr Handy heraus, um ihn endlich anzurufen, um endlich irgendetwas zu sagen, als das Telefon klingelte: Im Display erschien die Nummer 207-555-2501.

Johns Eltern!

June starrte mit offenem Mund ihr Telefon an. Einen Augenblick lang war sie unfähig, sich zu bewegen. Dann riss sie sich zusammen. Wenn sie nicht bald abhob, würde die Mailbox anspringen.

«Hallo?», sagte sie mit zitternder Stimme.

«June? Hier spricht Eleanor Smith. Die Mutter von John.»

June spürte, wie ihre Beine sich in Pudding verwandelten. Sie war froh, dass sie saß.

«Wir sind völlig fassungslos», sagte Eleanor. «Johns Vater und ich. Wir waren fast den ganzen Sommer über verreist und sind erst gestern zurückgekehrt. Wir haben Ihren Anruf und auch Ihre Post erhalten, aber die Neuigkeit von einem

Kind, einem Enkelkind, mussten wir erst mal ein bisschen verdauen. Ich hoffe, es ist okay, dass wir uns noch einen Tag Zeit gelassen haben.»

June konnte kaum sprechen, so groß war der Frosch in ihrem Hals. Eleanor Smith klang warmherzig und liebenswert. «Natürlich!»

«In dem Moment, als wir das Foto von Ihrem Jungen sahen, wussten wir, dass er Johns Sohn ist. Er sieht ihm so unglaublich ähnlich –». Eleanor Smith fing an zu schluchzen.

«Ich weiß», sagte June. «Die gleichen wunderschönen grünen Augen und die schwarzen Haare.»

«Und etwas in seinem Gesichtsausdruck.»

Ja, dachte June, *und etwas in seinem Gesichtsausdruck.*

«Wissen Sie?», sagte Eleanor. «Sie haben uns sehr dabei geholfen, endlich einem kleinen Geheimnis auf die Spur zu kommen, einer Sache, auf die wir uns bisher keinen Reim machen konnten. Eine der Krankenschwestern hat uns erzählt, dass John, ehe er starb, noch einmal kurz zu Bewusstsein kam. Dabei sagte er nur ein einziges Wort: ‹Juni›. Wir hatten keine Ahnung, was er damit meinte, schließlich war November, als er starb. Aber er meinte Sie, Juney.»

June keuchte. Sie fing an zu weinen.

Eleanor Smith ließ ihr ein wenig Zeit. «Ich bin so froh, dass Sie uns geschrieben haben», sagte sie dann. «Wir sind so glücklich darüber, dass Sie uns endlich gefunden haben.»

«Ich auch», flüsterte June.

Sie waren sich schnell einig, dass es noch viel mehr zu besprechen und zu sehen gab – Charlie, zum Beispiel –, und sie verabredeten sich für den nächsten Tag. So blieb June wenigstens nicht allzu viel Zeit, nervös zu werden.

· · · · ·

Freitagfrüh fuhren June und Charlie die I-95 hinauf nach Bangor. June warf einen Blick in den Rückspiegel. Charlie war wieder mal in seinen Stammbaum versunken, den er behutsam auf dem Schoß hielt. Gestern Nachmittag hatten sie beide lange zusammen im Garten gesessen, und June hatte Charlie erzählt, dass sein Vater gestorben war und dass seine Großeltern sie zu sich eingeladen hatten. Charlie war aufgesprungen, hatte gerufen, er müsse sofort den Stammbaum weitermalen, und war ins Haus gerannt. Eine Minute später war er mit dem Plakat und seinem grünen Glücksstift zurückgekommen, hatte in einen Kreis neben dem Namen seines Vaters sorgfältig das Wort *Himmel* geschrieben und dann noch zwei neue Namen hinzugefügt: *Großeltern: Eleanor und Steven Smith*.

Und jetzt waren sie auf dem Weg zu diesen Großeltern. Nach all den Jahren der Suche, die vor allem damals, als June merkte, dass sie schwanger war, so viel Zeit und Energie gekostet hatte und auch jetzt in den vergangenen Wochen noch einmal, fühlte es sich beinahe falsch an, einfach so in die Auffahrt von John Smiths Eltern einzubiegen. Das weiße Schindelhaus im neuenglischen Stil mit den ordentlichen Blumenbeeten und den blühenden Fensterkästen wirkte freundlich und einladend. Der Anblick trug dazu bei, Junes Nerven wenigstens ein bisschen zu beruhigen.

Im selben Augenblick, als June und Charlie aus dem Auto stiegen, ging die Haustür auf, und ein älteres Paar trat winkend auf die Veranda. Als sie die Stufen hinaufgingen, brachen die Smiths unisono in Tränen aus, schlugen sich die Hand vor den Mund und fielen einander in die Arme.

«Mögen Sie uns nicht?», wollte Charlie wissen.

Eleanor Smith ging vor ihm in die Hocke. «O doch, wir mögen euch. Und zwar sehr, Charlie!» Sie konnte den Blick nicht von ihm wenden, musterte ihn von oben bis unten, sog den Anblick ihres Enkelkindes förmlich in sich auf, den Anblick dieser lebendigen, atmenden Verbindung zu ihrem verstorbenen Sohn, der in diesem kleinen Jungen so unverhofft weiterlebte. «Du siehst deinem Daddy sehr ähnlich, Charlie. Ich kann es gar nicht erwarten, dir die Bilder von ihm als Siebenjährigem zu zeigen. Warte nur, bis du die siehst!» Sie stand wieder auf, und Steven Smith zog Charlie mit Tränen in den Augen in eine herzliche Umarmung. Kopfschüttelnd sagte er: «Er ist sein Ebenbild. Absolut sein Ebenbild.»

Doch June erkannte John auch in den Gesichtern seiner Eltern. Er hatte Eleanors grüne Augen und ihren hellen Teint geerbt und das ausgeprägte Kinn und die dunklen Haare von Steven. In den Gesichtern der Smiths spiegelte sich eine Vielzahl von Emotionen, während sie Charlie dabei beobachteten, wie er in die Knie ging, um die rote Katze zu streicheln, die ihm um die Beine strich. Ehrfurcht. Staunen. Freude.

«Na, Charlie, hast du Lust auf ein paar frischgebackene Kekse und ein Glas Milch?», fragte Eleanor.

«Ja!», sagte Charlie. «Oh, Moment, wir haben ja was mitgebracht, Kekse von meiner Cousine Kat. Sie ist eine Bäckerin.» Er lief zum Auto, holte die Schachtel, die Kat ihnen mitgegeben hatte, und brachte sie Eleanor, die wieder in Tränen ausbrach. Charlie machte die Schachtel auf und hielt sie seiner Großmutter hin. «Kat sagt immer, man kann nicht gleichzeitig weinen und Kekse essen, also nimm doch einfach einen Keks.»

Das brachte Eleanor zum Lachen. Sie ging wieder in die Hocke und nahm Charlie in den Arm. «Ich bin nicht traurig, Charlie. Ich bin nur so unglaublich glücklich, dass ich dich kennenlernen darf. Dass du da bist, bedeutet mir unendlich viel.»

«Dann kannst du mir was über meinen Dad erzählen?», fragte Charlie und hielt der Katze einen Keks hin. Die schnupperte nur kurz daran und wandte sich ab.

Steven Smith legte Charlie den Arm um die Schultern. «Na komm, wir gehen jetzt hinein und erzählen und schauen uns die Bilder an. Du wirst nicht glauben, wie sehr du deinem Dad ähnlich siehst!»

Als June das Haus betrat, fiel ihr Blick sofort auf das große Porträt über dem Klavier. John, und zwar genau so, wie sie ihn in Erinnerung hatte. Er saß auf der Veranda dieses Hauses, die Füße in einem leuchtend bunten Berg Herbstlaub vergraben. Sie blieb wie angewurzelt stehen. Charlie folgte ihrem Blick.

«Ist er das? Ist das mein Dad?»

June nahm seine Hand. «Ja. Das ist er.»

«Der sieht ja echt genauso aus wie ich!», rief Charlie.

«Ja, das stimmt», flüsterte June. Ihr fehlten die Worte. Sie konnte immer noch nicht fassen, dass sie tatsächlich hier war.

Dann saßen sie zu viert auf dem Sofa, June und Charlie in der Mitte, ein aufgeschlagenes Fotoalbum auf dem Schoß. Eleanor und Steven erklärten ihnen Bild für Bild, John als Baby, als Krabbelkind, mit Dreirad und dann mit Skateboard, bei Schulbällen und auf allen möglichen Booten. June hatte ihn ganze zwei Tage des Lebens gekannt, das in diesem Album vor ihr ausgebreitet lag. Zwei Tage.

Sie dachte an den Verteidiger von Albert Brooks aus *Rendezvous im Jenseits*, der ihm gesagt hatte, er solle die Chancen nutzen, die sich ihm auf Erden boten. June hatte die Chance genutzt, die John Smith für sie bedeutet hatte. Und war mit ihren Erinnerungen und einem wunderbaren Kind belohnt worden.

Während Charlie mit dem Kater Miles spielte, erzählte Eleanor June, dass bei John Leukämie diagnostiziert wurde, als er neunzehn war, anderthalb Jahre, ehe er starb. Er hatte den Wunsch, das Land zu bereisen und möglichst viele außergewöhnliche Dinge zu sehen, David Bowies Ziggy-Stardust-Anzug samt Plateauschuhen in der *Rock and Roll Hall of Fame* in Cleveland und J. D. Salingers Zufluchtsort in New Hampshire. Er war nach New York gefahren, um im Central Park über das Strawberry-Fields-Memorial zu laufen, um Greenwich Village zu sehen und um im Strand Bookstore ein Buch zu kaufen, ganz egal, welches. Er hatte mit seinen Eltern vereinbart, sich jeden Tag telefonisch bei ihnen zu melden, spätestens zum Abendessen, komme, was da wolle. Und er hatte während seiner drei Wochen auf Reisen jeden Abend angerufen. Manchmal hinterließ er ihnen eine Nachricht auf dem Anrufbeantworter. Manchmal erzählte er ihnen eine lustige Geschichte über irgendetwas, das er erlebt hatte.

«Als er am 10. November bis zum Abendessen noch immer nicht angerufen hatte, wusste ich Bescheid», sagte Eleanor und ließ die Finger sanft auf einem Foto ruhen. «Ich weiß noch, wie ich um Viertel nach fünf den Braten aus dem Ofen geholt habe und mir plötzlich bewusst wurde, dass er nicht angerufen hatte. Normalerweise meldete er sich immer zwischen vier und fünf Uhr nachmittags, weil wir um halb sechs zu Abend essen. Ich weiß noch, dass ich die ganze Zeit die Uhr angestarrt habe. Als der kleine Zeiger die sechs erreicht hatte, wusste ich es. Ich rief in seiner New Yorker Pension an, und der Manager erzählte mir, das Zimmermädchen hätte John um ein Uhr mittags bewusstlos auf dem Boden gefunden, direkt an der Tür, so als wäre er gerade auf dem Sprung gewesen.»

Ein Uhr mittags. Genau zu der Zeit waren sie und John im Central Park verabredet gewesen.

«Am Tag davor ging es ihm noch völlig gut. Sehr gut sogar», sagte Eleanor mit rauer Stimme. «Er war ein paar Tage in New Jersey gewesen, weil er den berühmten kleinen Club sehen wollte, in dem Bruce Springsteen seine Karriere begann. Es ging ihm gut. Außerdem klang er, als er uns aus New York anrief, so unglaublich glücklich. Seine Stimme war stark und fest. Aber so ist der Krebs nun mal. Eben noch steht man mit beiden Beinen fest auf der Erde, und im nächsten Moment bricht sich eine Infektion, von der man nicht mal wusste, dass man sie hat –» Eleanor schlug sich die Hände vors Gesicht, und ihr Mann streichelte ihr über den Rücken.

June hatte keine Ahnung gehabt, dass John krank gewesen war. Keine Ahnung. Und zwar sterbenskrank. Sterbend. Das machte ihr, was Lolly betraf, noch mehr Angst. Sie schloss für einen Moment die Augen, unfähig, zu begreifen, was sie da hörte. «Und jetzt wissen wir endlich, was Juney zu bedeuten hatte», sagte Eleanor schließlich. «Er hat bei seinem letzten Atemzug an dich gedacht. Du musst ihm sehr viel bedeutet haben.»

June nahm Eleanors Hand, und Johns Mutter lächelte sie an. Und während Charlie die nächste Stunde lang mit seinem Großvater im Garten Federball spielte, erzählte June Eleanor alles über die letzten beiden Tage im Leben ihres Sohnes, wie sie sich auf den ersten Blick ineinander verliebt hatten, wie sie stundenlang miteinander geredet hatten. Als Steven und Charlie aus dem Garten zurückkamen, saßen die beiden Frauen weinend auf dem Sofa, und June musste Charlie noch einmal beteuern, dass es Freudentränen waren.

«Rate mal!», rief Charlie. «Es gibt noch mehr Namen für meinen Stammbaum! Ich habe einen Onkel! Er wohnt in Kalifornien, aber Weihnachten kommt er nach Maine, und dann darf ich ihn kennenlernen. Und es gibt einen Haufen Großtanten und Großonkel und Cousins und Cousinen! Grandpa Steven schreibt mir alle Namen auf.» Grandpa Steven. June hatte ein Gefühl, als würde ihr das Herz überlaufen. Charlie hatte noch nie jemanden gehabt, zu dem er Grandpa sagen konnte.

Die Smiths baten sie, zum Mittagessen zu bleiben, und sie verbrachten eine weitere Stunde am Esstisch. June und Charlie erzählten Geschichten von ihrer Familie und aus der Pension. Als sie dann gegen vier Uhr nachmittags wieder ins Auto stiegen, war ein wunderbares Band geknüpft. Charlie winkte ausgelassen, und June war sehr, sehr glücklich.

· · · · ·

Beim Abendessen hatte Charlie allen von dem Besuch bei seinen Großeltern erzählt, von dem Kater Miles und von den vielen neuen Verwandten auf seinem Stammbaum. Bei Grillhähnchen und Maiskolben, Charlies Lieblingsspeise, von der er vor Aufregung fast keinen Bissen heruntergekommen hatte, hatte er Tante Lolly gefragt, ob seine neuen Großeltern mal zu Besuch kommen dürften, und Lolly hatte geantwortet, sie könne es kaum erwarten, sie kennenzulernen, und sie bekämen selbstverständlich das schönste Zimmer im Haus. Dafür hatte Großtante Lolly von einem sehr glücklichen kleinen Jungen eine sehr große Umarmung kassiert.

Gemeinsam freuten sie sich auf den Freitagabendfilm, *It's Complicated – Wenn Liebe so einfach wäre*. Bis auf Lolly kannte keine von ihnen den Film, und sie waren alle in der Stimmung für eine leichte, spritzige Komödie. Zwar schon wieder ein «Affärenfilm», wie Isabel sich ausdrückte, aber wenigstens einer mit verkehrten Vorzeichen, denn das heimliche Liebespaar aus diesem Film war früher miteinander verheiratet. Alec Baldwin betrügt seine knackige junge Frau mit seiner Exfrau Meryl Streep.

«Okay, also noch mal, damit ich es auch wirklich kapiere», sagte Kat, den Blick auf die DVD-Hülle geheftet. «Die knackige junge Ehefrau hat Meryl früher mal den Mann ausgespannt, und deshalb soll es uns jetzt nichts ausmachen, dass er sie mit Meryl betrügt?»

«Ich glaube, deswegen heißt der Film *It's Complicated*, Liebchen», sagte Pearl. «Nicht dass ich Affären billigen würde, aber interessant ist diese Konstellation schon.»

Kat zuckte, gutmütig wie sie war, die Achseln und zog das Papierchen von dem Cupcake, den sie auf dem Schoß balancierte. Schokoteig mit Schokohaube.

Weil es Lolly ein bisschen besser ging und sie sich schon den ganzen Tag sehr kräftig gefühlt hatte, saßen sie endlich einmal wieder zum Kinoabend im Aufenthaltsraum versammelt. June freute sich darüber, ihre Tante auf ihrem Stammplatz neben Pearl auf dem Sofa zu sehen, Popcorn knabbernd und sich an Alec Baldwins Anblick erfreuend.

«Eigentlich ein Grund, weshalb ich froh sein kann, dass Edward und ich keine Kinder bekommen haben», sagte Isabel, als Meryl Streep und Alec Baldwin sich in New York zufällig im selben Hotel einmieten, um den College-Abschluss ihres jüngsten Sohnes zu feiern, sich am Vorabend zufällig in der Bar treffen, gemeinsam etwas trinken und essen – und am Ende ausgelassen miteinander tanzen. «Wir müssen uns nie wiedersehen. Keine Ballettaufführungen, keine Elternsprechtage, keine Abschlussfeiern und keine Hochzeiten.»

June hob ihr Glas Eistee und stieß mit ihrer Schwester an.

«Das ist für geschiedene Paare doch sicher furchtbar eigenartig – und für ihre neuen Partner auch. Meryl und Alec kommen zwar offensichtlich ganz gut miteinander aus, aber es muss trotzdem merkwürdig sein.»

«Das ist bestimmt der Anfang ihrer Affäre», sagte Isabel. «Bitte erinnert mich daran, dass ich in Edwards Gegenwart nie wieder zum Glas greifen werde.»

«Ach du meine Güte, Meryl und Alec tanzen zu Tom Pettys *Don't Do Me Like That*», sagte Kat. «Das ist doch ein Zeichen, Meryl. Tu's nicht!»

June lachte. «Zu spät», fügte sie hinzu, als Meryl und Alec kurz darauf zusammen im Bett liegen. Meryl wirkt regelrecht erschüttert. Alec hingegen macht einen ziemlich selbstzufriedenen Eindruck.

Isabel trank einen Schluck Eistee. «Warte mal, was erzählt sie ihm da? Sie hat Jahre gebraucht, um wieder ins Gleichgewicht zu kommen, nachdem er sie verlassen hat? Jahre? So viel Zeit habe ich nicht!»

«Könntest du dir denn vorstellen, in zehn Jahren mit Edward Essen zu gehen, zu tanzen und unbeschwert zu lachen?», fragte June.

«Auf keinen Fall!», antwortete ihre Schwester. «Selbst wenn ich über die Trennung irgendwann mal vollkommen hinweg bin – übrigens, vor ein paar Tagen sind die Scheidungsunterlagen eingetroffen –, könnte ich mir nicht vorstellen, irgendwann wieder so unbeschwert mit ihm zu lachen.»

«Also, so richtig versteht man aber nicht, dass Meryl auf einmal wieder Feuer und Flamme für ihren Exmann ist, obwohl der sie wegen einer anderen verlassen hat», beschwerte sich Kat. «Okay. Sie hat gesagt, dass es zwischen ihnen immer noch Gefühle gibt, und sie ist ja auch vorsichtig, aber trotzdem. Er hat sie betrogen, die Familie zerstört, ihr ganzes Leben auf den Kopf gestellt, sie hat offensichtlich Jahre gebraucht, um es wieder in den Griff zu kriegen, und jetzt geht sie wieder mit ihm ins Bett – während er mit ihr seine neue Frau betrügt? Auf einmal ist er kein Mistkerl mehr? Das kapiere ich nicht.»

«Da bin ich aber froh», sagte Isabel. «Das bedeutet, du bist idealistisch – ein gutes Zeichen für jemanden, der bald heiratet.»

«Meinst du mit idealistisch naiv?», wollte Kat wissen.

«Nein. Idealistisch heißt idealistisch», mischte June sich ein. «Ideale sind etwas Gutes.»

«Zum Glück ist ja noch Steve Martin da», sagte Pearl. «Ich liebe diesen Mann! So witzig und gutaussehend. Ich hoffe, Meryl landet am Ende bei ihm und nicht bei diesem Schuft.»

«Mir gefällt, dass Steve Martin der Architekt ist, der für die Renovierung ihres Traumhauses zuständig ist», sagte June. «Das ist mal eine hübsche Metapher, oder?» Plötzlich musste sie an Henry denken. Der große, starke, schweigsame Henry, wie er den winzigen Charlie in seinen Armen wiegt. Henry, der dem dreijährigen Charlie das Angeln beibringt. Henry, der Charlie nun schon seit sieben Jahren immer wieder Flugdrachen und Bücher und grässliche Halloweenkostüme schenkt.

Henry, der ihr sagt, dass er sie liebt und schon immer geliebt hat. Sie selbst, die wegläuft. Verletzt und voller Angst.

«Schrecklich, wie charmant dieser Kerl ist», sagte Isabel. «Also, ich verstehe vollkommen, weshalb sie sich wieder zu ihm hingezogen fühlt.»

Kat angelte sich eine Handvoll Popcorn aus der Schüssel. «Ich kann nicht fassen, wie umwerfend Meryl Streep in diesem Film immer noch aussieht. Sie muss doch schon fast sechzig gewesen sein, als der Film rauskam – das ist jetzt zwei oder drei Jahre her, oder?»

Lolly studierte die Rückseite der Hülle. «*It's Complicated* kam 2009 ins Kino und Meryl wurde 1949 geboren – du hast also recht, da war sie schon sechzig. Sie hat einfach eine Wahnsinnsfigur und ein tolles Gesicht. Sie strahlt einfach Freude aus.»

«Genau das Ende, das ich mir gewünscht habe», sagte June, als Meryl endlich klarwird, was sie wirklich will. Sie hätte den Film am liebsten gleich noch einmal gesehen, so gut hatte er ihr gefallen.

«Wisst ihr, was mein Lieblingszitat ist?», fragte Isabel in die Runde. «Die Stelle, als Alec Baldwin versucht, Meryl dazu zu überreden, es noch einmal miteinander zu probieren, und sie ihm erklärt, weshalb sie das lieber nicht tun sollten. Sinngemäß sagt sie: ‹Wir sind beide zu den Menschen geworden, die wir sein wollten.› Das gefällt mir! Vielleicht gibt es danach tatsächlich kein Zurück mehr.»

«Das stimmt wahrscheinlich», sagte Lolly leise, und ihre Stimme brach fast dabei.

June warf ihrer Tante einen verstohlenen Blick zu. Ob sie wieder an diesen Mann dachte, von dem sie ihr erzählt hatte, Harrison? Doch einen Augenblick später setzte Lolly ein Lächeln auf und sagte: «Mir hat besonders gut der Satz einer ihrer Freundinnen gefallen: ‹Lass dich nicht von ihm dazu überreden, dich zu retten.› Das ist vielleicht der wichtigste Satz des ganzen Films.» Das Lächeln verschwand, und sie sah zum Fenster hinaus. Was genau mochte zwischen Lolly und diesem Mann nur geschehen sein?

«Ja, das glaube ich auch.» Pearl nickte. Falls Pearl von der Geschichte mit Lolly und Harrison wusste, so ließ sie sich jedenfalls nichts anmerken.

«Wisst ihr, was bei mir hängengeblieben ist?», sagte Kat. «Als Meryl Steve Martin davon erzählt, wie sie mit Anfang zwanzig nach Paris ging, um einen sechstägigen Konditor-Workshop zu machen, und schließlich ein ganzes Jahr bei einem Bäcker in die Lehre ging. Das würde ich auch gerne machen!» Sie spürte offensichtlich den erstaunten Blick ihrer Mutter auf sich und verstummte.

«Vielleicht kannst du ja während eurer Flitterwochen einen Kurs besuchen», sagte June. «Oder wäre das blöd? Schließlich seid ihr ja dann auf Hochzeitsreise.»

Kat spielte mit ihrem Cupcake-Papierchen. «Ich glaube, ich mache Oliver tatsächlich den Vorschlag.»

Vor dem Haus hupte es kurz – es war Pearls Mann in seinem weißen Subaru. Pearl stand auf. «Ich liebe diese Szene in Meryls Bäckerei, als sie und Steve Martin mitten in der Nacht gemeinsam Schokoladencroissants backen. Habt ihr so etwas auch schon mal gemacht, du und Oliver?», fragte sie im Hinausgehen und wand sich ihren Pullover um den Hals.

Kat lachte. «Nein, aber dafür habe ich neulich einen wunderbaren Vormittag mit Matteo und seinem Vater verbracht – ihm gehört die Italienische Bäckerei. Alonzo hat mir beigebracht, wie man Cannoli macht.» Sie lächelte gedankenverloren vor sich hin. «Allerdings war nicht ganz so viel Ausgelassenheit im Spiel.»

Lolly starrte Kat durchdringend an. «Kat? Läuft da etwas zwischen dir und Dr. Viola?»

Kat wurde rot. «Nein! Natürlich nicht!», rief sie aus und hatte es plötzlich sehr eilig damit, das Geschirr einzusammeln.

«Meine Lieblingsstelle ist die, wo Meryl Alec Baldwin erklärt, dass sie weiß, dass die Scheidung damals nicht allein sein Fehler war», sagte Isabel schnell, als wollte sie Kat zu einem unverzüglichen Themenwechsel verhelfen. «Dass sie selbst auch aufgegeben hat. Ich dachte auch, ich hätte versucht, unsere Beziehung zu retten, aber ich glaube, tief in mir» – sie fasste sich ans Herz – «hatte ich eigentlich schon aufgegeben. Ich wollte etwas, das Edward mir nicht geben wollte. Was allein für sich wahrscheinlich schon kompliziert genug war.»

June nickte. «Ja, *Wenn Liebe so einfach wäre*! Es ist immer kompliziert. Mir gefällt, wie es dem Film gelingt, zu zeigen, warum. Am Ende enttäuscht Alec Baldwin sie wieder – aus komplizierten Gründen. Aber was mir am allerbesten gefallen hat, ist der Zusammenhalt in der Familie. Die Geschwister haben sich immer total gefreut, einander zu sehen, sind sich jedes Mal jubelnd in die Arme gefallen. Sie haben es immer so genossen, zusammen zu sein.»

«Ich finde, bei uns ist es inzwischen genauso», sagte Kat. «Ich kriege auch immer ein total gutes Gefühl, wenn ich euch beide sehe. Und ich sehe euch momentan ziemlich oft.»

Isabel und June lachten.

«Auf die Familie.» Lolly erhob ihr Glas zum Toast, ohne ihre Tochter dabei auch nur eine Sekunde aus den Augen zu lassen. June fiel auf, dass Kat den Blick ihrer Mutter mied. Ob Kat sich tatsächlich mit Dr. Viola traf?

Sie erhoben alle die Gläser und stießen gemeinsam an.

Kat wirkte unglücklich, so, als wäre sie am liebsten geflohen, also stand June auf und machte sich daran, das verstreute Popcorn vom Boden zu klauben.

«Wieso schaffe ich es eigentlich nie, Popcorn zu essen, ohne dass es mir hinterher am T-Shirt klebt oder über den ganzen Fußboden verstreut ist?»

«Ich glaube, mir ist sogar eins in den BH gerutscht», sagte Isabel und angelte es heraus.

Lolly lächelte. «Und wie hat euch die Szene gefallen, als Alec Baldwin bei Meryl und den Kindern übernachtet und sagt, heute ist Kinoabend, so wie früher, und es Popcorn für alle gibt?»

Plötzlich schwelgten auch sie in Erinnerungen und überlegten, wie viele Filme sie wohl inzwischen gemeinsam gesehen hatten. June war sich sicher, dass es sieben waren, aber Kat, sichtlich dankbar für diesen kompletten Themenwechsel, meinte, es seien sogar acht und fing an zu zählen. *Die Brücken am Fluss. Der Teufel trägt Prada. Mamma Mia! Sodbrennen. Rendezvous im Jenseits. Kramer gegen Kramer. Grüße aus Hollywood.* Und heute noch *Wenn Liebe so einfach wäre*.

«Acht Meryl-Streep-Filme in ein paar Wochen», sagte Isabel. «Ich glaube, ich werde ihr Gesicht und ihr unglaubliches Talent nie leid. Sie besitzt eine wahnsinnige Bandbreite. Vom todernsten Drama bis hin zur leichtfüßigen Komödie.»

June nickte. «Aber auch ihren Komödien gelingt es, einen zum Nachdenken anzuregen, wahrscheinlich weil sie so gut ist. Was mir an *Wenn Liebe so einfach wäre* am besten gefallen hat, ist der Umstand, dass Meryl eine zweite Chance bekommen hat, die Dinge zu verstehen. Sie hat auf all ihre Was-Wenns eine Antwort bekommen.»

Im Gegensatz zu June selbst. Der Traum, an den sie sich all die Jahre geklammert, hinter dem sie sich vielleicht auch versteckt hatte, war endgültig geplatzt.

«Manchmal sollte man noch nicht mal ‹was, wenn› fragen», sagte Kat sehr ernst, den Blick auf den Ring geheftet.

«Nein», flüsterte Lolly heiser.

«Was meinst du damit?», fragte Kat ihre Mutter.

«Manche Was-Wenns haben die Macht, einen umzubringen», sagte Lolly. «Ich weiß das, weil ... ich –» Sie sah Kat verzweifelt an und wandte sich ab. «Ich hatte mal eine Affäre. Und meine Was-Wenns sind in letzter Zeit sehr laut und sehr wütend geworden. Das liegt wahrscheinlich an dem Krebs.» Sie holte tief Luft und ließ sich schwer aufs Sofa sinken, den Blick zu Boden gesenkt.

«Du hattest eine Affäre?» Kat starrte ihre Mutter ungläubig an. «Während du mit Dad zusammen warst?»

Lolly nickte, ohne den Blick zu heben.

Kat schaute fragend zu Isabel und June herüber, dann setzte sie sich zu Lolly aufs Sofa. «Was ist passiert?»

«Am Anfang war es nur eine emotionale Affäre – so heißt das doch heutzutage», erzählte Lolly. «Eine Affäre von Herz zu Herz. Er war zu Gast bei uns. Er kam allein, um über eine zerbrochene Beziehung hinwegzukommen, irgendwann sind wir ins Reden gekommen und ...»

«Was war so besonders an ihm?», fragte Kat, die Stimme sehr bewegt, aber nicht wütend.

Einen Moment lang schien Lolly in Gedanken verloren. «In seiner Gegenwart fühlte ich mich wie eine völlig andere Frau, wie der Mensch, der ich insgeheim immer sein wollte – klüger, geistreicher, hübscher, erotischer, interessanter. Ich kann eigentlich gar nicht genau sagen, was an ihm diese Seite in mir zum Vorschein gebracht hat. Vielleicht lag es an seiner Art, mir so unglaublich intensiv zuzuhören, mich anzusehen, als könne er den Blick nicht von mir abwenden. Er kam jedes Wochenende wieder. Natürlich wohnte er in einer anderen Pension. Und im Laufe des Sommers wurde es immer ernster zwischen uns. Wir haben sogar davon gesprochen, dass ich deinen Vater verlasse, Kat. Den ganzen Herbst und den ganzen langen, kalten Dezember über habe ich darüber nachgedacht.»

«Du hättest Dad beinahe verlassen!», flüsterte Kat. «Ich fasse es nicht!»

«Und dann passierte der Unfall», sagte Lolly. «Es war meine Schuld.»

Kat stockte der Atem. June und Isabel starrten sich an.

«Deine Schuld?», fragte Kat. «Wieso sollst du Schuld daran sein?»

«Als meine Schwester damals in der Neujahrsnacht anrief, damit einer von uns sie und Gabriel abholte, habe ich deinen Vater gebeten zu fahren.» Lollys Stimme stockte, und von irgendwo tief aus ihrem Inneren brach sich ein schrecklicher und kehliger Laut Bahn. «Ich bat ihn zu fahren, um in der Neujahrsnacht fünfzehn Minuten mit Harrison zu haben – am Telefon.» Sie schlug schluchzend die Hände vors Gesicht. June ergriff die Hand ihrer Schwester. Kat starrte ihre Mutter fassungslos an.

«Ich hatte eine Affäre, ich dachte daran, Ted zu verlassen. Und deshalb habe ich meinen Ehemann verloren, den Vater meiner Tochter, und meine Schwester und ihren Mann. Aus meinen beiden Nichten wurden Vollwaisen.» Lolly holte tief Luft und verstummte. Dann hob sie den Blick und sah Kat an. «Ich habe deinen Vater gebeten zu fahren. Um in Ruhe mit meinem Liebhaber zu telefonieren. Wenn ich gefahren wäre, hätte ich vielleicht einen anderen Weg genommen oder ich wäre ausgewichen – es wäre alles nie passiert. Alles wäre anders gewesen.»

«Tante Lolly, das darfst du dir nicht antun», sagte June. «Man kann mit der Vergangenheit kein Was-Wenn spielen. Es war ein schrecklicher Unfall. Ein Unfall!»

«Mom. Hast du Dad geliebt?», fragte Kat flüsternd.

«Ich habe ihn mehr geliebt, als mir je klar war», sagte Lolly. «Als er starb, war ich am Boden zerstört. Mir wurde klar, wie sehr ich ihn liebte. Dass ich ihn nur auf Abstand hielt, weil ich so verdammt große Angst hatte, ihn zu verlieren. Bis ich ihn dann tatsächlich verlor.»

«Oh, Tante Lolly», sagte Isabel mitfühlend.

June saß stumm da. Tränen liefen ihr über das Gesicht. Sie hatte Henry ganz ähnlich behandelt, ihn von sich gestoßen.

«So wie ich jetzt vielleicht Oliver verliere», sagte Kat leise.

Lolly sah ihre Tochter fest an. «Ich weiß nur, dass es jetzt sehr wichtig ist, ehrlich zu sein. Wichtiger als jegliche Konsequenzen.»

June wusste, was Lolly damit meinte. Die Wahrheit musste auf den Tisch, auch wenn das vielleicht bedeutete, jemandem das Herz zu brechen. Weil am Ende nur die Wahrheit das Glück ihrer Tochter retten konnte.

«Ich hatte eine solche Angst, dass ich euch beiden keine gute Mutter sein würde», sagte Lolly zu June und Isabel. «Und bei jedem Gedanken an Kat brach mir das Herz.» Wieder sah sie ihrer Tochter in die Augen. «Ihr standet euch so nah, du und dein Vater. Ich habe mich so geschämt für alles, was passiert ist, dass ich Harrison den Laufpass gab.» Lolly starrte zu Boden. «Ich habe ihm gesagt, dass ich ihn niemals wiedersehen will. Und so kam es dann auch. Er war ein wunderbarer Mann. Damals war ich davon überzeugt, dass er all das verkörperte, von dem ich jemals geträumt hatte.»

«Und was glaubst du heute?», wollte Kat wissen.

«Ich glaube, dass ich in jener Nacht etwas Schreckliches getan habe.»

Kat war furchtbar blass, und ihre Hände zitterten. «Weißt du was, Mom?», sagte sie, und Junes Herz fing heftig an zu pochen. Sie würde es nicht ertragen, wenn Kat jetzt etwas Grausames sagte. «Ich glaube, wenn ich damals in deiner Situation gewesen wäre, wenn Oliver in der Silvesternacht bei mir gewesen wäre und Matteo einen Anruf weit weg, dann hätte ich vielleicht dasselbe getan wie du. Weil man es nicht wissen kann. Man weiß nicht, was in der Zukunft liegt. Was als Nächstes geschehen wird. Man kann nur das tun, was man im jeweiligen Augenblick für richtig hält. Oder was sich richtig anfühlt.»

Lolly umarmte Kat und hielt sie ganz fest. «Ich habe deinen Vater sehr geliebt. Mir war nicht klar wie sehr, bis er unwiederbringlich verloren war. Aber es war trotzdem ein Glück für mich, Harrison begegnet zu sein. Ich habe ihn geliebt. Und ich habe ihn nie vergessen. Nie aufgehört, mich zu fragen: was, wenn.» Sie rückte ein wenig ab und sah ihrer Tochter fest in die Augen. «Ein Leben in Reue ist das Schlimmste, was es gibt. Das wollte ich dir schon lange sagen, aber ich wusste nicht, wie ich es anstellen sollte, ohne dir zu erzählen, woher ich diese Erkenntnis hatte.»

«Du hast so unglaublich viel durchgemacht, Tante Lolly», sagte June, und ihr Herz zog sich vor lauter Mitgefühl schmerzlich zusammen. Ehemann und Schwester Opfer eines betrunkenen Autofahrers. Die große Liebe abgewiesen. Krebs. «So viel Leid.»

Lollys Augen füllten sich mit Tränen. «Ich wollte euch all das schon viel früher erzählen. Aber als ich dann mitbekam, was Edwards Affäre mit Isabel angerichtet hatte, konnte ich euch doch unmöglich sagen, dass ich auch eine Affäre hatte.»

Isabel setzte sich zu Lolly aufs Sofa und nahm ihre Hand. «Kat hat recht, Tante Lolly. Man versucht doch eigentlich immer sein Bestes. Und manchmal fühlt sich, was falsch ist oder eigentlich falsch sein sollte, richtig an. Auf diese Weise versuche ich zumindest in dem, was Edward mir angetan hat, einen Sinn zu erkennen.»

«Aber was Edward getan hat, war falsch», sagte Lolly. «Was ich getan habe, war falsch.»

«Die Liebe deines Lebens aufzugeben, war auch falsch», sagte Isabel. «Ich weiß sehr wohl, dass ich neulich, als wir uns die *Brücken am Fluss* ansahen, noch nicht so gedacht habe. Ich fand, dass Meryl Streep am Ende die richtige Entscheidung traf, als sie Clint Eastwood aufgab, auch wenn sie sich damit selbst das Herz gebrochen hat. Und der Meinung bin ich immer noch, denn in ihrer Situation war es tatsächlich richtig. Aber du, Lolly, du wärst frei gewesen, Harrison zu lieben. Stattdessen hast du dich bestraft.»

«Ich glaube, die Menschen bestrafen sich ständig – vielleicht, ohne es zu wissen, unter dem Vorwand ‹das Richtige› zu tun», sagte Kat. «Aber manchmal kann das Falsche das Richtige sein. Falls ich jetzt nicht völligen Blödsinn rede.»

Lolly sah ihre Tochter an und nickte. «Das ist kein Blödsinn. Aber – aber wie geht es dir jetzt damit, Kat? Hasst du mich denn nicht?»

In dem normalerweise so gleichgültigen Gesicht ihrer Tante konnte June flehende Hoffnung sehen.

«Ich könnte dich niemals hassen, Mom. Nie im Leben. Ich will nur, dass du glücklich bist.»

Lolly und Kat umarmten sich noch einmal, dann stand Lolly auf und steckte die DVD zurück in die Hülle. Sie stützte sich am Regal ab, als verließe sie die Kraft, dann fuhr sie sich mit der Hand an die Stirn. Sie fing an zu schwanken und musste sich mit beiden Händen an der Wand abstützen.

«Mom? Alles in Ordnung?», fragte Kat bestürzt.

«Mir ist so komisch», sagte Lolly. «Im Kopf und –»

Lolly kippte um und stürzte zu Boden.

18.

Kat

....

Es musste wohl an den Sternen gelegen haben, dachte Kat, oder an einem bestimmten Glitzern in der Bucht, das Matteo ausgerechnet in dem Augenblick an sie denken ließ, als sie ihn am dringendsten brauchte. Er meldete sich genau in dem Augenblick, als die Angst, die sie in den letzten Tagen eisern im Griff gehalten hatte, allmählich nachließ, weil Lolly sich langsam wieder von der Infektion erholte, die ihr so zugesetzt hatte. Lolly war noch Freitagabend ins Krankenhaus eingeliefert worden, und Kat hatte seitdem nur Gedanken für sie gehabt. Jetzt sehnte sie sich nach Matteo – nach seinem Wissen, seinen persönlichen Erfahrungen. Nach dem Klang seiner Stimme, die die Macht hatte, Kat weit wegzubringen, und sei es auch nur für einen Moment.

Er war im Krankenhaus ziemlich oft aufgetaucht, um nach Lolly zu sehen. Bei einer Gelegenheit war auch Oliver gerade da gewesen, was für ziemlich angespannte Stimmung gesorgt hatte, die auch Lolly nicht entgangen war. Matteo hatte Kat täglich angerufen, um sie auf dem Laufenden zu halten, ihr zu sagen, dass ihre Mutter gegen die Infektion – bei Patienten mit geschwächtem Immunsystem nichts Ungewöhnliches – ankämpfte und dass sie es schaffen würde. Diese Anrufe hatten Kat geholfen, durchzuhalten.

Als Lolly dann am Montag wieder aus dem Krankenhaus

nach Hause kam, brachten Isabel, June und Kat sie in ihrem Zimmer ins Bett und machten es ihr bequem. Auch die Tagesschwester, die sie inzwischen organisiert hatten, war zusätzlich auf Abruf. Dann setzten sie sich zu dritt mit einer Kanne starkem Kaffee in die Küche und machten einen «Lolly-Pflege-Plan», um zu gewährleisten, dass ab sofort rund um die Uhr eine von ihnen zur Verfügung stand. Die Tagesschwester würde von Montag bis Freitag täglich von neun bis fünf für Lolly da sein, Kat und ihre Cousinen würden die Nachtwache und den frühen Morgen übernehmen.

Als Kat ins Zimmer ihrer Mutter ging, um nach ihr zu sehen, las die Krankenschwester ihr gerade aus einer Biographie von Margaret Thatcher vor. Die Eiserne Lady. Eisern. Genau dieses Attribut hatte Kat auch ihrer Mutter immer zugeschrieben. Unerbittlich korrekt und diszipliniert. Doch Kat hatte sich geirrt. Ihre unerschütterliche, leidenschaftslose Mutter hatte einen Mann namens Harrison geliebt. Und ihn aufgegeben. Vielleicht war sie doch eisern.

Lollys Geständnis hatte Kat zutiefst verwirrt. Ihre Mutter hatte eine Affäre gehabt. Aber sie hatte auch die eine, große Liebe gefunden und wieder aufgegeben – aus Schuldgefühlen oder Scham oder vielleicht auch, weil sie insgeheim ihm die Schuld an allem gab. Oder war Lolly am Ende klargeworden, dass doch ihr Ehemann ihre große Liebe gewesen war, und sie hatte Harrison deswegen den Laufpass gegeben? Und was sollte Kat daraus lernen? Sollte sie sich darüber klarwerden, ob ihre Gefühle für Matteo bedeuteten, dass sie Oliver nicht heiraten sollte? Dass sie ihnen eine Chance geben sollte? Hatte ihre Mutter ihr deshalb von ihrer Affäre erzählt? Kat vermutete es, doch Lolly war durch die Infektion so geschwächt, dass Kat es nicht gewagt hatte, noch einmal an die Vergangenheit zu rühren. Und auch nicht an die Gegenwart. Oder an die Zukunft. Als sie ihre Mutter heute Morgen schließlich doch noch einmal auf Harrison angesprochen hatte, hatte Lolly sie mit einem «Ich bin müde, Kat» in ihre Schranken verwiesen. Weil die Erinnerung zu schmerzhaft war? Weil Lolly Angst hatte, Kat würde die falschen Schlüsse daraus ziehen? Wieso konnte Lolly nicht einfach geradeheraus sagen, was sie dachte? Und wieso brachte Kat es nicht fertig, einfach rundheraus danach zu fragen?

Ihr Handy brummte. Es war eine SMS von Matteo. *Heute Mittagessen bei mir?* Sie entschuldigte sich, trat auf den Flur und rief zurück. Sie unterhielten sich kurz über Lolly und die neue Pflegeschwester. Und darüber, wie Lolly sich fühlte. Über die nächste Runde Chemotherapie und wie hoch die Gefahr einer erneuten Infektion war.

Ja. *Heute Mittagessen* klang genau nach dem richtigen Rezept. Vor allem bei ihm zu Hause, wo es sich freier sprechen ließ. Wo er sie trösten konnte, ohne dass irgendwer auf falsche Gedanken kam. Auf falschere Gedanken. Und wo sie ... ihren Gefühlen für ihn auf den Grund gehen konnte.

・・・・・

Auf dem Weg zu Matteo ließ Kat das, was Isabel neulich über *Wenn Liebe so einfach wäre* gesagt hatte, keine Ruhe. Dass die Menschen manchmal eben einfach das taten, was sie gerade brauchten, und dabei die gute alte Vorsicht in den Wind schossen. Manchmal war es richtig, und manchmal war es falsch. Manchmal aus den richtigen Gründen, und manchmal aus den falschen.

Das änderte nur leider nichts an den Schuldgefühlen, die Kat empfand, weil sie sich zu Matteo hingezogen fühlte. Oliver konnte nichts dafür, dass er ihr nichts über Blutbilder und Neutropenie erzählen konnte. Oliver konnte nichts dafür, dass sein Anblick genügte, sie augenblicklich nur noch an DIE HOCHZEIT denken zu lassen, an das Kleid, das immer noch darauf wartete, für sie geändert zu werden. An die Schuhe, die Lolly mit Charlies Bastelschere aus diversen Hochzeitsmagazinen ausschnitt, weil die Haushaltsschere ihr inzwischen zu schwer geworden war. Und Oliver konnte nichts dafür, dass sie am liebsten davonlaufen wollte und der Gedanke an Matteo sich in ihr so verlockend mit der Vorstellung verband, in einer italienischen Pasticceria zu stehen und Cannoli zu rollen.

Sie hatte Oliver in der vergangenen Woche kaum gesehen. Vor zwei Tagen war es ihm abends am Telefon gelungen, sie nach einem anstrengenden Tag, als sie hundemüde und erledigt war, mit seichten Geschichten zum Lachen zu bringen. Über einen Kunden, einen wohlhabenden Mann mit einem Riesenanwesen, der einen Landschaftsarchitekten engagieren wollte, um in seinem Garten einen ummauerten Kinderspielplatz bauen zu lassen, inklusive Buchsbäumen in der Form von Pu der Bär und Alice im Wunderland. Er hatte ihr erzählt, dass die Freundin seines Bruders ihm, obwohl er ihr bereits mehrmals gesagt hatte, dass Kat ihr Kleid bereits gefunden hatte und sie eine ganz schlichte Trauung planten, ständig Links zu irgendwelchen Brautmodenausstattern und Fotoseiten von verschwenderischen Glamourhochzeiten schickte, die er sofort löschte. Als das Hochzeitsthema angeschnitten war, hatte Kat das Telefonat ziemlich schnell beendet.

Matteos Haus kam in Blickweite, und Kat gab sich ein Versprechen. Egal, was geschah, sie würde Oliver nicht betrügen. Was das betraf, gab es kein Richtig oder Falsch. Nur Falsch. Wenn sie eine Entscheidung über Oliver und ihre gemeinsame Zukunft treffen musste, dann aus vollem Herzen, aus tiefster Seele und bei klarem Verstand. Die Lust auch noch mit in die Waagschale zu werfen und damit womöglich einen impulsiven Ausschlag in eine Richtung zu riskieren, kam überhaupt nicht in Frage.

Vor dem Haus mähte ein Junge im Teenageralter den Rasen. Kat ging über den kurzen gepflasterten Weg zur Haustür und klopfte. Und dann stand er vor ihr, füllte den ganzen Türrahmen aus mit seinem herrlich südeuropäischen Teint und diesen unglaublichen, dunklen Augen, mit seinem Lächeln, in dem so vieles steckte. Wärme, Chancen ... *Anderssein*. Kat merkte selbst, dass sie ihm auf den Mund starrte, und lenkte den Blick schnell an ihm vorbei ins Wohnzimmer.

Das Haus, in dem Matteo wohnte, war völlig anders als das von Oliver. Während Olivers Cottage mit den hellblauen Sofas und den weißgetünchten Möbeln ganz und gar nach Maine aussah, gab es bei Matteo, abgesehen von dem Gemälde eines verwitterten Ruderbootes, nur Hightech und Leder.

«Es war schon möbliert», sagte er und schloss die Tür. «Aber mir gefällt es.»

«Ich habe plötzlich das Gefühl, dass ich nicht hier sein sollte», platzte Kat heraus. «Als würde zwischen uns irgendwas geschehen und ich ...» Sie kam sich furchtbar dumm vor und spürte, wie sie errötete.

Er setzte sich auf das schwarze Ledersofa und bat sie mit einer Geste, sich neben ihn zu setzen. Auf dem gläsernen Couchtisch standen zwei Flaschen Bier, zwei belegte Sandwiches, eine Schüssel Blattsalat und eine mit gemischten Früchten. Matteo warf sich eine Handvoll Blaubeeren in den Mund und musterte Kat. «Aber vielleicht heißt das genau das Gegenteil, Kat, dass du hier sein sollst. Ich bin ein Verfechter der Aufrichtigkeit – anderen gegenüber und, vielleicht noch wichtiger, sich selbst gegenüber. Wenn du auf einmal daran zweifelst, ob du heiraten solltest, weil du etwas für mich empfindest, dann finde ich, du solltest dir deine Gefühle ganz genau ansehen, anstatt davor davonzulaufen.»

«Ich weiß einfach nicht, was ich fühle. Ganz genau jedenfalls», sagte sie leise, den Blick starr auf ein Sandwich gerichtet, auf das grüne Salatblatt, den roten Rand einer Tomate.

«Heißt das, du weißt nicht, ob du heiraten willst? Oder heißt es, du willst den Typen auf alle Fälle heiraten, und ich habe dir einen Knüppel zwischen die Beine geworfen?»

«Die Zweifel waren schon da, ehe ich dich getroffen hatte. Und als wir uns dann kennenlernten, als du damals am ersten Tag im Krankenhaus meine Hand gehalten hast ...»

«... wurde es noch komplizierter.»

Kat nickte und nahm sich eine Erdbeere. Matteo machte einen Teller für sie zurecht und reichte ihn ihr. Sie biss in das Sandwich, obwohl ihr eigentlich der Magen zugeschnürt war. «Ich kenne Oliver, seit ich ein kleines Kind war.» Sie stellte den Teller zurück auf den Tisch. «Es gab Zeiten, da war ich so verliebt in ihn, dass es mir in seiner Gegenwart den Atem verschlug.»

«Und jetzt?»

«Jetzt weiß ich, dass ich ihn liebe. Ich weiß, dass er mich liebt. Ich weiß, dass ich mit Oliver glücklich sein werde und dass er ein wunderbarer Vater sein wird. Deswegen bin ich ja so durcheinander. Wie kann es sein, dass ich ihn liebe, aber nicht weiß, ob ich ihn heiraten will?»

«Vielleicht bist du einfach noch nicht bereit zu heiraten, Kat. Du bist erst fünfundzwanzig.»

«Vielleicht. Vielleicht bin ich aber auch dazu bestimmt, nach Frankreich gehen. Oder nach Australien. Oder Japan. Vielleicht hieße das aber auch nur wegzulaufen. Vielleicht ist mein Platz ja doch genau hier, vielleicht ist es mir bestimmt, die Pension zu übernehmen.» Sie ließ sich gegen die Sofalehne sinken.

«Vielleicht solltest du auch nach New York gehen und als Chefkonditorin in einem Sternelokal oder in einer Top-Bäckerei arbeiten», sagte er. «Und dann könnten wir herausfinden, was zwischen uns ist.»

Sie sah ihn überrascht an. «Du ziehst nach New York?»

«Ich habe ein Stellenangebot am Mount Sinai Hospital akzeptiert. Und weißt du, woran ich die ganze Zeit denken muss? Dass wir uns dann nicht mehr in der Stadt über den Weg laufen oder auf der Fußgängerbrücke oder im Krankenhaus. Ich kann Was-Wenns nicht ausstehen, Kat.»

Was-Wenns. Kat musste an ihre Mutter denken, daran, wie sie sich unter Tränen von dem großen Was-Wenn ihres Lebens verabschiedet hatte.

«Ich hätte einfach wahnsinnig gerne die Chance, dich kennenzulernen, Kat.»

«Wann ziehst du um?»

«Mitte November. Am vierzehnten kann ich in meine neue Wohnung. Es ist nur ein kleines Studio, aber dafür liegt es an der Upper West Side im zweiundzwanzigsten Stock, und man sieht sogar einen Zipfel vom Central Park.»

Ihre Hochzeit fand am fünfzehnten statt. Sie würde sich am vierzehnten von Matteo verabschieden, ihm nachwinken, wenn er sich auf den Weg nach New York machte, und am nächsten Tag Oliver heiraten.

Sie war sich nicht sicher, ob sie das konnte.

Er streckte den Arm nach ihr aus und strich ihr sanft eine Haarsträhne aus dem Gesicht. Seine Hand berührte ihre Wange, ihr Kinn. Er rückte näher, um sie zu küssen, doch Kat hob abwehrend die Hand.

«Ich kann nicht.»

«Jetzt nicht. Aber vielleicht schon bald. Vielleicht auch nicht.»

«War das ein Test?»

Matteo schüttelte den Kopf. «Nein, das war rein impulsiv. Ich wollte dich schon ziemlich lange küssen, Kat. Es hat mich einfach überwältigt.»

«Ich will das auch, aber ich kann nicht», sagte sie und stand auf. «Danke für das Mittagessen, Matteo, aber ich muss jetzt gehen.»

Sekunden später war sie zur Tür hinaus, und dann rannte und rannte sie, bis sie keine Luft mehr bekam.

· · · · ·

Kat betrat die Pension und ging sofort in die Küche. Ein paar Stunden Backen, ein paar Stunden Trost, den das strikte Befolgen von Rezepten ihr verschaffte, würde ihr bestimmt helfen, den Kopf freizukriegen. Ein gedeckter Apfelkuchen für ihre Mutter. Die Riesenschokoladencookies, die Charlie so liebte. Doch dann tat sie zu viel Zucker in den Keksteig. Wusste nicht mehr, ob sie schon Vanille zugefügt hatte oder nicht.

Irgendetwas nagte an ihr und ließ ihr keine Ruhe. Aber es war nicht Oliver. Und auch nicht Matteo.

Es war Harrison. Ein Mann namens Harrison, der vor fünfzehn Jahren aus den falschen Gründen hatte gehen müssen.

Kat nahm die Schürze ab, wusch sich die klebrigen Hände und ging schnurstracks zum Zimmer ihrer Mutter. Ehe sie es sich anders überlegen konnte. Oder noch mal darüber nachdenken. Vorsichtig öffnete sie die Tür und spähte hinein. Lolly schlief. *Perfekt!* Die Pflegeschwester saß lesend auf einem Stuhl und lächelte Kat an. Kat lächelte zurück und deutete stumm auf das Fotoalbum, das auf dem Nachttisch lag, trat ans Bett und nahm es vom Tisch.

Mit dem Album in der Hand ging sie zurück in die Küche, setzte sich an den Tisch und drückte sich im Geiste die Daumen, dass sie finden würde, wonach sie suchte.

Dieses Album war Lollys kostbarstes, voll mit Lieblingsfamilienfotos aus sämtlichen Jahren. Lolly beschriftete immer gerne die Rückseiten. *Allie und Isabel, 1993. Izzys neue Ohrlöcher. Dad und Kat, 1995. Kat fährt Fahrrad.*

Kat drehte jedes einzelne Foto um und schließlich, auf der letzten Seite, versteckt hinter einem Foto von Lolly in ihrem dunkelblauen Wollmantel vor einem Baum, Schneeflocken im Haar, einen Ausdruck von Staunen und reiner Freude im Gesicht (*Ich, Dezember 1996; erster Schnee*), fand Kat, wonach sie gesucht hatte.

Harrison Ferry, September 1997; Pier 10.

Harrison Ferry.

Du musst tun, was sich für dich richtig anfühlt, weil du unter dem Strich nichts anderes hast als dein Gefühl, auf das du dich verlassen kannst. Kat ging hinauf in ihr Zimmer und fuhr ihren Laptop hoch. Harrison Ferry war einfach zu finden. Eine schlichte Google-Eingabe, und da war er schon, ein angesehener Professor der Astronomie am Bowdoin College in Brunswick. Nur fünfundvierzig Minuten von Boothbay Harbor entfernt. Über die College-Website fand sie seine E-Mail-Adresse und klickte auf NEUE NACHRICHT. In die Betreffzeile tippte sie LOLLY WELLER.

Lieber Mr. Ferry,
Sie waren vor etwa fünfzehn Jahren mit meiner Mutter Lolly Weller befreundet. Meine Mutter stirbt an Krebs. Sie hat mir neulich erzählt, dass sie vor langer Zeit einen Mann liebte und

verlor, und dass sie es zutiefst bereut, diese Liebe aufgegeben zu haben, und zwar aus Gründen, die sehr kompliziert sind.
Ich weiß nicht, wie viel Zeit ihr noch bleibt, aber ich weiß, dass manche Dinge nicht bis zum Schluss kompliziert bleiben müssen.
Ich glaube, es würde meine Mutter sehr erleichtern, wenn sie Sie noch einmal sehen könnte, Ihre Hand halten oder Ihnen einfach noch einmal in die Augen sehen und Ihnen von ihrem tiefen Bedauern erzählen dürfte. Ich glaube, das würde ihr unendlich viel bedeuten.
Bitte verzeihen Sie, dass ich mich einmische, Mr. Ferry.
Ich habe Verständnis dafür, falls Sie nicht antworten können.
Mit herzlichen Grüßen
Kat Weller

Mit Tränen in den Augen drückte Kat auf SENDEN. Sie hatte keine Ahnung, ob er reagieren würde. Trotzdem war sie überzeugt, dass es richtig war, ihn zu bitten.

Manchmal konnte man nicht mehr tun als das.

· · · · ·

«Kat! Ich werfe gleich dein Telefon zum Fenster raus!» Oliver funkelte sie böse an.

Sie stand in seiner Küche, weil sie den scharfen Senf für die Pastrami-Sandwiches vergessen hatte, das iPhone wie angewachsen in ihrer Hand, so wie die letzten vier Tage schon. Es war Freitagabend, doch Lolly ging es so schlecht, dass sie ihren Kinoabend auf unbestimmte Zeit verschoben hatten, so lange, bis es ihr wieder besser ging.

Kat wartete auf eine Antwort von Harrison Ferry. Und überprüfte ständig ihren E-Mail-Eingang, wahrscheinlich inzwischen ein bisschen zu zwanghaft.

«Vielleicht ist er ja gestorben», hatte June gestern gesagt, als Kat erwähnte, dass Harrison Ferry sich immer noch nicht gemeldet hatte. «Das geht ja leider um.»

«Und zwar nicht erst seit gestern», hatte Isabel flüsternd hinzugefügt.

Die kurze Unterhaltung in den paar Minuten zwischen Lichtlöschen und Gute-Nacht-Sagen hatte Kat das Herz schwergemacht. Wenn er gestorben wäre, hätte sie bei ihrer Online-Recherche doch auf irgendeinen Hinweis stoßen müssen. War sie aber nicht.

«Ich warte nur dringend auf Nachricht von jemandem», sagte Kat jetzt zu Oliver, schob das Telefon in die Hosentasche und griff zum Senfglas.

Er verschränkte die Arme. «Von wem denn? Matteo?»

«Oliver!»

«Sag schon!»

«Nein, nicht von ihm, ich –»

Sie wollte es ihm nicht sagen. Sie hatte ihm von der ganzen Sache nichts erzählt, weder von Lollys Geständnis noch von dessen Folgen. Sie wusste selbst nicht genau, warum. Vielleicht, weil es ihm Flöhe ins Ohr setzen könnte über eventuelle Flöhe in ihrem Ohr. Über Matteo.

«Kat. Du hast die ganze Zeit die Hände an deinem Telefon!»

«Jetzt lass uns doch bitte einfach essen, ehe alles kalt wird.»

«Ich esse es gerne kalt. Ich würde lieber reden.»

Ihr verging der Appetit. «Ich aber nicht. Bitte, lass mich einfach mal in Ruhe.»

«Nein, Kat. Ich will jetzt wissen, worauf du da so dringend wartest.»

«Es hat was mit Lolly zu tun, und mehr will ich dazu nicht sagen. Okay?»

«Was ist mit Lolly?»

«Ich habe doch eben gesagt, dass ich nicht darüber reden will!»

«Na toll, Kat! Dann gibt es jetzt zwischen uns auf einmal Geheimnisse?»

«Oliver, bitte! Du machst dich ...»

«Was? Lächerlich? Zum Affen?»

«Ja.»

«Auf wessen Nachricht wartest du?»

Lass mich in Ruhe!, hätte sie am liebsten geschrien, doch dann wurde ihr plötzlich klar, dass er im Grunde überhaupt keinen Namen von ihr hören wollte. In Wirklichkeit ging es um Vertrauen. Er wollte vor allen Dingen wissen, dass sie ihn liebte. Über sämtliche Komplikationen und Geheimnisse hinweg. Er wollte *Der wichtige Mensch* in ihrem Leben sein. Und das hatte sie ihm in letzter Zeit verwehrt.

Weil sie jetzt ihre Cousinen hatte. Isabel und June waren *Die wichtigen Menschen* für sie geworden. An die sie sich wandte, wenn alles in Scherben ging. Mit denen sie alles teilte. Die sie brauchte wie die Luft zum Atmen.

Oliver, es tut mir leid, ich möchte das nicht mit dir teilen.

Aber sie musste ihm irgendwas sagen, und sei es nur, um das Abendessen zu überstehen.

«Ich habe einem alten Freund von Lolly eine Mail geschickt. Es ist jemand, mit dem sie vor dem Unfall befreundet war. Ich habe ihm geschrieben, dass sie ... sehr krank ist, und ihn gefragt, ob er sie nicht besuchen kommen will. Weil ich dachte, das würde ihr vielleicht guttun.»

Er starrte sie an. «Und das konntest du mir nicht einfach so sagen?» Er trat zu ihr und legte ihr die Arme um den Hals.

Sie zuckte mit den Achseln. «Ich bin in letzter Zeit völlig irre, Oliver. Mehr kann ich dazu nicht sagen.»

Sie setzten sich und aßen Pastrami mit Mixed Pickels, weil Kat gedacht hatte, das würde sie ein bisschen aufmuntern. Doch die sauren Gurken lagen ihr nur schwer im Magen. Sie durfte sich von dieser Sache nicht völlig in Besitz nehmen lassen. Sie würde nicht zulassen, dass eine Antwort von diesem Mann – einem Mann, von dem sie nicht mal sicher war, dass sie ihm wirklich begegnen wollte – so bestimmend für sie wurde.

Doch so war es nun mal. Es war jetzt wichtiger als alles, weil Lollys Herz daran hing.

19.

Isabel

Isabel schob einen mit Paletten voll rosaroter, weißer und dunkelroter Pfingstrosen beladenen Einkaufswagen von der kleinen Gärtnerei am Ende der Straße nach Hause und stellte sich vor, wie die großen, prächtigen Blüten die Beete unterhalb der weißen Veranda säumen würden. Lolly liebte es, auf der Hollywoodschaukel ihren Morgentee zu trinken, wenn sie genügend Kraft hatte, um aufzustehen. Oft saßen sie morgens zusammen da draußen, Arm in Arm, und tranken Tee, während Isabel ihrer Tante von den Neuigkeiten aus der Pension berichtete, ihr von Buchungen und Gästen erzählte oder kleine Anekdoten aus dem Aufenthaltsraum zum Besten gab. Seit ihrer Rückkehr aus dem Krankenhaus war Lolly kaum noch vor die Tür gekommen, aber an diesem Morgen hatte sie sich zu Isabel auf die Veranda gesetzt und ihr gesagt, wie stolz sie auf alles war, was Isabel in der Pension leistete, und auch, dass sie das Gefühl hätte, es sei Isabel bestimmt gewesen, nach Boothbay Harbor zurückzukehren und im Three Captains' Inn das Ruder zu übernehmen. Als Isabel ihr daraufhin gestand, dass es ihr genauso ging, hatten sich die Augen ihrer Tante mit Tränen gefüllt, und sie hatten einander so innig umarmt wie noch nie. Dann hatte Lolly auf einmal von Pfingstrosen gesprochen und Isabel derart wehmütig – eine Erinnerung? – gebeten, doch welche zu pflanzen, dass Isabel, sobald sie wieder im Haus war, umgehend in der Gärtnerei angerufen hatte. Ganz egal, was ihre Tante zum Lächeln brachte, es wurde erledigt.

Isabel schob den Wagen gemächlich über den Bürgersteig, strich sich ein paar entflohene Haarsträhnen hinters Ohr und atmete den Rosenduft ein, der sich mit dem Geruch nach frisch gemähtem Gras und den salzigen Gerüchen der Bucht vermischte, die eine frische Brise zu ihr nach oben trug. Als sie um die Ecke bog, sah sie einen Mann mit Sonnenbrille auf der Verandaschaukel sitzen. Hatte sie etwa eine Anreise vergessen? Kat kümmerte sich an diesem Vormittag um die Pension, und es war eigentlich noch zu früh für neue Gäste, aber vielleicht –

Der Mann stand auf und ging die Stufen hinunter auf sie zu. O Gott. Es war Edward!

«Wow», sagte er anerkennend und nahm die dunkle Brille ab. «Gut siehst du aus! So entspannt, und Farbe hast du auch bekommen. Es ist schön, dich zu sehen, Iz.» Er musterte sie. Registrierte den Pferdeschwanz. Den Einkaufswagen. Die bestickte Bluse über der ausgeblichenen Jeans, die roten, flachen Mary Janes. Die Isabel von früher wäre niemals so herumgelaufen.

Edward. Eine Flut Erinnerungen durchströmte sie. Daran, wie sie als junges Mädchen manchmal stundenlang in sein Gesicht und in diese dunkelbraunen Augen versunken war, oft, ohne ein einziges Wort zu sagen. Wie oft hatten sie auf dieser Veranda gesessen und Händchen gehalten. Sie hatte sich geborgen und sicher gefühlt. Wie sehr sie sich in den letzten Wochen davor gefürchtet hatte, sich an dieses Mädchen zu erinnern, sie heraufzubeschwören! Heute jedoch empfand Isabel nur Mitgefühl für ihr früheres Ich.

«Was machst du denn hier?» Sie bemerkte, dass in ihrer Stimme keinerlei Ärger mitschwang.

«Wieso hast du mir das mit Lolly nicht erzählt? Ich hatte ja keine Ahnung, dass sie so krank ist.»

Isabel ging die Stufen hinauf und setzte sich auf die Schaukel.

Er stand gegen das Geländer gelehnt, den Kopf so dicht an einer Hängeampel mit lila Petunien, dass es aussah, als wüchse ihm eine Blüte aus dem Kopf. «Woher weißt du das?»

«Hier sprechen sich die Dinge schnell herum. Mein Bruder hat davon gehört und mich angerufen. Es tut mir leid, Izzy.»

«Du bist den ganzen weiten Weg hergekommen, um mir das zu sagen?» Isabel beugte sich vor und ordnete die Tourismusbroschüren auf dem kleinen Korbtisch. Es fiel ihr schwer, ihn anzusehen, diesen Mann, den sie so lange geliebt hatte, der ihr ganzes Leben verändert hatte. Und zwar mehr als nur einmal.

«Ja, natürlich! Lolly bedeutet mir sehr viel, das weißt du doch, Isabel.»

«Sie ist sehr schwach, Edward, und ich glaube nicht, dass sie Besuch möchte, aber ich sage ihr, dass du da gewesen bist.»

Er nickte, wandte sich um und sah hinunter zum Hafen. «Isabel. Ich habe mich wirklich in Carolyn verliebt. Ich möchte, dass du das weißt – du sollst wissen, dass es nicht nur irgendeine schäbige Affäre war.»

«Soll das etwa –» Aber was spielte es eigentlich noch für eine Rolle? Es gab nichts mehr zu streiten. Zwischen ihnen war es aus und vorbei, und zwar endgültig.

«Außerdem möchte ich dir sagen, dass ich verstehen kann, wie das auf dich wirkt – dass ich mich ausgerechnet in eine Frau mit Kind verliebt habe. Mein Therapeut hat mir erklärt, dass sich das für dich wie ein doppelter Betrug anfühlen muss. Dabei hatte ich wirklich nicht vor, mich in das Leben ihrer Tochter einzumischen – das hatte nichts miteinander zu tun. Für mich zumindest nicht.»

Isabel schüttelte innerlich den Kopf und widerstand dem Drang, ein Ich-wusste-dass-es-keinen-Sinn-hat-Lächeln aufzusetzen. «Aha. Also hat Carolyn wohl inzwischen mitbekommen, dass du nicht vorhattest, den Stiefpapa zu spielen, und die Sache beendet. Dir klargemacht, dass sie nur im Doppelpack zu haben ist.» *Und zwar zu Recht!* «Stimmt's?»

Kein Wunder, dass er auf einmal in der Stimmung für eine sechsstündige Autofahrt war. Sein Leben brach auseinander.

Er nickte, den Blick gesenkt.

«Tja, Edward, dann ist wohl die Stunde der Wahrheit gekommen. Jetzt kannst du herausfinden, ob du sie wirklich liebst, meine ich. Denn wenn du es tust, lässt du sie jetzt nicht im Stich.»

So wie mich.

Einen Augenblick lang hingen die unausgesprochenen Worte zwischen ihnen in der Luft. Isabel kannte diesen Mann lange genug, um zu wissen, dass er sie trotzdem gehört hatte.

«Außerdem wollte ich dir sagen, wie sehr mir das alles leidtut, Iz. Du warst so lange meine beste Freundin, und es war ... schwer, mich an ein Leben ohne dich zu gewöhnen, auch wenn ich mit einer anderen zusammen war. Das klingt wahrscheinlich völlig lächerlich.»

«Ich weiß, was du meinst. Am Anfang war es für mich auch furchtbar schwer, von dir getrennt zu sein, allein zu sein. Aber ich habe ein paar wichtige Dinge über mich selbst gelernt. Sehr gute Dinge. Ich mag mein neues Leben hier. Sehr sogar.»

«Das freut mich. Dass du – na ja, du weißt, was ich meine. Ich bin froh, dass du glücklich bist.»

Ich bin tatsächlich glücklich, stellte sie fest. Eine sanfte Brise fuhr ihr durchs Haar, und Isabel streckte das Gesicht in den Wind, um sich liebkosen zu lassen.

Edward setzte sich neben sie und verschränkte die Finger. Sie waren genauso nackt wie ihre. Eheringfrei. «Mein Anwalt hat mir gesagt, dass du die Scheidungspapiere unterschrieben hast. Noch ein paar Monate, dann ist es vorbei.» Er warf ihr einen Blick zu. «Fünfzehn Jahre. Mit der Scheidungsvereinbarung könntet ihr euch endlich die verglaste Gartenveranda leisten, von der Lolly schon immer gesprochen hat.»

«Wenn ich jetzt etwas zu trinken in der Hand hätte, würde ich mit dir auf die Zukunft anstoßen, Edward.»

Nicht zu fassen! Noch im August hätte sie ihm das Glas über den Schädel gezogen.

Edward sah sie an. «Hierherzukommen hat dir echt gutgetan, Iz. Mit einer Zen-Isabel hatte ich nun wirklich nicht gerechnet.»

Es lag ihr auf der Zunge, ihm zu sagen, wohin er sich seine Anerkennung stecken könne. Doch stattdessen lächelte sie betont höflich.

Er stand auf, trat ans Geländer und ließ den Blick über den Hafen schweifen. «Ich vermisse diesen Blick. Ich hatte völlig vergessen, wie gut das tut.» Er drehte sich zu ihr um, die Hände in den Hosentaschen. «Ich werde das Haus verkaufen, Iz. Bitte hol ab, was du haben willst.»

«Ich komme nächste Woche mit June zu dir rauf, wenn sie ihren freien Tag hat. Es gibt ein paar Stücke, die ich gerne für die Pension hätte. Alles, was du nicht willst, kannst du ja dann über eine Haushaltsauflösung verkaufen.»

Er nickte. «Ich habe dieses Haus hier schon immer gemocht. Auch wenn du es eine Zeitlang gehasst hast.» Langsam ging er die Stufen hinunter. An seinem Wagen blieb er stehen, drehte sich zu ihr um, hob den Blick zum Three Captains' Inn, sah hinauf zu dem hübschen Balkon oben unter dem Dach und zu dem Schild mit den Gesichtern der drei Seefahrer. «Ich bin froh, dass du wieder hier bist.»

Ich auch. «Alles Gute für dich, Edward.» Sie meinte es ernst.

Er setzte die Sonnenbrille auf und stieg in seinen schwarzen Mercedes. Während sie ihm nachsah, stellte sie plötzlich fest, dass sie nie herausgefunden hatte, wer ihr damals den anonymen Brief geschickt hatte.

Eine Freundin, von der sie nichts ahnte.

· · · · ·

Zwei Tage, nachdem die Vergangenheit sie in Person ihres künftigen Exmannes eingeholt und wieder verlassen hatte, stand Isabel zusammen mit Alexa Dean in der Küche der Pension und brachte dem Mädchen bei, wie man Crêpes backte.

Alexa hatte sich in der Schule im Wahlfach Kochen mit einem anderen Mädchen heftig in die Haare bekommen, weil jene Klassenkameradin erklärt hatte, ihr French Toast sähe «so eklig aus wie du». Das wiederum hatte zur Folge, dass Alexa das Mädchen mit einer Handvoll Zucker bewarf. Danach flogen diverse Backzutaten durch die Luft, und beide Mädchen wurden für einen Tag vom Unterricht suspendiert und dazu verdonnert, für die ganze Klasse entweder French Toast, Eierkuchen oder eben Crêpes zu backen. Alexa musste außerdem sechs Sitzungen bei der Schulpsychologin absolvieren, um alternative Reaktionsmöglichkeiten zu lernen und ihre Wut in Schach zu halten. Nachdem Alexas French Toast (laut Alexa) «definitiv eklig» gewesen war, hatte sie Isabel gebeten, ihr beizubringen, wie man die köstlichen Crêpes buk, die Isabel gemacht hatte, als die Deans zuletzt in der Pension zu Gast gewesen waren.

Kat war eine gute Lehrmeisterin gewesen, alle Gäste hatten an jenem Morgen um Crêpe-Nachschlag gebeten – einer gefüllt mit Schlagsahne und Erdbeermark, der andere mit Schokoladencreme. Isabel liebte es, ihren Gästen sowohl Ausgefallenes als auch Bodenständiges zum Frühstück zu servieren, und kannenweise Tee und Kaffee zu kochen. Wer hätte je gedacht, dass Isabel ihre Gastgeber-Rolle mit so viel Hingebung und Freude füllen würde.

«Rate, was ich heute gemacht habe!», sagte Alexa, während sie Mehl, Eier und Milch in einer Rührschüssel vermischte. Sie standen am Tisch in der Mitte der Küche, im Radio lief Norah Jones, und draußen im Garten jagte Happy fröhlich den Stöckchen nach, die Charlie für ihn warf. Isabel liebte den Anblick von Alexa in ihrer Küche: ein hübsches Mädchen in Jeans und drei Lagen langärmeligen T-Shirts, darüber ein Gewirr aus Halsketten, und mit den gleichen glänzend braunen Haaren wie ihr Vater, die ihr über den Rücken fielen.

«Eine Eins geschrieben?»

«Eine Zwei plus für meinen Aufsatz über *Ein Baum wächst in Brooklyn* bekommen.» Alexa deutete auf die Rührschüssel. «Reicht das so?»

Isabel warf einen Blick auf den Teig. «Perfekt. Und das mit deinem Aufsatz finde ich toll.» Gemeinsam bereiteten sie die restlichen Zutaten vor und stellten die Pfanne auf den Herd. «Ich habe dieses Buch geliebt.»

Alexa gab ein wenig Teig auf die zerlassene Butter in der Pfanne. «Ich habe dir doch neulich erzählt, dass ich jetzt bei der Schulfürsorge mitmache. Das ist eine Gruppe von Schülern, die sich dazu verpflichtet haben, anderen beizustehen. Bei uns an der Schule gibt es ein Mädchen, Micheline – wenn das kein cooler Name ist! –, die hat gerade erfahren, dass ihre Eltern über eine Trennung nachdenken und für eine Weile auseinanderziehen wollen. Und nach meiner ‹Wut-Sitzung› fragte die Schulpsychologin, ob ich Michelines Mentorin werden will. Ist das nicht cool? Wir haben uns heute in der Mittagspause getroffen und uns draußen auf eine Bank gesetzt. Wir haben fast eine Stunde geredet. Ich glaube, danach ging es ihr ein bisschen besser.»

Isabel zeigte Alexa, wie man den Crêpe wendete, ohne ihn einzureißen, und zog sie kurz an sich. «Das ist toll! Ich bin mir sicher, dass du diesem Mädchen damit den Tag gerettet hast – und ihr sicher noch mehr mitgeben konntest.»

Alexa strahlte. Binnen kürzester Zeit hatten sie einen ganzen Stapel Crêpes gebacken, die nur darauf warteten, gefüllt und bestäubt zu werden. Alexa zeigte auf Isabels Schürze. «Ich habe dich ganz dreckig gemacht. Du hast sogar Teig in den Haaren.»

«Darum geht es beim Backen ja auch. Sich dreckig zu machen!»

Alexa lächelte. Ein wunderschöner Anblick. Es mochte vielleicht noch etwas dauern, aber Isabel war sich ganz sicher, dass sie ihre Situation am Ende meistern würde.

«Du hattest recht. Es fühlt sich gut an, Menschen zu helfen, die gerade etwas durchmachen, das man selber auch schon erlebt hat oder vielleicht auch immer noch durchmacht. Außerdem ist es echt ein tolles Gefühl, ausnahmsweise mal die Schlaue zu sein. Weißt du, was ich meine?»

«Ich weiß genau, was du meinst.»

Ganz gleich, was später zwischen ihr und Edward geschehen war, er hatte ihr geholfen, als sie dringend Hilfe brauchte, zu einer Zeit, als sie sich von ihrer Familie abgewandt hatte. Dafür würde sie ihm immer dankbar sein. Sie war froh, dass es diese positiven Erinnerungen gab, die sie den negativen entgegensetzen konnte, wenn sie an ihn dachte.

Während der nächsten Stunde redeten Isabel und Alexa über alles Mögliche: von *Ein Baum wächst in Brooklyn* bis hin zu der Frage, warum Jungs es nur so furchtbar witzig fänden, bei Mädchen die BH-Träger schnalzen zu lassen. Sie aßen Alexas Crêpes, mit Erdbeere, Schokolade und Aprikose gefüllt, tranken Eistee, und Isabel hätte ohne Probleme eine weitere Stunde mit Alexa verbringen können, als sie Kat «Gleich hier entlang», sagen hörte und eine fremde Frau die Küche betrat.

«Hi, Mom», sagte Alexa. «Ich gehe nur noch schnell Happy auf Wiedersehen sagen. Eine Sekunde.»

Alexa verschwand hinaus in den Garten, und die beiden Frauen sahen durchs geöffnete Fenster zu, wie Charlie Alexa seinen Stock reichte und sie ihn warf. Happy rannte dem Stöckchen nach, und eine sanfte Brise trug Alexas Lachen durchs geöffnete Fenster zu ihnen in die Küche hinein.

«Wie schön, Sie endlich kennenzulernen», sagte Isabel. Sie stellte sich vor und gab Alexas Mutter, einer attraktiven Brünetten namens Valerie, die Hand.

Griffins Exfrau.

«Ich bin Ihnen unglaublich dankbar», sagte Valerie. «Alexa hat mir viel von Ihnen erzählt und von den Dingen, über die Sie beide reden. Sie haben sehr dabei geholfen, ihren dicken Panzer zu durchdringen.»

Isabel lächelte. «Ich war ihr mal sehr ähnlich. Sie packt das schon.»

«Danke, jedenfalls. Vielen, vielen Dank.»

Alexa kam zurück und schnappte sich die Schachtel mit

den restlichen Crêpes. Als sie sich voneinander verabschiedeten, war Isabels Herz mindestens so voll wie ihr Magen.

····· ·····

Am Mittwochabend hatten Isabel und Griffin sein Haus für sich allein. Isabel liebte dieses Haus, ein verwinkeltes, zweistöckiges Stein-Cottage voller Ecken und Nischen und einer Tafel neben der Haustür, die besagte, dass es 1830 errichtet worden war. Sie liebte die quadratischen Zimmer mit den dicken Wänden und eingebauten Bücherregalen und den offenen Kamin im Wohnzimmer, der eine ganze Wand einnahm. Sie liebte Emmys winziges Zimmer mit der riesigen Stofftiersammlung, mit dem Malbuch und der Stiftebox auf dem kreisrunden, rosa-lila Flickenteppich vor dem Bett. Sogar Alexas Chaos liebte sie. Den Klamottenberg auf dem Bett. Das Durcheinander an Kosmetika auf dem hübschen schmiedeeisernen Schminktisch und die Fotos von Griffin, Alexa und Emmy, die an dem großen runden Spiegel klemmten.

Ja, Isabel liebte es, hier zu sein, in diesem Haus, bei diesem Mann. Noch vor ein paar Monaten hatte sie das Gefühl, nirgendwo hinzugehören. Und jetzt hatte sie das Three Captains' Inn, das ihr zur Heimat geworden war. Sie hatte ihre Familie, die ihr zur Heimat geworden war. Und zwischen ihr und Griffin entwickelte sich etwas ganz Besonderes.

Sie hatten zusammen gekocht, Nudeln mit Erbsen und Speck in Sahnesoße, und Griffin hatte einen Laib unglaublich köstliches Weißbrot aus der Italienischen Bäckerei besorgt. Es gab Wein. Und so viel zu erzählen.

Die Hauptsache an diesem Abend aber war die Romantik.

Nach dem Abendessen saßen sie draußen auf den Stufen vor seinem Haus und betrachteten die Bucht. Von dieser

Seite des Hafens aus konnte man das Three Captains' Inn beinahe auf seinem Hügel thronen sehen. Aber nur beinahe.

«Manchmal sitze ich hier draußen und sehe hinüber zur Wetterfahne auf dem Hügel», sagte Griffin, und sein Bein berührte ihres, als er sich zu ihr drehte. «Dann habe ich immer das Gefühl, dir ganz nahe zu sein.»

Isabel fehlten vor lauter Glück die Worte. Sie lächelte ihn stumm an, nahm seine Hand und hielt sie fest.

Und dann küsste er sie. Der Kuss war sanft und fordernd zugleich, und sie schlang ihre Arme um seinen Hals und erwiderte seinen Kuss mit jeder Faser ihres Wesens. Griffin nahm sie bei der Hand, ging mit ihr ins Haus, führte sie durchs Wohnzimmer hindurch und weiter in den Flur.

Bis in sein Schlafzimmer. Isabel musste daran denken, wie sie damals in der Pension in seinem Zimmer sauber gemacht hatte, die Laken seines Bettes gewechselt, an seinem Kopfkissen gerochen hatte, und sie fragte sich, wie es sein würde, seinen Körper zu spüren.

Ein paar Minuten später wurde diese Frage beantwortet. Und sämtliche Phantasien, die sie gehabt hatte, wurden wahr.

· · · · ·

Am nächsten Tag saß Isabel im Spielzimmer der Kinderstation an einem kleinen Tisch und spielte mit einer vierjährigen Patientin das Leiterspiel, während die erschöpfte Mutter sich in der Cafeteria bei einer Tasse Kaffee eine kurze Verschnaufpause gönnte. Isabel musste die ganze Zeit an den Tag denken, an dem sie endlich ein Kind haben würde. Ganz gleich, ob es ein leibliches Kind sein würde, ob es adoptiert oder ein Stiefkind sein würde. Aber sie würde ein Kind haben, ein Kind, das sie lieben und bemuttern konnte.

Sie würde eine gute Mutter sein. Daran zweifelte sie nicht

mehr. Und das nicht, weil die Säuglingsschwester, die für sie zuständig war, in den letzten Wochen gleich zwei derartige Bemerkungen gemacht hatte. Auch nicht, weil Griffin genau das zu ihr gesagt hatte, als sie an dem Abend nach der großen Krise mit Alexa endlich den schon lange versprochenen Abendspaziergang gemacht hatten – dem inzwischen viele weitere gefolgt waren. Nein, sie wusste, dass sie eine gute Mutter sein würde, weil sie zu echter Liebe fähig war. Weil sie in der Nacht, als Lolly ins Krankenhaus gekommen war, an ihrem Bett Wache gehalten hatte, während die lebensbedrohliche Infektion in ihrem geschwächten Körper tobte. Weil sie Kat im Arm gehalten hatte, die außer sich gewesen war vor Angst, während Isabel fast das Herz brach aus Mitgefühl für ihre geliebte Cousine. Weil sie ihre Schwester getröstet hatte. Pearl in den Arm genommen hatte. Sie liebte diese Menschen. Sie hatte echte Liebe in sich. Um eine gute Mutter zu sein, brauchte man das mehr als alles andere. Man musste fähig sein zu lieben. Alles andere ergab sich daraus.

Bei Dienstschluss blieb Isabel im Hinausgehen kurz am Fenster zur Säuglingsstation stehen, um einmal mehr die winzigen Gesichter zu bewundern, die unter den weißen Häubchen und den gestreiften Deckchen hervorlugten. Noch vor zwei Monaten hatte sie weinend hier gestanden und nicht mehr gewusst, wer sie war.

Sie lächelte einem kleinen Mädchen zu. *Nur du entscheidest, wer du bist*, sagte sie leise zu dem kleinen, schlafenden Gesicht. *Lass dir niemals von anderen einreden, wer du bist.*

·····

Am Abend schaute Isabel kurz bei ihrer Tante rein. Lolly schlief tief und fest, dabei war es noch nicht mal halb acht. In den Tagen zwischen der Infektion und der zweiten Chemotherapie, für die sie endlich grünes Licht bekommen hatte, war Lolly so müde gewesen, dass es ihr zunehmend schwerer fiel, aufzustehen. Sie besaß inzwischen eine Gehhilfe und saß gerne an dem großen Panoramafenster in ihrem Zimmer, das auf den Garten hinausging. Am liebsten sah sie Charlie und Happy beim Spielen zu. Einmal hatte sie aus vollem Halse gelacht, als der Stock in einem Laubhaufen gelandet war, den Kat zusammengerecht hatte, und die Blätter in einem bunten Wirbel durch die Luft flogen. Happy hatte aufgeregt gebellt, und Charlie hatte es mit beiden Händen rote und gelbe und leuchtend orangene Blätter regnen lassen.

Kat hatte es sich auf der Chaiselongue bequem gemacht, die sie vor ein paar Wochen, als klarwurde, dass Lolly ab sofort rund um die Uhr betreut werden sollte, ins Zimmer gestellt hatten. Kat hatte ein Kissen im Rücken und hielt ihren Skizzenblock auf den Knien. Sie saß an dem Entwurf für eine Hochzeitstorte. Ihre eigene? Kat sprach in letzter Zeit kaum noch von Oliver oder Matteo, und Fragen nach ihrem Gefühlsleben schmetterte sie mit einem «Möchtest du ein Zimtbrötchen?» oder Ähnlichem ab, weshalb Isabel und June beschlossen hatten, sie in Ruhe zu lassen. Was immer Kat am Ende auch tun würde, Isabel war sich sicher, dass ihre Cousine die Entscheidung aus den richtigen Gründen treffen würde. Alles andere war nicht so wichtig.

Pearl steckte den Kopf zur Tür herein und sagte, sie würde auf ein Stündchen bleiben. Nach einer herzlichen Umarmung gingen Isabel und Kat hinunter in den Aufenthaltsraum, wo June auf Knien damit beschäftigt war, die Überreste einer Käseplatte vom Boden zu klauben, die ein Gast versehentlich umgeworfen hatte. Isabel und Kat halfen ihr, dann setzte sich jede von ihnen auf ihren Lieblingskinoabendplatz.

Isabel musterte die DVD-Sammlung. Lollys heißgeliebte, oft gesehene Meryl-Streep-Kollektion nahm ein ganzes Regalbrett ein. «Heute Morgen hat Lolly gesagt, sie würde diesen Freitag gerne *Jenseits von Afrika* sehen.» Sie stand auf, holte die DVD und setzte sich wieder auf das Zweiersofa.

Kat fing an zu weinen. «Sie stirbt. Ich weiß es. Das ist ihr absoluter Meryl-Streep-Lieblingsfilm. Sie hat *Jenseits von Afrika* nur ein einziges Mal gesehen und gesagt, der Film würde ihr so viel bedeuten, dass sie ihn nie wieder sehen könnte. Wenn sie jetzt sagt, sie will ihn sehen, heißt das ...»

Isabel und June standen auf und setzten sich neben Kats Sitzsack auf den Fußboden. «Sie macht nur eine ziemlich harte Phase durch. Du kennst doch Suzanne, sie wohnt zwei Häuser weiter. Ihre Mutter hat Brustkrebs und hatte genau die gleiche Infektion wie Lolly. Sie hat es überstanden. Sie musste danach noch drei Runden Chemotherapie über sich ergehen lassen.»

«Aber meine Mom wird sterben», flüsterte Kat. «Vielleicht nicht nächste Woche oder nächsten Monat, aber die Ärzte sagen, ich soll mich auf einen Zeitraum von drei Monaten gefasst machen.»

Isabel schloss die Augen. «Gott, wie soll man denn so eine Aussage akzeptieren?»

«Uns bleibt nichts anderes übrig.» June traten die Tränen in die Augen.

Isabel drückte die Hand ihrer Schwester. «Ich kann mir überhaupt nicht vorstellen, morgens hier aufzuwachen, ohne Lolly auf den Fluren, in der Küche, auf der Veranda. Lolly und dieser Ort gehören einfach zusammen.»

Kat sah Isabel an. «Und du? Wirst du denn weiter jeden Morgen hier aufwachen?»

«Ja. Wenn du es erlaubst? Ich glaube, ich möchte nichts

lieber, als hier zu leben und die Pension zu führen. Ich finde es wunderbar hier. Alles. Ist das nicht unglaublich? Derselbe Ort, von dem ich mit achtzehn nicht schnell genug wegkommen konnte, derselbe Ort, an den man mich zweimal im Jahr zu den Feiertagen fast an den Haaren zerren musste, ist plötzlich mein Refugium geworden. Ich liebe den Kontakt zu den Gästen, die Zusammenarbeit mit den Tourismusverbänden. Sogar das Putzen macht mir Spaß.»

«Das bedeutet sehr viel für mich», sagte Kat. «Eigentlich bedeutet es alles. Es bedeutet, dass ich das Three Captains' Inn verlassen kann, ohne mich sorgen zu müssen oder einen Geschäftsführer einzustellen. Ich glaube nicht, dass das in Lollys Sinne wäre – einen Fremden ins Haus zu holen. Und verkaufen würden wir die Pension ja wohl nie, oder?»

«Also, das liegt letztendlich bei dir», sagte June. «Aber ich würde nicht wollen, dass du verkaufst. Ich weiß zwar, dass ich euch keine große Hilfe bin, aber ich liebe dieses Haus auch, und ich helfe euch, wann immer die Buchhandlung es zulässt.»

«Nein, das wäre eine gemeinsame Entscheidung», sagte Kat mit Nachdruck. «Selbst wenn Lolly die Pension nur mir allein vermachen würde, und das wage ich zu bezweifeln, würde ich ohne eure Zustimmung nichts entscheiden. Dieser Ort ist unser gemeinsames Zuhause.»

Unser Zuhause. Der Klang gefiel Isabel.

20.
June

○○○○○○○○○○○○○

Meine Großtante kommt vielleicht bald in den Himmel», sagte Charlie zu Eleanor und Steven, als er ihnen am Montagnachmittag Happys Hundehütte präsentierte. «Deswegen darf Happy auch im Haus schlafen. Manchmal schläft er bei mir, aber wenn ich ihn suchen muss, dann liegt er oft bei Tante Lolly. Obwohl er von ihr gar keine Leckerlis bekommt.»

«Tja, dann muss er deine Tante Lolly wohl wirklich mögen», sagte Eleanor, die Augen voller Mitgefühl.

«Wollt ihr mal seine Kunststücke sehen?», fragte Charlie. «Der Freund von meiner Tante Isabel ist Tierarzt, der hat ihm jede Menge beigebracht. Happy, gib Pfötchen!»

Happy tat wie befohlen und erntete von Charlies Großeltern herzlichen Applaus. Nach ein paar weiteren Kunststücken gingen sie zusammen hinein in den Aufenthaltsraum, wo Kaffee, Limonade und der Kuchen, den Kat extra für den Anlass gebacken hatte, warteten. Die Smiths hatten als Gäste des Hauses im Rotkehlchenzimmer übernachtet und waren fürstlich umsorgt worden. Isabels irisches Frühstück, das sie mit Entzücken auf der Karte entdeckt hatten. Kats Scones. Charlies fröhliches Geplapper und seine Zuneigung. Und ein herzliches Willkommen von Lolly, die von Kat für einen kurzen Augenblick in den Garten gerollt worden war.

June, Charlie und die Smiths hatten den Tag in der Stadt verbracht, auf einem Ausflugsboot in der Bucht zu Mittag gegessen und in dem herrlichen botanischen Garten einen Spaziergang gemacht. Gegen sieben war es dunkel geworden, und nach einer letzten Tasse Kaffee, herzlichen Umarmungen und dem festen Vorsatz, sie in ein paar Wochen besuchen zu kommen, hatten sie sich von den Smiths verabschiedet.

Isabel und Charlie saßen im Aufenthaltsraum und spielten *Vier gewinnt*, und June ging zu Lollys Zimmer am Ende des Flurs, klopfte an und schaute zur Tür hinein. Lolly lag im Bett und betrachtete ein Fotoalbum, das auf ihrem Schoß lag. Happy hatte es sich am Fußende bequem gemacht, eine Pfote auf Lollys Bein. In dem gepolsterten Besuchersessel saß Pearl und strickte. Jedes Mal, wenn June ihre Tante in dem Krankenbett liegen sah, kam sie ihr wieder ein Stückchen kleiner vor. Sie hatte seit der Diagnose mindestens fünfzehn Kilo abgenommen. Außerdem hatte Lolly beinahe alle Haare verloren und trug inzwischen hübsche, bunte Wickeltücher um den Kopf. Die offensichtliche Anstrengung, die es ihre Tante kostete, sich im Bett aufzurichten, versetzte June einen schmerzhaften Stich. Lolly hatte in den letzten Tagen so wenig Kraft gehabt, dass letzten Freitag sogar der Kinoabend ausgefallen war. Vielleicht holten sie ihn diese Woche nach. June wünschte, der Kinoabend würde bis in alle Ewigkeit weitergehen, nur sie vier – fünf, mit Pearl – um den Fernseher versammelt, um sich von Meryl Streep in eine andere Welt entführen zu lassen, sich von ihr zum Lachen und zum Weinen bringen zu lassen. Zum Nachdenken. Und zum Reden. June wollte bis in alle Ewigkeit mit ihrer Familie reden.

Sie strich die hellgelbe Tagesdecke mit den verblichenen

Seesternen glatt, die einst ihrer Mutter gehört hatte. «Ich wollte mich bei dir bedanken, Tante Lolly», sagte sie. «Du warst so nett und großzügig zu den Smiths.»

«Das sind sehr nette Menschen», antwortete Lolly.

«Ganz reizend!» Pearl nickte zustimmend.

«Du hast gut daran getan, June, sie für Charlie zu finden. Das war sehr mutig von dir. Manchmal verliert man etwas, aber dafür bekommt man etwas anderes, etwas ganz Wunderbares», sagte Lolly und lächelte June an.

«So wie damals, als ich Mom und Dad verlor und dich dafür bekam», flüsterte June. Lollys Augen füllten sich mit Tränen, und June lehnte den Kopf an ihre Schulter. «Ich liebe dich, Tante Lolly!»

«Ich dich auch, Junikäferchen», flüsterte Lolly, und dann fielen ihr die Augen zu.

June gab ihrer Tante einen Kuss auf die Wange und warf Pearl einen Luftkuss zu. Sowie sie die Tür hinter sich geschlossen hatte, brach sie in Tränen aus. Sie versuchte, sich zusammenzureißen.

Ihre Tante starb.

Aus dem Aufenthaltsraum drang Charlies aufgeregte Stimme hinaus auf den Flur. June wischte sich die Tränen weg, nahm einen tiefen Atemzug und ging hinein.

«Du hast schon wieder gewonnen!», sagte Isabel, als Charlie stolz auf seine vier roten Plättchen zeigte. «Du bist nicht zu schlagen.»

«Kannst es ja morgen Abend noch mal versuchen!» Charlie strahlte.

«Zeit fürs Bett, mein Liebchen», sagte June.

Nach dem obligatorischen «Mann, kann ich nicht noch eine halbe Stunde aufbleiben?» umarmte er Isabel und ging Kat suchen, die mit Oliver in der Küche saß und offensichtlich in ein ziemlich ernstes Gespräch vertieft war, um ihr ihren Gutenachtkuss zu geben. Als Nächstes war Lolly mit einem Kuss auf die Wange dran und dann Pearl mit einer Umarmung. Die letzte Umarmung war für Happy, der ihm zum Dank das Gesicht abschleckte.

«Ich mag meine neuen Großeltern wirklich sehr, sehr, sehr!», sagte Charlie zu June, als sie die Treppe nach oben in sein Zimmer gingen. Es war beinahe acht. Zeit für eine kurze Gutenachtgeschichte und dann schnell das Licht aus. Es war ein langer, wunderbarer Tag für einen kleinen Jungen gewesen.

Charlie zog sich den Schlafanzug an, putzte sich die Zähne und schlüpfte dann in Windeseile unter die Bettdecke. June setzte sich neben ihn und griff nach dem Buch. Sie lasen gerade *Wilbur und Charlotte*. Gestern Abend hatten ihm seine Großeltern vorgelesen, jeder ein Kapitel. Der Anblick, wie die beiden an Charlies Bett saßen, mit seligen Gesichtern, als hätten sie das Geschenk ihres Lebens bekommen, hatte June zwischenzeitlich so überwältigt, dass sie kurz aus dem Zimmer gehen musste.

«Mom, kannst du mir lieber eine Geschichte erzählen? Ich möchte die Geschichte hören, wie ihr euch kennengelernt habt, du und Daddy, und warum ihr euch gleich so gemocht habt.»

«O ja, das ist eine meiner Lieblingsgeschichten», sagte sie und gab ihm einen Kuss auf die seidigen, dunklen Haare.

Als June auf Zehnspitzen aus dem Zimmer schlich und sachte die Tür hinter sich schloss, kamen ihr Lollys Worte wieder in den Sinn: *Manchmal verliert man etwas, aber dafür bekommt man etwas anderes, etwas ganz Wunderbares.*

Sie hatte so viele wunderbare Dinge bekommen. Sie hatte ihre Eltern verloren und Lolly bekommen. Sie hatte ihre große Liebe verloren und Charlie bekommen. Sie hatte ihren Job und ihre Wohnung verloren und dafür die Pension zurückbekommen – und ihre Familie. Sie hatte ihren Traum verloren und Charlies Großeltern bekommen.

Sie hatte die Phantasie verloren, der sie sieben Jahre lang hinterhergeträumt hatte und dafür Henrys reale Liebe bekommen.

Es wurde Zeit, ihm zu sagen, was sie empfand. Sie wusste nur eins: Sie war endlich frei, im Herzen und im Geiste. Sie wusste nicht, was sie ihm sagen wollte, doch wenn sie vor ihm stand, würde sie es wissen.

· · · · ·

Bean, die Verkäuferin von Books Brothers, hatte ihr neulich, als sie sich zufällig in der Stadt über den Weg liefen, erzählt, dass Henry für sie eingesprungen war und den Laden jeden Abend bis zwanzig Uhr geöffnet hielt. Sie ging also davon aus, dass er entweder im Laden war oder auf seinem Boot, wo Bean ihn notfalls schnell erreichen konnte.

Als der Laden in Sicht kam, merkte June, wie sehr sie Books Brothers vermisst hatte. Dieser Ort hatte ihr immer Sicherheit gegeben. Als sie jetzt den kanuförmigen Türknauf umfasste, verspürte sie nichts als Behaglichkeit und pure Freude.

Die Glöckchen über der Tür bimmelten. Obwohl der Laden gleich zumachte, herrschte noch ziemlich viel Betrieb.

Bean lächelte June zu und deutete mit dem Daumen nach hinten. «Du kommst gerade richtig, um mitzufeiern.»

«Was feiern wir denn?», fragte June, doch dann kam eine Kundin an die Kasse und forderte Beans Aufmerksamkeit.

Henry war nicht im Büro. Bei dem Gedanken, ihn endlich wiederzusehen, einfach auf ihn zuzugehen und ihn zu küssen, floss June die Aufregung bis hinunter in die Zehenspitzen. Umso besser, wenn es gerade einen Rekordtagesumsatz zu feiern gab. Sie trat durch die Hintertür hinaus auf den Steg, und da stand er.

Als er sie kommen sah, lächelte er sie an. «June! Wie schön, dich zu sehen! Alles in Ordnung?»

Sie machte einen Schritt auf ihn zu und legte ihm die Arme um den Hals, um zu sehen, wie er reagierte. «Mehr als das. Und ich bin bereit, wieder zurückzukommen, falls du mich noch mal nimmst.»

«Oh, ich nehme dich!», sagte er, und in seinem Lächeln schwang so viel Gefühl für sie, dass June ihren Kopf an seine Schulter pressen musste.

· · · · ·

Ich liege mit Henry Books im Bett. Mitten am Nachmittag. June konnte sich das Riesenlächeln nicht verkneifen.

«Was grinst du denn so?» Henry beugte sich über sie und bedeckte ihr Schlüsselbein mit kleinen Küssen.

June betrachtete die breiten, gebräunten Schultern, die Brust, die halblangen Haare, die intensiven, braunen Augen mit den Clint-Eastwood-Fältchen. Wie unglaublich hübsch er war, wie sexy, alles, wovon sie jemals zu träumen gewagt hatte. Und jetzt lag er hier neben ihr, so wirklich, so real er nur sein konnte. «Ich kann immer noch nicht fassen, dass ich hier bin. Dass wir beide hier sind. Wie kann sich etwas, das so unglaublich richtig, vollkommen und gemütlich ist, so ... magisch anfühlen?»

«Mir geht es genauso.»

Gestern Abend waren sie vom Steg aufs Boot gegangen, hatten sich wild küssend im Wohnzimmer wiedergefunden, und dann hatte er June bei der Hand genommen und sie in sein Schlafzimmer geführt. Dort hatten sie einander unmissverständlich gezeigt, was sie füreinander empfanden, und all die jahrelang angestaute Leidenschaft hatte sich entladen. In den frühen Morgenstunden hatte Henry sie dann nach Hause begleitet, damit June da war, wenn Charlie aufwachte, und sie hatte mit Freuden auf die aufgeregten Fragen geantwortet, mit denen Isabel und Kat sie bestürmten, als sie um fünf Uhr morgens ins Zimmer geschlichen kam. Ja, mit Henry zusammen zu sein war so, wie sie es sich immer vorgestellt hatte. Und noch viel mehr.

Am Vormittag war sie endlich wieder zur Arbeit gegangen, vielmehr geschwebt, wo Bean sie mit der Bemerkung «also, du bist ja eindeutig ziemlich glücklich» empfing und June furchtbar lachen musste. Ja, das war sie. Die Beziehung zu Henry fühlte sich frisch und prickelnd an, mit allem, was dazugehörte, und gleichzeitig so altvertraut und selbstverständlich, als würde sie schon seit Jahren nackt neben ihm liegen. Während sie den Vormittag damit verbrachte, den Empfehlungstisch neu zu arrangieren, ein *Wenn Ihnen das gefallen hat, werden Sie auch das hier lieben*-Regal zu kreieren und ein paar Notizen für die Einrichtung eines Kinderleseclubs im Laden zu skizzieren, gingen ihr die Bilder des Vorabends nicht eine Sekunde lang aus dem Kopf. Sie wäre am liebsten sofort über den Steg zu ihm gerannt. Aber sie würde warten. Sie hatten gemeinsame Pläne für den Nachmittag, die hoffentlich damit endeten, dass sie auf dem Boot im Bett landeten, während die Sterne über sie wachten.

Diese Pläne nahmen ihren Anfang mit einem gemeinsamen Besuch des großen Ehemaligentreffens ihrer Schule, auf dem June sich noch nie hatte blicken lassen. Nachdem auch Isabel und Kat (wie immer zusammen mit Oliver) teilnahmen, genau wie Marley und Kip, gab June sich einen

Ruck und beschloss, diesmal ebenfalls hinzugehen und die Feier mit einem Date zu kombinieren. Nicht nur, dass es ihr inzwischen tatsächlich völlig egal war, was ihre ehemaligen Klassenkameraden von ihr dachten. Sie würde mit hocherhobenem Kopf bei diesem Wiedersehen aufkreuzen. Sie war stolz auf ihr Leben seit dem Schulabschluss.

Natürlich waren Pauline Altman und ihr Gefolge die Ersten, denen June über den Weg lief, als sie Arm in Arm mit Henry den Saal betrat.

«Ja, seht mal, da ist Juney Nash», rief Pauline. «Das Mädchen, das mir um Haaresbreite die Abschlussrede vor der Nase weggeschnappt hat, lässt sich endlich auch mal hier blicken!»

Hatte sie sich tatsächlich jahrelang von dieser Knalltüte ärgern lassen? June verdrehte die Augen, winkte Marley und Kip, die Wange an Wange tanzten, fröhlich zu, und stellte sich zu ihrer Schwester und ihrer Cousine an die Bar. Isabel sah umwerfend aus. Sie trug ein hellgelbes Wickelkleid, das bestimmt aus Kats Kleiderschrank stammte. Kat zwirbelte das Schirmchen ihres Cocktails zwischen den Fingern und starrte geistesabwesend in die Luft. Oder aber, sie dachte besonders angestrengt nach. Das ließ sich schlecht sagen. Oliver stand ein wenig abseits mit einer Gruppe von Freunden.

Als Henry etwas zu trinken besorgen ging, flüsterte Isabel June zu: «Ich freue mich so, euch beide zusammen zu sehen!»

Kat ließ ihr Schirmchen ruhen. «So viel zum Thema Wiedervereinigung, oder? Wir drei. Du und Henry. Alles genau so, wie es sein sollte. Na ja, bis auf die Gesundheit meiner Mutter natürlich.» *Und mich und Oliver*, meinte June ihre Cousine denken zu hören, als Kats Blick zu ihrem Verlobten schweifte. In ihrem Gesicht war nichts von Liebe oder Aufregung oder Freude zu sehen, als sie Oliver beobachtete, der gerade lauthals über irgendetwas lachte.

Ach, Kat, dachte June, *du wirst schon eine Lösung finden, und dann tust du das, was für dich richtig ist. Da bin ich mir sicher.*

Henry kam mit ihren Getränken zurück, und June stieß mit den anderen beiden an. «Auf die Familie», sagte sie. Kat und Isabel erwiderten den Toast.

«Und auf die Liebe», sagte June zu Henry.

· · · · ·

Am nächsten Nachmittag saßen Lolly, Isabel, June und Kat bei einem gemeinsamen späten Mittagessen. Isabel hatte mehrere Gäste eingecheckt und dann für die Familie noch schnell ihre inzwischen berühmten Kartoffel- und Käseblini gezaubert. Charlie hatte seine üblichen vier Bissen hintergeschlungen, Happy gefüttert und sich dann mit seinem großen Malblock und einer Schachtel Buntstifte auf eine Decke gelegt.

Lolly saß in ihrem Rollstuhl, sie hatte ein wenig Farbe im Gesicht und gute Laune, und sie aß zwei Kartoffelblini mit Sauerrahm und Apfelmus – ein gutes Zeichen. Sie hatte Appetit. June aß viel zu viel, doch die Dinger waren einfach zu gut. Charlie kam angerannt, ein großes grünes Blatt Papier in der Hand. «Schaut mal», sagte er und hielt das Blatt hoch, damit alle es sehen konnten. «Ich muss anbauen. Der Baum wird zu klein.»

Zusätzlich zu seinen neuen Großeltern und Onkeln hatte Charlie in seinem Stammbaum neben Isabel *Grifien, der Hundeazt* und neben June *Henry Books* geschrieben.

«Ich habe eine tolle Familie», sagte Charlie strahlend.

«Ja, das hast du!», sagte June, und alle am Tisch stimmten ihr zu.

21.

Kat

K at! Kat, er hat geantwortet!», schrie Isabel.

Isabel schrie nie.

Mühsam öffnete Kat die Augen und schielte auf den Wecker, der auf ihrem Nachttisch stand. Kurz vor halb sechs. Es war noch dunkel. Sie zog sich das Kissen über den Kopf.

Isabel riss es weg. «Er hat geschrieben!»

«Hä? Wer denn?»

Isabel strahlte von einem Ohr zum anderen. «Ich habe mich gerade kurz an deinen PC gesetzt, um das Wetter zu checken, und habe deine Mailbox gesehen – eine neue Nachricht von einem gewissen Harrison Ferry!»

Kat warf die Decke von sich und rannte zum Schreibtisch. Um sich zu setzen, war keine Zeit. Gemeinsam beugten sich die Cousinen über den Bildschirm und lasen.

Liebe Kat,
bitte entschuldigen Sie, dass ich so lange gebraucht habe, um zu antworten. Ich bin dieses Semester nicht an der Uni, weil ich für ein Buch recherchiere, und obwohl ich die Mails regelmäßig abrufe, ist Ihre irgendwie im Spamordner gelandet. Es tut mir schrecklich leid, vom Gesundheitszustand Ihrer Mutter zu hören. In all den Jahren ist kein einziger Tag vergangen, an dem ich nicht an Lolly dachte. Ich würde gerne so bald wie möglich

kommen, vorausgesetzt, das ist in Ordnung. Ich lebe in Brunswick, ich kann also sofort los.
Ich bin sehr froh, dass Sie mir geschrieben haben.
Alles Liebe, Harrison Ferry

Kat zog Isabel eng an sich, sie sahen sich an und umarmten sich noch einmal. «Nicht ein einziger Tag in all den Jahren, an dem er nicht an Lolly gedacht hat», sagte Kat. Sie wäre am liebsten auf- und abgehüpft wie ein Gummiball.

«Er klingt nett», sagte Isabel. «Gott sei Dank!»

Kat setzte sich an den Schreibtisch und schrieb zurück. Er könne kommen, wann immer er wolle. Heute? Morgen?

Keine zwanzig Minuten später antwortete er. Er würde am Abend kommen.

・・・・・

Kat trug das Frühstückstablett in Lollys Zimmer, Rührei auf Toast, was Lolly so liebte, dazu eine Schale Beeren und eine Tasse Kamillentee. June hatte die Nachtwache gehalten und mit einem dicken Roman auf der Chaiselongue gelegen, als Kat eine Stunde zuvor zum ersten Mal den Kopf zur Tür hereingesteckt hatte. Lolly war zu schwach gewesen, um sich in den Rollstuhl zu setzen und sich dem fröhlichen Geplapper in der Küche anzuschließen, und so bekam sie jetzt ihr Frühstück ans Bett.

«Mhm, riecht das gut! Ich geh auch mal was essen.» June küsste Lolly auf die Wange. «Ich hoffe, es gibt Speck.»

«Falls Charlie nicht schon alles aufgegessen hat», sagte Lolly lachend. «Beeil dich lieber.»

Im Vorbeigehen flüsterte Kat ihrer Cousine zu: «Isabel muss dir was erzählen!», und June schlüpfte hinaus.

Kat stellte Lolly das Tablett über die mageren Beine und

setzte sich auf den Bettrand. *Sag es ihr. Los. Ohne viel Tamtam*, wie ihre Mutter zu sagen pflegte. *Sag es einfach.*

«Riecht das köstlich!», sagte Lolly und nahm einen Bissen Toast.

«Mom, du bekommst heute Abend Besuch», platzte Kat mit geschlossenen Augen heraus. Als sie die Augen wieder aufmachte, war ihre Mutter damit beschäftigt, sich zwischen einer Himbeere und einer Blaubeere zu entscheiden.

«Wer kommt denn?»

«Harrison Ferry.»

Die Himbeere kullerte zurück aufs Tablett. «Was hast du gesagt?»

«Ich habe ihm eine Mail geschickt, und er kommt.»

«Du hast ihm eine Mail geschickt, und er kommt?», wiederholte Lolly. «Harrison kommt hierher?»

Kat nickte und wappnete sich für die Frage, die jetzt kommen würde.

«Weiß er, dass ich Krebs habe?»

«Ja, Mom.»

«Harrison kommt?» Lollys blaue Augen füllten sich mit Tränen. Sie schlug die Hand vor den Mund und wandte den Blick zum Fenster. June hatte schon die Vorhänge aufgezogen, um den grauen, regnerischen Tag hereinzulassen.

Kat hielt den Atem an. Sie wusste nicht, ob ihre Mutter böse sein würde, weil sie hinter ihrem Rücken einfach Kontakt zu ihm aufgenommen hatte, ihre Nase ungefragt in Lollys Angelegenheiten steckte, ob sie vielleicht sagen würde, sie wünschte, sie hätte Kat nie etwas davon erzählt.

«Hilfst du mir, mich hübsch zu machen?»

Kat stieß einen erleichterten Seufzer aus. «Du bist immer hübsch, Mom. Aber ich helfe dir gerne, heute umwerfend auszusehen.»

Lollys Lächeln schien ganz tief aus ihrem Inneren zu kommen, und Kat wusste, dass sie die richtige Entscheidung getroffen hatte.

· · · · ·

Harrison Ferry sah aus wie ein älterer Bruder von Pierce Brosnan. Er war Ende fünfzig und sehr attraktiv, groß und schlank, mit dunklem, fast völlig graumeliertem Haar. Er wirkte distinguiert und verwegen zugleich und kam mit einem wunderschönen Strauß dunkelvioletter Iris. Kat verschwendete nicht allzu viel Energie darauf, sich ihre Mutter zusammen mit diesem Mann vorzustellen, heimlich, während Kats Vater ahnungslos mit ihr auf irgendwelchen Jahrmärkten gewesen war, so wie Meryl Streeps Mann mit seinen Kindern in *Die Brücken am Fluss*. Ihre Mutter hatte diesen Mann geliebt, und alles andere war nicht mehr wichtig.

Lolly hatte Kat gebeten, Harrison in ihr Zimmer zu bringen, wenn er kam, damit sie ungestört sein konnten. Die letzten paar Stunden hatten Isabel, June und Kat damit verbracht, um Lolly herumzutanzen, hatten so lange Kopftücher ausprobiert, bis Lolly zufrieden war, hatten ihr ein wenig Make-up aufgelegt, eine Spur Puder und etwas Rouge, dazu braune Wimperntusche, hatten mit viel Umsicht Augenbrauenfarbe aufgetragen, um die fehlenden Brauen zu kaschieren, und ihr am Schluss noch einen Hauch ihres Lieblingsparfüms aufgesprüht, Chanel No. 19. Lollys Zimmer brauchte keine Kosmetik mehr, hier hatten sie schon in den vergangenen Wochen ganze Arbeit geleistet. Immer stand ein Strauß Blumen auf dem Tisch, die stets frische blaue Bettwäsche sollte Lolly an ihren geliebten Atlantik erinnern, und die Wände waren mit fröhlichen Kunstwerken geschmückt, darunter einige gerahmte Originale von Charlie Nash.

Kat bat Harrison in den Aufenthaltsraum, reichte ihm ein Glas San Pellegrino und sprang zu Lolly nach hinten. Sie zog die Tür hinter sich zu. «Er ist da, Mom!»

Lolly hielt den Atem an. «Ich bin bereit.»

Kat nickte und ging zurück in den Aufenthaltsraum. «Lolly ist in ihrem Zimmer», sagte sie zu Harrison. «Sie kommt in letzter Zeit nur noch schlecht aus dem Bett.» Mit den Blumen in der Hand folgte Harrison Kat über den Flur. Sie überließ es ihm, an die Tür zu klopfen, und machte kehrt. Hinter der nächsten Ecke blieb sie stehen. Ihr schlug das Herz bis zum Hals.

Sie hörte, wie ihre Mutter laut keuchte, dann «Harrison!» flüsterte und in Tränen ausbrach. Kat war sich sicher, dass Harrison Ferry auf der Bettkante saß, ihre Mutter in die Arme schloss und sie festhielt.

· · · · ·

Seitdem kam Harrison jeden Abend zu Besuch, brachte Lolly Blumen und Bücher und Pralinen mit und ein besonderes Teleskop, mit dem sie vom Bett aus die Sterne betrachten konnte. Er hatte vor, das Wochenende in der Pension zu verbringen – bei Lolly. Kat hatte befürchtet, Harrison könnte verheiratet sein, eine Familie haben. Nicht, dass sie ihm ein glückliches Familienleben nicht gegönnt hätte. Aber wie sich herausstellte, war Harrison geschieden, er hatte ein Jahr, nachdem Lolly sich von ihm getrennt hatte, geheiratet, doch die Ehe war nicht von Dauer gewesen.

Seine Gegenwart machte ihre Mutter glücklich, Lolly trug jetzt häufig einen ähnlich vertrottelt-seligen Gesichtsausdruck wie June und Isabel.

Vertrottelt-selig war eine gute Sache.

Um halb eins entließ Kat die Pflegeschwester in die wohlverdiente Mittagspause und trug ein Tablett mit französischer Zwiebelsuppe und überbackenen Käse-Tomaten-Sandwiches für sich und ihre Mutter ins Zimmer.

Lolly griff in die Nachttischschublade und zog einen Umschlag heraus. «Kat, ich habe etwas für dich. Ein Geschenk.»

«Mom, du musst mir nichts schenken. Du hast mir doch *alles* gegeben!»

«Mach es auf.»

In dem Umschlag lag ein One-Way-Ticket nach Paris, ausgestellt auf Kats Namen.

Kat starrte es an. *One-Way.*

«Ich habe dich beobachtet, Kat. Und dir zugehört – genau zugehört. Ich weiß, dass wir beide uns nicht immer nahestanden, aber ich kenne dich. Ich kenne dich, und ich liebe dich, und alles, was ich mir wünsche, ist, dass du glücklich bist. Wirklich glücklich.»

Kat beugte sich vor und nahm ihre Mutter behutsam in die Arme. Sie war nicht in der Lage, die Tränen zurückzuhalten, die ihr über die Wangen liefen. «Oh, Mom!»

«Ich kann dir nicht sagen, was du tun sollst, Kat», sagte ihre Mutter und strich ihr sanft über den Rücken. «Ich will nur, dass du glücklich bist. Ob du dafür ein Jahr lang allein nach Paris gehen musst – oder vielleicht auch für immer – oder Oliver heiraten oder diesen hübschen Dr. Viola näher kennenlernen musst ... das musst du allein herausfinden. Aber triff diese Entscheidung bitte in deiner eigenen Geschwindigkeit und für dich. Nicht für irgendjemand anderen. Und ganz besonders nicht für mich.»

Danke, danke, danke! «Ich liebe dich, Mom.» Kat umarmte ihre Mutter noch fester. Ihr lief fast das Herz über.

«Aber eines musst du mir versprechen, Kat.»

«Alles, was du willst.»

«Versprich mir, es nie zu bereuen. Etwas zu bereuen ist das Schlimmste, was einem am Ende bleiben kann.»

Die Liebe zu ihrer Mutter war so überwältigend, dass es Kat die Sprache verschlug. Stumm hielt sie Lollys Hand. «Das verspreche ich dir, Mom», sagte sie schließlich. «Ich werde nie etwas bereuen, was auch kommen mag.» Denn sie würde ihre eigenen Entscheidungen treffen und sie respektieren.

«Dein Vater wäre sehr stolz auf dich», sagte Lolly mit fester Stimme.

Kat legte sich neben ihre Mutter aufs Bett, hielt ihre Hand, und in ihr breitete sich ein Gefühl des Friedens aus, wie sie es seit sehr langer Zeit nicht mehr gespürt hatte.

· · · · ·

Normalerweise schlief Kat wie ein Murmeltier. Sie konnte schlafen, während der Rasenmäher, vorzugsweise im Morgengrauen, vor ihrem Fenster tobte. Sie schlief, während die Frühaufsteher unter den Gästen unten im Garten aufgeregt schnatternd ihren Tag planten. Sie schlief, wenn Grillen zirpten und andere duschten, sie schlief, wenn Isabel schnarchte, und hatte geschlafen, wenn June sich spätabends auf der Suche nach Charlies Vater durchs Netz geklickt hatte.

Doch in letzter Zeit wachte Kat oft mitten in der Nacht auf, nicht schweißgebadet oder weil sie schlecht geträumt hatte, sondern einfach so, ohne zu wissen, weshalb. Und dann dachte sie an Oliver und sein *Willst du mich heiraten oder nicht, Kat?* dröhnte ihr in den Ohren. Dann schob sich Matteos sexy Gesicht ins Bild und seine Einladung, mit ihm nach New York zu ziehen, um herauszufinden, was genau zwischen ihnen war.

Es war kurz nach ein Uhr morgens. Entnervt von der endlosen Hin- und Herwälzerei stand Kat auf, schlich auf Zehenspitzen aus dem Zimmer, um ihre Cousinen nicht zu wecken, und ging nach unten in den Aufenthaltsraum. Sie holte sich eine Zeitschrift vom Lesetisch, um dann doch wahllos im Fernsehprogramm zappend auf dem Sitzsack zu landen. Nichts vermochte sie zu fesseln. Sie kramte in Lollys DVD-Sammlung und stieß auf *Julie & Julia*, der versehentlich zwischen den Susan-Sarandon-Filmen gelandet war.

Julie & Julia. Kat drehte die Hülle um und las die Inhaltsangabe. Wie hatte sie den Film nur verpassen können, als er vor ein paar Jahren ins Kino kam? Meryl Streep als junge Julia Child in Paris, die im *Cordon Bleu* das Kochen lernt. Amy Adams als Julie Powell, die jung, verheiratet und frustriert in Queens hockt und auf der Suche ist, ohne zu wissen, nach was. Und sich plötzlich dazu entschließt, jedes einzelne von Julia Childs Rezepten aus ihrem berühmten Kochbuch *Mastering the Art of French Cooking* nachzukochen. Ein Film, der auf zwei wahren Geschichten beruhte. Kats Herz machte einen Sprung. Genau der richtige Film für eine Nacht wie diese. Sie ging in die Küche, kochte eine Kanne Tee, stibitzte sich aus der ISS MICH!-Dose einen Zitronen-Cupcake und machte es sich auf dem Sitzsack bequem.

Plötzlich befand sie sich zusammen mit Julia Child im Paris der späten vierziger Jahre. Julia hat sich ohne jegliche Vorkenntnisse für einen Kurs in der berühmten Kochschule eingeschrieben und beherrscht schon bald durch ihre «Öffnung von Herz und Seele» die Kunst der französischen Küche. Wieder einmal erweckte Meryl Streep einen Charakter auf eine Art und Weise zum Leben, die Kat völlig vergessen machte, dass sie Meryl Streep und nicht Julia Child persönlich vor sich hatte. Sie streifte mit Julia durch die Stadt der

Lichter, die Stadt ihrer Träume. Die Stadt, nach der Kat sich nach mehr als allem anderen sehnte.

Zum Beispiel danach, zu heiraten. Oder sich endgültig in Boothbay Harbor niederzulassen – auf absehbare Zukunft, jedenfalls. Kat hatte jetzt die Gewissheit, dass ihre Mutter auch glücklich wäre, wenn sie fortging und ihre Träume verwirklichte, genauso glücklich, wie wenn sie den Jungen heiratete, der ihr, seit sie fünf war, nicht mehr von der Seite wich. Ihre Mutter wollte, dass sie die Weichen für ihre Zukunft aus den richtigen Gründen stellte. Das wusste sie nun.

Sie bekam eine Gänsehaut bei der Szene, in der Julie Powells Ehemann sie in ihrem wahnwitzigen Projekt bestärkt, innerhalb eines einzigen Jahres alle 524 Rezepte aus Julia Childs Buch nachzukochen, weil er es ihr zutraut, weil sie, wie alle anderen, eben irgendwo anfangen müsse. «Julia Child war doch auch nicht immer schon Julia Child», sagt er zu ihr. Ein Satz, der auch aus Olivers Munde hätte stammen können.

Ob Oliver sie ziehen lassen und ihr «bon voyage» wünschen würde? Oder sollte sie ihn bitten, mitzukommen?

Kats Lieblingszitat dieses Films stand jedenfalls fest. Es stammte von Meryl Streep, die ihrer Brieffreundin von dem Kochunterricht erzählt und das scheußliche Verhalten und die Blicke der anderen, ausschließlich männlichen Kursteilnehmer schildert – «bis sie merkten, dass ich furchtlos war».

Furchtlos. Genau das wollte Kat sein. Sie mochte die Seite in ihr, die nicht länger mit dem Geständnis ihrer Mutter gehadert hatte, was die Nacht betraf, in der ihr Vater ums Leben gekommen war. Die Seite in ihr, die Harrison Ferry kurzerhand eine E-Mail geschickt hatte, ohne den geringsten

Schimmer zu haben, wer er war oder was sie mit ihrer Mail auslösen könnte. Es war ein Start in die richtige Richtung. Ihrem Herzen zu folgen statt ihrer Angst.

· · · · ·

Der Oktober begann mit strahlendem Sonnenschein und perfekten neunzehn Grad. Es herrschte derartige Bilderbuchstimmung, dass sogar der Gang ins Krankenhaus zu Lollys Tests Kat die Laune nicht verderben konnte. Es war zwei Tage her, seit ihre Mutter ihr das One-Way-Ticket nach Paris geschenkt hatte, und auch wenn Kat noch keine Entscheidung getroffen hatte, war doch ihre Angst verschwunden. Sie hatte die letzten beiden Nächte sogar bis sieben Uhr morgens durchgeschlafen. Ein Grund dafür war die gelöste Stimmung ihrer Mutter. Lolly hatte endlich inneren Frieden gefunden, und Kat fühlte sich, das Flugticket wohlbehalten unter der Matratze versteckt, so sorglos und frei wie seit langem nicht mehr.

Während eine Krankenschwester Lollys Werte maß, ging Kat hinaus, um für sie beide in der Cafeteria eine Tasse Tee zu besorgen. Am Ende des Flurs trat Matteo gemeinsam mit einer Gruppe Ärzte aus einem Krankenzimmer, und als er sie sah, winkte er ihr zu. Bei seinem Anblick schlug ihr Magen wie üblich einen Purzelbaum.

«Ich wollte gerade für mich und Lolly einen Tee holen», sagte sie. «Hast du eine Minute Zeit, mich zu begleiten?»

Sie hatte ihn eine Weile nicht gesehen. Er rief häufig an, und sie hatten letzte Woche im Krankenhaus kurz zusammen zu Mittag gegessen, weil Kat ihm sagen wollte, dass sie den Muffin-Backunterricht für seinen Vater verschieben musste, bis es Lolly wieder besser ging, doch ansonsten hatte sie sich sowohl von Matteo als auch von Oliver ferngehalten.

Oliver zeigte wenig Verständnis und schickte ihr kurze, wütende SMS wie *Von dir hört man ja gar nichts mehr!*, und Matteo hinterließ ihr Nachrichten auf der Mailbox, die von weißen Blutkörperchen handelten und von Mal zu Mal sachlicher und unpersönlicher wurden. Gut möglich, dass er ebenfalls auf dem Rückzug war.

Doch da hatte sie sich geirrt. «Ich habe viel an dich gedacht, Kat», sagte Matteo, während sie heißes Wasser aus dem großen Spender über den Teebeutel in ihrer Tasse laufen ließ. «Ich habe versucht, mich zurückzuhalten, weil ich weiß, dass du eine Entscheidung treffen musst – ob du heiraten sollst», sagte er schließlich. «Aber ich glaube, dass da zwischen uns etwas wirklich Echtes ist.»

War es nicht, wurde Kat plötzlich klar. Da war etwas in ihrem Inneren, etwas, an das er gerührt hatte, etwas, das ihr plötzlich glasklar sagte, dass sie weder jemanden heiraten noch mit jemand anderem nach New York abhauen sollte. Matteo hatte mit dem europäischen Timbre in seiner Stimme ihre tiefsten Sehnsüchte wachgerufen – zu tun, wovor sie immer Angst gehabt hatte. Boothbay Harbor zu verlassen. Sich quer durch Paris und Rom und Barcelona zu schmecken, bei einem Meisterkonditor in die Lehre zu gehen. Selbst zu definieren, wer sie war. Wen sie lieben wollte.

Sie sah zu, wie Matteos Lippen sich beim Sprechen bewegten, beobachtete den Mund, von dem sie oft die Augen nicht hatte abwenden können, getrieben vom Verlangen, diese Lippen zu küssen, und ihr wurde klar, dass Matteo war wie Clint Eastwood in *Die Brücken am Fluss*. Er wollte, dass sie wegging, ohne echtes Verständnis – oder Interesse – für das zu haben, was sie damit aufgab. Natürlich hatte sie im Gegensatz zu Meryl Streep in dem Film weder einen Ehemann noch Kinder, und sie wusste auch, dass ihrer Mutter auf dieser Erde nicht mehr viel Zeit blieb. Aber ein anderer Mann war auch nicht, was sie wirklich brauchte.

Es wurde Zeit, endlich die Flügel auszubreiten und davonzufliegen, und vielleicht war sie danach bereit, zurückzukehren und Oliver zu heiraten – falls der sie dann noch wollte. Oder nach New York zu gehen und Matteos italienische Lippen zu küssen.

Aber jetzt ging es erst mal nur um sie selbst.

·····

Kat saß auf Olivers Sofa und öffnete den Mund, um ihm zu sagen, dass sie einfach noch nicht bereit war, ihn zu heiraten, überhaupt zu heiraten, doch es kam kein Ton heraus. Denn völlig durch den Wind zu sein, nicht zu wissen, was sie wollte, sich wie ein dummes Schaf aufzuführen war das eine. Das andere jedoch war, Oliver weh zu tun, Oliver, der, solange sie denken konnte, ihr allerbester Freund gewesen war.

«Ich habe etwas für dich.» Er stand auf und ging zu dem Tisch am Fenster, holte ein Blatt Papier und reichte es ihr.

«Was ist das?»

«Lies es einfach.»

Sie überflog die Seite und rang nach Atem. Die Online-Bestätigung für einen sechswöchigen Patisserie-Kurs in einer berühmten Pariser Kochschule. Beginn der Ausbildung: 4. Januar.

«Es gibt schon einen Grund dafür, warum die Leute ständig mit dem schlauen Spruch um sich werfen, ‹was sein soll, soll sein, bla, bla, bla›», sagte er. «Vielleicht kommen wir am Ende zusammen und vielleicht auch nicht. Vielleicht bin ich noch da, wenn du zurückkommst und bereit bist, dich häuslich niederzulassen, oder vielleicht habe ich bis dahin jemand anderen kennengelernt. Vielleicht bleibst du für immer in Paris oder kommst mit einem schnurrbärtigen französischen Ehemann zurück. Ich weiß es nicht, Kat. Ich weiß nur, dass du nach Paris gehen solltest, um in einer wunderbaren Konditorei in die Lehre zu gehen. Ich weiß, dass du noch nicht bereit bist, zu heiraten. Und ich weiß, dass ich dich liebe und dich deshalb gehen lassen muss.»

Er wünschte ihr «bon voyage»! So, wie sie es sich gewünscht hatte. «Gott, Oliver, du bist wirklich Gold wert! Genau so, wie mein Vater es schon sagte, als ich zehn war.»

Er nahm ihre Hände. «Weil ich dein bester Freund bin, Kat. Vielleicht war ich auch nie mehr als das und habe den Fehler gemacht, uns beiden mehr aufzuzwingen, obwohl du mich immer nur als deinen besten Freund geliebt hast. Den Heiratsantrag habe ich dir in deinem allerschwächsten Augenblick gemacht, das ist mir jetzt klar.»

«Oliver, ich –»

Er schüttelte den Kopf. «Geh nach Paris. Was auch geschieht, Kat, ich werde dich immer lieben.» Er legte sich die Hand aufs Herz. «Das war schon immer so und wird auch immer so bleiben.»

«Ich dich auch», flüsterte Kat und fiel ihm um den Hals.

· · · · ·

Freitagabend stand der Mond so tief am Himmel, dass Kat ihn durch das Küchenfenster leuchten sah, während sie den glasierten Schokoladenkuchen mit den Initialen der Familienmitglieder verzierte. Sie trug den Kuchen in Lollys Zimmer, wo sich alle zum Kinoabend versammelt hatten.

«Ist das P etwa für mich?», fragte Pearl von ihrem Platz auf der anderen Seite von Lollys Bett.

«Aber ja!», sagte Kat, schnitt das Stück mit dem P aus dem

Kuchen und reichte Pearl den Teller. «Du gehörst schließlich auch zur Familie.»

Pearl strahlte.

«Leistet dein Galan uns heute Gesellschaft, Lolly?», fragte Isabel und machte es sich mit ihrem I-Stück auf dem Schoß bequem.

Lolly errötete. «Nein, er kommt erst hinterher, so gegen zehn. Ich freue mich so darauf, ihn zu sehen! Mein Gott, ihr könnt euch nicht vorstellen, wie glücklich ich bin, dass er in mein Leben zurückgekehrt ist.»

Kat tauschte mit ihren Cousinen ein fröhliches Lächeln aus.

Lolly richtete die Fernbedienung auf den DVD-Player und drückte auf START. «Und ich freue mich darauf, *Jenseits von Afrika* noch mal zu sehen. Das ist mein absoluter Lieblingsfilm. Als ich ihn zum ersten Mal sah, haben mich so viele Stellen so tief bewegt, dass ich davon überzeugt war, ich könnte den Film nie wieder sehen. Doch jetzt bin ich bereit dazu.»

«Ich liebe ihn auch», sagte Pearl. «Außerdem finde ich, es gab nie einen Mann, der besser aussah als Robert Redford in *Jenseits von Afrika*. Atemberaubend.»

Als Meryl Streeps einführender Monolog begann, verstummten sie alle und lauschten gebannt. *Ich hatte eine Farm in Afrika.* Meryl spielt die Schriftstellerin Karen Blixen, eine wohlhabende Frau, deren adeliger Ehemann von ihrem Geld eine Kaffeeplantage in Afrika kauft und sie schließlich nach Strich und Faden betrügt. Meryl hängt ihr ganzes Herz an die Farm, verschreibt sich mit Leib und Seele dem Land und seinen Bewohnern und verliebt sich schließlich in einen Mann, dessen innere Freiheit noch größer ist als ihre. Als sie von Robert Redford mehr verlangt, als der bereit ist, ihr zu geben, verlässt sie ihn, um sich selbst treu zu bleiben. Am Ende hat sie beinahe alles verloren: ihre Farm. Ihre große Liebe. Aber niemals ihr Selbstwertgefühl.

Nach etwa drei Vierteln des Films drückte Lolly auf PAUSE. Sie tupfte sich die Tränen weg. «Das war die Zeile, die mir all die Jahre nie aus dem Kopf ging. Wenn Meryl sagt, immer wenn sie glaubt, nach allem, was sie durchgemacht hat, nach allem, was sie verloren hat, keinen einzigen Augenblick Schmerz mehr ertragen zu können, dann denkt sie daran, wie schön es einmal war, und wenn sie sicher ist, dass sie's nicht mehr aushalten kann, macht sie noch einen Moment weiter, und dann weiß sie, dass sie fähig ist, alles zu ertragen.» Lollys Lächeln schien aus weiter Ferne zu kommen. «Genauso ist es.» Sie drückte wieder auf PLAY.

«Hier sitze ich und heule», sagte June und wischte sich mit einem Taschentuch die Tränen weg.

Isabel lachte. «Ich auch!» Sie zupfte sich ein Kleenex aus der Schachtel, die June ihr hinhielt.

Kat hielt Lollys Hand. Sie merkte, dass sie nicht die einzige war, die mit angehaltenem Atem vor dem Bildschirm saß, als Meryl Streep Robert Redford – so beeindruckend, wie Pearl gesagt hatte – eröffnet, dass ihr das, was er ihr geben kann, nicht genug ist.

«O Gott! Halt an!» Isabel saß kerzengerade auf ihrem Stuhl. *«Ich habe gelernt, dass es Dinge gibt, die einem viel wert sind, aber die haben ihren Preis. Ich möchte die Wertschätzung, die ich verdiene»*, zitierte sie Meryl Streep. «Das schreibe ich mir auf, und dann kommt es in meinen Geldbeutel, damit ich es immer bei mir habe.»

In diesem Augenblick wurde Kat klar, dass ihr Zweifeln nicht der Entscheidung, ob sie heiraten oder in Boothbay Harbor bleiben sollte, gegolten hatte, sondern sich selbst.

Sie war im Zwiespalt mit sich selbst gewesen, darüber, wer sie wirklich war, tief in ihrem Inneren, und was sie sich selbst wert war.

Sie hatte ein Flugticket. Sie hatte die Anmeldung zu einem Patisserie-Kurs. Sie hatte ihre Familie. Und sie hatte etwas, das sie werden wollte: sie selbst.

· · · · ·

Drei Tage später starb Lolly im Schlaf. Um vier Uhr morgens war Kat plötzlich auf der Chaiselongue erwacht. Ein kühler Luftzug bauschte die Gardinen auf und ließ sie horizontal im Raum schweben. Sie stand auf, um das Fenster zu schließen, und sah nach ihrer Mutter. Ihr war selbst nicht klar, weshalb sie wusste, dass Lolly gestorben war, dass sie nicht mehr schlief. Es herrschte Stille, absolute, äußerste Stille.

Sie kniete sich neben Lollys Bett, sprach ein Gebet und stieg dann schluchzend die Treppe nach oben, um ihre Cousinen zu wecken.

· · · · ·

Auf der Beisetzung hielt Pearl eine wunderschöne Trauerrede und gab mit ihrem lieblichen, sanften Sopran «S.O.S.» von ABBA wieder, den Song, den Meryl Streep in *Mamma Mia!* singt. Der Gesang war so berührend, dass Kat sich dabei ertappte, wie sie leise flüsternd mit einstimmte. June und Isabel saßen rechts und links von ihr, hielten ihre Hände und flüsterten den Text ebenfalls mit.

Viel später, als fast alle Trauergäste wieder nach Hause gegangen waren, versammelten sich Kat, Isabel und June im Aufenthaltsraum, um für Lolly eine Kerze anzuzünden. Zur Auswahl für den heutigen, ganz besonderen Kinoabend standen *Von Ewigkeit zu Ewigkeit, Spuren eines Lebens, Julie &*

Julia und *Die Eiserne Lady*, obwohl sie sich alle nicht sicher waren, ob sie es ertragen würden, sich ohne Lolly einen Meryl-Streep-Film anzusehen. Im Augenblick, jedenfalls. An der Wand neben dem Fernseher hing das Geschenk, das Kat und ihre Cousinen Lolly zwei Tage vor ihrem Tod gemacht hatten: ein Gemälde, angefertigt nach einem Foto, das Lolly im September von Isabel, June und Kat auf den Stufen zur Veranda gemacht hatte. Die drei neuen Kapitäne, gemeinsam vor ihrem Heim.

Danksagung

Ich danke Alexis Hurley, Ausnahmeagentin bei InkWell Management, glühende Fürsprecherin mit herausragendem redaktionellem Auge, die von Anfang an an diesen Roman geglaubt hat. Es gibt nicht genug gute Pralinen auf der Welt, um für alles Danke zu sagen.

Weil das Universum auf so wunderbare Weise funktioniert, ist Karen Kosztolnyik, Cheflektorin bei Simon & Schuster / Gallery, meine Lektorin, und sie hat mir mit unglaublicher Umsicht und Liebe für die Charaktere dabei geholfen, diesen Roman zu schleifen und zu formen. Auf viele weitere Projekte!

An Louise Burke und Jen Bergstrom bei Gallery, dafür, dass sie an mich und an dieses Buch geglaubt haben. Danke, danke, danke.

Ein besonderer Dank an Kara Cesare, feengleiche Patenredakteurin.

An meine Freunde und meine Familie, vor allem meinen geliebten Sohn, der mich mit seinen Fragen, seinem Lächeln und seiner unglaublichen Kinderenergie jede einzelne Minute des Tages inspiriert. Genau wie ich ein Filmliebhaber, findet er Meryl Streep schon deshalb cool, weil sie im *Fantastischen Mr. Fox* der Mrs. Fox ihre Stimme lieh.

Vor langer Zeit sah ich Meryl Streep zufällig im Fernsehen.

Sie war zu Gast bei *Inside the Actors Studio*. Auf James Liptons letzte Frage – «Falls es tatsächlich den Himmel gibt und Sie an die Himmelspforte kommen, was würden Sie Gott gerne sagen hören?» – antwortete Meryl mit ausladender Geste: «Kommt alle rein!» Das sagt alles, das ist der Grund, warum ich sie liebe. Ich bin, solange ich denken kann, Fan dieser schönen und atemberaubend talentierten Schauspielerin, und ich danke Meryl Streep für ihre Rollen von Frauen über fünfzig, dafür, dass sie mich zum Lachen und zum Weinen und zum Nachdenken und zum Glauben bringt. Dieser Roman ist meine Hommage an sie.

· · · · ·

Die Übersetzerin dankt den Teilnehmerinnen ihres während der Arbeit an diesem Buch ins Leben gerufenen persönlichen Filmclubs für die unschätzbaren Beiträge in jeglicher Hinsicht und legt der Leserschaft die Gründung eines eigenen Filmclubs wärmstens ans Herz.

«Ein Roman, der zu Tränen rührt!»

(Daily Express)

Louisa Clark weiß, dass sie gerne als Kellnerin arbeitet
und dass sie ihren Freund Patrick nicht liebt.
Sie weiß nicht, dass sie schon bald ihren Job verlieren wird.

Will Traynor weiß, dass es nie wieder so sein wird,
wie vor dem Unfall. Und er weiß, dass er dieses neue
Leben nicht führen will.
Er weiß nicht, dass er schon bald Lou begegnen wird.

Eine Liebesgeschichte, anders als alle anderen.

rororo Polaris 26703

KINDLER

Zusammen wohnt man besser als allein.

Ferdinand lebt allein auf seinem großen Bauernhof. Nach einem heftigen Gewitter ist das Dach seiner Nachbarin Marceline eingestürzt. Ferdinand nimmt sie bei sich auf. Nach und nach kommen immer mehr dazu, ein Jugendfreund, zwei kopflose alte Damen, eine Krankenschwester in Not, ein verträumter Student und viele Tiere. Doch was ist mit Paulette?

**«Ein anrührender Appell an die Solidarität zwischen den Generationen.»
(Le Nouvel Observateur)**

ISBN: 978-3-463-40641-1

Rowohlt Online

Erhalten Sie täglich die neuesten Updates zu Büchern und Autoren und erfahren Sie mehr übers Büchermachen und Bücherlesen.

- Aktuelle Buchtipps
- Interessante Autorenporträts und -interviews
- Leseproben zu allen wichtigen Neuerscheinungen
- Spannendes Hintergrundmaterial zu Buchtrailern, Verfilmungen und Lesungen

Wir freuen uns auf einen regen Austausch. Besuchen Sie uns auf:

www.facebook.com/rowohlt

www.gplus.to/rowohlt

twitter.com/rowohlt

www.youtube.com/
RowohltVerlag

www.rowohlt.de

Das für dieses Buch verwendete FSC®-zertifizierte Papier
Holmen Book Cream liefert Holmen, Schweden.